할머니,
개,
그리고
죽도록 쓰기

할머니, 개, 그리고 죽도록 쓰기

앤 패칫
지음

정소영
옮김

복복서가

일러두기

1. 주석은 모두 옮긴이주다.
2. 본문 중 고딕체는 원서에서 이탤릭체나 대문자로 표기한 부분이다.

칼에게

차례

논픽션, 들어가는 말

작가라고 할 때, 혹은 분야를 막론하고 예술가라고 할 때 난감한 점은 예술 창조와 더불어 생계도 꾸려야 한다는 것이다. 단편소설과 장편소설을 쓰며 내 삶은 늘 의미로 충만했지만, 적어도 처음 작가의 길에 들어선 뒤 십 년간은 나를 부양해주는 문제에서 소설은 내 반려견만큼이나 무능했다. 하지만 내가 소설과 반려견을 사랑하는 것은 둘 다 경제적 걱정은 근사하리만치 관심 밖이라는 면모 때문이기도 하다. 잘 모시기만 하면 소설과 반려견은 그 보답으로 무럭무럭 자란다. 집세를 마련할 방도를 알아내는 것은 그들의 책임이 아니다.

일자리를 구하면서 내가 원했던 조건은 아주 간단했다. 생활비를 댈 수 있으면서 글을 쓸 시간도 남아 있을 것. 처음에는 머리보다는 몸에 부담을 주는 일이어야 한다는 게 무엇보다 중요하다는 생각에서 식당 요리사로 일했고 나중에는 서빙 일을 했다. 내 판단은 틀리지 않아서 머릿속에는 작품이 들어찰 공간이 충분히 있었지만, 몸이 움직임을 멈추는 순간 곧장 잠에 곯아떨어졌기 때문에 머릿속 구상이 실제 글로 나온 적은 거의 없었다. 육체노동이 해답이 아님을 깨닫자마자 강사—예술학 석사 졸업생이라면 누구든 제안받는 직업—로 전직했는데, 몸은 그리 피곤하지 않아도, 남들의 창조성을 돌보며 시간을 보내고 나면 어떤 종류든 나 자신의 창조성에는 무심해지기 일쑤였다. 내가 자격 조건을 갖춘 직업은 식당 일과 강사 일뿐이라고 여긴 터라, 둘 다 내 요구 조건에 들어맞지 않게 되자 어떻게 해야 할지 난감했다. 월리스 스티븐스*의 전례를 따라 보험 외판원이 되어볼 수도 있을까? 어쨌든 확실한 것은 굶지 않으면서 글을 쓸 방법을 찾아내야 한다는 사실뿐이었다.

해답은, 적어도 해답을 촉발한 첫번째 불꽃은, 에이미 탠의 소설 『조이 럭 클럽』을 다룬 250자짜리 서평의 형태로 찾아왔다. 잡지 『세븐틴』에 단편을 몇 번 실은 적이 있던 나는 담당 편집자인 에이드리언 니콜 르블랑—당시 우리는 둘 다 스물다섯 살이었다—에게 혹시 논픽션 지면을 내가 맡을 수 있겠나

---

* 미국의 시인으로 거의 평생 보험회사에서 일하며 글을 썼다.

고 물었다. 계산은 간단했다. 『세븐틴』은 한 달에 한 편, 일 년에 열두 편의 단편소설을 실었고, 내가 아무리 애를 쓴다 한들 그중에서 한두 번 이상을 차지하기는 어려웠다. 그와 달리 논픽션을 쓰면 매 호마다 한 편씩, 때로는 한 호에 여러 편을 실을 수도 있었다. 내가 정신적으로나 육체적으로나 진이 빠지지 않으면서 해나갈 수 있는 일을 마침내 찾아낸 것이었다.

그렇다고 그 일이 때로 짜증스럽지 않았던 것은 아니다. 『조이 럭 클럽』의 서평만 해도 대여섯 번의 수정 요구가 있었고, 그 소설의 다른 면모도 고려해야 한다는 말을 매번 들었다. 새로운 관심거리가 등장했다고 해서 내게 할당된 글자 수가 더불어 늘어나지는 않았으므로, 단어를 새로 더 집어넣으려면 어디선가 다른 단어를 빼내야 했다. 그래서 문장을 잘라내고 끼워넣고, 다섯 단어에 값하는 감정을 한 단어로 표현할 방법을 찾았다. 좁아터진 지면 내에서 모녀 관계의 영역을 탐구했다. 잡지사에서 그 서평을 받아들이자, 나는 에이드리언에게 다른 글감도 제안하기 시작했고, 그는 그 가운데 괜찮은 것들을 자기 상사인 로비 마이어스에게 들고 갔다. 상상으로 지어내는 일에 자부심을 가질 수 있는 소설과 달리, 이런 글은 사적 경험을 요구한다는 사실을 깨달았다. 글감 열 개—'말과 함께 보낸 어린 시절'이나 '당신의 절친한 친구가 남자일 때'나 '로커 꾸미는 법'—를 제안해서 그나마 하나에 승인이 떨어지고(계약서도 없고, 원고가 실리지 않으면 원고료도 없다), 그렇게 열 편을 쓰면 실제로 잡지에 실리는 것은 아마 한 편 정도였을 것이다. 게재 승인을 받은 뒤에도 편집부의 논평이 들어올 때마다 글을 여남은 번은 고쳐써야 했다. 에이드리언과 로비뿐만 아니라, 다른 부서의 온갖 편집자들과, 편집 기술을 연마하는 인턴들의 논평까지 받았다. 나는 열다섯 살 때 그런 감정을 느껴본 적이 없는데요. 여백에 연필로 적힌 논평은 주로 이런 식이었다. 어릴 때 테네시에 살아봤어요? 가톨릭 여학교를 다녀봤어요? 주말마다 부모님과 함께 집에 붙어 지내며 데이트는 단 한 번도 못하는 그런 생활을 해봤나요? 난 그렇게 묻고 싶었지만 꾹 참았다. 내 글에 자기들 모습이 반영되기를 원하는 거라면 기꺼이 그들을 넣어줄 것이었다. 하나도 빠짐없이 다 끼워넣고도 정해진 글자 수를 넘지 않는 방법을 찾아낼 것이었다.

내 사무실도 없었고 본사에 직접 찾아간 적도 거의 없었지만, 『세븐틴』은 내가 수습 기간을 보낸 장소였다. 세라 로런스 대학과 아이오와 작가 워크숍에서 소설 쓰기를 배웠듯이 나는 그곳에서 에세이 쓰는 법을 배웠다. 소설은 나 개인의 것이었던 반면—단편소설이었다면 편집자의 경험을 반영하려고 글을 수정하는 일은 결코 하지 않았을 것이다—논픽션은 집단적으로 우리의 것이었다. 나는 여러 편집자의 시각을 만족시키기 위해 글의 관점을 재조정하거나 독자의 주의력 지속 시간을 고려해 실제 사건에 흥미로운 요소를 가미했다. 수정을 전부 다 끝내고 합의가 된 이후에도 삽화를 넣을 공간이 더 필요하다는 미술부의 요구로 내 글에서 가장 좋은 문장이 잘려나가는 일도 겪었다. 갑자기 광고가 철회되는 바람에 글이 반토막나기도 했다. 광고비가 덜 들어오면 편집부 할당 지면이 적어진다는 뜻이었으니까. 나는 그런 식으로 내 글의 형태를 만들면서 잡지사와 일하는 방법을 배웠는데, 그건 또한 나라는 인물의 형태를 만드는 일이기도 했다. 일처리가 빠르고 유연한, 누구나 찾을 만한 사람이 되는 것이 내 목표였다.

수년 뒤, 한 잡지 편집자에게 전화가 왔다. 다음날이 이번 호 최종 마감인데, 미루는 버릇을 주제로 한, 분량도 많고 가장 중요한 원고를 마지막 순간에 결국 못 받았다고 했다. 뭐라도 아무거나 내일까지 써줄 수 있을까요? 그럼요, 할 수 있어요. 내가 훈련으로 만들어낸 인물은 바로 이런 인물이었다.

잡지사 일은 불안정했다. 고정란은 툭하면 없어지고 원고료 지불은 늦어지고, 누군가의 비용을 대신 내주는 일도 다반사였다. 그래도 그 일이 테이블을 치우거나 시험지를 채점하는 일에 비해 얼마나 쉬운지, 그 사실을 잊은 적은 없었다. 그러다 프리랜서라는 참호에서 보낸 수년의 시간이 마침내 결실을 맺었다. 아주 중요한 일을 맡게 된 것이다. 이탈리아의 유명한 오페라하우스를 찾아다니고, 하와이로 가짜 신혼여행을 떠나고,

레저용 자동차를 몰고 미국 서부를 횡단하는 일이었다. 그것도 내 돈은 한 푼도 들이지 않고. 어떻게 하면 그런 일을 맡을 수 있냐고 누군가 물으면 나는 그때마다 내게 어떻게 그런 일이 일어났는지 알려준다. 즉 『세븐틴』에 프리랜서로 팔 년 동안 글을 써보라고 한다.

내 생각에 소설과 논픽션은 특성상 워낙 동떨어진 것이라, 나는 오래도록 그 둘은 소설과 식당 종업원 일만큼이나 서로 관계가 없다고 주장하곤 했다. 내게 소설은 무리 없이 진행될 때에도 힘들고, 잡지 글을 쓰는 일은 만만하지 않은 글이라도 도 수월하다. 내게는 소설이 어렵고 바로 그 **때문에** 논픽션은 쉬운 것이다. 언제나 소설의 한 장章을 써내려 기를 쓰기보다는 에세이 한 편을 뚝딱 완성하는 편을 택하곤 하니까. 하지만 내가 수년 동안 소설을 쓰면서 여러 분야에 걸쳐 작가로서의 기술을 향상했던 만큼이나 수년 동안 잡지에 글을 썼던 경험, 특히 『세븐틴』의 초기 경험은 나를 유용한 일꾼으로 만들었음을 깨닫게 되었고, 결국 그 기술을 소설에 가져다 쓰게 되었다. 『세븐틴』은 또한 내가 자존심이란 자존심은 다 버리는 데 큰 역할을 했다. 어느 시점에 이르자, 이야기 진행에 도움이 안 된다는 이유로 가장 좋은 문장이 잘려나가는 것을 보면서도 살을 후벼파는 듯한 고통을 최소한으로 줄여 남몰래 감당하는 법을 배웠다. 궁극적으로 이 기술은 소설을 쓸 때도 도움이 되었다.

잡지사 편집자와 수도 없이 나눴던 대화가 이제 나의 내면에서 이루어졌다. 양쪽 입장을 모두 읽을 수 있게 된 것이다. 내가 쓴 이 장면이 아름답다고 여겼던가? 그래, 그랬지. 이 장면으로 소설의 대의명분이 진척되었나? 아니, 별로. 그럼 삭제해도 될까? 이미 삭제했어.

　나는 서른 살까지 『세븐틴』에 글을 썼다. 그때쯤에는 내 성장기와 관련된 기억은 다 소진되어버렸다. 그래서 『세븐틴』을 읽으며 철이 든 여자아이가 『하퍼스 바자』로 옮겨가듯이 나도 패션잡지로 옮겨갔다. 이제는 내가 쓴 글과 이력서를 보내는 방식을 통해서가 아니라, 편집자들과 친구들이 경력을 쌓으며 자리를 옮길 때마다 나도 그들을 악착같이 따라다니면서 새로운 일감을 얻었다. 『세븐틴』에서 알고 지내던 사람이 『엘르』로 자리를 옮기면, 나도 『엘르』에 글을 실을 수 있다는 뜻이었다. 내 친구 루시가 『보그』에 글을 실으면, 나도 『보그』에 연락을 해볼 수 있다는 뜻이었다. 같이 일하던 편집자가 『GQ』에 자리를 잡으면 『GQ』를 내 고용인 목록에 추가했다. 이런 식으로 내 경력은 기하급수적으로 확장되었다. 대학 시절 친구 하나가 『메르세데스-벤츠 매거진』(이런 잡지가 있는 줄 누가 알았을까?)에서 일하게 되었고, 그래서 나는 고급 승용차 소유주의 관심을 끌 만한 글을 썼다. 나중에 내 친구 에리카 골드버그 슐츠가 『신부 가이드Bridal Guide』의 편집자가 되어 내게 객원 편집자 자리를 주었다. 즉 신랑 신부를 닮은 케이크 장식을 찾아내는 일의 어려움에 관한 글을 쓰면서 생계비를 벌 수 있게 되었다는 뜻이었다. 소소한 일이라 대단한 목표를 세울 생각은 없었다. 그저 사교댄스나 소규모 특별 농장에 관한 글을 끝내고 나서 다시 내 소설을 쓰고 싶었다. 소설 쓰기가 결국 내 본업이었으니까.

사실, 더 잘나가보자고 마음먹은 것은 내가 아니었다. 나 대신 내 편집자 중 하나가 그랬다. 『GQ』의 내 담당 편집자였던 일레이나 실버먼은 『뉴욕 타임스 매거진』에 자리를 얻었을 때 나를 데리고 갔다. 그녀가 총애했던 작가로, 오래전 『세븐틴』을 그만두고 기자 일을 하던 내 친구 에이드리언 르블랑도 함께였다. 나는 그 잡지에 글을 실을 만한 작가가 못 된다는 생각에 덜컥 겁이 났지만, 잡지 글을 쓰면서 내가 얻은 기술(역시 소설 쓰는 데 필수적인)이 또하나 있음을 깨달았다. 작가의 권위를 꾸며내는 능력 말이다. 내가 처음 맡은 것은 '건강기능식품'에 대한 짧은 글이었다. '건강기능식품'이 뭔지 내가 알았을까? 아니, 몰랐다. 그래서 일레이나 실버먼에게 그렇게 말했을까? 역시 아니었다. 취재를 위해 베타카로틴이 강화된 식용유를 개발중이던 몬산토*의 기업 중역에게 전화했던 그 순간을

---

* 미국의 농업 및 생명공학 기업.

난 절대 잊지 못할 것이다. "『뉴욕 타임스 매거진』의 앤 패칫입니다." 비서에게 그렇게 말했는데, 내 평생 그렇게 금방 통화가 연결된 적은 없었다.

대체로 나는 내 편집자들을 무척 좋아했고, 하나의 글을 함께 작업하면서 생겨나는 짧지만 강렬한 친밀감도 좋아했다. 일레이나 실버먼을 얼마나 좋아했던지, 그녀와 몇 시간씩 통화만 할 수 있다면 무슨 글을 요청하든 다 쓰겠다고 할 정도였다. 만약 우리가 실제로 함께 시간을 보내는 친구였다면 분명 그녀를 위해 글을 쓰는 일은 하지 않았을 것이다. 그녀의 편집 스타일 때문에 돌아버릴 것 같았으니까. 그녀는 내게 일을 맡길 때 자신이 정확히 무엇을 원하는지 아는 법이 없었고, 그러면서도 글을 직접 보면 알 수 있을 거라고 장담하기 일쑤였다. 그러니까 내게 가능한 모든 각도에서 글을 다시 써보라고 요구했지만 결국 매번 나온 말은 아니, 내가 생각했던 건 그게 아니에요였다는 뜻이다. 마치 거실 가구를 다시 옮겨보라고 한없이 요구하는 것과 같았다. 그 소파를 창문 아래 놓고 한번 보죠. 아니, 아니야, 창문 아래는 별로네. 문 옆에 놓아보면 어떨까요. 그래도 똑똑하고 함께 어울리기 좋은 사람이라서 나는 그녀와 함께 작업했던 글에 커다란 애정을 품고 있다. 그녀는 자신의 머릿속에서 볼 수 있는 더 멋지고 더 나은 장소로 나를 끌고 가려고 애썼던 것이다.

여전히 『뉴욕 타임스 매거진』에 글을 쓰는 와중에 나는 내 경력에서 가장 좋은 프리랜서 일을 시작하게 되었다. 『미식가 Gourmet』의 빌 서틀과 루스 라이슐 밑에서 글을 쓰는 일이었다. 『뉴욕 타임스 매거진』이 내 사고력에 도전이 되었다면 『미식가』는 내 기술을 확장해주었다. 루스와 빌은 한 편의 글에 얼마나 많은 따스함과 생동감을 담아낼 수 있는지 보고 싶어했다. 그들 밑에서 일하는 것은 세상 누구보다 지원을 아끼지 않는 부모를 둔 것과도 같았다. 두 사람은 내가 하고 싶은 일은 무엇이든 적극적으로 지지해주었다. 내가 『벨칸토』를 쓰면서 오페라에 대해 더 잘 알고 싶다고 하자, 나를 이탈리아로 보내줬다. 『경이의 땅』을 쓰면서 배를 타고 브라질의 아마존에 들어가보고 싶다고 하자, 빌은 내게 배를 구해줬다. 비록 브라질은 아니었지만 말이다. "페루에 있는 배야." 그가 말했다. "하지만 내가 아는데, 정글은 다 똑같아." 나는 그렇게 맛있는 음식을 먹고, 호텔방에서 메모를 하고, 가능한 관광 일정에 참여하면서 앞으로 쓸 소설의 분위기를 흠뻑 빨아들였다. 한번은 남의 집을 전전하며 머물기를 몇 달 동안 하던 끝에 빌에게 전화해서 고급 호텔에 들어가 일주일 동안 혼자 방안에 틀어박혀 있으면 좋겠다고 말했다. "멋진 생각이야!" 그가 말했다. "아주 마음에 들어." 그래서 난 벨에어호텔에 방을 잡았다. 그렇게 나온 글인 「방해하지 마시오」는, 아마 다른 어떤 잡지에서도 의뢰하지 않을 글이겠지만, 그래도 내가 쓴 최고의 여행기가 아닐까 싶다. 그때는 풋내기 프리랜서 시절이었다. 내가 『미식가』가 내게 해준 것의 반이라도 갚았기를 바랄 뿐이다.

소설의 무한한 자유(인물과 인물의 온갖 문제를 지어내고, 그들의 집과 강과 나무를 만들어내고, 언제 태어나고 언제 죽을지를 결정하고, 글을 완성하기만 하면 바로 넘길 수 있는)를 고려했을 때, 잡지에 글을 쓰는 일은 진정 편안했다. 소프라노의 딱딱한 코르셋처럼, 그 일에 내장된 제약이 나를 든든하게 지탱해주는 동시에 내가 힘껏 밀어낼 무언가를 제공했던 것이다. 내가 편집자들에게 아이디어를 들고 간 적도 많았지만, 그들도 그만큼 자주 내게 아이디어를 주었다. 전혀 모르는 주제를 가지고, 내 목소리라기보다는 잡지사의 목소리로 글을 쓰는 나 자신을 발견할 때도 간혹 있었다. 누구와 얘기하고 어디를 찾아가고 마감이 언제인지, 이런 것들을 내가 결정할 수 없을 때가 많았지만 그건 괜찮았다. 내 진정한 강박은 딱 하나, 단어 수였다. 나는 글의 길이를 육상경기처럼 생각했다. 구백 단어짜리 글은 포환던지기, 천이백 단어짜리 글은 높이뛰기, 이천 단어짜리 글은 멀리뛰기라는 식으로. 내가 이해하는 바에 따르면 각자 특정한 속도와 형태가 있었다. "그냥 원하는 만큼 길게 써봐요." 편집자 중에는 그렇게 말하는 사람들도 있었다. "나중에 우리가 잘라내면 되니까." 하지만 이천 단어짜리 글을 팔백 단어짜리 글로 잘라내면, 나로서는 돌이킬 수 없이 난도질당한 느낌이라 문단 사이사이 꿰맨 자국이 보이는 것 같다.

소설은 그렇게 오래도록 생계비도 대주지 못하던 존재였는데, 2001년 『벨칸토』가 출간되면서 난데없이 내게 집을 마련해주었다(잘 보살핀 반려견이 이따금 뒷마당에서 작은 황금 상자를 파내듯이 말이다―내 반려견이 그런 적이 있는 건 아니지만). 이제 잡지사 일은 안 해도 그만이었는데, 내가 그 일을 얼마나 좋아하는지 깨달은 것이 당연하게도 바로 그 시점이었다. 하지만 그럼에도 바꿔야 할 것들이 있었다. 논픽션을 쓰면서 생계비를 벌던 시절에는 들어오는 일은 다 받는 것이 내내 내 작업 방식이었는데, 그 습관을 버리기가 무척 어렵기는 했지만(프리랜서의 뇌에는 당장 내일 우물이 말라버리는 일은 없을 거라는 확신이 자리잡기 어렵다), 의뢰받은 일을 골라가며 하려고 애썼다. 아니, 애틀랜타에서 열리는 컨트리음악 스타의 수프 파티에 대한 글은 쓰지 않겠어. 글을 쓰려면 나도 알몸으로 천연 온천에 들어가야 하는 아웃워드 바운드[*]의 그룹 치료 여행에 대한 글은 쓰지 않겠어. (내가 지어낸 이

---

* 야외 체험 교육 프로그램을 운영하는 비영리단체.

야기가 아닌가 미심쩍을 독자도 있겠지만, 그렇지 않다.) 잡지사에서 과연 받아줄지 여부와 상관없이 내가 하고 싶은 이야기를 생각하는 일이 많아졌고, 여전히 단어 수의 강박에서 벗어나지 못하면서도 때로는 글이 길어지는 것을 용인하게 되었다. 친구인 니나 수녀님이 일흔여덟의 나이에 처음으로 아파트를 구해 혼자 살게 되었을 때, 나는 『그랜타』의 패트릭 라이언에게 전화해서, 원고료로 얼마를 줄 수 있는지가 아니라 지면을 얼마나 줄 수 있는지 물었다. 그리고 「자비들」을 썼다.

논픽션을 쓰면서 생계를 이어가던 시절에는, 내가 쓰는 글은 대부분 치과 대기실에서 너덜너덜해지다가 최후를 맞는 잡지의 수명을 넘지 못하는 일시적인 존재라고 여겨졌다. 하지만 그 에세이들은 거듭 다시 표면으로 떠올랐다. 사람들이 작가 사인회에 글을 가져와 내게 보여주곤 했다. 할머니가 돌아가셨을 때 이 글을 읽었어요. 이혼했을 때 누가 이 글을 줬어요. 그들은 내 이야기가 자기들 이야기였다고 말했고, 다른 것이 더 있는지, 혹시 놓친 것은 없는지 궁금해했다. 『애틀랜틱』의 과월호가 사라지지 않고 그렇게 오래 남아 있다니, 내 글의 주제들이 여전히 공감을 일으킨다니 놀랍기만 했다. 이런 에세이가 하는 일은 스스로 예술이 되는 것이 아니라 예술을 뒷받침하는 것인데, 어쩌면 바로 그 때문에 과도한 자의식에 시달리지 않을 수 있었을 것이다.

　아주 오래전, 공간을 확보하기 위해 내 글이 실린 잡지를 다 찢어서 내 글만 커다란 플라스틱 통에 넣고 나머지는 버리는 일을 시작했다. 지금까지 쓴 글을 모아 에세이집을 낼 생각을 한 적도 있지만, 상당한 분량에 이른 글을 가려내다가 매번 도중에 막혀버렸다. 만약 잡지에 사적인 이야기를 싣는 것이 조각 퍼즐을 하나씩 꺼내놓는 일과 같다면, 그 글을 한 권의 책으로 묶는 것은 완성된 퍼즐을 공개하는 일과 같을 테고, 그 퍼즐은 내 집에 이르는 지도와 무척 닮아 있을 터였다. 그래서 늘 결국엔 뚜껑을 다시 닫아버리고 말았다.

　그런 상황을 마침내 바꿔놓은 것은 오래도록 내 에세이에 개인적으로 깊은 관심을 가졌던 친구인 니키 캐슬이었다. 니키는 내가 거절하고 재고하고 미적거릴 때면 일단 원고가 담긴 통을 치웠다가, 나중에 책으로 묶을 만한 목록을 들고 돌아왔다. 『세븐틴』과 『신부 가이드』에 실었던 초기 글들에서 고른 것은 없었지만(그 글들은 젊은이와 막 약혼한 사람들만을 위한 것이었으니까), 그 이후 지금까지의 다른 경력에서는 빠짐없이 글을 골랐다. 미키는 그 글들이 하나로 묶일 기회를 가져야 마땅하다고, 함께 어울리면 서로 생기를 불어넣을 거라고 말했다. 나는 그 말에 동의하지 않는다고 주장하면서도, 어느새 그 틈새를 메울 에세이들을 새로 쓰고 있었다. (어쨌든 한 권의 책이 생겨날 거라면 서점에 관한 글도 있어야 했으니까.)* 나는 니키가 모은 글들을 전체적으로 읽어본 뒤 몇 편을 뺐는데, 그 자리에 넣을 글을 니키가 제외한 글들에서 다시 고르지 않고 새로 썼다. 그때 바이라이너와 오더블이 같은 달에 동시에 연락해서 대략 만 오천 단어 정도의 에세이를 요청했고, 나는 주제를 생각하기도 전에 승낙했다. 주로 천이백 단어 길이의 글로 경력을 쌓아온 작가에겐 그렇게 넓은 지면이 암시하는 가능성이란 황홀할 정도였으니까. 내가 정말 깊이 생각해보고 싶은 주제가 무엇인지 따져봐야 했다. 그 대답으로 찾은 주제는, 바이라이너의 경우에는 소설 쓰기(「도주 차량: 글쓰기와 인생에 관한 실용적 회고록」), 오더블의 경우에는 결혼(「이것은 행복한 결혼 이야기입니다」)이었다. 이 두 편의 글이 완성될 즈음엔 지금 한 권의 책을 만들고 있다는 사실이 내게도 명백해졌다.

내가 현재 논픽션 작가로서 어떤 작가가 되었건, 이 책에는 여성잡지에서 경력을 시작한 작가의 특징이 새겨져 있다. 다시 말해 사례와 조언이 가득하다. 나는 종군기자나 취재기자는 절대 될 수 없겠지만, 내가 몸담았던 전통도 훌륭한 전통이고, 때로는 힘들고 벅차기도 하다. 내가 가장 자랑스러워하는 글은

---

* 앤 패칫은 2011년 미국 테네시주 내슈빌에 독립서점을 열었다. 그에 대한 이야기가 이 책에 실린 글 「서점의 반격」에 담겨 있다.

대개 글쓰기와 사랑, 일과 상실처럼 우리 삶과 가까운 것에서 나왔다. 소설에서는 내가 여기저기 떠돌아다녔을지 모르지만, 이 책은 대체로 집 근처의 삶을 반영한다.

나는 오랫동안 할당된 단어 수를 지키는 일에 능란했지만, 몇몇 글은 다시 읽어보면서 분량을 늘렸다. 특히 「담장」이 그러한데, 『워싱턴 포스트 매거진』에서 내어준 공간에 비해 할말이 훨씬 더 많았기도 하고, 이제는 미술부에서 얼마큼의 공간을 필요로 할지 걱정하지 않아도 되기 때문이다. 그렇지만 대부분은 원래대로 두었다. 과거를 다시 쓰고 싶은 마음은 없다. 사실 내게 이 책의 정수는 과거를 계속 살아 있게 한다는 점이다. 여기에 다시 강아지가 된 로즈가 있고, 저기엔 할머니가 계신다. 칼과 내가 처음 만나고, 젊은 우리는 앞으로 어떤 일이 생길지 전혀 모른다. 운이 좋다면 미래의 어느 순간에 지금 여기 적힌 것들을 보면서, 이때만 해도 내가 얼마나 젊었는지, 얼마나 많은 일을 앞두고 있었는지 알 수 있겠지. 그때까지 나는 계속 글을 써나갈 것이다. 지어낸 것들과 실제 있었던 일 모두. 나는 그렇게 내 삶을 바라보는 법을 배웠다.

크리스마스 이야기 읽는 법

나는 크리스마스를 좋아했던 적이 한 번도 없다. 우리 가족의 경우, 추수감사절은 대개 행복했고 부활절도 지낼 만했지만, 크리스마스는 우리가 정말 열심히 망쳐버린 명절이었다. 난 그것이 부모님의 이혼 탓이라고 본다. 내가 어머니와 언니와 함께 로스앤젤레스에 있던 우리집과 아버지를 떠난 것은 거의 여섯 살이 되었을 무렵이었다. 당시 로스앤젤레스에서 어머니가 만나던 남자가 내슈빌로 이사해서 우리도 그쪽으로 간 것이었다. 일 년쯤 뒤 두 사람은 결혼했다. 양아버지의 자식 넷은 여전히 친모와 함께 로스앤젤레스에서 살았다. 양아버지의 자식들은 크리스마스를 비행기 안에서 보냈는데, 아침에 캘리포니아에서 어머니와 함께 선물을 열어보고 밤에는 테네시에 사는 아버지와 함께 두번째 선물을 열어보기 위해서였다. 지금 그때를 떠올리니, 당시 그 아이들은 보호자도 없이 그런 여행을 하기에는 터무니없이 어린 나이였음을 새삼 깨닫는다. 네 명 중 두 남매는 나보다 나이가 좀 많았고 다른 두 남매는 나보다 좀 어렸으니까. 우리는 서로 모르는 사이였지만 공통의 세계가 있었다. 언니와 내가 테네시에서 크리스마스를 보냄으로써 아버지를 배신했던 것처럼, 그 아이들도 크리스마스에 어머니를 혼자 두어 어머니를 배신했다는 것.

지치고 외로웠던 나의 의붓형제들은 집에 도착하자마자 불안해하면서 서로 싸우며 울고불고했다. 그러면 자식들을 앞에 두고 어찌할 바를 모르던 내 양아버지는 옳다구나 하며 바로 자신의 불행한 어린 시절을 또다시 끄집어냈다. 그는 크리스마스에 태어나는 크나큰 불행을 맞았고, 그래서 크리스마스 날만 되면 자기에게 무심했던 부모 탓에 생일 케이크나 선물이라고는 받아본 적 없던 어린 시절의 서글픈 기억이 떠오른다고 했다. 양아버지는 감상적인 남자라 그런 옛 기억을 떠올리면 바로 눈물을 쏟았다. 그러는 사이 자신에게 닥친 이 모든 일로 비탄에 빠진 내 어머니도 이제 자기 책임이 된 작고 불쌍한 아이들 여섯 명을 수습하려 애쓰다가 어느새 울기 시작했다.

친아버지가 크리스마스라고 내게 일부러 전화를 걸지만 않았다면 나는 이 모든 일을 그럭저럭 넘겼을 수도 있다. 아버지는 자신이 처한 상황—어린 두 딸이 테네시로 떠나버린—에도 대체로 극기심을 잃지 않았지만, 명절과 관련해서는 그렇지 못했다. 두 딸과 멀리 떨어져 사는 슬픔이 수화기를 타고 넘어와 살아 있는 존재처럼 우리 곁에 자리를 잡았고, 그러면 사실상 극기심과는 거리가 먼 언니와 나는 카드로 만든 집처럼 무너져내렸다.

그렇다고 크리스마스에 좋은 일이 하나도 없었다는 건 아니다. 크리스마스를 기념해 수녀님들이 주도했던 학교 행사—문장식 경연 대회, 재림절 달력, 크리스마스 역사극—에는 그 특별한 날을 묘사할 때 흔히 동원되는 즐거움과 기대가 빼곡했다. 예배당에 가서 〈기뻐하라! 기뻐하라!〉를 부를 때면 그런 기분이었다. 어머니가 판지와 금색 반짝이 포장지로 더없이 아름다운 날개를 만들어준 덕분에 나는 이 년 연속 천사장 가브리엘 역을 맡았다. 하지만 12월 20일이면 학기가 끝났다. 그러면 집에 돌아가 방학이 끝나기를 기다리는 일 외에 달리 할 수 있는 일이 없었다.

재구성된 우리 가족의 전 구성원은 그렇게 매년 크리스마스마다 고통에 시달리면서도, 정작 바꿔보자 생각한 것은 사소한 것들뿐이었다. 어떤 해에는 크리스마스 장식을 직접 만들기로 했고, 팝콘과 크랜베리, 그리고 별 모양으로 구운 설탕 과자를 줄줄이 엮은 장식을 나무에 걸었다. 당시 우리는 시골에 살고 있어서, 우리가 일주일을 들여 만든 그 장식을 쥐들이 단 하룻밤 새에 다 먹어치웠다. 또 어떤 해에는 직접 만든 선물만 주고받기로 했다. 양아버지는 첫번째 결혼반지와 이런저런 졸업반지, 그리고 치아에 사용했던 금 조각까지 끌어모아 가져가서 녹였다. 그리고 밀랍으로 반지와 목걸이와 귀걸이 틀을 만든 뒤 녹인 금을 부었다. 나는 그때 받은 울퉁불퉁하고 커다란 A자 장식이 달린 목걸이를 여전히 가지고 있다. 다른 딸들은 다들 귀를 뚫어서 귀걸이를 받았다. 헤더의 H, 패칫의 P 모양 등으로 만든 귀걸이들이었다. 또 언젠가는 어머니가 크리스마스를 1월 초순으로 옮겨 축하하면 동방박사 축일도 기념하고, 마침내 양아버지가 25일에 오롯이 자신의 생일을 누릴 수 있겠다는 생각을 해냈다. 하지만 생일 케이크를 놓고 생일 모자를 써봤자 아무도 속지 않았다. 그해에 친아버지 전화를 받은 우리는 오늘은 양아버지 생일이니 동방박사 축일에 다시 전화하라고 했다. 아버지는 전화기를 내려놓고 가서 선물이나 열어보라고 말했다.

크리스마스와 선물은 불가분의 관계이므로 나는 선물도 좋아했던 적이 없다. 크리스마스에는 뭐든 기대하거나 내심 바라지 않는 편이 좋았다. 친아버지의 선물은 얼마나 한결같이 내 바람과 어긋났는지 늘 가장 애처로웠다. 아버지가 보낸 옷은 전혀 내 취향이 아니었고, 인형은 크고 예술적이면서 섬뜩했다. 장화 모양 롤러스케이트를 간절히 원했던 해에 아버지가 보낸 것은 검은색 롤러스케이트였다. 쉬는 시간에 다른 아이들이 하얀 장화 모양 롤러스케이트를 신고 수녀원 주차장에서 스케이트를 타는 동안 나는 올 한 해도 스케이트를 못 탄 채 보내겠구나 싶어 무척 실망했지만, 그보다 아버지가 딸의 생활환경을 너무 모른다는 사실에 화가 났다. 전화로는 고맙다고, 정말 마음에 든다고 말했지만, 나는 그 스케이트에 끈도 끼우지 않았다.

그러다가 어느 해 크리스마스이브 늦은 시간에 아버지의 전화를 받았다. 아버지가 전화하는 시간은 주로 크리스마스 날 아침 미사를 다녀온 뒤라 그건 이례적인 일이었다. 기억하기로 내가 이미 잠자리에 들었을 시간인데, 아마 그날은 어머니 침실로 가서 어머니와 함께 누워 이야기를 나누고 있었던 모양이다. 전화는 그 방에 있었으니까. 열두 살쯤이었던 것 같지만, 사실 정확히 몇 살 때 일인지는 전혀 알 수 없다. 어쨌든 어렸을 때였다. 아버지는 신문에 실린 짧은 이야기를 내게 읽어주려고 전화했다고 했다. 아버지가 읽는 신문은 항상 〈로스앤젤레스 타임스〉였다.

그게 열두 살 때 일이었다면, 작가가 되고 싶다는 사실을 내가 이미 알고 있었을 때다. 그 사실을 알았던 것은 학교에 입학했던 여섯 살 때부터였고, 어쩌면 그보다 일찍이었을 수도 있다. 나는 내게 일어난 사건의 세세한 내용들을 잊는 경우는 간혹 있을지 몰라도 내가 읽은 이야기를 잊는 법은 없다. 줄거리, 인물, 대화의 구절 전체가 뇌리에 깊이 각인되어 있다. 이제 다소 흐릿해지긴 했지만 대체로 알아볼 수 있다. 글을 쓴 작가들—불쌍한 작가들!—은 기억에서 완전히 사라졌다. 누가 쓴 글인지를 알아차리게 된 것은 훨씬, 훨씬 뒤의 일이다.

아버지가, 혹은 다른 누구라도 내게 전화로 이야기를 읽어준 것은 그때가 유일했다고 확신한다. 나는 수화기를 조개껍데기처럼 귀에 대고, 이야기를 듣는 즐거움에 오롯이 빠져들기 위해 눈을 감았다. 화자는 어린 시절의 크리스마스이브를 회상하는 성인 여성이었다. 그녀는 가톨릭 보육원에서 자랐고, 매년 보육원의 소녀들은 자선 물품으로 들어온 실망스러운 선물을 딱 하나씩 받았다. 선물은 복권 추첨처럼 무작위로 분배되었는데, 주인공이 몇 년 동안 받았던 선물은 장갑이나 속옷 같은, 크리스마스 선물로 행세하지만 않는다면 감사히 받을 만한 생필품이었다. 그런데 이 특정한 밤에 주인공의 운은 극적으로 달라졌다. 절실히 원하던 색연필 한 통을 받은 것이다. 예술가가 되고 싶었던 화자에게 그것은 매우 반가운 선물이었을 뿐 아니라 미래의 꿈을 펼쳐볼 사실상 유일한 기회였다. 그녀는 색연필이 정말 마음에 들었고 또 필요하기도 했다. 그래서 그것을 들고 여럿이 함께 쓰는, 따뜻한 담요가 있는 썰렁한 침실로 갔고, 행복했다.

이 이야기 속 크리스마스 아침은 일찍 찾아왔다. 동이 트기도 전에 수녀들이 아이들을 깨우더니, 밤사이에 커다란 집시 무리가 보육원 숲 너머 들판에 와서 잠을 잤다고 했다. 집시 아이들은 선물도 없고 아침거리도 없으니, 전날 받은 선물을 그 불쌍한 아이들에게 줘야 하지 않을지 생각해보라고 했다.

이 이야기에서 내가 유일하게 고심했던 부분이 바로 이것이다. 수녀들은 보육원 아이들에게 선물을 줘야 한다고 말했을까, 아니면 제안만 하고 아이들이 알아서 하도록 했을까? 도덕적으로야 당연히 아이들에게 선택권을 주는 쪽이 더 흥미롭지만, 내가 다녔던 학교의 수녀들이라면 모두가 선물을 포기하게 했을 것이 분명하다.

외투를 입고 목도리를 둘둘 감은 여자아이들은 선물만이 아니라 각자 아침으로 먹을 음식까지 들고 캄캄한 숲을 가로질러 집시 야영지로 걸어갔다. 집시 아이들은 깡마르고 가난한데다 추위에 떨고 있었기에, 한 집시 여자아이에게 자기 색연필을 건넬 때 주인공은 멋지도록 담대했다. 그 순간 자신은 모든 것—잠잘 곳, 음식, 교육, 자신을 돌봐줄 수녀님—을 가졌음을 깨달았기에 색연필을 기꺼이 줄 수 있었다. 색연필처럼 특별한 것을 줄 수 있으니 자신이 대단한 행운아임을 알았다. 해가 떠오르는 가운데 아이들은 다시 보육원으로 돌아왔고, 수녀

들인지 보육원 아이들인지 집시들인지 모르겠지만 내 기억에
는 누군가가 노래를 불렀던 것 같다. 아버지가 이야기를 끝낼
즈음 난 무척이나 행복한 마음이었으니, 노랫소리는 내가 덧붙
인 것일 수도 있다.

이 특정한 통화 중에는 언급하지 않았지만, 아버지는 내가
치과위생사가 되기를 원했다. 언니와 달리 나는 딱히 출중한
학생이 아니었고, 아버지는 내가 나중에 써먹을 수 있는 실용
적 기술을 배우는 것이 무엇보다 중요하다고 보았다. 아버지가
보기에 글로 먹고살 가능성은 내가 디즈니랜드를 물려받을 가
능성만큼이나 희박했던 것 같다. 현실적이어야 한다는 것이 아
버지 생각이었다.

하지만 아버지는 이야기를 좋아하고 잘 이해하는 훌륭한 독
자였다. 아무리 교훈적이라도 형편없는 이야기는 내게 읽어주
지 않았을 것이고, 앞의 이야기도 교훈만큼이나 단순하고 멋진
구성이 좋아서 읽어주었던 게 분명하다. 너보다 더 궁핍한 사
람은 항상 있기 마련이다, 받는 것보다 주는 것이 더 낫다, 그
리고 무엇보다, 너를 더 나은 쪽으로 이끌어줄 수녀님의 말씀
을 잘 들어라, 그런 교훈 말이다.

나는 그것을 전부 받아들였고, 어린 시절에 이따금 생기는
폭발적인 이해력으로 더더욱 많은 것들을 받아들였다. 아버지
는 신문에서 기사를 오려내고 가장 마음에 드는 기사를 언니와

내게 보내길 즐겼는데, 전화로 내게 이 이야기를 읽어주다니 지금 생각해도 참 다정한 일이었다. 그 이야기만큼 아버지가 나를 잘 안다는 느낌이 들게 했던 선물은 없었다. 나는 그 안에 담긴 가톨릭교의 아름다운 모습이 너무나 좋았다. 어린 시절 나는 작가가 되고 싶은 만큼이나 빛나는 종교적 모범이 되고 싶은 마음이 컸다. 그러니까 초월적인 선함을 지녔으면서도 나를 향한 주변의 관심을 의식하지 못한 채 학교 수녀님들과 다른 아이들이 나의 이타심과 경건함에 찬탄하기를 바랐던 것이다. 아, 고아인 그 화자가 될 수만 있다면 나는 무엇이든 내어줄 수 있었을 것이다! 크리스마스마다 한쪽 부모와 지내느라 다른 쪽 부모를 실망시킨다는 기분이 들 필요가 없을 테니, 고아가 훨씬 더 낫지 않을까? 하지만 아이가 자신의 고난을 직접 선택하는 법은 없다. 그러니 부모와 형제자매가 충분치 않기는커녕 부모도 형제자매도 너무 많은 상황을 아쉬운 대로 이용할 밖에. 이야기 속 색연필처럼 멋진 선물을 받고 다시 그것을 남에게 줄 기회가 생기길 바랐지만, 크리스마스이브에 내슈빌 어디를 가야 집시를 찾을 수 있을지 전혀 알 길이 없었다. 당시에는 거실을 들여다볼 생각은 하지 못했다. 부모가 자기 자식들을 정말 모른다는 것을 증명하는 실용적인 선물에 틀림없이 낙담해 있을 검은 눈의 의붓형제 네 명이 뜯겨진 포장지더미 사이에 앉아 있었을 텐데 말이다.

내가 당시 우리집에서 함께 크리스마스를 보냈던 이들을 잘 몰랐던 것이 사실이었을지라도, 나는 그 짧은 이야기의 내막은 놀랍도록 제대로 파악했다. 화자가 제시한 크리스마스는 성인이라는 안전한 횟대에 올라앉아 되돌아보는 과거의 기억이었고, 그래서 화자가 결국 견디고 살아남았음을 나는 처음부터 알았을 것이다. 그 이야기의 주인공이 되고 싶은 마음이 절실했지만, 이야기의 주인공으로는 나 같은 가톨릭교도 여자아이보다 가톨릭교도 고아가 훨씬 낫다는 사실 역시 이해했다. 서사적으로 중산층 가정의 아이가 가난한 아이에게 색연필을 줘봐야 아무런 재미가 없겠지만, 고아가 자기 선물을 내주는 모습에는 나 자신도 감동해서 눈물이 났으니까. 집시의 궁핍함을 알기 전까지 화자의 궁핍함은 충격적이었다. 선물 같은 건 꿈도 꾸지 못하는 아이가 있다는 사실을 알기 전까지는 크리스마스 선물을 달랑 하나밖에 받지 못하는 아이를 보고 서글펐다. 바로 이런 것이 이야기를 진전시키는 바퀴였다. 이야기를 듣는 내내 난 그것이 허구임을 이해했다. 화자도 실제 인물이 아님을 알았다. 아마 작가는 보육원에서 살아본 적도 없었을 것이다. 내가 그런 사실을 이해한 것은 그 작품에 조잡한 면이 있어서가 아니라, 당시 글을 쓴다는 것은 무엇인가 하는 문제에 골몰하고 있었기 때문이다. 작가는 따분한 자기 삶과 크리스마스의 하찮은 슬픔에 제한될 필요가 없다. 원단을 잘라서 새로운 이야기를 만들어낼 수 있으니까. 본인의 경험을 반영하는 이야기가 아니라 내면 깊숙한 곳의 감정에 말을 거는 이야기를 말이다. 한마디로, 바로 그런 일을 내가 할 수 있을 것 같았다.

내 기억에, 처음으로 오롯이 행복했던 크리스마스를 맞은 것은 스물두 살 때였다. 아이오와시티에서 대학원 과정을 밟고 있었는데, 당시 학과장이었던 잭 레깃이 휴일 동안 자기 집을 봐달라고 부탁했다. 그 집은 아주 크고 오래된 아름다운 주택으로 지독히 추웠다. 뒷문 옆에는 크로스컨트리 스키가 세워져 있었고, 내가 읽어본 적 없는 양장본 책들이 수없이 많았고, 주방의 거대한 벽난로는 잠시라도 주의를 소홀히 할 수 없었다. 당시 친아버지는 캘리포니아에서 재혼하여 행복하게 살고 있었고, 어머니와 양아버지는 사실상 이혼한 상태였다. 언니와 의붓형제들 모두 더 나은 명절을 찾아 각자 여기저기로 떠나기 시작했다. 나는 뜨개질을 하고 책을 읽으며 아이오와에서 혼자 지냈다. 선물이나 장식된 트리 없이 보내는 시간만큼 나는 회복되었고, 내리는 눈과 고립의 평온함 속에서 과거의 크리스마스를 놓아주었다. 고아와 그 아이의 색연필 이야기만 빼고 전부 놓아주었고, 잭의 주방에 앉아 그 이야기를 다시 나 자신에게 들려주었다. 그전에도 크리스마스 때마다 그랬듯이, 앞으로도 크리스마스 때마다 계속 그럴 것처럼. 그것은 반짝이는 별

이었고, 내가 유일하게 간직하고 싶은 것이었다. 그 이야기는
기록해두지 않은 내 최고의 선물이다.

도주 차량
글쓰기와 인생에 관한 실용적 회고록

　나는 언제나 작가가 될 사람이었다. 내가 무언가를 알게 된 순간부터 내내 그 사실을 알았다. 내가 입학해 1학년이 되었을 무렵에는 우리 가족 사이에서 공인된 사실이었는데, 나는 읽기도 쓰기도 느렸으니 말이 안 되는 일이었다. 사실 어린 시절에 나는 아주 형편없는 학생이었다. 비록 철자는 전부 엉망이었고 글자 중 절반은 방향이 거꾸로였지만, 어쨌든 다듬어지지 않은 이야기나 시를 대충 지어낼 수 있었던 덕분에 그나마 진급을 할 수 있었다고 난 항상 믿어왔다. 동굴 벽을 긁어 들소와 불과 춤추는 사람들을 그리는 동굴인 아이처럼, 나는 어린 나이에도 내용을 지어내는 재주가 있었다. 오직 글쓰기 덕에 3학년 때 낙제자의 쓰레깃더미 속으로 휩쓸려 들어가지 않았고, 그런 연유로 나는 글쓰기를 사랑했을 뿐 아니라 강렬한 충성심마저 느꼈다. 신발끈을 묶거나 시계를 읽는 일에서는 어리숙했을지 몰라도 내 천직에 대해서는 확신이 있었고, 이런 확신이 내 인생의 가장 큰 선물이라고 본다. 그런 앎이 어디에서 왔는지는 설명할 수 없다. 내가 할 수 있는 말은 그것을 꼭 붙들고 절대 놓지 않았다는 것뿐이다. 글을 쓰고 싶다는 것을 알고, 그것이 내 성장기 동안 내 존재에 목적의식을 부여했고 삶의 우선순위를 알 수 있게 했다. 대단한 직업을 얻어 돈을 많이 벌고 싶었던가? 아니, 나는 작가가 되고 싶었고, 작가는 가난했다. 결혼해서 아이를 낳고 좋은 집에서 살고 싶었던가? 역시 아니었다. 중학교에 입학할 즈음에는 간접 비용이 덜 들고 딸린 식구가 적을수록 작업 시간이 많아진다는 것을 깨달았다. 언젠가는 무엇이든 출간하겠다고 생각은 했지만, 내가 쓴 것을 읽을 독자는 거의 없을 거라고, 아니 전혀 없을지도 모른다고 확신했다. 9학년 때는 카프카의 모델을 끌어왔다. 사후에 발굴될 가능성을 지닌 채 평생 무명으로 사는 삶. 비록 이렇게 어린 나이에 평생의 직업을 결정했지만, 보기와는 달리 그렇게 병적인 생각은 아니었다. 학교에서 배우는 작가들 가운데 평생 무명으로 살았던(경멸을 받거나 무시당했다면 더 좋고) 인물이 워낙 많았기에, 자연스럽게 그것을 선호할 만한 시나리오로 가정했을 뿐이다. 그것은 내가 받았던 가톨릭 교육, 겸양과 겸손을 강조하는 교육과도 부합하는 것이었다. 인세, 작품의 영화화를 위한 거래, 해외 저작권 계약 따위는 꿈도 꾸지 않았다. 내 인생이라는 그림에 성공이 등장한 적은 한 번도 없었다. 내가 살아갈 삶은 〈라 보엠〉*(사실 〈라 보엠〉은 들어본 적도 없었다)에서 곧장 튀어나왔을 법한 삶이었다. 외롭고 가난하고 아무도 알아주지 않는, 아마도 파리에서의 삶. 내가 스스로에게 허락한 단 한 가지는 미래의 행복에 대한 확신이었다. 비록 문학사에는 알코올중독자와 정신병원과 산탄총이 가득했지만, 내가 원한 단 한 가지가 주어지는 한, 내 삶이 비참하리라고는 상상할 수 없었다.

결과적으로 내 미래의 구체적 사항들 가운데 일부는 옳았고 일부는 틀렸는데, 전부 내가 지어낸 것이니 그럴 만했다. 직업의 날에 세인트버나드 가톨릭 여학교를 찾아온 인물 가운데 작가는 한 명도 없었고, 그래서 나는 아무런 지침도, 현실적 조언도 없이 머릿속에 든 전망을 향해 뚜벅뚜벅 걸어갔다. 그렇게 해서 여기에 이르렀다.

현재 나는 믿을 만한 현실적 조언의 정보 센터라 할 만하고, 내겐 자식도 학생도 없으므로 대개 강연이나 짧은 글을 통해 그것을 나누어준다. 나의 일에 관해 내가 아는 방대한 정보를

---

* 푸치니의 오페라로 가난하지만 자유분방한 예술가들이 등장한다.

하나의 장소에 다 모아놓은 다음 누군가가 조언을 구하면, 봐요, 여기 있어요, 내가 이미 다 적어놓았어요, 이렇게 말해줄 수 있겠구나 생각하면 썩 만족스럽다. 모든 작가는 각자 다른 방식으로 글쓰기에 접근하므로, 어떤 방식이 다른 방식보다 더 간단할 수는 있어도 절대적으로 잘못되었다고 무시할 수 있는 방식은 거의 없다. 이야기가 어떻게 진행될지를 글을 써가면서 알아내는 작가가 있다. 그런 이들은 자신이 어떤 작업을 하고 있는지 절대 말해주지 않는다. 결말을 미리 안다면 그 책을 쓰는 의미가 없다고, 그런 이야기는 자신에게는 죽은 것과 진배없다고 말한다. 일리가 있다. 한편 모든 것을 미리 계획하는 사람들도 있는데, 나도 이 부류에 속한다. (예컨대 존 어빙은 마지막 문장까지 전부 생각해놓기 전에는 집필을 시작도 못한다고 한다.) 이것도 일리가 있다. 수년간의 시행착오를 거치며 내게 두세 가지 습관이 자리잡았는데, 한번 따라 해보라고 권하긴 하겠지만, 결정은 각자 알아서 할 일이다. 이건 교본이 아니니까. 내가 해봤고, 내게는 효과가 있었던 것들을 적을 텐데, 이렇게 말하고 나니 모든 문장을 "내 경험으로는……"이라는 말로 시작하고 싶은 유혹에 시달릴 것 같다. 이 글은 바로 그것이다. 내 경험.

논리적으로 따지면 글쓰기는 말하기나 걷기나 숨쉬기와 마찬가지로 제대로 작동하는 인간 육체의 기능으로서 자연스러운 행위여야 한다. 우리 정신이 제공하는 한없는 서사의 흐름, 우리 머릿속을 가득 채운 포효하는 단어의 강에서 물을 끌어와 다른 사람들이 읽을 수 있도록 잘 정리된 생각의 말끔한 냇물로 흘려보내야 하는 것이다. 이미 우리에게 주어진 기반을 보라. 문자언어와 음성언어를 통제할 수 있도록 해준 일정 수준의 교육, 컴퓨터나 연필을 사용할 수 있는 능력, 그리고 살면서 겪은 사건들을 진실이기도 하고 거짓이기도 한 이야기로 자연스럽게 바꾸어놓는 상상력. 우리 모두에게는 어린 시절이 제공하는 정서적 혼돈이라는 선물은 물론, 여러 가지 아이디어도 있다. 이따금 좋은 아이디어도 떠오른다. 한마디로 이야기는 이미 우리 안에 있으니 자리잡고 앉아 적어내기만 하면 된다.

그런데 바로 이 지점에서, 그 이야기를 적으려고 자리에 앉는 그 시점에서 전부 허물어진다. 책 사인회나 식료품점에서, 혹은 칵테일 파티에 참석할 때마다 내게 다가와 자신에게 책으로 쓸 멋진 아이디어가 있다고 말하는 사람들이 있다. '당신이 거절 못할 제안' 식의 사업 제안서 행세를 하려는 편지도 받는다. 제 이야기는 진짜 블록버스터, 독창적 미국성을 지닌 베스트셀러가 될 겁니다. 하지만 불행히도 저는 일정이 바빠서 직접 글을 쓸 수 없습니다. 그래서 당신이 필요한 겁니다…… 그러면서 내게 일종의 거래를 제안하는데, 대개 수익을 50 대 50으로 나누자고 하지만 내 몫이 더 적은 경우도 있다. 나는 동의만 하면 된다. 그러면 내게 (눈을 뗄 수 없는! 절대 잊을 수 없을!) 이야기를 들려줄 테고, 나는 그 사람의 목소리를 글자로 옮기면 되는데, 그건 구술된 내용을 전사하는 일과 거의 다를 바가 없다는 것이다. 친애하는 귀하께로 시작되어, 내가 엄청난 돈을 받게 되었다고, 오늘은 재수 좋은 날이라고 주장하는 마구잡이식 인터넷 편지와 매한가지다.

자신들이 어디서 막혀버렸는지 깨달을 만큼 내가 똑똑하지 못하리라는 가정에서 하는 일이겠지만, 나는 그런 사람들이 가엾다. 또한 이 자리를 빌려 에이미 블룸에게 공개적으로 사과하고 싶다. 예전에 〈뉴욕 타임스〉가 주최하는 도서와 작가 오찬회(매우 인기 많은 행사로, 우리 사이에 앨런 올다, 크리스 매슈스, 스티븐 L. 카터가 앉아 있었다)의 마지막 일정으로 맹렬하게 책에 사인을 하던 중이었는데, 자기 순서가 된 나이 지긋한 부인이 내 앞에 서더니 자기 가족이 고국을 떠나 미국에 온 과정이 더없이 매혹적이고 아름답고 흥미로운 이야기라면서 그것을 책으로 써야 한다고, 그 책을 내가 써줘야 한다고 말했다. 나는 정중하지만 단호하게 거절 의사를 내보이면서, 분명 정말 멋진 이야기이겠지만 나는 내 가족이 고국을 떠나온 여정은 물론이고 내가 지어낸 수많은 이야기를 쓸 시간도 없다고 말했다. 하지만 노부인은 굴하지 않고 자기 부모와 그들의 희생과 모험을 대략 설명하기 시작했다. 아니요, 전 그런 일을 하는 사람이 아니에요. 나는 예의를 지키려 애쓰며 말했다. 하지만 상대는 꿈쩍도 안 했다. 몸을 앞으로 내밀고는, 누가 자신을 끌어내기라도 할까봐 탁자 가장자리를 움켜쥐었다. 제안을 승낙하지 않는 다음에야, 무슨 말을 해도 노부인은 그 자리를 떠나지 않을 것 같았다. 그 뒤로 줄이 길게 늘어서기 시작했다. 얼른 내 사인을 받고 마음껏 앨런 올다를 흠모(충분히 흠모할 만한 인물이었다)하고 싶은 사람들이었다. 더는 동원할 핑계가 없어진 나는 에이미 블룸에게 부탁해보라고 말했다. 에이미 블룸은 관심을 보일지도 몰라요. 나는 그렇게 말하면서 펜을 들어 세 자리 건너를 가리켰다. 노부인은 자신에게 매혹당할 새로운 청중에 대한 기대로 부풀어 에이미의 줄 쪽으로 총총히 옮겨갔다. 그때 내가 한 일은 개탄할 행동이었고, 이 자리에서 사과의 말을 전하고 싶다.

실제로 글을 써본 적이 한 번도 없는 사람들은 멋진 아이디어를 떠올리기가 힘들 것이라고 가정한다. 하지만 정말이지, 약간 발굴할 필요는 있지만 아이디어는 차고 넘친다. 눈을 크게 뜨고 세상을 보기만 하면 된다. 결국 진짜 문제는 아이디어를 실제 글로 옮기는 것이고, 내가 겪었던 무척 따분하던 어느 오후가 이 점을 아주 훌륭하게 증명해주었다. (독자를 배려해 짧게 줄인 따분한 일화가 이제 나온다.) 예전에 미시시피주 프레스턴의 밴더벤더 친족 모임에 참석한 적이 있다. 슈쾰락Shuqualak(어쩔 수 없이 '슈거록Sugarlock'으로 발음되는)에서 약 사십오 분 거리에 있는, 지도 위 점에 불과한 지역이었다. 나와 결혼한 남자가 밴더벤더 집안이라서 갔다. 진짜 가족 모임이라기보다는 미시시피주에 사는 밴더벤더 성을 가진 사람들의 모임이었는데, 대부분은 서로 만난 적도 없었다. 콘크리트 평판 위에 속이 빈 시멘트 벽돌로 지은, 프리메이슨 집회소 같은 낮은 사각형 건물이 행사 장소였는데, 건물 바닥이 땅과 같은 높이라 실내로 들어가는 계단조차 찾아볼 수 없었다. 보이는 것이라고는 들판과 그 너머의 미송 숲뿐이었다. 밴더벤더 집안의 먼 친척인 친구들과 함께 워낙 먼길을 온 터라 우리는 그곳에서 얼마간 머물 계획이었다. 행사가 시작된 지 서너 시간쯤 되었을 때, 아직 인사를 나누지 않은 몇 명의 밴더벤더 집안사람 중 하나가 다가와 말하길 내가 소설가라는 말을 내 남편에게 들었다고 했다. 유감스러웠지만 나는 그렇다고 답했다. 그러자 그 여성은 누구든 자기 안에 적어도 한 권의 위대한 소설을 지니고 있다는 이야기를 했다.

낯선 사람에게 내 직업을 알리지 말아야 한다는 것을 난 어렵사리 깨달았다. 남편에게도 거듭 부탁했지만, 그럼에도 남편이 나 대신 말할 때가 종종 있다. 미시시피주 프레스턴의 프리메이슨 집회소 같은 곳에 온 이런 상황에서, 평소라면 나는 상대의 말에 동의하고는 그 자리를 슬쩍 피했을 것이다(위대한 소설 한 권이요, 그럼요, 당연히 다들 그렇죠). 하지만 피곤하고 따분했던데다, 들판에 나가지 않는 다음에야 그 자리를 피해서 마땅히 갈 곳도 없었다. 그때 우리는 이름표가 놓인 탁자 옆에 서 있었는데, 이미 전부 '밴더벤더'가 적힌 이름표 위쪽에 각자의 이름만 추가로 적은 뒤 레모네이드를 받아 가면 되었다. 그 탁자 위에는 투명한 유리 꽃병에 꽂힌 키 큰 야생화 다발이 있었다. "누구나 자기 안에 위대한 꽃다발을 지니고 있나요?" 내가 물었다.

"아니죠." 여자가 말했다.

여자는 숱이 많은 백발을 짧게 깎았고, 꽃에는 눈길도 주지 않은 채 나를 똑바로 바라봤던 것으로 기억한다.

"대수적 증명도 하나씩?"

상대가 고개를 저었다.

"경기 종료 직전의 득점 시도도 하나씩? 1마일을 오 분 만에 주파하는 능력도 하나씩?"

"위대한 소설 한 권이라고요." 여자가 말했다.

"근데 어째서 소설은 있나요?" 그쯤에서 끝내야 하는데 순간 분별력을 잃고 내가 물었다. "위대한 소설은 왜요?"

"왜냐하면 다들 각자 삶의 이야기가 있으니까요." 그녀가 말했다. 그것이 그녀의 비장의 무기, 반박할 수 없는 증거였다.

그녀는 내 침묵을 자신이 이겼다는 확증으로 받아들였고, 그래서 나는 그 자리를 벗어날 수 있었다. 남편을 찾아내 제발 여기서 나가자고 애원했다.

하지만 그 여자 생각을 떨칠 수 없었다. 그날도 그랬고, 오년 후에도 그랬다. 누구든 림프계 속에 발생단계의 소설이 돌아다니는 일이 가능할까? 담배와 술, 필수적인 몇 번의 해로운 관계 같은 적절한 뒷받침만 주어지면 진지한 무언가로 탈바꿈할 수 있는 변칙적 세포처럼? 삶을 살아가는 일은 책을 쓰는 일과 동일하지 않고, 그래서 나는 우리가 알고 있는 것과 우리가 종이 위에 적을 수 있는 것의 관계를 생각해보게 되었다. 그 관계란 내게는 이런 식이다. 나는 머릿속에서 소설을 지어낸다 (이에 관해서는 뒤에서 더 이야기할 것이다). 포물선을 그리는 글쓰기 과정에서 이때가 가장 행복한 시간이다. 그 책은 눈에 보이지는 않지만 어디에나 존재하며 계속해서 진화하는, 아주 흥미로운 내 친구다. 아이디어를 짜맞추는 몇 달(혹은 몇 년) 동안에는 메모를 하지도 않고 얼개를 짜지도 않는다. 그저 이런저런 것들을 따져볼 뿐이고, 그러는 내내 그 책은 노트르담 대성당의 장미창에서 잘라낸 날개를 달고 펄럭이는 거대한 나비처럼 내 머리 주변에 산들바람을 일으킨다. 아직 한 자도 적히지 않은 이 책은 형언할 수 없을 만큼 아름답고, 그 패턴을 예측할 수 없으며, 색조는 예리하고, 본성상 지극히 야생 그대로이면서도 충직해서, 이 책을 향한 내 사랑, 그 께느른한 비상을 추적하면서 내가 보내는 믿음은 삶에 단 하나뿐인 완전한 기쁨이다. 그것은 문학사를 통틀어 가장 위대한 소설이고, 내가 그것을 궁리해냈으니, 이제 종이 위에 옮겨 적기만 하면 된다. 그러면 내게 보이는 이 아름다움을 다들 볼 수 있겠지.

그래서 옮겨 적는다. 더는 시간을 끌 핑계를 생각해낼 수 없을 때, 미루기가 실행보다 실제로 더 고통스러워질 때, 손을 뻗어 허공의 나비를 잡아챈다. 내 머릿속 한 부분에서 떼어낸 뒤 책상 위에서 꽉 눌러 내 손으로 직접 죽여버린다. 죽이고 싶어서가 아니라, 삼차원의 존재를 평평한 종이 위에 넣으려면 그 수밖에 없어서다. 제대로 해낸 것이 맞는지 확실히 하기 위해 핀으로 고정한다. SUV로 나비를 깔아뭉갠다고 상상해보라. 이 살아 있는 존재가 지닌 아름다운 면—모든 색깔, 빛과 움직임—은 전부 사라진다. 남은 것이라고는 내 친구의 바짝 마른 겉껍질, 깨지고 해체되었다가 엉망으로 재조립된 망가진 몸뿐이다. 죽은 나비, 그것이 내 책이다.

청중 앞에서 이런 이야기를 하면 좌중에선 웃음이 나오기 십상이다. 내가 아는 한 나의 글쓰기 과정과 관련해 가장 진실에 가까운 말인데도 자기 비하를 근사하게 꾸며댄다고 여긴다. 머리에서 손으로 이어지는 여정은 위태롭고, 곳곳에 시체들이 널려 있다. 글을 쓰고 싶은 이들이라면 거의 누구나—그리고 실제로 글을 쓰는 많은 사람이—거기서 길을 잃는다. 그러니 미시시피주 프레스턴의 프리메이슨 집회소에서 만난 아무개 밴더벤더 부인의 말이 맞을 수도 있다. 어쩌면 모두가 내면에 소설 한 권씩을, 그것도 위대한 소설을 지니고 있을 수도 있다. 나로서는 믿기 힘든 주장이지만, 논의를 이어가기 위해 일단 그렇다고 하자. 그러나 상상의 살아 있는 아름다움을 단어의 냉혹한 실망감과 맞바꾸는 가슴이 찢어지는 아픔을 기꺼이 감수할 사람은 얼마 되지 않는다. 한두 줄 적었다가 곧 삭제 키를 누르거나 종이를 구겨버리는 것도 그래서다. 분명 **저것은 내가 하고 싶은 말이 아니야! 저것은 내가 본 것을 재현하지 못해.** 아무래도 다음에 다시 시도해야겠어. 아마 뮤즈가 잠깐 담배 피우러 나갔나봐. 아마 슬럼프에 걸렸나봐. 아마 난 너무 멍청해서 작가가 될 그릇이 전혀 아닌가봐.

내가 이 특정한 무능함에 압도되어 처음으로 정말 헤맸던 것은 대학 신입생 때였다. 어린 시절부터 십대까지는 시인이 되고 싶었다. 소네트와 6행 6연체, 19행 2운체의 전원시를 썼고, T. S. 엘리엇과 비숍과 예이츠를 읽었다. 고등학생 때는 시 경연대회에 참가해 상도 받았다. 작가라면 어린 시절에 시를 향한 깊은 사랑을 품는 것은 필수적이라고도 할 수 있겠다. 언어의 면밀한 탐구는 내게 늘 도움이 되었다. 세라 로런스 대학에 입학하면서 내가 쓴 시를 제출했고, 제인 쿠퍼의 시 강의에 들어갈 수 있었다. 내 나이 열일곱이었다.

제인 쿠퍼는 상냥하고 친절한 사람이었는데, 내가 강의를 듣던 당시 건강이 극히 안 좋았다. 강의 시간에도 나타나지 못하는 일이 잦아지면서 한 무리의 상급생과 대학원생 몇이 주로 수업을 꾸려갔다. 그중 최고는 로빈이라는 이름의 여성이었다. 로빈은 볼보를 몰고 다녔고 라쿤 털 코트를 입었다. 그녀는 영리한 작가였을 뿐 아니라, 논의중인 특정한 시가 서로 무관한 감상적 단어를 한데 뭉쳐놓은 것에 불과하다는 사실을 신중한 문장 몇 개로 알려줄 수 있는 그런 종류의 비평가이기도 했다. 난 로빈이 존경스러우면서도 두려웠고, 머지않아 스스로 그 비평적 목소리를 얼마나 내재화했던지 그녀가 실제 교실에 없을 때도 그녀의 지적 판단을 내 작품에 오롯이 적용할 수 있게 되었다. 내가 쓰고 있는 글이 어째서 실패작이 되고 말지 설명하는 목소리가 들렸고, 그래서 쓴 것을 지우고 다시 시작했다. 하지만 로빈이라면 두번째 노력이라고 해서 더 낫다고 여기지 않을 것임을 알았다. 얼마 지나지 않아 나는 문장을 떠올렸다가 어떤 평을 들을지 예상하고는 스스로 포기하는 일을 펜 뚜껑을 열기도 전에 할 수 있게 되었다. 나는 이것을 '종이 위에서 내가 사라지도록 편집하기'라고 불렀다. 내게서 쏟아져나오던 젊은 자신감은 갈수록 위축되어 점점 더 작은 수로를 통과해야 했고, 결국 내 글쓰기는 졸졸 흐르다가 똑똑 떨어지는 수준이 되었다. 그 수업을 어떻게 낙제하지 않고 통과했는지조차 알 수가 없다.

그해가 끝날 무렵 나는 시 관련 책들을 책장 맨 밑으로 옮기고 앨런 거거너스의 소설 강의를 신청했다. 이에 대해 로빈에게 고마운 마음이다. 어차피 궁극적으로는 소설에 당도했겠지만, 그녀가 자기도 모르는 새 나를 그 방향으로 밀어주지 않았다면 훨씬 더 오래 걸렸을 테니까.

내가 글쓰기와 관련해 아는 것은 대부분 앨런에게서 배운 것이고, 처음 소설을 쓰기 시작했을 때 그의 강의를 들었으니 나는 대단히 운이 좋았던 셈이다(이제 와 돌아보면 얼마나 뜻밖의 행운이었는지 숨이 턱 막힐 정도다). 나쁜 습관이란 빠지기는 쉽고 벗어나기는 지독히 힘들다. 처음 그 강의에 들어갔을 때 나는 첫번째 시 수업을 시작할 때의 자신감은 전부 빠져나간 백지상태였다. 여전히 작가가 되고 싶었지만, 이젠 그게 무슨 뜻인지도 확실히 알지 못했다. 내게는 앞으로 나아갈 방법을 알려줄 사람이 필요했다. 앨런 덕에 들어섰던 그 길은 이후로도 내내 내 삶을 인도했다. 고된 과정이었다. 하지만 그는 동시에 그 과정이 아름답게 보이도록 해주었다. 그 일을 가능하게 해준 그에게 신의 가호가 영원히 함께하기를.

앨런의 연구실은 분명 학교에서 최고의 연구실이었을 것이다. 벽난로가 있었고, 두 짝으로 된 미닫이 유리문을 열면 나타나는 정원에는 봄이면 묵직한 프랑스 튤립과 산딸나무 꽃이 가득 피었다. 또 양장본 체호프 작품집과 액자에 든 존 치버의 흑백사진도 있었다. 앨런이 그린 데생들과 이국적인 장소에서 이국적인 친구들이 보낸 엽서도 있었고, 벽에는 새틴과 벨벳으로 만든, 정신 사나운 문양의 커다란 조각보가 걸려 있었다. 그가 방에 들어오면 우리는 생기가 돌았고 그에게 빠져들었다. 모두가 그랬다. 몇 편의 단편소설을 괜찮은 지면에 발표한 젊은 앨런은 우리 눈에는 체호프나 치버만큼이나 눈부신 인물이었다.

그의 너그러움은 상상할 수 없을 정도였다. 두 학기 동안 매주 열리는 글쓰기 워크숍인 앨런의 강의에는 열네 명의 학생이 있었다. 지금도 그들을 전부 다 기억한다. 이후 내가 들었거나 가르쳤던 강의에서 읽은 어떤 글보다 그들의 글을 더 잘 기억한다. 우리에게 주어진 과제는 이러했다. 학기가 끝날 때까지 매주 한 편씩 단편소설을 쓸 것. 처음에는 플롯의 가장 기본적인 뼈대가 주어졌다. **동물에 관한 글을 쓰시오. 동화를 쓰시오.** 이러이러한 관점에서 글을 쓰시오…… 등등. 이후에는 글쓰기의 출발을 도와준 그런 지침마저 사라져 우리는 각자 홀로 팽개쳐진 채 자판을 두들겨야 했다. 나로서는 청강할 능력이 없었던(없는) 강의들—무기화학, 고급 통계학, 상급 그리스어—을 들으며 대학을 다닌 사람들도 존경하지만, 내게는 이 특정한 작업을 해내느라 애를 썼던 이들이 최고였다. 내가 아는 소설 작법의 90퍼센트를 이 강의에서 배웠다. 글로 써내라. 진실되게 말하라. 연습한 종이가 쌓이도록 꾸준히 써라. 글쓰는 법은 글을 쓰면서 배워라. 느긋해지는 건 나중에, 훨씬 나중에 할 일이다. 우리는 무슨 일이 있어도 진도를 따라가야 했다. 한 주를 빼먹으면 단편소설 두 편이 밀리고, 그것은 익사하지 않으려고 기를 쓰는 와중에 한 모금 가득 물을 들이마시는 것이나 마찬가지였다.

알고 보니 머리에서 손까지의 거리, 하늘거리는 나비와 곤충 표본 사이의 거리는 규칙적인 연습으로 좁힐 수 있었다. 꿈처럼 시작된 것은 사실 그것을 끄집어낼 도구와 단련이 갖춰지지 않으면 영원히 꿈으로 남게 된다. 다이아몬드를, 아니 그것보다는 광산에서 캐내야 할 아주 실용적인 석탄을 생각해보라. 내가 다른 부류의 스승을, 그러니까 곡괭이를 휘두르기보다 귀를 쫑긋하고 뮤즈의 목소리를 들으라고 조언하는 스승을 만났다면, 나는 멀리 나아가지 못했을 것이다.

첼로 연주에는 연습의 필요성을 당연시하면서 어째서 글쓰기는 영감이라는 마법에 좌우된다고 여길까? 두 주 이상 악기 연주를 계속하는 아이라면 연습을 독려하는 어른이 곁에 있을 가능성이 크고, 그보다 더 오래 연습을 계속해나가는 아이라면 연습을 하면 실력이 더 나아지고 실력이 나아지면 영혼을 만족

시키는 깊은 즐거움이 생긴다는 사실을 이해하고 있을 가능성
이 크다. 나이가 몇 살이든, 처음 첼로를 집어들면서 "다음달
에 카네기홀에서 연주회를 열 테다!"라고 말한다면, 다들 저이
가 망상에 사로잡혔구나 하며 불쌍히 여길 텐데, 전국 각지의
소설가 지망생들은 열심히 쓰고 다듬은 원고를 바로 『뉴요커』
에 보낸다. 악기 연주는 예술 자체가 아니라 작곡가의 예술을
해석하는 일이라는 반론도 있겠지만, 일단은 이 비유를 고수하
련다. 바흐를 해석하는 **예술**과 마찬가지로 글쓰기라는 **예술**도
발전을 이루기까지는 먼길을 가야 한다. 예술은 기교의 어깨
위에 올라앉아 있다. 그러니까 예술에 도달하려면 일단 기교에
통달해야 한다는 뜻이다. 글을 쓰고 싶다면 글쓰는 연습을 하
라. 하루에 몇 시간씩 써야 하는데, 출간할 작품을 만들어내기
위해서가 아니라, 글 잘 쓰는 법을 배우고 싶다는 마음으로, 당
신만이 할 수 있는 이야기가 있어서 하는 연습이어야 한다. 이
야기를 쓰고, 그러면서 배우고, 그것을 치워버리고 다시 새로
운 이야기를 쓰라. 끈적한 침전물로 가득찬 배수구를 생각해보
라. 깨끗한 물을 얻을 유일한 방법은 수도꼭지에서 많은 양의
물을 흘려보내는 것이다. 우리에겐 대체로 형편없는 이야기,
지루한 이야기, 자기 만족적 이야기, 참아주기 힘든 격정적 멜
로드라마가 가득하다. 그 아래 맑은 물에 좋은 이야기가 존재
할 수도 있고 아닐 수도 있는데, 어쨌든 나머지를 전부 몸밖으

로 빼내야 한다. 성공할 보장도 없는 어마어마한 작업으로 여겨지나? 그렇기는 한데, 그런 식으로 보면 우리가 정의하는 성공에 의문을 갖게 된다. 첼로 연주에서는 연습 자체를, 아름다운 소리를 만들어내는 능력 자체를 즐거움으로 인식할 것 같다. 요요마처럼 훌륭하지는 못하더라도, 그 옷자락 끝이나마 부여잡아도 그 역시 예술이다. 앨런 거거너스는 연습을 사랑하는 법을 가르쳐주었고, 내가 실제로 무엇을 잘하는지 스스로 알아낼 수 있도록 엄청난 양의 글을 쓰라고 가르쳤다. 많은 시간을 들여 연습하고 연습한 종이를 쌓아올리다보니, 손과 머리 사이의 거리를 좁히는 일에서도 점점 나아졌다. 정확히 어느 시점인지는 모르겠지만, 그렇게 연습하다보니 어느 순간 예술에 도달했다. 내 상상 속 아름다운 존재를, 그것을 죽여버렸다는 느낌이 들지 않게 종이 위로 옮기는 법은 결코 배우지 못했다. 하지만 그 죽음을 견디는 법을, 그리고 그런 일을 한 나 자신을 용서하는 법을 배웠다.

용서. 자신을 용서하는 능력. 여기서 잠깐 이 점을 생각해보자. 그것이야말로 예술을 창조하는 열쇠이자 삶에서 행복 비슷한 것이나마 찾을 수 있는 열쇠이기 때문이다. 내 대뇌변연계의 커다란 화면 속에 세세한 면까지 근사하게 갖춰진 책(혹은 이야기, 혹은 대책 없이 긴 산문)을 종이(잘 생각해보라, 이것은 한때 이파리를 가득 달고 새들을 품어주던 우뚝 솟은 나무였다) 위에 옮겨놓는 일에 착수할 때마다 나는 내 재능과 지능의 부족을 한탄한다. 단 한 번의 예외도 없이 매번. 내가 더 재능이 많고 총명하다면 눈앞의 경이로움에 좀더 근접한 복사물을 확실히 포착할 수 있을 텐데. 이런 식으로 스스로의 무능함을 끊임없이 내리눌러야 한다는 서글픔이 다른 무엇보다 작가가 되는 일을 가로막는다는 것이 내 생각이다. 그러므로 용서가 열쇠다. 내가 쓰고 싶은 책은 쓰지 못할지라도, 내가 쓸 수 있는 책은 쓸 수 있고, 또 쓸 것이다. 살아가는 동안 거듭거듭 나를 용서할 것이다.

대학 3학년 때는 그레이스 페일리 밑에서 공부했다. 그레이스 페일리를 알게 되고, 더구나 그 강의를 일 년 내내 수강했다는 사실은 지금 생각해도 놀랍기만 하다. 그보다 나은 단편소설 작가는 없었고, 아마 그보다 좋은 사람도 없었을 것이다. 비록 그녀가 지나가다 이런 말을 들으면 신문으로 내 머리를 후려치겠지만 말이다. (더 나은 작가가 되고 싶은가? 가서 그레이스 페일리의 『단편집』을 사라.) 그레이스가 가르쳐준 교훈은 워낙 복잡해서, 강의를 듣고 이삼 년이 지나서야 당시 배운 모든 것을 완전히 이해했다는 사실을 인정해야겠다. 당시 나는 작가이면서 그만큼 부지런한 선생이기도 했던 앨런에게 익숙해져 있었다. 그는 약속한 시간에 정확히 약속한 장소에 있었고, 우리 원고에는 그의 트레이드마크인 갈색 잉크로 꼼꼼하게 적은 논평이 가득했다. 우리에게 과제를 내주고, 우리의 필요에 즉각 응하는 읽기 자료를 골라줬다. 그와 달리 그레이스의 강의에 가면, 교실 문에 휴강 공지가 붙어 있는 일이 잦았다─그레이스는 인권침해에 항의하기 위해 칠레에 갔습니다, 라든지 그 비슷한 내용이었다. 혹은 미리 잡아둔 면담 시간에 연구실 밖에 앉아서 아무리 기다려도 문이 열리지 않았다. 문 안쪽에서 인기척이 들리고 누군가가 우는 소리가 들릴 때도 종종 있었다. 그러다가 반시간쯤 지나 그레이스가 문틈 사이로 고개를 내밀고는 아주 다정한 말투로 오늘은 그냥 가라고 말하곤 했다. "문제가 좀 있어서." 나보다 먼저 도착한, 보이지 않는 안쪽 사람을 지칭하며 그렇게 말했다. 내가 찾아온 용건을 상기시키려고 내 가련한 단편소설을 들어 보이면, 그녀는 미소와 함께 고개를 끄덕이며 말했다. "네가 알아서 잘 하겠지."

아, 올 풀린 스웨터와 두꺼운 양말, 사방으로 휘날리던 백발, 감미로운 브루클린 억양의 그레이스는 인간 삶의 결작이었다. 강의 시간에 와서는, 간밤에 집에 도둑이 들어 우리 단편소설을 돌려주지 못하게 되었다고 말한 적도 있었다. 도둑이 아파트에 침입해서 자신을 식탁 의자에 묶었다고 했다. 그래서 그런 상태로 자기가 그의 고달픈 삶에 대해 한 시간 이상 이야기를 했다는 것이다. 결국 도둑은 그녀의 사진기와 우리 과제물이 잔뜩 든 가방을 훔쳐갔다. 그레이스의 관심을 오롯이 받을 수 있었으니 그 도둑은 참 운도 좋구나, 라는 생각을 한 게 확실히 나 혼자만은 아니었으리라. 또 언젠가는 강의 시간에 와서 우리를 전부 학교 승합차에 태우고는 차를 몰고 타임스퀘어로 갔다. 우리는 "USA, CIA, 그레나다에서 나와라!"라고 외치면서 해병대 신병 모집소로 향하는 무리에 들어가 함께 행진해야 했다. 날은 춥고 거리에는 사람들이 가득했는데, 그레이스가 우리에게 푯말을 들려 42번가로 내려보낸 후로 우리는 그곳에서 그레이스도 승합차도 다시 볼 수 없었다. 한번은 세라로런스 대학의 작은 교실에서 방석에 앉은 우리에게 그녀가 자기 단편인 「가장 요란한 목소리」를 낭독하는 것을 들었다. 그녀는 중간쯤에서 갑자기 멈추더니, 치아가 거슬린다면서 손가락을 입안에 넣어 안쪽 어금니를 뽑아내고는 읽기를 계속했다.

함께 강의를 들은 학생들 대부분이 그랬듯이 그때 나는 어렸고, 이기심이라고 불러야 마땅할 일종의 자기 본위적 태도로 가득차 있었다. 질풍노도의 대학 생활에서 우리가 쓰는 글만큼 중요한 것은 없었다. 그레이스는 우리가 당시 모습보다 더 나은 사람이 되기를 바랐고, 진정한 작가가 될 가능성은 그에 달려 있다는 것을 알았다. 그리고 우리에게 뭘 어떻게 하라고 말하는 대신 몸소 보여주었다. 인권침해가 소설보다 중요하다는 것을. 고통받는 이에게 전적인 관심을 쏟는 일이 원고 교정보다 더 큰 일이고 소설을 쓰는 것보다 더 큰 일이라는 것을. 그레이스가 남긴 작품은 몇 편 안 되지만 극히 중요한 작품들이다. 그녀의 편집자들은 학생들보다도 오래 기다려야 했다. 나는 글쓰기가 삶과 동떨어진 것이어서는 안 된다는 사실을 그녀에게서 배웠다. 작업을 한다며 삶의 흐름에서 빠져나와서는 안 된다. 작업이 삶이고, 어머니, 선생, 친구, 시민, 활동가, 예술가로서의 나는 모두 같은 사람이다. 글쓰기를 가르치는 것이 가능하냐는 질문을 자주 받는데, 난 그렇다고 대답한다. 더 좋은 문장을 쓰는 법, 대화문을 쓰는 법을 가르칠 수 있고, 심지어 플롯을 구성하는 법도 가르칠 수 있을지 모른다. 하지만 써야 할 이야기를 갖게 되는 법은 가르칠 수 없다. 품성을 기르는 법을 남에게 어떻게 가르칠 수 있을지 나로서는 감도 잡을 수 없는데, 그레이스 페일리가 한 일이 바로 그것이었다.

내가 그레이스를 마지막으로 본 것은 미국 예술문학아카데미의 오찬 자리에서였다. 그녀는 유방암 치료를 받고 있었다. 청력이 많이 떨어져서, 어떻게 지내냐는 내 물음에 대답을 하지 못했다. 그 대신 나를 안아주었다. "화학요법을 받으면서 좋은 사람들을 얼마나 많이 만났는지 넌 상상도 못 할 거야." 그녀는 그렇게 말했다.

대학에서 마지막으로 들었던 소설 수업은 러셀 뱅크스의 강의였다. 내가 그에게 배운 교훈은 단 한 번의 대화에서 얻었고, 그로 인해 내 글쓰기 방식은 그날 이후 전부 달라졌다. 그는 내가 글을 잘 쓴다고, 내 글은 잘 다듬어지고 구성도 좋아서 다른 학생들에게서 이렇다 할 비평을 들을 일이 전혀 없을 거라고 말했다. 하지만 그러더니 내게 얄팍하다고, 영악하게 표면에서만 이리저리 움직인다고 했다. 더 나은 작가가 되고 싶다면, 그런 작가가 되기 위해 나를 밀어붙일 사람은 나 자신밖에 없다는 것이었다. 스스로에게 도전하는 것, 정신을 바짝 차리고 내 글에서 타성에 젖은 부분을 찾아내는 일은 오롯이 내 몫이라고 했다. "위대한 문학을 쓰고 싶은 건지 위대한 텔레비전 쇼를 쓰고 싶은 건지 너 자신에게 물어봐야지." 그는 그렇게 말했다.

그의 연구실에서 나오니 바깥은 봄이 한창 무르익은 시절이었던 기억이 난다. 머리가 어질어질했다. 그가 방금 내 머리를 떼어냈다가 약간 각도를 바꿔 다시 붙인 기분이었고, 불안하고 걱정스러웠지만 이제 내 머리가 나아질 것을 알았다. 세상은 내가 한 시간 전에 거닐던 세상과 달라졌다. 이제 더 잘해나가리라. 적합한 인물이 나타나 필요한 말을 해주고, 그때의 내가 그 말을 받아들일 만큼 열려 있고 외부의 영향을 기꺼이 수용할 수 있는 상태인 그런 기적적인 순간이 살다보면 몇 번은 찾아온다. 어떤 작가가 되고 싶은지 궁리했던 어린 시절의 나, 굶주려 있지만 고귀한 인물, 예술을 위해 살던 그 인물은 얄팍하지 않았다. 이제 더 깊고 더 나은 자아로 다시 돌아가리라.

이후 수년 동안 러셀을 마주칠 기회가 여러 번 있었고, 나는 그때마다 그가 어떻게 내 인생을 바꿔놓았는지 말해주었다. 그는 그 대화가 전혀 기억나지 않는다고 하는데, 그래도 나는 전혀 언짢치 않다. 지난 세월 동안 나 역시 내가 해주었던 조언을 잊은 적이 많으니까. 그저 내가 러셀의 반만큼이라도 괜찮은 조언을 해주었기를 바랄 뿐이다.

젊은 작가가 무럭무럭 자랄 수 있는 교육철학을 조성하고 적임자를 고용한 세라 로런스 대학에 마땅한 공을 돌리면서도, 행운의 역할 역시 상당했다는 사실 또한 잘 알고 있다. 훌륭한 스승을 만나는 건 근사한 일이지만, 동시에 그때가 스승의 말을 신뢰하고, 그들이 준 교훈을 실행할 수 있는 삶의 시기여야 하기 때문이다. 우리가 읽는 책도 마찬가지다. 우리가 좋아하는 문학보다 우리가 특히 열려 있던 시기에 우연히 습득한 문학에서 우리는 더 큰 영향을 받는다. 이런 연유로 나는 고등학교 국어 시간에 『마의 산』을 읽을 수 있었다는 사실에 늘 감사한다(약간 놀랍기도 하다). 내가 지금까지 쓴 글 거의 전부가 그 소설의 기본 플롯—서로 모르는 사람들이 어쩌다가 한 무리를 이루어 감금된 상태로 사회를 형성한다는—을 줄거리로 삼았다. (또 한편으로는 그보다 몇 년 앞서 보았고 역시 내게 강한 인상을 주었던 1970년대 저급 재난 영화 〈포세이돈 어드벤처〉의 플롯도 그랬다.) 솔 벨로의 소설 『훔볼트의 선물』에도 큰 영향을 받았는데, 그 작품이 퓰리처상을 수상한 뒤 얼마 지나지 않은 열네 살인가 열다섯 살 때 그 책을 읽었다. 어머니와 양아버지 두 분이 이미 읽은 그 책이 집에서 굴러다니기에 한 번 읽어봤다. 청소년이 읽을 만한 책이 아니었던 것은 분명하지만, 지금도 그후 오랜 세월 읽은 그 어떤 작품보다 더 풍부한 심상과 정서를 그 소설에서 불러낼 수 있다. 뒤이어 델모어 슈워츠의 단편들을 읽고 「꿈속에서 책임이 시작된다」와 사랑에 빠진 것도 『훔볼트의 선물』을 읽어서였다. 십대 청소년 시절에도 나는 근사한 제목은 한눈에 알아보았다.

내 경험에 비추어, 어린 시절의 뇌는 빵 반죽처럼 말랑말랑하고 쉽게 영향을 받는다고 믿는다. 나는 학교 체험 학습으로 갔던 모든 교향악 연주회에 감사하지만, 저녁에 〈유쾌한 브래디가家〉*를 볼 수 있었던 모든 날은 저주한다. 나의 뇌에 그게 전부 들러붙어 있기 때문이다. 반대로 이제 나는 읽은 소설을 전부 잊어버릴 수 있고, 어떤 책을 열렬하게 사랑하며 거기서 영감을 받기를 죽도록 바란다 한들 아무런 영향을 받지 못한다. 자식에게 아이패드를 안겨주기 전에 이 점을 생각해봤으면 한다.

---

* 1969년에서 1974년까지 방영한 미국 가족 시트콤.

내가 학부생 때 받은 선물이 동화의 영역이었다면, 스물한 살에 들어간 그 이름난 아이오와 작가 워크숍은 그렇지 않았다. 대학원 강의 중에는 학부 때 들었던 강의에 비할 만한 것이 하나도 없었는데, 그건 제비뽑기의 운 탓이라고 생각한다. (알고 보니 운은 양방향으로 작용하는 것이었다.) 내가 두 해 늦게, 혹은 두 해 빨리 아이오와에 갔다면, 아니면 그저 다른 종류의 강의를 듣기만 했더라도 내 경험은 완전히 달라졌을 것이다. (세라 로런스의 경우도 물론 마찬가지였을 것이다.) 글쓰는 능력과 가르치는 능력은 다른 것이고, 둘 다 잘하는 사람이 내 지인 중에도 많지만, 둘 중 하나만 잘하는 사람도 많고 아예 둘 다 해서는 안 되는 사람도 많다. 예술학 석사과정을 선택하는 일이 그래서 간단하지 않은 것이다. 내 마음속 영웅과 함께 공부할 기회가 생길 수도 있지만, 정작 그 영웅의 강의가 실망스러울 수도 있다. 대학원 과정을 판단하는 가장 좋은 방법은 그 과정의 책임자가 누구인지 알아보는 것이다. 한때 나는 UC 어바인에 잠시 강사로 있었는데, 당시 그 소규모 과정의 학과장은 훌륭한 작가인 제프리 울프였다. 그는 만사를 아주 훌륭하게 관리했다. 교수진과 학생 선정에 무척 깐깐했고, 학생들이 서로 갈등을 빚지 않도록 학자금 지원 프로그램을 감독했으며, 전반적으로 협조적이고 화기애애한 분위기를 조성했다. 예술학 석사 프로그램 교수진은 전부 초빙교수고, 대부분 일 년

단위로(혹은 학기 단위로) 바뀌기 때문에, 명망 있는 이름이나 누군가의 오 년 전 경험에 비추어 판단해서는 안 된다. 늘 진행 중인 과정인 것이다.

소설가가 되려 할 때 예술학 석사학위가 얼마나 중요한가라는 질문에 대한 답은 당연히 '전혀 중요하지 않다'이다. 이 년짜리 석사과정의 혜택 없이도 걸작을 만들어낸 작가들이 세계 문학사에는 훨씬 더 많다. 그렇지만 예술학 석사과정은 적어도 미국에서는 일정한 역할을 하고, 많은 작가가 그 과정을 밟는다. 내게는 불완전한 경험이었지만 이득이 없지는 않았다. 나와 같은 목적을 가진 다른 학생들을 만나기도 했고, 이 년 동안 글쓰기에 전념할 수 있다는 것은 의심할 바 없이 좋은 일이었다. 다들 목표는 찬란했지만, 결국 학생들 대부분이 딴 데 정신이 팔렸다. 하루는 어머니와 통화를 하면서 우리가 사랑과 돈 걱정에 시간을 너무 허비한다고 불평했던 기억이 난다. "자료 조사라고 생각해." 어머니가 말했다. "쓰는 이야기가 다 그거잖아."

아이오와에서 나는 남들의 의견이 쓸모 있는지 없는지를 분별하는 법을 배웠다. 작가가 되는 일의 핵심적 요소는 자기 작품에 대한 의견 가운데 무엇을 받아들이고 무엇을 무시할지 배우는 일이다. 워크숍마다 온갖 평가가 쏟아졌다. 교실에 있는 학생의 3분의 1은 내 글을 무척 마음에 들어할 테고, 3분의 1

은 갈기갈기 찢어놓을 테고, 나머지 3분의 1은 분명 저녁으로 뭘 먹을까 고민하며 멍하니 허공만 바라보고 앉아 있을 것이다. 다들 한목소리로 뭔가 잘못되었다고 말해도 그 말이 틀린 경우도 간혹 있었다. 그럴 때는 나 자신을 믿고 하던 대로 계속 밀고 나가야 했다. 그런가 하면 단 한 사람만 어떤 문제를 지적하고 나머지는 전부 그 말에 동의하지 않더라도 결국 그 한 사람의 말이 맞는 경우도 있었다. 할말이 있는 사람들의 의견을 전부 똑같이 고려했다면 내 이야기는 끔찍한 트위스터 게임*(왼손은 노란색, 오른발은 파란색, 코는 빨간색 등등)이 되고 말았을 것이다. 반대로 내 글을 좋아하는 사람의 말만 듣고 다른 사람의 말은 전혀 듣지 않았다면 워크숍은 그저 시간 낭비였을 것이다.

워크숍과 관련해 한 가지 오해가 있다면, 자기 글을 두고 논의하는 과정에서 더 나은 작가가 되는 방법을 가장 잘 배울 수 있다는 생각이다. 그건 사실이 아니다. 자기 작품이 해부될 때 사람들은 초조해지고, 때로는 죽도록 초조해지고, 그러다보면 자아가 과도하게 발동할 수밖에 없다. 사실 실제로 무슨 일이 이루어지는지를 제대로 파악하게 되는 것은 남들의 작품을 비

---

* 빨강, 노랑, 파랑, 초록 원이 그려진 매트 위에서 자시에 따라 손과 발을 옮기며 균형을 유지하는 파티용 신체 게임.

평할 때다. 온갖 정서적 방어기제가 앞을 가로막지 않을 때에야 시야가 트이기 때문이다. 예술학 석사 프로그램은 무엇보다이런 점에서 값지다. 남들의 성공보다 오히려 남들의 실수에서더 많이, 더 빨리 배울 수 있다는 것. 원숙하게 실행된 범례를통해 소설 작법에 필요한 모든 것을 배울 수 있다면, 그냥 침대에 누워 체호프를 읽으면 될 것이다. 하지만 누군가가 스무 페이지 분량의 소설에서 다섯 페이지를 불필요한 묘사로 채웠거나, 일곱번째 페이지에 이르도록 독자의 흥미를 끌려는 노력을하지 않거나, 열네 살 짜리 여학생 두세 명의 대화를, 그것도특히 따분한 대화를 정부에서 도청해 그대로 옮겨 적은 듯한대화문을 보면, 그때가 바로 내가 배우는 순간, 그것도 빨리 배우게 되는 순간이다. 더 좋은 작품을 쓰려면 어떻게 해야 하는지 파악하는 일이 늘 가능하지는 않겠지만, 제대로 주의만 기울인다면 무엇을 피해야 하는지는 알아낼 수 있을 것이다. 얼마 지나지 않아 그 강의실에서 비평적 판단이 가장 뛰어난 학생이 누군지 드러날 테고, 바로 그런 인물이 당신이 찾아내야할 사람이다. 존경할 만한 다른 작가들과 친분을 쌓을 수 있다는 것만으로도 석사과정에 들어갈 이유가 된다. 스승이 항상내 곁에 있을 수는 없겠지만, 운이 좋다면 내게 무언가 가르쳐줄 것이 있는, 애정이 있으면서도 엄하고 솔직한 몇 명의 동료는 항상 존재할 것이다.

아이오와에서 내가 얻은 최고의 성과는 가르치는 법을 배웠다는 것이다. 나는 장학금을 받는 조건으로 첫해에 학부생을 대상으로 문학 입문 강의를 해야 했다. 두번째 해에는 학부생에게 소설 창작을 가르쳤다. 내가 이 일에 얼마나 부적합했는지 처참할 정도였다. 난 겨우 스물한 살이었고, 가르치는 일은 꿈에도 생각해본 적이 없었다. 문학 입문 강의에서는 소설 두 편(아무 소설이나 두 편), 희곡 두 편(셰익스피어 희곡 한 편과 동시대 희곡 한 편), 단편소설 몇 편, 그리고 시를 다루는 한 섹션을 조교가 맡게 되어 있었다. 이틀 동안 전반적인 안내 교육을 받고 강의 일정과 교실 호수를 전달받고는 그걸로 끝이었다. 전부 내가 알아서 해야 했다. 정말 무시무시했고, 지금까지 평생 책을 읽고 글을 쓰면서 배운 것보다 더 많은 것을 그 경험에서 배웠다. 오십 분 동안 학생들 앞에 서서 작품을 놓고 설명하는 처지가 되자 완전히 다른 시각에서 책을 읽게 되었다. 소설에 관한 내 생각을 전부 다시 따져봐야 했고, 텍스트에서 발췌한 예시로 그 생각을 전부 뒷받침해야 했고, 또한 내 생각을 설득력 있게 전달해야 했다. 한마디로, 다른 누군가에게 설명하기 위해서 나는 작가들이 어떻게 각자의 작업을 이루어냈는지를 훨씬 더 부지런하게 공부하기 시작했다. 학생이 되기 전에 가르칠 기회가 있었으면 좋았겠다 싶을 때가 종종 있다. 가르치면서 훨씬 더 잘 배울 수 있었으니 말이다.

　교육이라는 측면을 제외하면, 예술학 석사과정을 밟아야 할지 여부와 관련해 내가 가장 강조하고 싶은 점은 돈과 관련된 조언이다. 그 누구라도 문예 창작을 배우기 위해 빚을 져서는 안 된다. 그냥 그럴 만한 가치가 없다. 나중에 거둬들일 돈을 자신에게 미리 투자한다는 식의 생각은 하지 말아야 한다. 그곳은 의대가 아니다. 수많은 예술학 석사과정에서 배출되는 작가는 시장에서 소화할 수 있는 수보다 훨씬 많다. 평균의 법칙에 따르면, 졸업생 태반은 배운 기술로 밥벌이 비슷한 것도 할 수 없을 것이다. 모든 예술학 석사과정은 당신이 얼마나 재능 있는 학생으로 보이는지, 다른 말로 하면 학교에서 그 학생을 얼마나 원하는지에 따라 일정 수준의 장학금을 제공한다. 합격은 했지만 장학금은 받지 못했다면 기다렸다가 다음해에 다시 지원하라. 어느 학교에서 당신을 받아줄지, 어느 정도의 돈을 지원할지, 그런 문제는 그 당시 입학 심사단(심사 초반에는 대개 학생들로 구성되는 경우가 많다) 구성원이 누구인지 같은 우연적 요소에 좌우된다. 나는 네 군데에 지원했고, 한 곳―아마도 가장 경쟁이 치열했던―에 들어갔다. 조교 장학금을 받았지만 워낙 적은 액수라서 아이 돌보는 일을 엄청 해야 했다. 장학금을 받지 못했어도 아이오와에 들어갔을까? 아마 그랬겠지만, 그저 잘 몰라서 그랬을 것이다. 당시에는 내가 석사과정에서 하게 될 일이 정확히 무엇인지 알지 못했다. 이런 이야기를 하는 내가 지극히 실용적인 사람이라는 사실은 인정한다. 특히 돈이 걸린 문제에서는. 하지만 누가 도와주지 않아도 풍족한 환경인 경우가 아니라면 내 조언을 들었으면 한다. 이 년이 끝나갈 즈음이면 나는 분명히 거액의 출간 계약을 맺을 테고, 그 돈으로 그동안 빌린 대출금을 갚으면 돼. 혹시 이런 생각으로 주사위를 던질 계획이라면, 그런 일은 생기지 않을 가능성이 아주 높다.

글쓰기 석사과정을 논의하는 중이니 이참에 여름 프로그램도 잠깐 언급하고 싶다. 본인의 목표에 대해 스스로 솔직하기만 하면 그건 무척 재미난 과정일 수 있다. 작가 지망생들과 친해지고, 휴가를 즐기며 뭔가를 배우는 기회도 갖고, 한두 주 동안 존경하는 작가의 지혜로운 이야기를 들을 기회를 원한다면—그리고 자신의 예산 내에서 이 모든 것을 할 수 있다면—그렇다면 여름 프로그램은 훌륭하다. 하지만 그곳에서 내 소설을 받아줄 에이전트를 찾을 수 있다거나, 좋아하는 작가가 내게 큰 관심을 보여 여름 학기 일정과 관계없이 조언을 이어갈 거라고 생각한다면, 집어치워라. 그런 약속들을 얼마나 팔아먹던지 난 그것이 불편해서 오래전에 여름 프로그램 강의를 그만두었다. 함께 논의할 사람도 없이 몇 달이고 혼자 힘겹게 작업하는 사람이라면 그 프로그램이 제공하는 연줄이 생명줄이 되어줄 수도 있다. 축소판 예술학 석사과정처럼, 강의를 함께 들으며 친구나 믿을 만한 비평가를 만날 수 있는 기회가 된다. 명망 있는 뉴욕 에이전트의 눈에 들어 명망 있는 뉴욕 출판사에서 책이 출판되는 경우도 없진 않겠지만, 통계적으로 그것은 네 잎 클로버를 발견할 확률과 비슷하다고 본다. 그것도 사해의 강둑에서, 7월에.

아이오와 작가 워크숍을 마친 뒤 나는 펜실베이니아의 작은 대학에 입주 작가 자리를 얻었다. 다음 연도가 시작되기 이틀 전에 남편과 이혼하면서 그 일을 그만뒀고, 곧장 펜실베이니아를 떠났다. 그리고 다시 테네시의 어머니 집으로 들어갔다. 직전 직장에서 워낙 상사의 골치를 썩인 터라 다시 강의 자리를 얻을 가능성은 별로 없었으므로 결국 식당 종업원으로 일하게 되었다. 당시 나는 스물다섯 살이었다. 내 인생에서 가장 좋은 시절은 아니었지만, 적어도 예술학 석사과정의 학자금 대출을 갚기 위해 팁을 모을 필요는 없었다.

그전까지는 내 인생이 정해놓은 대본과 똑같이 펼쳐지리라는 사실을 의심할 이유가 전혀 없었다. 학생일 때는 스스로를 작가라고 생각했다. 하지만 식당에서 일하는 지금도 여전히 작가라고 할 수 있을까? 그것은 사랑의 시험이었다. 더는 내 뜻대로 되어가지 않는 상황에서 얼마나 오래 버틸 수 있을 것인가? (예시가 될 만한 일화: 수년 뒤 『GQ』에 실을 기사를 위해 런던에서 레이프 파인스와 인터뷰를 하고 있었다. 함께 점심을 먹는데 종업원이 다가와 파인스의 작품을 무척 좋아한다고 말했다. "저도 배우예요." 사인 받을 종이 한 장을 내밀며 그가 말했다. 나중에 나는 파인스에게 당신이라면 식당에서 일하며 배우가 되려고 고군분투하는 생활을 얼마나 오래할 수 있겠냐고 물었다. 실제로 당신은 배우 일을 시작하자마자 만사가 순조로웠지만, 논의를 위해 편의상 사정이 그렇지 않아서 지저분한 접시를 치우고 아이들이 흘린 과자 부스러기를 치워야 하는 상황이었다고 가정해봅시다. 당신의 꿈은 회복력이 얼마나 강했을까요? 성공의 기미가 보이지 않아도 얼마나 오래 묵묵히 버틸 수 있었을까요? 파인스는 고개를 절레절레 흔들며 말했다. "난 못했을 겁니다.")

글쓰기와 관련해 학생 시절에는 배우지 못했으나 식당에서 일하며 배운 것들이 있는데, 첫번째로는 내가 글쓰기에 얼마나 헌신하고 있는가였다. 몇 달이 흐르면서, 나는 글쓰기가 즐거워서 글을 쓰는 것이고 영원히 식당에서 일해야 하더라도 글쓰기는 여전히 나의 기쁨일 것임을 깨달았다. 그렇다고 글쓰기를 탈출의 수단으로 이용할 계획이 없었다는 뜻은 아니다. 나는 내 재능에 흔들림 없이 충실해왔고, 위기에 직면한 지금 내 재능이 내게 충실해주기를 기대했다. 나는 머릿속으로 작업하는 법을 배웠다. 샐러드 접시의 크루통 몇 개를 슬쩍 집어먹고 선디 위에 얹을 퍼지 소스를 전자레인지에서 데우는 사이사이, 나를 식당에서 벗어나게 해줄 소설을 쓰고야 말겠다고 결심했다. 그 소설이 나의 도주 차량이 되리라고.

앨런 거거너스의 강의실에 처음 들어갔던 순간부터 나는 단편소설에 전념했다. 장편소설은 언제 쓸 계획이냐는 질문을 받으면 이렇게 대답하곤 했다. 제가 바이올린 연주자라면, 단지 더 큰 악기라는 이유로 비올라는 언제 연주할 거냐고 물었을까요? (독선적인 학부생을 대하듯 애석하다는 투로 여기서 고개를 절레절레 흔들어도 상관없다.) 하지만 어쩌다보니 나는 장편소설 크기의 구멍에 빠져버렸고, 거기서 나오려면 단편 하나만으로는 부족하다는 걸 알았다. 문제는 내가 비싼 돈을 들여 단편소설 교육만 엄청나게 받았을 뿐, 장편소설에 관해서는 원격 수업조차 받은 적이 없다는 것이었다. (이것이 대체로 시간과 실행 계획, 그리고 어느 정도는 인내심의 문제임을 이제는 안다. 선생은 매주 단편소설 열다섯 편을 읽는 일은 기꺼이 할지 몰라도, 문맥에서 떨어져나온 길고 횡설수설하는 장편소설 열다섯 편의 조각을 읽으려 하지는 않을 테니까. 또한 발췌문으로는 그룹 비평을 받아봐야 거의 이득이 되지 않는 것도 사실이다. 일단 완성한 뒤 온갖 비평적 의견을 들으면 몰라도, 소설을 쓰는 중이라면 그것은 열다섯 사람이 주간_{州間} 고속도로에 이르는 최선의 경로에 대해 상반되는 방향을 말해주는 것과 같다.) 그래서 나는 치즈버거 접시 두세 개를 팔에 요령 있게 얹고 다니는 식당 종업원으로 일하면서, 소설을 쓰는 방법을 스스로에게 가르치기 시작했다.

단편이든 장편이든 시든 에세이든, 무엇을 쓰든 우선적으로 필요한 것은 아이디어다. 앞에서도 말했지만, 이 단계부터 너무 주눅들지 않는 게 좋다. 아이디어는 어디에나 있다. 커다란 돌을 들춰보고, 차를 몰고 지나가다가 어떤 집의 창문을 바라보며 그 안에서 어떤 일이 벌어지고 있을지 상상해보라. 신문을 읽고, 아버지에게 고모에 관해 물어보고, 내게, 혹은 어떤 아는 사람에게 벌어진 일을 떠올린 뒤 그것을 뒤집어서 완전히 다른 방식으로 생각해보라. 두 인물을 만들어서 한 방에 넣고 무슨 일이 벌어지는지 지켜보라. 시작은 사람일 수도 있고, 장소나 목소리나 사건일 수도 있다. 항상 똑같은 곳에서 시작하는 작가도 있다. 내 경우에는 매번 다르다. 정말 막혀버렸을 때는 사진첩을 들여다보는 일만큼 도움이 되는 것이 없다. 사진첩을 펼치고 사진을 보면서 이야기를 만들어보라.

오롯이 상상으로만 작업하겠다고 작정했더라도, 어느새 글 속에 스며든 온갖 자전적 요소에 아마 깜짝 놀라게 될 것이다. 반대로 실화 소설의 길에 들어섰더라도, 실제 삶에서 재미없는 부분은 결국 바뀌게 될 것이다. 읽은 책, 본 영화, 실제 나눈 대화와 친구들에게 들은 이런저런 이야기에서 조금씩 떼어다 쓰면서도 자기가 그러고 있다는 사실을 깨닫지 못하는 경우가 태반일 것이다. 결국 나는 퇴빗더미라, 지금까지 소통한 모든 것, 내 모든 경험을 그 위에 쏟아부으면 그 모두가 잘게 부스러지고 벌레의 소화기관과 배설기관을 거치며 썩어간다. 시커멓고 비옥한 그 부엽토에서, 내가 마주친 것과 내가 아는 것과 내가 잊은 것의 조합에서 아이디어가 자라나기 시작하는 것이다. (비옥한 퇴비라는 측면에서, 개인적 차원에서나 문학적 차원에서나 광범위한 경험이 득이 된다는 이론의 정당성을 주장할 수도 있겠지만, 에밀리 디킨슨의 삶은 그런 이론을 말끔히 해체한다.)

첫 소설을 머릿속에서 구성하던 당시, 나는 손님의 주문을 받아 적지 않았던 것과 마찬가지로 그것도 적어두지 않았다. 기억해둘 만한 무언가가 떠올랐다면, 다른 건 잊어버려도 그것만은 기억에 남으리라 생각해서였다. (사람들이 저녁식사로 무엇을 원하는가 하는 문제에까지 적용되는 접근법은 아니었다.) 기억에 대한 내 이론이 꼭 옳다고 보지는 않지만—나는 분명 지금 내게 괜찮아 보일 많은 아이디어를 잊었을 것이다—기록하지 않고 기억에 의존하는 이 방법을 통해 집중할 것에 더욱 집중하고 아직 굳건히 자리잡지 않은 것들에는 지나치게 마음을 쏟지 않을 수 있었다. 아이디어를 면밀히 따져보는 초기에는 특히 더 그랬다. 더구나 소설 구상의 초기에는 정확히 뭘 적어둬야 할지 알기가 어렵다. 마치 눈보라가 몰아치는 들판을 걷듯이, 눈발에 가려 한동안 아무것도 보이지 않다가 저멀리 뭔가가, 나무인지 사람인지 연기인지 알 수 없는 뭔가가 나타나듯이, 눈앞에 있는 게 무엇인지 보려고 늘 안간힘을 쓰는 심정이었다. 잠깐 눈발이 약해지면 얼핏 보이지만, 가까이 다가가면 빛이 흐려지기 시작한다. 줄곧 눈을 가늘게 뜨고 본다. 한참 동안 이런 식이라, 그 상황을 글로 적는다면 이렇게 될 것이다. **뭔가가 보인다. 어떤 형태? 모르겠다.** 문학 저장소에 넣어두긴 어려운 것들이잖나.

지금은 없는 T.G.I. 프라이데이 내슈빌 지점에서 조립된 내 소설, 『거짓말쟁이들의 수호성인』의 시작은 이러했다. 가톨릭교에서 운영하는 미혼모 시설에 한 젊은 여자가 있고, 산통이 시작된다. 시설은 외진 시골에 있어서 가장 가까운 병원도 사십오 분 거리이고, 그래서 여자는 산통이 시작된 사실을 아무에게도 알리지 않기로 한다. 아기와 함께 구급차를 타고 가고 싶어서 비명도 지르지 않을 것이다. 잘 기억은 나지 않지만 아기가 쌍둥이였던 것 같으니 아기들이라고 해야 할 듯하지만. (심리 상담사 앞이라면, 돌이켜보건대 이 아이디어는 아마 당시 이혼한 내가 임신도 하지 않았고 자식도 없어서 아주아주 다행스러운 마음이었다는 사실과 관련이 있을 거라고 말할 것이다. 하지만 누가 알겠는가? 그때는 분명 그런 생각은 하지 않았다. 은식기를 냅킨으로 싸고 다이커리*를 8번 테이블의 사업가들에게 가지고 갔을 뿐. 때는 1989년이었고, 우리 식당은 냉동 딸기 다이커리를 엄청나게 팔았다.) 그래서 한밤중에 아이를 낳는 이 여자가 있고, 그 방에는 다른 여자들도 있다. 그곳에서 머무는 여자들, 그녀를 도와주러 온 공모자들. 나는 그들 각각의 면모를 살폈다. 빈 그릇을 치우고 식기세척기를 돌리고 주방의 준비용 테이블에 부족한 재료를 올려두는 사이 (파슬리, 파슬리, 파슬리! 프라이데이는 파슬리에 진심이었다. "푸른 채소가 없다는 건 말도 안 돼." 다른 종업원이 내게 말했다) 그들의 이야기를 생각하며 나날을 보냈다. 그 소설은 아기를 낳는 그 여자의 이야기라는 것이 내 생각이지만, 그 방에는 로즈라는 이름의 다른 여자도 있다. 자기 차를 몰고 캘리포니아에서 켄터키까지 온 로즈에게는 비밀이 있다. 남편이 있는 것이다. 그 지점부터 내 이야기는 사방팔방 가지를 뻗기 시작한다. 캘리포니아에서 로즈에게 무슨 일이 있었을까? 부모는 어떤 사람이고, 남편은 어떤 인물이며 애초에 왜 그와 결혼했을까? 그런 문제에 골몰하다가 막다른 골목에 이르면 다시 돌아 나왔고, 그러다 미처 생각지 못했던 연결과 뜻밖의 반전을 만들어냈다. 전부 머릿속에서.

---

* 럼주에 과일주스나 설탕 등을 섞은 칵테일.

근무시간 동안 이 요란한 소설이 내 머릿속에 꽉 들어차 있었지만, 정작 내가 실제로 쓴 글은 연구비 지원서뿐이었다. 먹을 것과 거처할 공간을, 그리고 상상 속에서 완전한 형태를 갖춘 소설을 종이에 옮겨놓을 시간을 제공하는 곳을 찾을 수 있기를 절박하게 바라며 눈에 띄는 곳마다 전부 지원했다. 나와 같은 처지의 사람들이 꿈꾸는 것은 PEN 아메리칸 센터에서 매년 발행하는 『미국 작가를 위한 보조금과 상』이라는 단 한 권의 책에 전부 들어 있다. 공모전 마감일을 알고 싶거나 어떤 상과 장학금이 주어지는지 궁금하다면 이 책을 찾아보면 된다. 래드클리프대학의 번팅 연구소(지금은 래드클리프 연구소라고 한다)에서 모집하는 자리에 지원해서 최종 삼 인 후보에 들었지만, 희망에 가득 부풀어 몇 주를 보낸 뒤 결국 떨어졌다. 식당 일을 하면서 가장 암울했던 시기였다(기쁘게도 사 년 뒤 그곳에서 연구비를 받기는 했지만). 식당에서 가장 수입이 좋은 금요일 밤과 토요일 밤과 일요일 브런치 근무를 맡게 되었을 정도로 경력이 쌓였을 즈음, 매사추세츠 프로빈스타운의 예술 작업 센터에서 10월 초부터 5월 초까지 작은 아파트와 한 달에 삼백오십 달러의 월급을 작가 열 명과 시각예술가 열 명에게 지급한다는 레지던시 프로그램 소식을 들었다. 그리고 내가 선정되었다. 정신적인 측면에서 찰리 버킷이 윙카 초콜릿 바에서 황금 티켓을 찾은 것에 버금가는 일이었다. 나는 식당 일을 그만두고 차에 짐을 실은 뒤 케이프코드로 갔다.

　가면서 결심했다. 글쓰기를 가장 우선순위로 두어야지. 진즉 그랬어야 했지만, 늘 너무 많은 일이 벌어졌다. 대개는 사랑에 빠지고 헤어지고 다시 다른 사람과 사랑에 빠졌다. 사랑이란 워낙 긴급하고 절박한 일이라, 종국에는 글쓰기에 쏟아야 할 정신을 빼앗아갔다. 그건 일도 마찬가지였다. 그러니까 식당 일 말이다. 게다가 나는 좋은 친구이고 좋은 딸이었다. 가뜩이나 부족한 시간을 쪼개서, 과거의 행동에 대해 죄책감을 느끼고 앞으로 어떻게 할지를 걱정하면서 보냈다. 이 할일의 목록에서 글쓰기를 정확히 어디에 집어넣어야 할지 몰랐다. 맨 아래가 아닌 것은 분명했지만, 안전하게 맨 윗자리를 차지한 적도 없었다. 자, 이제 글쓰기가 맨 위로 올라갔다. 그러자 지금까지 글쓰기에 나 자신을 온전히 바치지 않은 것이 아주 지혜로운 일이었음을 깨달았다. 내게 재능이 있는지 없는지, 그런 문제와 씨름할 필요가 없었으니까. 무엇이 되었건 글쓰기를 방해하는 다른 일이 있는 한 내가 완성한 단편소설을 보면서, 만약 자질구레하지만 긴급한 삶의 문제들에 그 많은 시간을 빼앗기지 않았다면 이보다는 나았을 텐데, 그렇게 생각할 수 있었으니까. 내가 아직 쏟아붓지 않은 능력이 어느 만큼인지 결코 알지 못했기에, 얼마나 더 나아질 수 있을지도 결코 알지 못했다. 그런데 이제 내 머릿속 소설을 실제로 써낼 수 있는 일곱 달의 시간이, 작업 센터에서 내어준 헤아릴 수 없이 값진 선물에 부응할 일곱 달의 시간이 주어진 것이다. 내 인생에서 적어도 일곱 달이라는 기간 동안만이라도 최선을 다한 뒤 얼마나 좋은 결과물이 나오는지 알아볼 계획이었다. 이제는 절박함이라는 추동력이 있었다. 고향에서 나를 기다리는 것이라고는 프라이데이의 종업원 일뿐이었다. 더 나은 삶을 원한다면 무조건 써야 했다.

작업 센터에 도착한 나는 내 컴퓨터―여러 상자에 꽉 채워 담아야 했던 1980년대 중반의 거대한 컴퓨터―를 끌고 좁은 계단을 올라 아주 작은 방에 들어갔다. 일인용 침대에 침구를 정리하고 수건을 걸고 식료품점에 갔다. 마지막 여름 관광객들이 서둘러 떠나는 중이라, 겨울이 되면 프로빈스타운이 얼마나 유령 마을 같을지 얼핏 볼 수 있었다. 다음날 아침에 일어나 차를 끓여서 책상 앞에 앉았다. 지난 한 해 내내 소설을 머릿속에 담은 채 살았지만 단 한 글자도 종이 위에 옮긴 적이 없었다. 바로 그 순간, 나는 장편소설을 써본 적이 없고 내가 무엇을 하려는 것인지 전혀 모른다는 사실이 떠올랐다.

빈 컴퓨터 화면을 앞에 두고 가만히 앉아 있으니, 지금까지 미처 고려하지 못한 온갖 것들이 나타나 덜컥 겁이 났다. 물론 인물과 배경과 대강의 플롯은 있었다. 하지만 그 순간까지 실제 서사 구조를 생각해본 적이 한 번도 없었다. 이 이야기의 화자는 누구지? 내 인물들은 서로 마음을 털어놓는 사이가 아니라서 일인칭시점만으로는 이야기 전체를 전달할 수 없으므로 삼인칭 전지적 시점의 서사, 서술자의 시점이 인물들 사이를 매끄럽게 돌아다니는 거대한 러시아식 서사를 사용하고 싶었다. 하지만 전지적 시점을 어떻게 구성하는지 그 방법을 몰랐다. (이후 두 편의 장편소설을 쓸 때도 그런 식으로 해보려 달려들었지만, 늘 다시 뒷걸음질쳤다. 네번째 장편소설인 『벨칸토』에 와서야 드디어 그 방법을 알아냈다.)

서사 구조조차 마련하지 않았다면 도대체 그때까지 내내 뭘 했던 것인가? 나는 공포에 사로잡혔다. 프로빈스타운에 도착한 그 순간부터 모래시계에서 모래가 흘러내리는 것을 느낄 수 있었다. 겨우 일곱 달이니 머뭇댈 시간이 없었다. 나는 세 주요 인물에게 각각 일인칭시점을 주기로 마음먹었다. 서사를 앞뒤로 움직이지 말고, 각각의 인물에게 자기 이야기를 할 기회를 딱 한 번씩만 주고 끝내야겠다. 결심이 대개 그렇듯이 이 결심도 필요에 의한 자의적 결심이었다. 제대로 될까? 스스로도 미심쩍었지만 다른 대안을 생각해낼 수 없었다. 이따금 주차장에 있는 작가나 화가가 내 방 창문으로 보였다. 그들은 걸음을 멈추고 서로 대화를 나누다가 함께 시내로 향했다. 지난 한 해 내내 나와 함께 있었던, 모든 것을 아우르는 멋들어진 내 소설이 사실 쓰레기였다는 깨달음이 이층 방의 내게 찾아왔다. 다른 아이디어를 생각해내야 했다, 그것도 당장. 삭제 키를 눌러서 지금까지 해온 형편없는 작업을 흔적도 없이 지워버려야 했다.

내가 그곳에 가서 쓰려 했던 소설은 결국 완성되었는데, 그 공은 상당 부분 내 친구 다이앤 굿맨에게 돌려야 한다. 당시 다이앤은 펜실베이니아에 살고 있었다. 그때는 장거리 통화가 비쌌고, 나는 가망 없는 빈털터리였다. 그래도 다이앤과의 통화는 현명한 투자였다. 그 친구는 내가 지금까지 쓴 것을 전부 버려서는 안 된다고 말했다. "진정해." 거듭 그렇게 말했다. "끝까지 밀고 나가." 그 조언이 내 생명줄이 되었다. 그 조언이 아니었다면 나는 서로 다른 소설 열여덟 편의 첫 장만 쓰다가 일곱 달을 다 보냈을 테고, 그러고도 종국엔 전부 이 첫번째 이야기만큼이나 마음에 들지 않았을 것이다. 당시 나는 단편소설 쓰는 일에 익숙했다. 하루나 이틀, 혹은 사흘에 걸쳐 열정적이고 활기차게 여러 편의 글을 마구 써내도록 설정되어 있었지, 장기적인 글쓰기는 해본 적이 없었다. 내가 곧 깨닫게 되었듯이, 장편소설은 해협을 헤엄쳐 건너는 일과 같다. 차갑고 어두운 바다에서 천천히, 꾸준히 팔을 저어 먼 거리를 헤엄치는 일. 얼마나 왔는지, 앞으로 얼마나 더 가야 하는지, 그런 생각에 지나치게 빠지면 가라앉아버린다. 이후에 알게 된 일이지만, 나는 이후로도 장편소설을 쓸 때마다 항상 똑같은 위기를 겪었다. 이 아이디어는 너무 형편없으니 새로 아이디어를 찾아내는 것만이 유일한 희망이라는 느낌. 하지만 오랜 세월에 걸쳐 내가 깨달은 바로는, 새로운 아이디어도 결국 낡은 아이디어가 된다. 나는 지금 내가 힘겹게 끌고 가는 기진맥진한 늙은 군마를 종착점까지 데려가기 전에는 절대 내 상상 속의 섹시한 소설을 새로 시작하지 않겠다고 맹세했다. 그런 맹세는 늘 효과가 있었다. 뇌에서 예술을 창작하는 부분과 그 예술을 판단하는 부분을 분리해야 했다. 글을 쓰는 동안은 판단해서는 안 된다. 그것이 법칙이었다. 세라 로런스 대학 시절 제인 쿠퍼의 시 강의에서는 배우지 못한 교훈이었지만, 이젠 나도 나이가 들 만큼 들었으니 그것을 실천할 적기였다.

나는 프로빈스타운에서 장편소설 쓰는 법을 배웠을 뿐 아니라 내 소설을 읽어줄 완벽한 인물도 만났다. 엘리자베스 매크래컨은 그 시기 작업 센터에 들어온 동료 작가였고, 내 거처에서 네 칸 떨어진 방에 살았다. 내 주방 창문 밖으로 내다보면 그 집에 불이 켜져 있는지가 보였다. 때로 우리는 무언가가 생기고 나서야 그것이 우리 삶에 결핍되어 있었음을 깨닫는다. 엘리자베스에 대한 내 감정이 그랬다. 나는 친구가 많았고, 절친한 친구도 몇 있었지만, 그때까지 진정한 독자는 없었다. 내가 썼다고 해서 무조건 좋다고 말하지는 않는 사람, 늘 사려 깊고 일관된 비평과 칭찬을 제공하는 사람 말이다. 엘리자베스는 엄격해야 할 때와 격려할 때를 잘 알았다. 내가 쓴 글을 다 읽고 나서, "있잖아, 이런 건 이미 너무 많이 하지 않았어?"라고 말할 수 있었다(죽은 자에게서 현명한 조언을 받는 인물들이 내 책마다 이미 차고 넘친다면서, 『경이의 땅』의 꿈 장면 중 대략 95퍼센트를 잘라내라고 했을 때처럼). 그녀는 내가 무슨 글을 건네든 받자마자 바로 읽었는데, 작가라면 누구나 절실하게 원할 만한 일이다. 그리고 자기 재능과 지성을 전부 동원해 글을 읽어주었다. 나도 똑같이 하려고 애썼다. 물론 처음 만났을 때부터 이렇게 되리라 예상한 것은 아니었다. 우리는 함께 아이스크림을 먹으러 갔다. 책과 영화에 관해 대화를 나누고 잡지를 교환하고 함께 시간을 보냈다. 하지만 두 작가가 친해지면, 곧 서로의 글을 읽어줘야 할 시점에 이른다. 불안하고 초조한 순간인데, 만일 사람은 좋아도 그의 작품이 마음에 들지 않는다면 우정도 더는 이어지기 어렵다는 것을 알기 때문이다. 엘리자베스와 나의 경우, 결정적인 순간은 만난 지 이 주가 되었을 때 찾아왔다. 그녀가 내게 자기 단편소설을 건네주었고, 나는 내 소설의 첫 장을 주었다. 그리고 각자 받은 것을 읽은 뒤, 겨울 내내 영업하는 몇 안 되는 술집인 '거버너 브래드퍼드'로 가서 밤새도록 이야기를 나눴다. 할 이야기가 그렇게 많았고, 서로에게 해줄 칭찬과 조언과 좋은 아이디어도 그렇게 많았다. 그렇게 우리는 짝을 찾았다.

세월이 흐르면서 내가 쓰는 책은 결국 내가 읽고 싶은 책, 다른 어디서도 찾을 수 없는 책이라는 사실을 깨달았다. 작품을 완성하기 전에는 판매하지 않으니, 책을 쓰는 동안에는 엘리자베스 외에는 내 원고를 읽는 사람이 아무도 없다. 내가 소설을 쓰는 것은 나 자신을 위해서, 엘리자베스를 위해서다. 이런 말을 들으면 우리 작품과 작업 방식이 꽤 유사하리라 추론할 수도 있겠지만, 사실은 전혀 그렇지 않다. 작품의 성격도 다르고 작업 방식도 믿을 수 없을 만큼 다르다. 머릿속에 이야기를 전부 만들어놓고 시작하는 나와 달리 엘리자베스는 인물들의 세계로 들어가서 길을 찾고, 이런저런 장면을 시도해보고, 책에 넣지도 않을 배경 이야기들을 쓴다. 서로 상대의 작업 방식에 놀라는데, 덕분에 글쓰기에는 길이 딱 하나만 있는 것이 아니라는 사실을 끊임없이 상기하게 된다. 나는 엘리자베스의 작품을 무척 좋아하지만, 거기에 이르기 위해 그녀가 가는 길은 견디지 못할 것이다.

역설적이게도, 프로빈스타운의 겨울날은 하루가 일흔에서 여든 시간 그 중간 어디쯤이었다. 살면서 그렇게 체계 없는 적막한 시간을 압도적으로 많이 가져본 적은 없었다. 자유가 더 필요하다는 말을 수년간 입에 달고 살다가, 체계가 좀더 필요하다는 사실을 불현듯 깨달았다. 내 소설도 체계가 필요했다. 아름답고 긴 묘사를 써야 한다는 일념으로 아침에 침대에서 일어나는 일은 없었으니, 아마 그래서 내가 시인으로 성공하지 못했나보다. 내가 아침에 일어나 글을 쓰게 만들어준 힘은 무엇보다 플롯이었다. 그것이 내게는 없어서는 안 될 로드맵이었다. 나를 등받이가 딱딱한 식탁 의자에 매일 앉아 있게 할 만큼 복잡하고 흥미로운 플롯이어야 한다는 사실 역시 깨달았다. 그리고 매번 소설을 새로 쓰면서 더욱 확실히 알게 되었다. (마음 단단히 먹으시라, 이제 플롯에 대한 장광설이 이어질 테니.)

결국 작가 자신이 지루해진다면, 독자 역시 지루하게 만들 것이라 봐도 크게 틀리지 않는다. 여러 개 플롯을 동시에 작동시키는 일이 효과적이라는 것이 내 생각이다. 소설의 플롯이란 붐비는 도심의 거리를 걸어가는 일과 유사하다. 처음에는 주변에 별별 사람들이 다 있다. 반려견을 산책시키는 사람들과 스케이트보드를 타는 사람들, 다투는 연인, 욕하고 고함치는 건설 노동자들, 그러던 노동자들이 순간 입을 다물고 돌아보게 만드는, 뾰족구두를 신고 걸어가는 예쁜 여자. 급브레이크를 밟는 운전자들, 건물 사이로 급강하하는 새들, 그리고 서쪽에서 갑자기 뭉게뭉게 피어나는 불길한 구름. 온갖 행위와 동작이 마구 달려들었다가 멀어진다. 하지만 이것만으로는 충분치 않다. 거리에 면한 지상층의 가게들이 있고, 사람들과 그들의 아기들과 그들의 꿈으로 가득한 이십층짜리 아파트가 있다. 도로 아래에는 상하수도와 전선 같은 기반 시설이 있을 것이다.

어쩌면 지하철이 있을 수도 있고, 열차마다 사람이 가득할 수도 있다. 일곱 달의 끝 모를 나날 동안 내가 그곳에 정서적으로 머무르기 위해서는 그 모두가 필요했다. 플롯은 이제 구식이라고 여기는 작가들이 많은데—플롯은 한물갔어, 요즘 플롯이 필요한 사람이 누가 있어?—그에 대해 나는 이렇게 말한다. 일단 플롯 구성 방법을 배우고, 그다음에 마음껏 거부하라.

각 장의 길이와 형태는 플롯이 어떻게 진전될지 결정하는 데 큰 도움이 된다. 어쩌면 소설의 장에 대한 이해가 내 단편소설 시기(그런데 이 시기는 끝났다. 단편소설을 무척 좋아하기는 했지만 이제 그보다는 장편소설이, 광활한 작업 공간이 더 좋았다. 그뒤로는 예전으로 되돌아가지 않았다)에서 이전될 수 있었던 하나의 기술인 것 같다. 장편소설의 장은 단편소설이 아니라서 독립적으로 존재할 필요가 없지만, 그렇다고 작가가 당장의 줄거리에 싫증이 나서 다른 내용으로 옮겨가겠다고 알리는 임의적인 중단도 아니다. 장은 피아노의 페달과 같다. 다른 차원의 조절을 제공하는 것이다. 장이 짧으면 이야기에 속도감이 생기고, 반면 장이 길면 강렬함이 깊어진다. 긴 문단 하나, 혹은 단 하나의 문장으로 이루어진 아주 짧은 장은 얄밉도록 귀여울 수 있다. 나는 얼마간의 자율성을 지니는 동시에 독자들을 계속 앞으로 떠미는 장, 침대에 누워 이 장까지만 읽고 불을 끄겠다고 마음먹었지만 그러기는커녕 오히려 점점 허리를 펴고 앉아 책장을 계속 넘기게 되는 그런 장을 좋아한다. (장을 훌륭하게 구성하는—거기에 뛰어난 플롯과 더없이 멋지고 아름다운 문장까지 갖춘—거장을 연구하고 싶다면 레이먼드 챈들러를 읽어라. 내가 가장 좋아하는 책은 『기나긴 이별』이다.)

내 소설이 일인칭시점을 사용한 별개의 세 부분으로 이루어져 있긴 하지만, 나는 그것을 순서대로 썼다. 그러니까 1페이지를 마친 뒤 2페이지를 시작했다는 것이다. 이것은 빚을 내서 예술학 석사과정에 들어가지 말라는 조언과 더불어 다들 유념해주기를 간절히 바라는 나의 또다른 조언이다. 시간대가 이리저리 바뀌고 시점이 열 개나 되고 회상 장면이 가득한 책을 쓰더라도, 어쨌든 독자가 읽게 될 순서대로 글을 쓰도록 최선을 다하라는 것이다. 그러면 글쓰기도 그렇고 이후에 하게 될 교정도 말할 수 없이 수월해진다. 가령 여자친구가 물에 빠져 죽는다고 하자. 그것은 가장 강렬한 장면이 될 것이다. 그 장면을 수천 번 따져보고 머릿속으로 이미 다 써봤을 테니, 걸리적거리지 않도록 미리 써버리기로 결정한다고 치자. 어떤 연유로 그런 일이 일어났는지, 애초에 그녀는 뭘 하느라고 물속에 들어갔는지, 이런 문제는 아직 생각해봐야 하지만, 어쨌든 물에 빠진다는 사실은 변함이 없으니 먼저 쓰면 안 될 게 뭐람? 안 되는 까닭은 이러하다. 그러면 나중에 앞으로 되돌아가 사건의 경위라는 지루한 부분을 써야 하는데, 그러다보면 그 장면의 논리를 탄탄히 쌓아가지 못하기 때문이다. 그보다는 미리 써놓은 그 보석 같은 장면 쪽으로 모든 사건을 몰아가게 된다. 시간 순서대로 글을 쓴다면, 결국 그 여성이 물에 빠져 죽으면 안 되겠다고 판단하게 될 수도 있다. 남자친구가 뛰어들어 그녀를 구하고 대신 죽을 수도 있다. 글을 쓰면서 인물을 알아가게 되니, 상황이 어떻게 흘러갈지를 이미 다 안다고 생각하더라도 그것을 확정하지는 마라. 마음이 바뀔 수도 있으니까. 사건은 작가가 원하는 방향이 아니라, 사건이 나아가야 할 방향으로 진행되도록 해야 한다. 작가는 우주의 질서를 창조한 뒤 우주가 알아서 움직이게 하는 것이다. 셰익스피어는 틀림없이 리어왕을 정말 좋아했겠지만, 코딜리어가 살아남을 수 없다는 사실은 분명하고, 코딜리어가 없는데 리어왕이 어떻게 계속 살아갈 수 있겠는가? 작가는 스스로 확립한 논리의 흐름을 거슬러서는 안 된다. 혹은 다르게 표현하자면, 그럴 수는 있겠지만 그러면 그 작품은 더는 좋은 작품이 될 수 없다.

원래 계획은 여성 인물이 물에 빠져 죽는 것이었는데 나중에 보니 빠져 죽지 않게 되었다면, 그것은 등장인물이 작품을 장악할 수 있다는 뜻일까? 그렇지 않다. 아래층에 가장 큰 침실이 자리한 집을 짓다가 그 침실을 위층으로 옮기기로 결정했다고 해서 침실이 집을 장악한 건 아니다. 그저 마음을 바꾸고 설계를 바꾼 것인데, 그러한 변경은 집 짓기가 다 끝나기 전, 소설이 다 쓰이기 전에 하는 게 훨씬 더 쉽다. 누가 무슨 말을 하든, 인물이 자기 이야기를 직접 쓰지는 못한다. 아, 사람들은 그런 말을 기꺼이 믿고 싶어하고, 그런 이야기를 즐겨 하는 작가도 있다. 타자를 치다가 갑자기 뭔가에 사로잡힌 느낌이 들었어요. 눈앞에서 이야기가 펼쳐지기 시작했죠. 등장인물들이 날 장악한 거예요. 더는 주도권이 내게 있지 않았어요. 네, 네, 그렇군요. 소설가는 인간에게 주어진 일 중에서 신과 가장 가까운 존재인데, 그래서 난 그 일이 좋기도 하지만 동시에 아주 피곤하기도 하다. 결정은 전부 작가의 몫이다. 해가 언제 뜰지도 결정한다. 누가 사랑에 빠지고 누가 차에 치일지 결정한다. 나무와 이파리도 전부 만들어야 하고, 그 잎들을 나무에 달아야 한다. 온 세상을 만드는 것이다. 인형이 인형극을 떠맡는 일이 없듯이 내 등장인물이 책을 쓰는 일은 없다. 나 역시 그러기를 무척 바랄 수는 있겠지만 말이다. (몇 권의 책을 출간한 뒤 텍사스에서 열린 북토크에서 한 여성이 손을 들더니, 자기 교회 목사가 신도들에게 전지적 작가 시점으로 쓰인 소설은 작가가 신을 모방하려는 것이므로 절대 읽지 말라고 했다고 말했다. "정말요?" 내가 물었다. "톨스토이도요? 디킨스도요?" 그 여성은 고개를 저었다. 서사 구조가 일요일 설교에 등장할 정도로 위험천만하다니, 솔직히 생각만 해도 짜릿했다.)

소설을 준비할 때 또 하나 생각할 점은 이것이다. 어렵게 만들라. 예술적으로든 정서적으로든 지적으로든, 할 수 있을 것 같지 않은 일을 목표로 정해라. 되든 안 되든 과감하게 세 측면을 한꺼번에 시도해볼 수도 있다. 나는 새로 책을 쓸 때마다 기대치를 높여서, 불편할 정도로 내 능력 이상의 것을 추구한다. 시간이 가면서 발전할 수 있는 방법은 내가 아는 한 그것뿐이고, 러셀 뱅크스의 조언을 다시 상기하자면, 나를 더 나아지게 할 수 있는 사람은 나뿐이다.

다시 프로빈스타운으로 돌아가자면, 그사이 겨울이 찾아왔다. 아이스크림 가게는 문을 닫았다. 겨울에도 영업을 계속하는 몇몇 술집은 계속 늦게까지 문을 열었다. 나는 내 아파트에 틀어박혀서 글을 썼지만, 막혀서 더 나가지 못할 때가 많았다. 식당에서 일하며 좋은 계획을 그렇게 많이 세웠는데, 거친 붓질만 해둔 터라 고안해야 할 세부 사항이 여전히 많다는 사실을 그제야 알게 되었다. 그로 인해 이따금 두려움에 휩싸이긴 했지만, 작가의 슬럼프*에 빠지지는 않았다. 적어도 내가 보기에 작가의 슬럼프란 신화에 불과하다.

---

* writer's block. 작가들이 벽에 가로막힌 듯이 글을 쓸 수 없는 상태에 빠지는 현상을 일컫는 표현.

작가의 슬럼프를 두고 열띤 논의가 있다. 특히 젊은 작가들, 그리고 나에게 자신들의 이야기를 대신 써달라고 요구하는 사람들 사이에서 그렇다. 글을 쓰다 막히는 상황은 나도 이해할 수 있다. 뭔가를 알아내기까지 아주 오랜 시간이 걸릴 수도 있고, 아무리 시간을 들여도 문제가 해결되지 않을 수도 있다. 달리 말해서, 만약 지금 씨름하고 있는 문제가 가령 도통 알 수 없는 7장의 결말이 아니라 복잡한 수학적 증명이라면, 그 답을 바로 알아낼 수 없다고 해서 '슬럼프에 빠졌다'라고 말하겠는가, 아니면 그 증명이 워낙 어려우니 고민할 시간이 더 필요하다고 생각하겠는가? 나는 소설을 쓰기에 앞서 몇 달(때로는 몇 년) 동안 머릿속으로 구상을 하고, 그래서 실제 글을 쓸 때 시간이 상당히 절약된다. 하지만 엘리자베스 매크래컨이 즐겨 지적하듯이, 그건 전부 셈법의 속임수다. 내 머릿속에서 이루어진 일을 눈에 보이게 증명할 방법은 없을지 몰라도, 어쨌든 난 그런 일을 했다.

나는 작가의 슬럼프는 믿지 않지만, 미루기는 확실히 믿는다. 글을 쓰다보면 좌절하고 기가 꺾이기도 하니 자꾸 미루려 하는 것도 당연하다. 하지만 '미루기'에 마법의 딱지를 붙이지는 말기를. 어딘가 막혀 글이 써지지 않는 것은 신장이 막힌 것과 마찬가지로 우리가 통제할 수 없는 일이다. 우리 책임이 아닌 것이다. 하지만 미루기에 대한 책임은 전적으로 우리가 져야 하고, 가장 이상적인 관점에서 보자면, 객관적인 현재 상황에 대해 스스로에게 정직해야 할 책임도 우리의 것이다. 나는 해야 할 모든 일에 순위를 매기는 습관이 있다. 가장 하기 싫은 일이 맨 윗자리에 들어가는데, 그 자리는 거의 언제나 소설 쓰기의 차지다. 두번째 자리에는 청구된 요금을 따져 묻기 위해 통신 회사에 전화 걸기, 혹은 오븐 청소가 들어간다. 그 밑으로는 답장 메일 쓰기, 호주 신문사에서 의뢰한, 내 인생에 가장 큰 영향을 준 책 다섯 권과 그 이유를 주제로 한 글쓰기 등이 있다. 그러니까 맨 윗자리의 소설 쓰기를 회피하려고 그 뒤로 줄줄이 이어지는 불쾌한 일들을 재빨리 해내게 된다는 뜻이다. (글쓰기를 사랑한다는 고백과 미워한다는 고백을 동시에 하는 이런 상황이 좀 복잡하긴 한데, 여기까지 읽은 독자라면 아마 글쓰기에 꽤 관심이 있는 독자일 테고, 그렇다면 내 말이 무슨 뜻인지 알 것이다.)

프로빈스타운에서 겨울을 보내는 일, 돈도 없고, 돈이 있어도 쓸데가 없는 생활의 묘미는 해야 할 일의 목록에서 두번째 자리를 차지할 만한 일이 거의 없다는 것이었다. 그곳에서는 해야 하는 일의 집중력을 흐트러뜨릴 만한 게 아무것도 없어서 결국에는 많은 일을 끝내게 되었다. 교훈은 이러하다. 집중력을 흐뜨러뜨리는 것들에서 기꺼이 떨어져나와 따분함의 품에 안길수록 종이 위에는 더 많은 글이 쓰인다는 것. 글을 쓰고는 싶은데 뭘 어떻게 해야 할지 모르겠다면, 매일 일정한 시간 동안 책상 앞에 앉아 있어보라. 가령 이십 분으로 시작했다가, 확보할 수 있는 최대치까지 가능한 한 빠르게 시간을 늘려보라. 정말 글을 쓰고 싶은가? 그렇다면 매일 두 시간씩 앉아 있으라. 그동안 글을 쓸 필요는 없지만, 다른 데 주의를 돌리지도 말아야 한다. 휴대전화도 인터넷도 책도 없이. 말없이 가만히 앉아 있으라. 이렇게 일주일, 이 주일을 보내보라. 낮잠을 자지도 이메일을 확인하지도 말라. 글쓰기에 대한 관심이 지속되는 한 계속 앉아 있는 것이다. 그러면 얼마 후에는 글을 안 쓰고는 견딜 수 없어 글을 쓰거나, 앉아만 있는 일을 더는 견딜 수 없어 자리에서 일어나 텔레비전을 켤 것이다. 어느 쪽이든 답은 나오는 셈이다.

지독한 작가의 슬럼프에 시달리는 진지한 대학 1학년 학생들에게 이 설명을 똑같이 해준 적이 있다. 내 말이 끝나자 한 여학생이 손을 들더니 이렇게 말했다. "선생님께서는 슬럼프를 한 번도 겪어본 적이 없는 게 분명해요." 그러자 다른 학생들도 안도하듯 고개를 주억거리며 동의했다. 그럴지도 모르지.

나는 1991년 4월 초에 내 소설을 끝냈다. 전부 인쇄해서 그 위에 올라섰다. 사백 장 정도라 내 키가 상당히 커진 느낌이었다. 밖으로 나갔더니 엘리자베스가 마당에서 빨래를 널고 있었다. 나는 그녀에게 끝냈다고 말했고, 우리는 서로 얼싸안은 뒤 요란을 떨며 백주대낮에 술을 마시러 갔다. 내가 글을 쓰는 내내 엘리자베스가 모든 장을 읽어줬고 그녀의 제안을 다 받아들여 글을 수정해온 덕에 원고를 꽤 빨리 마무리할 수 있었다. 글을 쓸 때도 그렇지만 수정하는 방식도 작가마다 천차만별이다. 나는 이곳저곳 아주 많이 손을 대면서도 구조는 절대 건드리지 않는다. 그러니까 다른 화자를 넣는다든지, 주인공에게 여동생을 만들어준다든지 하는 일은 하지 않는다는 것이다. 그와 달리 엘리자베스는 원고를 다시 볼 때마다 전반적으로 다시 쓰다시피 해서 수정된 원고는 아예 다른 작품이라고 할 수도 있다. 그래도 결국 두 방식이 도달하는 지점은 같다. 수정 방법 중에서 혐오스럽지만 꼭 필요하다고 여기게 된 것 하나는 완성된 원고를 소리 내어 읽는 것이다. 미처 알아채지 못했던 것—반복되는 단어, 특히 무미건조한 문장—이 귀에는 들릴 때가 있다. 끈기의 화신인 내 친구 제인 해밀턴은 내가 원고를 끝내면 소리 내어 읽어달라고 한다. 소파에 길게 누워 눈을 감고 듣다가, 이따금 손을 들고는 "안 좋은 은유"라거나 "주입한다는 표현은 앞에도 나왔어"라고 말한다. 절대 틀리는 법이 없다.

다시 프로빈스타운으로 돌아와, 그해 4월에 마침내 원고를 완성했지만 어울리는 제목을 아직 정하지 못했다. 글을 쓰는 동안 생각해놓은 제목이 있었지만 너무 형편없는 제목이라 이렇게 긴 세월이 지난 지금도 입밖에 내기 민망하다. '당신이 만들어내는 행운The Luck You Make.' 원고를 끝내고 얼마 지나지 않은 어느 날 밤 어머니와 통화를 했는데, 어머니가 책 제목을 다시 말해달라고 했다. 다시 말해줬더니 장거리 통화중이던 어머니가 물었다. "뭐라고? **행운의 밍크**The Lucky Mink?" 어머니가 당신 책을 '행운의 밍크'라고 부르면 그 제목은 버릴 수밖에 없다.

그뒤로는 전혀 갈피를 잡을 수 없었고, 그러자 한 친구가 제목 열 개를 생각해보라고 했다. "너무 오래 생각하지 말고 바로 떠오르는 걸로." 그렇게 말했다. 그 제목들을 하나씩 종이에 타자로 치고 그 밑에 '앤 패칫 장편소설'을 덧붙이라고 했다. 그리고 전부 벽에 붙이라는 것이었다. 나는 작업 센터에서 보낸 마지막 몇 주 동안 저녁마다 동료들을 불러서 벽에 붙은 제목을 하나만 떼어버리라고 했다. 내가 시도한 유일한 참여형 설치 예술이었다. 열흘이 지나자 남은 것은 '거짓말의 수호성인, 앤 패칫 장편소설' 하나였다. 그래서 그것이 내 소설 제목이 되었다.

5월 1일에 연구생 과정이 끝났고, 나는 원고를 가방에 넣고 그곳을 떠났다. 새거모어 브리지까지 가는 내내 울었다. 내 인생의 가장 멋진 경험과 영영 헤어진다는 것을 알았다. 한없이 이어진 고요한 날들, 새로 사귄 절친한 친구와 100피트 거리에 사는 기쁨, 내가 견딜 수 있는 한 언제까지나 상상력의 안개 속에 파묻혀 살아도 아무도 거기서 나오라고 말하지 않는 특권, 그곳에서 누린 그 모든 것이 영원히 그리울 것이다. 현실적인 삶은 아닐지 모르지만, 정말이지 아름다운 삶이었다.

내 단편소설이 처음으로 『파리 리뷰』에 실린 것은 스무 살 때였다. 얼마 후 한 에이전시가 내게 전화해서 그곳에 들어오지 않겠냐고 물었다. 그럴듯한 다른 작품이 전혀 없었지만 난 그러겠다고 했다. 그로부터 칠 년이 흘렀고, 나는 이제 장편소설이 담긴 상자를 들고 프로빈스타운을 떠나 뉴욕의 에이전시 사무실로 갔다. 내슈빌의 집에 갈 돈도 없어서 빌려야 했지만, 서둘러 가야 할 필요는 없었다. 데뷔작 시장이 예전 같지 않다고 에이전트는 말했다. (주목: 이건 에이전시에서 한결같이 하는 말이다. 아마 『낙원의 이편』을 들고 간 스콧 피츠제럴드에게도 그렇게 말했을 것이다.) "하지만 저는 젊잖아요!" 나는 쾌활하게 말했다. (주목: 등단하는 소설가의 경우 항상 젊은 편을 선호한다. 나는 스물일곱 살이었다.) "어제 막 대학 문을 나선 건 아니잖아요." 에이전트가 말했다. (피츠제럴드는 스물세 살이었다.)

나흘 뒤 집에 도착했을 때 어머니는 진입로까지 나와 나를 맞았다. 호턴 미플린 출판사에서 『거짓말쟁이들의 수호성인』

을 사만오천 달러에 샀던 것이다.

생애 처음으로 수중에 돈(삼 년 동안 네 번에 나눠 지급)이 생겼고, 그 돈을 쓸 용도로 내가 생각해낸 것은 차 에어컨을 수리하는 일이 전부였다. 고장난 지 이 년이 된 터였다. 출판계약서를 쓰고 선금을 받은 나는 자동차 정비 업체로 갔다. 정비공은 냉각수가 떨어져서 그렇다면서 십오 달러면 해결된다고 했다. 어쩐 일인지 첫 책의 출간과 관련해 내게 떠오르는 기억은 늘 그것이다.

작가 지망생들이 곧잘 하는 질문(책을 대신 써달라는 제안을 내가 정중히 거절한 뒤에)은 에이전트를 어떻게 구하냐는 것이다. 내가 막 성인이 되었을 때 에이전트가 날 찾았고, 이후로 우리는 줄곧 행복하게 잘 지내왔으므로 나는 그 질문에 답할 적임자는 아니다. 그래도 그 과정에서 몇 가지 배운 것은 있다. 내가 해줄 수 있는 최선의 조언은 에이전트를 찾기에 앞서 작업중인 작품을 끝내라는 것이다. 첫 작품이라면 특히 그렇다. 아직 끝내지 못한 그 책의 절반을 이미 『뉴요커』에 발표한 게 아닌 다음에야 에이전시에서도 대부분 그렇게 말할 것이다. 요즘엔 작가도 에이전시가 필요하다. 이렇게 전자화된 시대에는 저작권이 점점 더 복잡해질 뿐 아니라, 이제 출판사에는 산더미처럼 쌓인 투고 원고를 검토하는 사람이 없다. 투고된 원고를 가려내고 분리하는 일은 이제 에이전시 몫이다. 최근에 있었던 책 사인회에서 자기 차례가 되어 내 앞에 선 사람이 내게 에이전트를 어떻게 구하느냐고 물었다. 그런 질문이라면 전형적인 답변이 늘 마련되어 있으리라 여기겠지만, 나는 그 질문을 받을 때마다 늘 당황한다. 다행히 내 친구 니키 캐슬이 근처에 서 있어서 그 질문을 친구에게 넘겼다. 니키는 뉴욕의 국제 창작 매니지먼트에서 사 년 동안 일한 적이 있었고, 나는 그때 그녀가 해준 조언이 훌륭하다고 생각했다. 그 조언은 작가를 구하는 에이전시의 목록이 올라 있는 온라인 사이트를 찾아, 원고 제출 지침을 **토씨 하나 틀리지 말고** 그대로 따르라는 것이었다. 스무 페이지짜리 샘플을 요구하면, 스물두 페이지를 보내서는 안 된다고 했다. "아주 사소한 위반만으로도 당신 작품을 아예 읽지 않을 수도 있어요." 니키가 말했다.

에이전시를 구하거나 책을 출간하는 일이 업계 내에 연줄이 많은 사람에게 자동으로 생기는 일이라는 가정은 하지 말기를. 내 눈에는 잠재성이 있어 보여서 내 에이전트에게 보낸 작가가 수년 동안 몇 명인지 모르겠는데, 그중 에이전트가 계약한 것은 세 명에 불과했다. 출판이란 여전히 시장에 좌우되는 사업이라, 작가가 훌륭한 에이전트를 원하는 만큼이나 에이전트도 훌륭한 작가를 찾으려 한다. 하지만 마음에 들지도 않고 잘 팔릴 것 같지도 않은 책을, 아는 사람의 부탁으로 계약하는 에이전트는 없다. 그래서 내가 제안하는 바는, 그 등식에서 나 자신이 조절할 수 있는 부분, 즉 작품의 질에 집중하라는 것이다. 종합잡지나 문학잡지에 글을 실으려고 노력해서 에이전트의 눈에 들 수도 있다. 내 경우가 그랬으니까. 그 방향으로 애써보고 싶다면 내가 줄 수 있는 조언은 두 가지이다. 첫번째는 글을 보내고자 하는 잡지를 읽으라는 것이다. 『그랜타』나 『틴 하우스』의 과월호 몇 권을 기꺼이 읽을 마음이 없다면, 그곳에 작품을 보낼 생각도 하지 말하야 한다. 실제로 잡지마다 그 나름의 특성이 있으니, 내 작품이 그 잡지와 어울릴지 따져볼 수 있어야 한다. 두번째 조언은, 완벽하게 다듬은, 아주 잘 쓴 단편이 하나 있다면, 몇 편 더 쓸 때까지 기다리라는 것이다. 운이 좋다면, 이 작품이 괜찮긴 한데 우리 잡지에 딱 맞지는 않으니 다른 작품을 읽어보고 싶다는 편집자의 편지를 받을 것이다. 그런 편지를 받았는데 달리 보여줄 작품이 없다면 얼마나 울적한 일이겠나.

소설을 쓰다보면 매 단계 '~이기만 하다면'이 생겨난다. 글을 쓸 시간만 있다면. 3장의 내용을 생각해낼 수만 있다면. 이 책을 끝낼 수만 있다면, 에이전트를 찾을 수만 있다면. 어떤 편집자가 내 책을 사주기만 한다면. 내게 좋은 홍보 담당자만 있다면. 책에 대한 서평이 나오기만 한다면. 홍보를 좀더 해주기만 한다면. 책이 팔리기만 한다면. 이렇게 끝도 없이 이어진다.

호턴 미플린이 내 소설을 산 뒤, 나는 보스턴으로 가서 옷을 차려입고 새 출판사 사람들을 만났다. 편집자가 점심식사를 하자며 리츠호텔로 나를 데리고 갔고, 우리는 크랩케이크를 먹고 마티니를 마셨다. 그것이 이십 년 전의 일인데, 그 당시에도 내겐 그게 이십 년 전 과거의 풍경처럼 느껴졌다. 나는 출판 일이란 구식 사업이라고 늘 생각했고, 오래전에 사라졌지만 당시에는 토끼 사육장처럼 연결된 건물에 있던 호턴 미플린이 레너드 울프의 블룸스버리 그룹*과 한끗 차이처럼 보였다.

지금까지 참 오래 글을 써왔는데, 그래도 내 문제 해결 방식은 대학이나 대학원을 다닐 때, 식당 종업원을 할 때 처음 배웠던 방식과 대체로 다르지 않다. 글쓰기 규율도 그렇지만, 몇 가지는 중요성을 일찌감치 깨달았다. 하지만 진지한 자료 조사를 비롯한 다른 것들은 나중에서야 알게 되었다. 나는 '아는 것을 쓴다'는 발상에 동의한 적이 한 번도 없다. 적어도 내 경우엔 그렇다. 내가 아는 것 중에는 흥미로운 게 별로 없어서, 자료 조사가 더 흥미로운 소설을 쓰는 수단인 동시에 내 교육에 도움이 되는 방법임을 깨닫기 시작했다. 적절한 사례 하나: 나는 오페라에 관해 아는 바가 없어서, 오페라 가수를 다루는 책을 쓰면 어쩔 수 없이 배우게 되리라 생각했다. 어릴 때는 자료 조

---

* 20세기 초에 레너드 울프와 버지니아 울프를 비롯한 문인들이 런던 블룸스버리에서 결성한 일종의 동인회.

사가 글쓰기의 일부가 되리라고는 생각도 못했는데, 알고 보니 그것이야말로 이 직업의 가장 멋진 특전이었다. 진화생물학을 작품에서 다뤄보려고 다윈과 에른스트 마이어와 필립 헨리 고스를 읽은 적도 있다. 그저 나뭇잎을 바라보고 새소리를 들으려고 보트를 타고 아마존강을 따라 내려가기도 했다. 베세즈다 해군병원의 말라리아 연구 센터의 센터장에게 전화해서 하루만 그와 함께 다니며 관찰할 수 있겠냐고 묻기도 했다. 그는 승낙했다.

내가 자료 조사를 좋아하긴 하지만, 사실 그것이 글쓰기를 미루는 탁월한 수단이 된다는 것도 잘 안다. 다른 책 열 권을 읽거나 다른 장소 열 곳을 다녀오기 전까지는 작품을 시작할 수 없다고 나 자신을 설득하기는 쉬운데, 그러다보면 어느새 일 년이 훌쩍 가버리곤 한다. 이런 일을 방지하기 위해 일단 작품을 시작하고 나서 자료 조사를 하거나, 때로는 원고를 다 쓴 뒤에 자료 조사를 해서 원고를 검토하며 잘못된 부분을 고치는 데 이용하려고 한다. 배운 것들을 곧장 책 속에 집어넣기보다는 일단 전부 퇴빗더미에 쏟아놓고, 그 정보가 내 전반적 지식의 일부를 이루게 하려고 한다. 작품 속 세세한 내용까지 전부 자료 조사에서 나온 것이 분명한 소설, 그것을 증명하기 위해 1792년에 세일럼에서 만들어진 촛대를 두 페이지에 걸쳐 묘사해서 독자가 그것을 힘겹게 읽어야 하는 소설은 질색이다.

내 경험에서 아무리 멀리 나가보려 한들, 나는 여전히 나이고, 내 바람이야 어떻든 내 작품은 언제나 내 인성을 반영하리라는 것도 안다. 예전에 도로시 앨리슨이 쓸 이야기가 단 하나뿐이라서 걱정스럽다고 내게 말했는데, 바로 그 순간 나는 내게도 단 하나의 이야기밖에 없고(가령 『마의 산』처럼 서로 모르는 사람들이 어쩌다가 한곳에 모이는 이야기……), 우리가 떠올릴 수 있는 작가들의 경우도 모두 그들의 전작이 결국 하나의 이야기로 귀결된다는 사실을 깨달았다. 그렇다면 필요한 요령은 그 사실과 싸우려 하기보다는, 그것이야말로 내가 깊이 느끼고 무엇보다 아끼는 이야기이니 그 안에서 번성하는 법을 배우는 것이다. 우리가 아직 어려서 어떤 쪽으로든 변할 수 있었던 시절에 그레이스 페일리가 우리를 좋은 사람이 되도록 밀어붙인 이유도 바로 그것이었다고 나는 여전히 믿는다.

내 일을 무척 사랑하기는 하지만, 문 안쪽에 있으면 나가고 싶어하고 바깥쪽에 있으면 들어오고 싶어하는 강아지 같은 기분은 영원히 떨치지 못할 것이다. 글을 쓰는 중에는 다 끝낼 때까지 경주하듯 달리고, 끝내고 나면 삶의 목표가 사라진 느낌이라 다시 시작하길 바란다. 나는 모든 종류의 부적과 의식과 미신을 피하기 위해 경계를 게을리하지 않는다. 특정한 초를 태우지도 않고 특정한 잔의 차를(특정한 잔도 그렇고 특정한 차도 그렇고) 마시지도 않는다. 집에서만 글을 쓸 수 있다거나 집밖으로 나가야 더 잘 써진다는 말도 믿지 않으려 한다. 예전에 와이오밍의 작가 거주지에 머문 적이 있는데, 내 옆방 여성은 도착하자마자 책상을 창문에서 멀찌감치 떼어놓았다. "진정한 작가는 절대 창문 앞에 책상을 두지 않는다고 선생님이 말씀하셨어요." 그 말을 듣고 나는 내 책상을 창문 앞으로 끌어다 놓았다. 책상의 위치가 진정한 작가를 만들어주지는 않는다. 한번은 컴퓨터 솔리테어 카드 게임에 지독히 빠진 적이 있다. 한 게임을 이겨야만 일을 시작하겠다고 마음먹었는데, 그러자 곧 책상에서 일어났다가 돌아와 앉을 때마다 다시 한 게임을 이겨야 하게 되었다. 그 게임에 미쳐서 붉은 잭 위에 검은 텐을 놓는 일에 내 창조성을 몽땅 쏟아붓게 되고 나서야 그 게임을 컴퓨터에서 지워버렸다. 그후로도 매일 그 게임이 없어서 아쉽다는 마음이 이 년 동안 사라지지 않았다. 좋은 습관이건 나쁜 습관이건 습관이란 한번 붙으면 떨어지지 않는 법이다.

나는 매일 글을 쓰는 일을 오랜 기간 지속하기도 하는데, 그렇다고 그걸 맹종하지는 않는다. 글을 써야 할 시간이 있고 생각해야 할 시간이 있고 그저 삶을 살아야 할 시간이 있다는 이론에 따라 몇 달이고 한 자도 쓰지 않는 때도 있지만, 그래도 글쓰기가 전혀 그립지 않다. 12월의 어느 날 남편과 나는 친구인 코니 허드와 에드거 마이어와 저녁을 먹고 있었다. 나는 너무 자주 여행을 다니고 북토크도 너무 많고 그래서 글을 쓸 시간이 없다는 불평을 했다. 더블베이스 연주자인 에드거도 비슷한 한탄을 했다. 계속 돌아다니느라 약속한 작곡을 끝내려면 한참 멀었다면서. 그러더니 내게 요령을 하나 알려줬다. 스튜디오 문에 출입 기록 카드를 붙여두고는, 들어가면서 그때 시간을 적고 일을 마치고 나오며 또 시간을 적었다고 했다. 그랬더니 작곡에 시간을 더 많이 들일수록 더 많이 해내더라는 것이었다.

들이는 시간과 해내는 일의 양이 비례한다니. 나는 정말 깜짝 놀랐다. 내가 지금 농담한다고 생각할지 모르지만, 전혀 아니다. 과정에 대한 생각이 지나치게 분석적으로 흐르다보면 뻔한 답을 놓칠 수도 있다. 바로 그 자리에서 나는 1월 한 달 동안 매일 적어도 한 시간씩 글쓰는 시간을 갖겠다고 맹세했다. 삼십 일 동안 매일 한 시간이라고 해봐야 대단한 것도 아니었다. 내가 글쓰기에 투자한 시간은 대개 그보다 더 많았으니까. 그런데 그 결과 내가 줄줄이 써낸 작품은 한동안 내가 써왔던 글 가운데 가장 좋은 것들이었다. 그래서 1월이 지난 뒤에도 그 계획을 고수해서 그해 말까지 이어갔다. 그 방식이 효과가 있었던 건 분명 얼마간은 내가 쓰려는 작품이 이미 머릿속에 있었고 글쓸 준비가 되어 있었기 때문일 것이다. 하지만 동시에 내 삶이 워낙 복잡해져서 단순한 규칙이 필요했기 때문이기도 했다. 이제 나는 절박하게 책을 쓰려는 사람이 있으면 에드

거의 출입 기록 카드 이야기를 들려준다. 집을 활활 태우는 불처럼 내면에서 타오르는 그 위대한 꿈을 위해, 한 달이라는 쥐꼬리만한 기간 동안 매일 한 시간이라는 하찮은 시간을 바쳐보라고, 다 해내고 나면—한 달 동안 매일 글을 쓰고 나면—내게 전화하라고, 그때 다시 얘기해보자고 말한다. 다시 전화하는 사람은 거의 없다. 당신도 한번 해보고 싶은가? 당장 자리에 앉아서 바로 시작하라. 글이 안 써지나? 그래도 계속 앉아 있으라. 이게 아니다 싶은가? 그래도 계속 앉아 있으라. 자신이 깨달음의 길을 걸어가는 수도승이라고 생각하라. 신경외과 의사가 되고 싶은 고등학교 3학년 학생이라고 생각하라. 그게 가능하냐고? 물론이다. 지름길은 없냐고? 난 찾지 못했다. 글쓰기란 비참하고 끔찍한 작업이다. 그래도 계속해나가길. 그게 세상 어떤 일보다 나으니까.

이혼 성사^{聖事}

나는 그 사람을 전남편이라 부르기도 하고 남편이라 부르기도 하지만, 내 생각 속에서는 항상 남편이다. 남몰래 내심 그와 부부가 되고 싶어서가 아니라(내가 이보다 더 원하지 않는 것도 없을 것이다), 좋든 싫든 내 개인사에서 중요한 자리를 차지하는 사람이어서다. 그에겐 그럴 자격이 있다. 그에게 나는 분명 전처일 것이다. 그의 재혼 소식을 어디선가 들었으니까. 이혼 후 육 년이라는 세월이 흘렀다. 이제 나와는 상관없다는 무심하고 소원한 마음으로 그가 잘되기를 바랄 수 있기에 충분한 시간이다.

내게 이혼은 결혼식이 일주일도 남지 않았던 때부터 시작되었다. 우리는 테네시주의 도널슨으로 가야 했다. 그곳에 있는 홀리 로저리 교회의 교구 사제관에서 결혼식을 올릴 예정이었다. 우리집이 있는 내슈빌에서 차로 족히 사십오 분은 걸리는 거리였지만, 그해에는 결혼이 대호황인지 가까운 거리에 있는 신부님들은 이미 다 약속이 잡혀 있었다. 주간 고속도로를 벗어나자마자 우리는 길을 잃었고, 속이 빈 벽돌로 쌓은 축대 위에 규격화된 주택들이 늘어선, 똑같이 생긴 컴컴한 도로를 빙빙 돌았다. 우리 사이에 길 찾는 일보다 중요한 말은 오가지 않았다. 테네시는 내 고향이니 내가 지리를 알아야 한다고 남편은 생각했지만, 난 열 살 때 이후로 도널슨이나 홀리 로저리에 온 적이 없었다. 게다가 나는 지독한 길치였다.

때는 결혼하기 좋은 달인 6월이라, 날은 뜨겁고 벌레도 많았다. 우리는 가톨릭식 결혼에서 의무적으로 거쳐야 하는 일주일간의 교육을 마쳤다. 자연스러운 가족계획(내가 자랄 때는 주기 피임법이라고 불렀던)과 인성 설문("당신은 어떤 일을 할 건가요? 당신의 남편은 어떤 일을 할 건가요? 두 사람이 함께 할 일은 무엇인가요?" A: 다림질 B: 쓰레기 버리기 C: 중요한 물품 구입의 결정)의 핵심 내용이 빽빽하게 담긴 강의였다. 그리고 이제 몇 가지 점검을 위해 키비 신부님을 일대일로 만나야 했다. 우리는 둘 다 가톨릭교도였다. 남편은 교회에서 하는 결혼식을 원하지 않았지만 모친을 기쁘게 해주려고 기꺼이 하겠다고 했다. 내게는 그보다 더 큰 의미가 있었다. 나는 십이 년 동안 가톨릭 학교를 다니며 형성된 가톨릭교도였다. 결혼식은 내가 3학년 때 구구단표와 함께 암기했던 7성사 중 하나였다. 가톨릭교는 내 결혼의 중심은 아니라도 그 일부였다. 결혼은 내게 자격이 주어진 하나의 성사였다.

마침내 사제관에 도착했을 때 내 손은 땀으로 축축했는데, 더위 때문만은 아니었다. 약속 시간에 늦었고, 그건 해서는 안 되는 일이었다. 신부님을 만난다는 것은 골칫거리, 죄, 고해처럼 안 좋은 일을 의미했지만, 키비 신부님은 젊은 사람이었고 우리를 안심시켰다. 그는 클립보드에 끼워놓은 질문지를 읽어주고 우리가 답을 하면 표시하겠다고 설명했다. 6월의 날벌레들이 방충망에 탁탁 부딪혔다. 문답을 마친 뒤 양식에 서명하면 된다고 신부님은 말했다.

두 사람은 하느님과 가톨릭교회를 믿나요? 네.

두 사람은 자식을 가톨릭교도로 키울 건가요? 네.

두 사람은 쉽게 결혼을 결정했나요? 아니요.

이 결혼은 오직 죽음으로만 끝날 결혼인가요? 죽음이요?

죽음. 이 결혼이 잘 안 되더라도 내가 거기서 벗어날 방도는 죽음뿐이라는 뜻이었다. 이혼보다 죽음이 낫다는 맹세를 하라고 요구하는 것이었다. 바로 그 순간, 결혼이 미처 시작되기도 전에 나는 내 결혼이 어떻게 끝날지를 알았다.

결혼에 뛰어드는 중에도 나는 남편과 행복하지 않았으니, 어찌됐든 그 정도는 이해했을 것이다. 우리는 결혼 전에 이 년 반 동안 동거를 했고, 그래서 앞으로 어떻게 지낼지 상당히 잘 알았다. 별로 잘 지내지 못하리라는 것을. 결혼도 안 해보고 이혼을 말하기는 어렵지만, 그래도 결혼을 끌어들이지 말았어야 했다. 우리의 생활 방식은 여느 불행한 커플의 생활과 대체로 크게 다르지 않았다. 주기적으로 서로에게 악을 쓰고, 내가 울고, 그러고 나면 견디기 힘든 침묵이 이어졌다. 서로를 도와주지 않았다. 서로에게 상냥하지 않았다. 나는 결혼해서는 안 되는 때에 그와 결혼했고, 나중에 그를 떠났다. 집을 뛰쳐나와 차를 얻어 타고 공항으로 가서 테네시로 돌아가는 편도 비행기표를 샀다. 이것은 반박할 수 없는 사실이다.

사람들은 내게 묻는다. **잘 안 될 줄 알면서 왜 결혼했어요?** 내가 할 수 있는 말이라고는, 안 할 수 있는 방법을 몰랐다는 것뿐이다. 청첩장을 보내기 전에도, 약혼하기 전에도 이미 너무 깊숙이 발을 들였다고 믿었다. 미숙했을 수도 있고, 어리석었을 수도 있다. 관계에 가속도가 붙어 우리는 이 자리까지 떠밀려 왔고, 나는 결혼식 나흘 전까지도 멈출 방법을 몰랐다. 죽음—나의 죽음—아니면 이혼이라는 아주 간단한 선택지가 내 앞에 나타난 그 순간까지. 그때 내 나이는 스물넷이었고, 남편은 서른하나였다. 달리는 기차에서 내리려면 뛰어내리는 수밖에 없지만, 그때 발아래 땅이 얼마나 획획 지나갔던지 나는 몸이 얼어붙고 말았다. 그래서 거짓말을 했다. "네"라고.

네, 이 결혼은 오직 죽음으로만 끝날 결혼입니다.

나는 결혼한 지 일 년여 만에 남편과 이혼했다. 종종 나는 지금도 우리가 사 년 동안 함께했다는 식으로 부풀려 말하곤 한다. 하지만 그것도 거짓이다. 그보다 짧았으니까. 아, 나는 오 년의 결혼생활을 갈망했다. 십 년이기를 간절히 바랐다. 내가 얼마나 노력했는지 알아? 할 수 있는 건 다 했다는 걸 하느님은 아실 거야. 더는 내가 할 수 있는 일이 없었어. 이렇게 말할 수 있기를 바랐다. 그 일 년을 버티면서 내게 있던 용기는 남김없이 사라졌다. 하지만 일 년이라고 하면 별것 아닌 것처럼 들린다. 결혼이 아니라 한숨 돌리기, 긴 데이트처럼 들린다. 남편을 떠난 뒤 나는 거리에서 여자들이 나를 멈춰 세우고 이렇게 말하는 상상에 시달렸다. 당신의 일 년을 내 십오 년, 이십 년, 삼십팔 년과 비교해봐요. 아기도 낳지 않은 그 날씬한 엉덩이를 네 명을 낳은 내 엉덩이와 비교해봐요. 평생 함께 참호에 갇혀 산 내 삶을 봐요. 이 집은 누구 소유인가요? 저 사진은? 당신이 겪은 건 아무것도 아니에요.

당연히 아무도 이런 말을 하지 않았다. 적어도 이혼을 경험한 사람이라면. 사실은 그 반대였다. 나는 부지불식간에 지하로 굴러떨어졌는데, 그러자 세상에서 가장 규모가 큰 클럽에서 다들 비밀스럽게 내게 악수를 청했다. 이혼자 클럽. 어디에나 있었다. 남편을 떠난 그 주에 보험회사 직원의 전화를 받았다. 남편이 내 피보험자 자격을 박탈했는데, 당시 우리는 여전히 혼인 관계라 내 승인이 필요하다고 했다. 그래놓고 그 남자 직원은 다시 이렇게 속마음을 전했다. "지금 서명 안 하셔도 됩니다. 시간을 좀더 가지셔야겠네요." 이혼 서류를 제출한 다음 날에는 변호사 사무실 직원이 전화해서 내 안부를 확인했다. 알고 보니 그 직원도 이혼한 경력이 있었고, 반평생을 가정주부로 살다가 처음 가진 직장이 그 사무실이었다. 신용카드를 신청하려고 전화했을 때 상담원이 내게 기혼인지 미혼인지 물었다. 어떻게 답을 해야 할지 몰라 우물쭈물하자 상담원은 해야 할 질문은 하지 않고 날 '허니'라고 불렀다. "허니, 나도 알아요." 그녀는 말했다.

그들은 내게 공감했고, 나는 처음으로 공감이라는 단어를 이해했는데, 내게도 문득 그 감정이 생겨났기 때문이다. 어쩌면 그것이 우울과 죄책감 외에 내게 남은 유일한 감정이었을 것이다. 나는 남편을 떠난 뒤 며칠 동안 어머니 집 소파에 기대앉은 채 〈오프라 윈프리 쇼〉의 초대 손님을 보았다. 제대로 교육받지 못한, 여섯 아이의 어머니. 단 하나의 안전망도 없는 여자들. 음식이 식었다고, 수건을 잘못 접었다고, 혹은 그냥 재미삼아 남편이 허구한 날 두들겨패는 여자들. 청중석의 남녀가 자리에서 일어나 "당신에게 동정을 보낼 수가 없어요! 왜 집에서 나오지 않아요? 누구든 단 한 번이라도 내 몸에 손을 대면 난 당장 뛰쳐나올 거예요. 자존심도 없어요?"라고 소리치는 것을 보았다.

나는 몸을 앞으로 뺐다. 아는 목소리였다. 그 청중은 바로 과거의 나였다. 예전에는 나 역시 품격과 상냥함에 조금이라도 못 미치는 행동은 절대 참지 않을 거라고 생각했으니까. 그걸 참고 받아들이는 사람은 그런 행위에 동조하는 거라고, 어떤 차원에서는 좋아하는 것이 분명하다고 생각했으니까. 하지만 그 순간에 나는 그 무대로 올라가고 싶었다. 일인용 소파에서 일어나 마이크를 빼고, 초대 손님의 어깨에 팔을 두르며 귀에 대고 속삭이고 싶었다. "허니, 나도 알아요. 예전에는 상상도 못했던 일이 일어나는 거죠." 내겐 자식이 없었고, 남편을 떠나 집으로 돌아갔을 때 공항에서 나를 맞아주고 수백 번 입을 맞춰준 멋진 가족도 있었다. 나는 고등교육을 받았고 친구도 많았다. 내 남편이 자주 지적했듯이 그는 나를 때린 적이 없었다. 결혼생활도 겨우 일 년 했을 뿐인데, 그렇게 우호적인 상황에서도 남편을 떠나기 위해 온 힘을 끌어모아야 했다. 정신적으로 얼마나 마모되는지, 짐을 싸서 어디로 어떻게 가야 할지는 고사하고 짐 가방이 어디 있는지조차 떠올리기 어렵다. 내가 새로이 이해하게 된 사람들은 생판 모르는 남만은 아니었다. 어머니는 내가 네 살 때 이혼했고, 이 년 뒤 재혼했다. 어머니와 양아버지는 함께 살았던 이십 년 내내 이 결혼을 지속할지 말지 고민했다. 성장기의 나는 이혼을 어머니의 잘못으로 여긴 적은 없었지만, 어쨌든 내게는 나약함으로 보였던 어머니의 면면이 무척 싫었다. 같은 잘못을 반복하고 싶지 않았던 어머니는 사람은 바뀔 수도 있다고 믿으며 거듭 양아버지에게 되돌아갔다. 그와 오래 대화를 나누고 나면 문득 한동안은 먹구름이 걷히면서 어머니의 결심은 매번 깨졌다. 난 어머니가 일단 결정하면 그 결정을 고수하기를 바랐다. 나는 상관없으니 나갈 건지 말 건지 결심만 하라고. 하지만 결심이 그렇게 쉬운 것은 아니다. 길을 못 찾아 더 많이 헤맬수록, 더 많이 지체할수록 그 사람은 길을 잃지 않기 위해 더 많은 노력을 들인 거라고 어머니는 말하곤 했다. 사람들이 길을 잃었을 때 자꾸 같은 방향으로 가는 까닭도 그래서라고.

이혼을 직접 겪고 나서야 어머니를 진정으로 이해하게 되었다. 단지 용서한 것이 아니라, 어머니는 당장의 상황에서 할 수 있는 최선을 다했다고 생각하게 된 것이다. 인간의 선함을, 특히 우리가 사랑하고 존경하겠다고 약속한 사람의 선함을 믿고 싶은 갈망이 얼마나 강한지 이해했다. 상대방만이 아니라 우리 자신도 그렇게 바라보고 싶은 것이다. 그러면 우리가 좋은 사람, 인내심 있고 상냥한 사람이 될 테니.

나는 결혼 전에 남편을 떠났어야 한다는 사실을 제대로 보지 못했고, 이후에 벌어질 복잡한 문제는 아예 계산에도 넣지 않았다. 우리는 직장이 같았다. 영문과에서 하나의 강의를 나눠 맡았고 연구실도 붙어 있었다. 함께 쓰는 올즈모빌 자동차가 한 대 있었고, 세탁기 건조기 세트가 있었다. 각자의 가족이 있었다. 우리는 부부였다. 나는 약속을 했고, 맹세를 했고, 약속을 지켰다고 믿었다. 하지만 달라지리라 믿었던 우리 사이의 모든 문제가 결코 달라지지 않으리라는 사실을 서서히 깨달으면서, 나는 머릿속에 간직했던 목록을, 나와 내 자유 사이를 가로막고 선 것들의 비밀스러운 목록을 재빨리 훑어보기 시작했다. 식사실 가구 세트? 필요하지 않아. 직장? 포기할 거야. 내가 좋아하지만 분명 앞으로 내게 말도 걸지 않을 시부모님? 가버려. 장애물이 줄지어 나타났고, 하나같이 직전의 것보다 약간 더 위험했다. 새로운 것이 등장할 때마다 이런 생각이 들었다. 이건 안 돼. 이것까지 포기할 순 없어. 하지만 결국 포기하게 되었다.

남편을 떠나겠다고 결심한 순간 모든 것이 달라졌다. 나는 불가능했던 일, 그로 인해 분명 우리 둘 다 죽게 될 거라고 생각했던 일을 했고, 우리는 죽지 않았다. 그리고 나는 불가능한 일을 이어갔다. 집을 옮겼고, T.G.I. 프라이데이에서 종업원으로 일했고, 그 지점에서 처음으로 종업원 필기시험에서 만점을 기록한 사람이 되어 특별 핀을 받았다. 곧 근무조 조장이 될 거라는 말을 들었다. 우스꽝스러운 모자를 써야 했다. 고등학교 동창들에게 파히타*를 서빙하면서 미소를 지었다.

나는 죽지 않았다.

때로는 샤워를 하다가 머리를 샴푸로 감았는지 도무지 기억이 나지 않아서, 몇 번이고 다시 감느라 오전 반나절을 욕실에서 보내기도 했다. 언젠가는 일하러 가다가 길을 잃어서 차를 길가에 세우고 글러브박스에서 지도를 꺼내야 했다. 직장은 집에서 겨우 4마일 떨어져 있었는데도. 매일 새벽 세시에 잠에서 깼는데, 매번 내가 어디 있는지 의식하지 못했다. 그 상태로 눈이 어둠에 익숙해질 때까지 몇 분간 그대로 누워 있곤 했다. 얼마 지나니 더는 겁이 나지 않았다.

내 첫 소설을 쓸 수 있게 해준 연구비 덕분에 T.G.I. 프라이데이와 내슈빌을 떠난 뒤 시간이 지나고 나서야, 한참 지나고 나서야, 실패와 굴욕감에는 사람을 자유롭게 하는 뭔가가 있다는 사실을 깨달았다. 내가 알았던 삶이 너무나 완벽하게, 너무나 공개적으로 파괴되었기에 어떤 면에서 난 자유로웠다. 상상하건대, 사고를 당하고도 멀쩡히 살아 나온 사람이 자유롭듯이. 더는 기대가 없었고, 누구든 내게 아무런 기대도 하지 않는

---

* 야채와 고기 등을 토르티야에 싸 먹는 멕시코 음식.

114

듯했다. 과속으로 차를 몬다면 모를까 다른 식으로는 죽을 일이 없으리라 믿었다. 포기하지 못할 건 없다는 것을 알았다.

몇 년 뒤 어느 날 밤, 나는 집에서 멀리 떨어진 장소에서 의무적으로 참석해야 하는 따분한 만찬 자리에 있었다. 손님 가운데 기혼이지만 직장 문제로 배우자와 떨어져 사는 한 남자와 한 여자가 있었다. 배우자와 떨어져 산다는 것 말고 공통점이라고는 없었지만 두 사람은 사교 모임마다 쌍을 이루어왔던 것이 분명했다. 밤이 깊어가면서 예전에 살았던 곳에 관한 대화가 이어졌다. 한참 질문을 던진 끝에 알게 된 바로는, 여자는 예전에 결혼한 적이 있어서 현 남편은 두번째 남편이었다.

나는 첫 결혼이 언제였냐고 물었다.

"아주 오래전이에요." 과거의 어느 지점을 가리키듯 그녀가 손을 내저었다. 내겐 익숙한 손짓이었다. "완전히 다른 삶이죠."

"나도 결혼한 적이 있어요." 연대감을 내보이며 내가 말했다.

"그것 봐요." 남자가 말했다. "세 쌍의 부부 중에서 두 쌍이 이혼한다니까요. 난 기혼이고, 당신들 둘은 이혼했고."

하지만 여자는 재혼을 했는데. 그러면 계산이 어떻게 되지? "두 쌍 중 한 쌍인 줄 알았는데요." 내가 말했다.

자기 아내는 천 마일 떨어진 곳에 있어도 안심할 수 있다고 여겨서인지 그가 고개를 저었다. 운좋은 사람들에게는 잔인한 면이 있을 수 있다. 자신의 운을 선함과 동일시하니까. "셋 중

둘이죠." 그가 말했다.

그 통계가 생각날 때면 나를 생각해달라. 그 일을 한 사람, 이혼을 한 사람이 바로 나니까. 내가 이 나라의 도덕 구조를 잡아 찢었으니까.

그 일이 있고 얼마 지나지 않아 『타임』에 실린 논설에서 한 남성 필자가 결혼을 쉽게 쓰고 버리는 이 시대에는 '슈퍼서약 supervow'이 절실히 필요하다고 주장했다. 슈퍼서약은 더 높은 차원의 헌신을 입증할 것이고, 더 진지한 예식의 일부가 될 거라고 했다. 이혼 전에 긴 결혼 상담을 받고 일정 기간이 지난 후에만 이혼을 고려하겠다는 약속, 법적 구속력이 있는 약속이 포함될 것이라고. 이혼이 너무 쉬워졌다고 필자는 말했다. 가볍게 춤추듯 시작했다가 가볍게 춤추듯 끝낸다고.

시작은 가벼울지도 모른다. 결혼이야 원하는 만큼 어렵게 만들어도 좋다. 라스베이거스에서 예배당에 네온 불빛의 결혼 종을 잔뜩 거는 일을 법으로 금하든, 혼인신고서를 세금신고서 양식만큼 복잡하게 만들든 마음대로 하라. 하지만 이혼은 내버려두라. 이혼은 그 자체로도 극히 괴롭고 힘드니까. 언젠가 끝내리라는 생각을 가지고 결혼생활을 시작하는 사람은 본 적이 없고, 간단히 끝내는 사람도 본 적이 없다. 끝내는 일에는 법원이 관여한다. 당신이 자유로워지려면 함께 살던 사람에게 소송을 걸어야 한다. 당신의 삶을 다른 누군가의 삶에서 억지로 떼어내고 홀로 파도에 맞서야 한다. 가볍고 쉬운 일이 결코 아니다. 결코.

또한 이혼이 실제로 효력을 가지기까지, 주州법에 따라 석 달, 여섯 달, 아홉 달을 기다려야 한다고 생각하지도 않는다. 결혼을 끝내는 일은 심각한 문제지만, 주정부에서 우리에게 진심인지 아닌지 알아볼 숙려 기간을 가지라고 명령할 필요는 없다. 남편을 떠난 뒤 삼 주가 지났을 때, 남편이 전화를 하더니 일주일 안에 집으로 돌아오든지 이혼 청구를 하라고 말했다. 참 희한하게도 그때 나는 이혼할 생각은 전혀 없었다. 당장 눈앞에 닥친 오 분 이상의 계획이 없었다. 하지만 그 주가 끝날 무렵, 다시 돌아갈 수 없음을 깨닫고 변호사에게 전화했다.

알고 보니 남편은 그런 식의 최후통첩을 들으면 내가 돌아오리라 짐작하고 엄포를 놓은 것이었다. 이혼 청구를 했다는 내 말에 남편은 합의하지 않겠다고 했다. 이혼 서류에 서명하지 않으려 했다. 우리가 사는 펜실베이니아 자치주에서는 합의되지 않은 이혼은 삼 년을 기다려야 했다. 삼 년 동안은 법적으로 부부인 것이었다. 내게 달리 무슨 선택지가 있었겠나? 그래서 기다리기로 마음을 정했는데, 결국 오래 기다릴 필요는 없었다. 여섯 달이 지난 어느 날 그가 서명한 서류가 내게 왔다. 우편함 속, 카탈로그와 전기세 고지서 사이의 내 인생. 무엇이 그의 마음을 바꾸었는지 난 결코 알지 못했다. 이후로 남편을 본 적도 없고 연락한 적도 없다. 그렇게 우리는 이혼했다.

방금 『순수의 시대』를 다시 읽었다. 뉴욕의 그 누구보다 생기 가득한 불쌍한 올렌스카 백작 부인. 기혼의 몸이라 뉴런드 아처에게 자기 마음을 온전히 내주지 못해도, 그보다는 그녀가 더 나은 사람이다. 사교계는 그녀가 남편에게 부당한 대우를 받으며 살았다는 사실에 대해서는 무관심하다. 그저 그녀의 인생은 끝났다고 여긴다. 현대사회의 이혼은 그렇지 않아서, 내 인생은 끝나지 않았다. 나는 이혼을 수치스러운 일이 아니라 축복으로 여기기 시작했다. 내 삶도 꽤 괜찮은 삶이라는 생각이 들기 시작했다. 이혼이 사회적으로 받아들여지기 이전에는 행복한 결혼이 더 많았다거나, 사람들이 더 열심히 노력해서 힘든 시기를 이겨내고 더 나은 삶을 살았다고는 믿지 않는다. 더 많은 사람들이 고통스럽게 살았으리라 믿는다.

사랑이나 출산이나 죽음과 마찬가지로 이제는 이혼도 인간 삶의 일부이다. 그 일을 직접 겪지 않아도 그 가능성이 우리에게 영향을 미친다. 결혼생활에 실패했다고 그것이 인생이 통째로 무너지는 실패일 필요는 없으니 좋은 일이다. 개인적으로는 이혼 성사라는 여덟번째 성사가 있으면 좋겠다는 생각이 든다. 그것은 성찬식과 마찬가지로 혀 위에 놓이는 얇은 제병이다.

고해처럼, 그것은 용서이다. 용서가 중요한 까닭은 우리가 잘못을 저질러서라기보다, 용서를 받아야 한다는 느낌이 들어서다. 가족, 친구, 하느님, 우리를 사랑하는 이라면 누구든 우리를 용서하고 다시 받아들이는 것이다. 우리의 삶, 우리의 가능성, 우리의 두번째 기회에 설레고 감동하는 것이다. 우리가 죽지 않아도 된다는 사실에 기쁨의 눈물을 흘리는 것이다.

파리에서의 한판 승부

사랑에 빠진 지 얼마 안 되었을 때 하는 일들이 있다. 파리 여행 계획으로 상대를 놀라게 하기. 터무니없이 비싼 파리의 식당을 예약하기. 터무니없이 비싼 그 식당에서 식사하면서 예전 애인들을 화제에 올리기. 이런 일이 결혼하고 수년이 지난 부부에게도 벌어질 수는 있지만 그 가능성은 극히 희박하다.

칼과 내가 사귄 지 일 년이 조금 지났을 때였다. 그가 여행을 계획했고, 나는 아주 늦은 점심을 예약했다. 어쩌다가 상황이 그렇게 되었는지는 잘 기억나지 않지만, '타유방' 레스토랑 한가운데에 놓인 아주 아름다운 식탁에 앉아 있다가 우연히 마크 얘기가 나왔다. 마크와 나의 관계는 아주 원만했고 그럭저럭 원만하게 끝을 맺었다. 칼은 우리가 자주 싸웠냐고 물었다. 아니면 칼이 전처와 종종 싸웠는지 내가 먼저 물었고, 그래서 그가 내게 같은 질문을 했는지도 모른다.

종업원이 와서 묘비석만한 크기의 와인 목록을 건넸다. 나는 마치 미적분 시험지를 훑어보듯, 아무것도 이해하지 못한 채 얼마간의 관심을 가지고 잠시 그것을 훑어봤다. "화이트." 내가 말했고, 술을 마시지 않는 칼은 고개를 저었다.

"제일 심했던 싸움도 정확히 말하면 싸움이 아니었어." 내가 말했다. "단어 게임을 하다가 생긴 일이야. 마크가 그 게임 얘기를 하기에 나도 해보고 싶다고 했는데, 나는 도무지 답을 모르겠는데도 그 사람은 고집스럽게 게임을 계속했어. 하고 또 하고, 그러다가, 모르겠어ㅡ"

종업원이 주문을 받으러 왔다. 우리는 뭔가를 시켰다. 어떤 음식을.

"뭘?" 종업원이 자리를 뜨자 칼이 물었다.

나는 그 싸움을 아주 또렷이 기억했다. 차 안이었고, 마크가 운전을 하고 있었다. 차가 신호등 앞에서 정지하자 나는 차문을 열고 나가 차 사이를 뚫고 인도로 뛰어갔다. 그 이전에도 이후에도 한 번도 해본 적 없는 행동이었다. "그 사람을 죽여버릴 것 같았어."

"무슨 게임이었는데?" 그가 물었다.

"어려운 게임도 아니야. 바로 그래서 더 문제였던 거지. 막상 답을 알고 나니 간단했어."

칼이 의자에 등을 기댔다. 농염한 불빛 아래, 다마스크직 커튼과 두꺼운 흰색 식탁보 사이의 그는 아름다웠다. 칼은 접시 옆에 놓인 묵직한 포크에 손가락을 얹었다. "어떻게 하는지 알려줘. 나 그런 거 잘하거든."

당시 우리는 전 애인을 입에 올려서는 안 된다는 사실을 알 만큼 오래 사귀지는 않았다. 어쩌면 파리에 함께 갈 정도로 오래 사귀지 않았을 수도 있다. 하지만 아무리 오래 사귀어도 단어 게임을 즐길 정도는 못 될 것이다.

종업원이 다시 왔는데, 와인 잔이 아니라 병을 들고 와서 내 잔에 따랐다. 그 모습이 내게는 무척 세련되어 보였다. 전채 요리가 나왔다. 내가 원했던 음식이었다. 신중하게 고른 음식이었다. 정확히 무엇이었는지는 기억나지 않지만, 한입 베어 물며 그렇게 그윽하고 맛좋은 음식이 있을 수 있다는 사실에 감동해서 눈을 감은 기억이 난다. "단어 하나를 생각한 뒤, 상대에게 그것이 어떤 것이고 어떤 것은 아니다 하는 식으로 알려주는 거야. 예를 들면," 나는 와인 잔을 집어들었다. "이건 잔인데 와인은 아니야."

칼이 고개를 끄덕였다.

"이제 당신이 내게 단어 하나를 물어보고, 난 그게 맞는지 아닌지 말해주는 거야. 당신이 차이가 뭔지 알아낼 때까지 그렇게 계속해나가는 거지."

"접시인가?" 그가 물었다.

"접시는 아니고 병이야."

그가 잠깐 시간을 두고 곰곰히 생각했다. "잘 모르겠네."

"시간이 좀 걸리지." 내가 말했다. "토끼인데 상자는 아니야."

뭔지 기억은 안 나지만 그사이 칼은 자기 전채 요리를 다 먹었다. 내게는 한입도 권하지 않았다. "모르겠어."

"나무인데 이파리는 아니야."

"포기." 그가 말했다.

"우디인데 미아*는 아니야."

"모르겠다고." 칼이 말했다. "뭔지 말해줘."

나는 답을 말해주지 않고, 그를 지독히 짜증나게 만들 단어의 쌍을 계속 내뱉었다. 메인 요리가 나왔다. 지금도 그 냄새가 코끝에 아른거린다. 정말이지 즙이 많고 아주 훌륭하고 세련된 음식이었지만, 아무리 애를 써도 어떤 요리였는지는 알 수가 없다. "예쁜데 신발은 아니야." 내가 말했다.

"그만해."

"그만이나 출발이나 기다려가 아니야." 그 말이 입에서 나오는 그 순간에도 나는 차문을 열고 차량들 사이로 내려서는 내

---

* 영화감독 우디 앨런과 그와 사귀었던 배우 미아 패로를 가리킨다.

모습이 눈앞에 보였다. 차량이야. 나는 답을 말해주지 않으면 우린 끝이라고 마크에게 말했다. 실제로는 그보다 훨씬 현란한 표현이었지만. 하지만 그후 벼락이 머리를 때리듯 단번에 답이 떠올랐을 때, 내 화는 잦아들었다. 알아냈으니까. 한 시간도 더 걸렸지만 결국 알아냈고, 그토록 갑작스럽고 예상치 못했던 기쁨이 그 보상이었다.

내가 더 달라고 했던 기억은 없는데 종업원은 거듭 내 잔에 와인을 채웠다. 디저트도 환상적이었지만 우리는 손도 안 대고 밀어놓았다. 계산서의 금액—이것만은 정확히 기억한다—은 삼백오십 달러였다. 우리는 그 돈을 탁자 위에 쌓고 거기에 성냥불을 붙인 것이나 매한가지였다. 우리가 평생 먹어본 가장 훌륭한 식사였지만 다 놓쳐버렸다.

"당신이 어떤 사람인지 알게 되어 다행이군." 칼이 말했다. 칼이 내게 그 정도로 화가 난 적은 그 이전에도 이후에도 없었다. 난 그의 기분을 알았다. 식당을 나와 걸어가다가 마음이 약해져서 나는 그에게 답을 알려주었다. 칼의 걸음이 너무 빨랐고, 나는 굽이 너무 높은 구두를 신은데다 호텔로 가는 길을 몰랐기 때문이다. 그래서 말해줬고, 그럼으로써 다 망쳐버렸다. 내가 스스로 답을 찾을 수 있도록 내 화를 견뎌낸 마크는 현명했다. 답을 알아내자 나는 그를 용서했기 때문이다. 그와 달리 칼은 화가 풀리지 않았다. 그는 내게 잔인하고 냉정하다고 말했고, 다음날 밤 라르페주 레스토랑에서 우리는 이제 끝이라고 말했다.

"파리의 해산물 식당에서 헤어질 수는 없잖아." 내가 말했다. "게다가 이런 일로."

그래서 그런 일은 없었다. 우리는 이후로도 십 년을 함께했고, 그런 다음 결혼했다. 지금까지 무척 행복하게 살고 있다. 그래도 타유방에서의 다툼은 우리 관계에 새겨진 일종의 문신이다. 둘 다 앞으로도 영영 잊지 못할 텐데, 지금 생각하면 다 우습게 느껴진다. 애석한 점이라면 그때 먹은 식사가 기억에서 완전히 사라졌다는 것이다. 다툼은 기억하면서 가자미를 기억하지 못하는 건 우리 뇌의 잘못이다. 정말 가자미였을까? 내가 무슨 말을 했는지는 알지만, 그때 분명히 먹었던 음식은 그저 상상만 할 수 있을 뿐이다.

이 반려견의 삶

사건의 경위는 이러했다. 공원에서 산책을 하고 들어가던 칼과 나는 한 젊은 여성이 차 안에 앉아 강아지에게 말을 거는 것을 보았다. 먼 거리에서도, 차의 단단한 유리창 너머로도 그 개가 특별하다는 것을 알 수 있었다. 언제나 스스럼이 없는 칼은 차창을 두드리더니 그 개가 무슨 종이냐고 물었다. 우리가 사는 내슈빌에서 이런 일은 예사라서 그런다고 깜짝 놀라거나 겁을 집어먹는 사람은 없다. 그 여자는 우리에게 슬픈 이야기를 들려주었다. 가까이서 보니 새끼 티를 벗지 못한 어린 강아지였던 그 개는 주차장에 버려진 뒤 구조되었고, 선의를 가진 친구들이 데려갔지만 다들 개를 키울 수 없는 아파트에 살고 있어서 여러 집을 전전했다고 했다. 결국 차에 탄 여자가 맡게 되었고, 강아지에게 이제 영구적인 보금자리를 찾기 위해 귀여움을 뽐낼 시간이라고 말하고 있었다고 했다.

귀여움을 뽐내는 일이라면 누구도 따라오지 못할 강아지였다. 자그마하고 매끈한 하얀색 강아지였다. 균형이 안 맞을 정도로 커다란 귀에 햇살이 투과되어, 햇빛을 받은 리모주 도자기 찻잔처럼 투명한 핑크빛을 띠었다. 우리가 어루만지니 강아지가 우리를 핥았다. 우리는 그 자리를 떠난 뒤 곰곰이 따져보다가, 결국 돌아가 강아지를 데리고 왔다.

이런 식이 되리라고는 생각하지 못했다. 적절한 때가 오면 결정을 내리고, 어떤 종으로 할지 고민하고 여기저기 둘러보리라 생각했다. 사실을 말하자면, 반려견을 키울 수 없는 아파트에 사는 건 나도 마찬가지였다. 하지만 운명이 문을 두드리면 대답하는 것이 좋다. "이름을 로즈라고 짓자." 칼이 말했다.

난 숨이 막혔고 행복해서 정신을 차릴 수 없었다. 강아지가 내 겨드랑이에 코를 박았고, 내가 평생 꿈꿨던 수백 가지 기발한 강아지 이름들이 전부 사라졌다. "로즈, 좋아." 내가 말했다.

내가 원했던 것은 언제나 강아지였다. 다른 여자아이들은 가정이나 자식, 진정한 사랑과 재정적 안정을 꿈꾸며 자랄 때, 나는 셰퍼드와 테리어를, 행복한 개들이 껑충껑충 뛰어다니는 들판을 마음속에 그렸다. 어린 시절에 농장에서 지낸 적이 있었고, 온갖 동물에 둘러싸여 살았다. 말과 닭, 쥐를 잡는 건장한

고양이 예닐곱 마리, 토끼, 돼지 한 마리, 그리고 수없이 많은
개들—럼블과 텀블과 샘과 루시, 특히 이름이랑 딱 어울리는
커들스*. 그때 이후로 나는 내 개를 갖는 순간 진정한 성인이
되고 행복도 얻게 되리라 믿었다. 툭하면 여행을 떠나는 일도
그만두리라. 멋진 잔디밭이 딸린 곳에서 살리라. 동물병원 비
용을 충당할 만큼 돈을 벌리라.

 집에 오자 로즈는 공을 가지고 놀았고, 어렵사리 계단을 올
랐고, 우리의 애정어린 눈길을 받으며 내 무릎 뒤쪽에서 잠을
잤다. 이제 내가 '개가 없던 시절'이라고 지칭하는 그 시절이
불행했다는 건 아니지만, 삶이 뭔가 더 나아질 수 있지 않을까
라는 생각은 했었다. 내가 상상조차 하지 못했던 것은 반려견
이 있는 삶이 나아도 얼마나 더 나은지였다. 내 인생에, 내 인
성에 존재했던 구멍들이 단번에 다 메워졌다. 조건 없는 상호
적 사랑이라는 어른스러운 관계를 처음으로 맺게 된 것이다.
곧바로 훨씬 더 좋은 아파트를 구했다. 반려견을 허용하는 대
신 보증금으로 터무니없이 큰 금액을, 그것도 환불해주지 않는
다는 조건으로 요구하는 곳이었다. 나는 집에서 일을 하기에
로즈는 내 무릎 위에서 시간을 보낼 수 있었고, 거기서 가장 편
안해했다. 우리의 친밀한 관계는 누군가의 눈에는 미심쩍어 보

---

* '커들(cuddle)'은 '포옹'을 의미한다.

이기도 했다. 부잣집 부인들이 자기 개를 데리고 버그도프*에 가듯 나도 가게에 갈 때 로즈를 데려갔다. 만찬 자리에도 데려 갔다. 케이프코드에 휴가를 갈 때도 데리고 갔다. 로즈를 혼자 두는 일은 도저히 할 수 없었으므로, 반려견을 허용하지 않는 멍청한 장소에 가야 할 때면 로즈를 차에 태우고 가서 도시 반 대쪽에 사는 할머니에게 맡겼다.

"저것 봐." 사람들은 로즈가 아닌 나를 보며 말했다. "얼마 나 아기를 갖고 싶으면 저럴까."

아기? 나는 내 강아지를, 아름답고 눈부신 내 강아지를 들어 올려 보여주며 말했다. "강아지예요. 나는 늘 강아지가 갖고 싶었어요." 사실을 말하자면, 내가 아기를 원했던 기억은 전혀 없다. 누군가의 유아차 속을 갈망하는 눈으로 들여다본 적은 한 번도 없었다. 인도에서 몸을 굽혀 남의 개의 귀를 어루만지 면서 그 귀에 대고 눈망울이 맑기도 하다며 속삭인 적은 셀 수 도 없이 많았다.

"당신 스스로는 미처 깨닫지 못하는 걸 수도 있지." 모르는 사람들이, 친구들이, 내 가족이 그렇게 말했다. "분명히 아기 를 원하는 거야."

"강아지를 안고 있는 네 모습을 좀 봐." 할머니가 말했다.

---

* 버그도프 굿맨. 미국의 고급 백화점 체인.

"딱 아기 안는 식이잖아."

사람들은 칼에게도 그 문제에 대해 이야기하기 시작했다. 내가 모성을 발현할 대상이 결핍된 애처로운 상태인 게 분명하니 그 상황을 직시해야 한다고 주장했다. 남의 말을 귀담아듣는 성격인 칼은 한 손으로 내 손을 잡고, 다른 손으로는 로즈의 귀를 어루만졌다. 칼을 향한 내 사랑의 일부는 로즈를 향한 그의 사랑에서 나온다. 로즈가 가장 좋아하는 놀이는 긴 여우털 솔처럼 그의 양어깨 위에 다리를 늘어뜨린 채 목에 얹혀 있는 것이다. "앤." 그가 말했다. "혹시 아기를 원하는 거면……"

언제부터 포유류의 구분이 그렇게 흐려졌나? 아기와 강아지를 보며 그 차이를 분별하지 못하는 사람이 있나? 영화를 보러 나가면서 씹는 장난감만 던져준 채 아기를 혼자 둘 수는 없다. 아기는 내가 추울 때 이불 아래로 기어 들어와 내 발 위에서 잠을 자지 않는다. 아기에게 사랑스러운 면이 많다는 건 이론의 여지가 없지만, 아기가 공원에서 나와 함께 달리거나 현관문 앞에서 내가 돌아오기를 기다리진 않는다. 그리고 내가 아는 한 아기는 조건 없는 사랑에 대해서는 전혀 아는 바가 없다.

아이가 없는 가임기 여자인 나는 사람들의 우려 섞인 분석이 집중되는 걸어다니는 표적이다. 래브라도 리트리버를 기르는 독신남을 보면서 이런 말을 하는 사람은 없다. "자기 개한테 테니스공을 던지는 저 모습 좀 봐. 저 남자는 분명 아들을 갖고

130

싶은 거야." 개는 어쨌든 인간의 가장 좋은 친구이고 동료이고 벗이다. 그런데 개를 안고 있는 여자를 보면 다들 원래의 욕구는 다른 방향을 향해 있다고 말한다. 자기는 정말 아기를 원하지 않는다고 여자가 말해도, 다 이해한다는 듯 고개를 끄덕이며 "두고 봐"라고 말할 것이다. 분명히 말하지만 나는 반려견에게 혀 짧은 발음으로 말하지도 않고 개를 부를 때 "엄마한테 와"라고 하지도 않는다.

"이 강아지가 생기기 전까지 넌 언제나 나의 가장 정상적인 친구였는데." 친구 엘리자베스가 내게 말했다.

어떤 개라도 함께 즐겁게 지냈으리라 확신하지만, 로즈를 향한 나의 깊은 애정은 지능과 충성심과 애정의 측면에서 로즈가 보기 드물게 뛰어난 개라는 사실에서 비롯한다는 것이 내 생각이다. 저녁이면 칼과 나는 로즈를 차에 태우고 도심을 벗어나, 반려견이 목줄을 풀고 자유롭게 놀도록 마련된 넓은 들판으로 간다. 그레이트데인이나 베른 종 개들과 함께 풀숲을 헤치며 껑충껑충 뛰어다니는 로즈를 보면 내 반려견만큼 인기가 많고 적응을 잘하는 개도 없다는 확신이 든다(동시에 이것이야말로 내 특별한 정신이상의 정점이라는 사실도 자각하고 있다). 자기 반려견이 로즈와 사촌지간이기를 바라는 듯, 여러 견주들이 로즈의 혈통과 관련해 얘기를 나누고 싶어한다. 그들에겐 로즈가 훌륭한 개라는 것만으로는 충분하지 않고, 특정한 종이어야 한다. 로즈는 어떤 관점에서 보느냐에 따라 작은 잭러셀도 되고, 큰 치와와, 랫테리어, 폭스테리어, 다리 긴 코기로도 보인다. 현재 로즈는 포르투갈포덴고로 추정중인데, 내가 아는 한 지금까지 테네시주에서는 알려진 바 없는 품종이다. 우리집에 있는『개 백과사전』에 실린 사진 중에서 로즈와 가장 닮은 개가 그것이다. 요즘 우리는 로즈에게 혈통 의식을 심어주려고 "포덴고 어디 있어?"나 "포덴고 아직 밖에 안 나갔어?" 같은 말을 한다. 하지만 사실 로즈는 운명의 주인을 만나려고 눈보라 속에 버려진 '주차장 개'다.

공원에 있는 다른 견주들을 바라본다. 결혼한 사람, 독신인 사람, 아이가 있는 사람. 각자가 반려견과 갖는 관계는 무척 사적이고 독특하다. 하지만 거듭 내 눈에 들어오는 사실은 다들 자기 개를 자랑스러워한다는 것이다. 개들이 뛰는 모습, 다른 개들과 함께 킁킁거리며 돌아다니는 모습을 자랑스러워하고, 물속으로 뛰어들 만큼 용감하거나 물을 피할 만큼 똑똑하다고 자랑스러워한다. 다들 부끄러운 줄 모르는 포용심으로 개를 사랑하는 듯한데, 가족이나 친구에게 그런 태도를 보이는 일은 좀처럼 없다. 개는 주인을 실망시키지 않고, 설사 그런 일이 있다 해도 주인은 빨리 잊는다. 나는 내 반려견을 사랑하듯 사람을 사랑할 수 있는 법을 배우고 싶다. 자부심과 열렬한 애정만 그득하고 상대의 잘못은 기억에서 완전히 지워버리는 식으로.

한마디로 내 반려견이 날 사랑하듯이 남들을 사랑하는 법을.

반려견이 내 행복을 위해 그렇게 많은 에너지를 쏟는다면, 나 역시 그 보답으로 반려견을 행복하게 해주고 싶은 것이 당연한 이치이다. 나 자신에게는 터무니없는 사치로 보이는 것들이 내 반려견에게는 꼭 필요한 것일 수 있다. 그래서 칼과 나는 로즈의 개인 트레이너를 고용했다. 고분고분한 로즈, 앉아, 기다려, 이리 와를 알아듣고, 어쩌면 간단한 재주도 몇 가지 부릴 수 있는 로즈를 꿈꿨다. (로즈는 신문을 물고 집안으로 들어오기엔 아무래도 체구가 좀 작지 않나 싶었다.) 나는 로즈에게 딱 맞는 트레이너를 찾을 수 있을지 걱정하다가 정신적 지지가 필요해서 친구 에리카에게 전화를 걸었다. 하지만 에리카는 네 살짜리 아들을 맨해튼 최고의 유치원에 넣는 일에 정신이 팔려 있어서, 로즈에게 알맞은 트레이너를 구하는 일에 관한 내 걱정에 공감해주지 않았다. 마침내 우리가 구한 트레이너는 반려견 권위자의 전형이었다. 몇 분간 사교적인 대화를 나눈 뒤— 그동안 로즈는 그의 어깨에 뛰어올라가 그의 정수리를 핥았다— 그는 자기 훈련 방식의 핵심을 우리에게 제시했다.

첫째: 개는 가구에 올라가지 않는다.

우리는 눈을 깜박거렸다. 그리고 불안한 미소를 지으며 말했다. "하지만 로즈는 가구를 좋아해요. 우리도 로즈가 가구에 올라가는 걸 좋아하고요."

그는 우리에게 반려견 훈련의 기본 원칙을 설명했다. 개는 주인 말을 듣는 법을 배워야 합니다. 안 된다는 개념과 넘지 말아야 할 선을 배워야 합니다. 그는 로즈의 목걸이에 면으로 된 줄을 묶더니 소파에 앉은 로즈를 세게 홱 잡아채는 법을 보여주었다. 허공으로 붕 떴다가 바닥으로 떨어진 로즈는 기분이 상했다기보다는 어리둥절한 표정으로 우리를 올려다보았다. "함께 자는 건 아니죠?" 트레이너가 물었다.

"당연히 함께 자죠." 로즈를 안심시키려고 목덜미를 어루만지며 내가 대답했다. 로즈는 내 베개를 베고, 내 어깨에 코를 묻고 나와 한 이불 속에서 잤다. "같이 안 잘 거면 12파운드짜리 개를 뭐하러 키워요?"

트레이너가 서류철에 뭔가를 적었다. "그만두셔야 합니다."

나는 그 말을 오 초간 따져보았다. "못해요." 내가 말했다. "다른 건 다 하겠지만, 로즈는 나랑 잘 거예요."

이 문제를 두고 얼마간 실랑이를 한 끝에 트레이너는 결국 내 말을 받아들였지만, 그것이 자신의 판단과 어긋난다는 점을 분명히 했다. 십 주 프로그램 동안 나는 로즈와 함께 바닥에 앉거나, 아니면 함께 침대에 있었다. 우리는 졸업을 축하하는 의미에서 로즈가 다시 소파에 올라가는 일을 허락했다.

내게는 마침 워런이라는 심리 상담사 친구가 있어서, 나는 그를 찾아가 이것이 내가 스스로 감당할 수 없는 상황이라고 생각하는지 물었다. 어쩌면 난 반려견과 관련해 강박 장애가 있는지도 몰랐다.

"강박 장애가 되려면 어떤 행동을 해야 해." 그가 말했다. "로즈를 계속 씻겨? 아니면 계속 씻겨야 한다는 생각이 들어?"

나는 고개를 저었다.

"그렇다면 그냥 상호 의존일 거야. 동물은 천성적으로 무척 상호 의존적이거든."

그 해석이 별로 마음에 들지 않았다. 상호 의존이란 말은 너무 요즘 유행하는 식의 해석 같았다. 마침 그의 열여섯 살짜리 딸인 케이트가 들어왔기에, 나는 그애에게 크리스마스카드에 넣으려고 사진관에서 찍은 로즈의 사진을 혹시 보고 싶으냐고 물었다. 그 아이는 내 지갑에서 꺼낸 사진을 잠깐 들여다본 뒤 내게 돌려주며 말했다. "와, 아줌마는 정말 아기를 갖고 싶은가 봐요."

나는 내 반려견이 있는 집으로 돌아갔다. 로즈의 분홍색 배를 한참 문지르다보니 우리 둘 다 졸음이 쏟아졌다. 아기를 원할 때 반려견을 들이는 사람도 있을 수는 있겠다 싶다. 그렇다면 반대로 사실은 반려견을 원하는데 아기를 낳는 사람은 없을까 궁금하다. 로즈를 집에 들인 지 이제 일 년이 되었는데, 그동안 아무리 춥고 비가 오는 밤이라도 산책시키러 나가기 싫다는 마음이 든 적은 단 한 번도 없었다. 목줄을 잡은 내 손이 꽁꽁 얼

어도, 풀잎 하나하나에 코를 대고 쿵쿵거리는 로즈를 보며 반려
견을, 이 반려견을 괜히 데려왔다고 후회한 적도 한 번도 없었
다. 검은 옷에 무수히 붙은 흰 털을 떼어내는 일도 전혀 개의치
않았다. 내가 늘 원했던 것은 내가 책을 읽는 동안 내 무릎 위에
서 잠을 자고 내 목을 핥고 여든일곱 번 공을 던져도 계속 물고
오는 반려견뿐이었다. 반려견이 완벽한 행복의 열쇠라고 생각
했는데, 그 생각이 맞았다. 우리는 완벽히 행복하니까.

극장에서 제일 좋은 자리

내가 여섯 살인가 일곱 살 때, 언니와 나는 그랜드 올 오프리[*]의 전속 의사였던 남자의 집에서 종종 지냈다. 오프리가 여전히 내슈빌 시내의 라이먼 강당에서 열리던 1969년과 1970년의 일이다. 금요일과 토요일 밤이면 해리스 선생님은 자신의 가장 어린 두 딸과 우리를 그곳으로 데리고 가서, 진찰이 필요한 연예인을 진찰하는 동안 무대 뒤쪽에 앉아 있으라고 했다. 사실 진찰이 필요한 사람이 있는 날은 별로 없어서, 그는 최고의 곡이 실연되는 공연자 휴게실에서 술을 마시며 사람들에게 이야기를 들려주곤 했지만 말이다. 그러는 내내 나를 비롯한

---

* 내슈빌의 컨트리음악 라이브 쇼.

어린 소녀들은 어둑한 무대 옆 공간에 앉아서 머리를 한껏 세운 남자들과 스팽글과 술이 잔뜩 달린 옷을 입고 오가는 여자들을 바라보았다. 로이 에이커프*에게는 요요가 있었고, 그래서 우리 모두 그를 좋아했다.

그때가 내가 음악적으로 눈을 뜬 순간이어야 했다. 난 극장에서 가장 좋은 자리를 차지한 아이였지만, 그 어린 시절에도 컨트리음악과 잘 맞지 않았다. 모자와 부츠, 장밋빛 조명과 뱀처럼 어지럽게 놓인 전기 케이블은 기억이 나지만, 노래는 단 한 곡도 기억나지 않는다. 오프리는 내가 태어난 세상이었다. 내 마음이 오프리가 유래했던 그 세상에 속한다는 사실을 깨닫기까지는 그로부터 이십오 년이 더 흘러야 했다.

내 친구 에리카 슐츠는 맨해튼의 어퍼이스트사이드에 산다. 우리가 어릴 때 라이먼에 갔던 식으로 에리카는 어린 아들들을 데리고 메트로폴리탄 오페라를 보러 간다. 그녀는 아이들이 무대 위에서 걷고 노래할 수 있도록 그애들을 아동 합창단에 넣었다. 내게 알렉스 슐츠로 태어나는 행운이 있었다면 삶이 얼마나 달라졌을지 궁금하다. 오페라 가수인 주인공이 남아메리카의 어느 대사관에 인질로 잡히는 내용의 소설을 쓰려고 자료 조사를 시작했을 때, 나는 이미 서른이 넘은 나이였다. 『벨칸

---

* 미국의 컨트리음악 가수.

토』의 자료 조사를 하면서 생전 처음 오페라를 들었다. 오페라를 향한 내 사랑이 곧장 생겨난 것은 아니었지만, 그것은 느리면서도 깊고 영원한 사랑, 절대 사라지지 않을 사랑이었다. 그때는 내 안의 모든 것이 그쪽을 향했다. 이것이 내 음악이고 내 운명이야. 비음 섞인 소리 대신 콜로라투라*가, 〈스탠드 바이 유어 맨〉** 대신 〈도베 소노〉***가.

문제는 나는 내슈빌에 살았고, 내 경험에 따르면 진정한 사랑은 결코 계산서를 따지지 않는다는 것이었다. 나는 다른 도시의 오페라 표와 그 도시로 가는 비행기표를 사기 시작했고, 거기에 호텔 숙박비와 택시비와 요기할 음식값까지 더해지자, 곧 내가 약물중독과는 비교도 안 될 것에 중독되었다는 사실을 깨달았다. 아무리 봐도 또 보고 싶었다. 그렇지만 비유적으로 말하자면 나는 중간 휴식 시간이 끝나고도 한참 지나서야 극장에 도착한 셈이었다. 지금까지 못 본 것이 그렇게 많으니 내가 거기에 능통할 가능성이 얼마나 되었겠나? 물론 듣는 것만으로도 만족스럽기는 했다. 그래서 나는 토요일마다 나오는 텍사코의 오페라 라디오 방송에 감사했다. CD도 샀다. 하지만 오페라는 극예술이고, 여러 면에서 시각예술이다. 제자리 E음만

이 전부가 아니라 배우의 곁눈질 또한 예술의 일부인 것이다. 나는 얼굴이 창백해지는 비올레타*를 보고 싶었다.

그때 피터 겔브가 메트로폴리탄 오페라의 총감독 자리에 올랐다. 그는 나처럼 늘 오페라를 보러 올 형편이 못 되는 사람들을 이해했고, 그래서 오페라가 관객을 찾아갈 방법을 고안했다. 메트로폴리탄 오페라는 공연을 전국 영화관에서 고화질 생방송으로 방영하기 시작했다. 나는 첫 시즌의 두번째 공연을 할 때에야 그 사실을 알게 되어서, 줄리 테이머의 〈마술 피리〉를 놓쳤다. 그 생각만 하면 아직도 속이 쓰리다. 어쨌든 2007년 1월 6일에 리걸 그린힐스 스타디움 16 영화관으로 슬슬 걸어가 이십 달러를 내고 〈청교도〉의 표를 샀다. 오페라를 영화관에서 상영한다는 말만 들었지 어떤 식일지는 제대로 이해하지 못한 채였다. 팝콘냄새가 풍기는 가운데 편안한 접이식 의자에 앉아 안나 넵트레코가 등을 대고 누운 채 오케스트라석으로 머리를 내려뜨리고 가슴에 불이 붙은 듯 벨리니의 곡을 부르는 모습을 바라보았다.

그것을 표현할 말이 있을까? 나는 내슈빌에서 메트로폴리탄 오페라를 보고 있었다. 스크린이 워낙 커서 세세한 손동작이나 옷의 섬세한 장식까지 또렷이 보였다. 넵트레코의 입속 혀

---

* 베르디의 오페라 〈라 트라비아타〉의 주인공.

도 보이고, 그 혀가 어떻게 움직여 음을 만들어내는지도 볼 수 있었다. 지휘자도 보였고, 그 손목의 산뜻한 움직임도 볼 수 있었는데, 게다가 세상에, 프렌치호른 연주자까지 보였다. 자기 파트에 집중하는 합창단원의 눈을 하나하나 들여다볼 수 있었다. 그것은 '압도적인 오페라'로, 불완전한 동시에 흠결 하나 없는 음 하나하나가 전부 지극히 인간적이었다. 그것은 알렉스 슐츠가 경험했던 것과 마찬가지로, 무대 위에서 보는 오페라였다.

오페라만으로는 충분치 않다면 특전도 있었다. 메트로폴리탄의 관객들은 막간마다 음료수를 사거나 화장실을 이용하려면 말도 안 되게 긴 줄을 서서 기다리며 시간을 죽여야 했다. 프로그램북을 다시 읽거나 묵직한 벨벳 커튼을 멍하니 바라보면서. 그와 달리 리걸 그린힐스 스타디움 16의 우리는 커튼 **뒤로** 들어가서, 무대에서 내려온 소프라노와 테너를 멈춰 세워 마이크를 들이대고는 벨리니를 왜 좋아하는지, 벨칸토를 부르는 것이 얼마나 어려운지를 묻는 러네이 플레밍*을 바라보았다. 카미유 피사로의 반쯤 완성된 그림을 앞에 두고 폴 세잔이 그와 인터뷰를 하는 모습을, 두 사람이 기법에 관해 편안하게 전문적인 이야기를 나누는 모습을 바라본다고 상상해보라. 세잔이 피사

---

* 미국의 세계적인 소프라노 가수.

로가 그린 배의 밝게 칠해진 작은 부분을 가리키며 이렇게 말한다고 상상해보라. "이 부분 정말 마음에 들어요! 난 배의 밝은 부분을 표현하기가 늘 그렇게 힘들더라고요!" 〈청교도〉 이후로 나는 미리 표를 사서 일찌감치 영화관에 갔다. 다른 관객들도 다들 일찌감치 왔다. 영화관은 꽉 들어찼지만, 우리는 모두 극장의 정기권 소지자인 척 행동해야 할 것만 같은 기분이었다. 다들 지난번에 앉았던 자리에 앉거나 거기서 최대한 가까운 자리에 앉으려 했다. 내 자리는 왼편, 뒤에서 두번째 열이고, 옆으로 다섯번째 자리에 존 브리지가, 앞으로 다섯번째 줄에 유지니아 무어가 앉는다. 이제 우리는 다들 안면을 터서, 화면 위 거대한 시계가 카운트다운을 시작해서 0이 되기를 기다리는 동안 다음번 공연은 무엇일지 수다를 떤다. 좌석을 차지하려고 우리보다 열 배는 비싼, 누군가는 그보다 더 비싼 표를 산 뉴욕의 관객들도 바라본다. 우리처럼 스크린 속 관객들도 주위의 낯익은 사람들과 인사를 나누고, 뉴욕의 관객처럼 우리도 아리아가 끝날 때나 커튼콜에서 박수갈채를 보낸다. 우리도 "브라보! 브라보!"라고 외친다. 이성적으로 생각하면 우리의 외침이 가수들에게 들릴 리 만무하지만, 그래도 고화질 장면에 완전히 심취한 우리는 그 사실을 금방 잊는다.

메트로폴리탄 오페라 동시 방송 두번째 시즌은 내가 그토록 절박하게 배우고 싶어했던 언어 실력이 도약하는 계기가 되었다. 이제 오페라를 워낙 많이 봐서 라몬 바르가스의 스타일을 알아차릴 수 있었다. 몇 년 전 〈라 트라비아타〉 공연에서 그를 보았는데, 작년에 방영한 〈예브게니 오네긴〉과 올해의 〈라 보엠〉에 그가 다시 나왔다. 작년의 〈일 트리티코〉에서는 마리아 굴레기나가 가장 인상적이라 생각했고, 그래서 그녀가 레이디 맥베스로 돌아왔을 때는 마치 내가 처음 그 가수를 찾아내서 소유권을 가지기라도 한 양 무척 기뻤다. 〈세비야의 이발사〉에서 눈부신 연기를 했던 후안 디에고 플로레스도 마찬가지였다. 〈연대의 딸〉 방영 사흘 전에 『타임스』는 플로레스가 아리아를 부르며 3옥타브 C음에 아홉 번이나 이르렀고, 앙코르에서 그 위업을 또 한번 이루었다는 기사를 실었다. 메트로폴리탄 오페라에서 거의 십오 년 만에 처음 있었던 앙코르였다! 이 년 전이였다면, 내가 사는 시골에서 그런 종류의 기적은 결코 볼 수 없으리라는 것을 알고 그 기사의 내용을 무심하게 보아 넘겼을 것이다. 하지만 이제는 그 대신 다음 토요일의 상영을 보러 더 일찍 영화관에 갔다. 그곳에서 관객인 우리는 통로에 모여 서서 그가 또 앙코르를 할지, 아니면 중계방송을 하는 날이라는 걸 의식해 자제할지 이리저리 짐작해보았다. (슬프게도, 그래서였을까, 앙코르의 앙코르는 없었다.) 그래도 단 한 번 듣는 것만으로도 너무나 훌륭했다. 우리는 힘이 넘치는 나탈리 드세의 연기도 보았는데, 오페라 공연이란 그저 음악만 듣는 것으로는 충분치 않다는 사실을 증명해주었다. 그녀의 〈람메르무어의 루치아〉 공연이 방영되지 않아서 우리 모두 얼마나 투덜거렸는지 모른다. (감사하는 마음이 얼마나 빨리 탐욕으로 변하는지.)

태어나면서부터 오페라를 보아온 진정한 오페라 팬은 잘 알려지지 않은 작품에서 큰 즐거움을 누린다. 〈카르멘〉 같은 건 질리도록 봤을 것이다. 열세 살인 알렉스 슐츠는 야나체크의 〈예누파〉 공연에 더 관심이 있다. 제한된 접근성이라는 짐을 오래 지고 살아온 탓에 보충수업이 필요한 나 같은 팬은 늘 따라잡느라 바쁘다. 오페라를 보기 위해 다른 도시로 가야 했던 시절의 나는 교육의 기초를 세우려고 애쓰고 있던 터라, 가령 프로코피예프의 〈세 개의 오렌지에 대한 사랑〉보다는 〈나비부인〉을 골랐을 것이다. (나는 아직도 〈리골레토〉를 보지 못했다, 세상에!) 하지만 방송은 유명한 클래식부터 초연까지 그 범위가 폭넓었다. 작곡가 탄 둔이 2006년에 초연한 〈마지막 황제〉는 썩 마음에 들진 않았지만, 그 작품을 보고 나니 유행의 최첨단에 선 느낌이었다. 오페라와 관련해서는 최첨단의 근처에도 못 간다는 느낌을 늘 가졌던 내가 말이다. 만약 뉴욕에 살고 있고 세상 모든 돈과 시간을 다 가졌더라면 과연 〈헨젤과 그레텔〉을 일부러 보러 갔을까 싶지만, 난 내슈빌에 살았으므로 보러 갔다. 턱시도에 달린 그 거대한 물고기들은 죽는 날까지 잊지 못할 것 같다. 무대만큼이나 음악도 머릿속에서 떠나질 않고, 다음번에 경이로운 크리스티네 셰퍼를 스크린에서 보면 "그레텔! 그레텔이야!"라고 말할 수 있을 거라 무척 기쁘다.

시간이 흐르면서 메트로폴리탄 오페라는 막간의 흥미를 더하기 위해 더욱 다양한 것들을 동원했다. 주변에서 오십 명의 장비 일꾼들이 거대한 무대를 밀고 다니는 사이 지칠 줄 모르는 기술 감독인 조 클라크가 인공 눈을 만드는 방법을 설명한다. 러네이 플레밍은 〈마농 레스코〉의 소프라노와 지휘자만이 아니라 말을 다루는 사람들과도 인터뷰를 한다. 그 말은 능숙한 프로였던 반면, 카리타 마틸라는 막간 인터뷰를 하는 도중 난데없이 다리 찢기를 했고, 균형을 맞추려는 듯 몸을 일으켜 반대쪽도 했다.

막간의 즐길 거리는 보너스라 꼭 필요하지는 않다. 꼭 필요한 것은 오페라 자체니까. 〈라 보엠〉의 결말에서 울음이 터진 것은 예상 가능한 일이었고, 내 친구 베벌리가 그날 밤늦게 전화해 텍사스에서 그 공연을 보면서 얼마나 울었는지 모른다고 해서 우리 둘 다 "미미! 미미!"를 외치며 다시 엉엉 울었다. 하지만 〈일 트리티코〉의 두번째 작품인 〈수녀 안젤리카〉를 보다가 울음이 터진 것은 나로서도 전혀 예상치 못한 일이었다. 환하게 빛나는 아이가 무대 꼭대기의 문으로 들어오는 마지막 모습에 관객들은 다 같이 서럽게 흐느낄 수밖에 없었다. 하지만 〈예브게니 오네긴〉에는 진정 감동적인 면은 없었다. 무대 연출도, 음악도, 드미트리 흐보로스토프스키와 러네이 플레밍이 함께 만들어낸 찬란함도. 플레밍은 객원 진행자로서도 훌륭하지만, 메트로폴리탄 무대 어디서든 그녀를 보면 바로 의상을 차려입고 노래를 해야만 할 것 같은 인상을 받는다. (같은 공연을 사흘 뒤 뉴욕에서 실황으로 봤는데, 무대의 나무 때문에 시야가 일부 가려졌다. 좋은 좌석이었지만, 오네긴에게 편지를 쓸 때 플레밍의 얼굴을 환하게 밝히던 오묘한 기쁨도, 그가 그녀를 거절했을 때 눈 속에서 비치던 참담한 굴욕과 슬픔도 영화관에서처럼 잘 보이지는 않았다. 스크린에서 보는 오페라가 더 나은 것일까? 당연히 현장성이 주는 마력이 있으니 그런 주장까지 하지는 않겠지만, 둘이 같으면서도 다른 경험이라는 말은 할 수 있겠다.)

4월, 시즌 마지막날에 메트로폴리탄 오페라는 다음 시즌의 공연 일정을 커다란 스크린에 띄웠다. 열 편의 오페라에 더해 첫날밤의 갈라쇼까지! 그 소식을 듣자 리걸 16 영화관의 관객들은 환호성을 내질렀다. 장담하건대 정말로 **환호성**이었다. 올해는 여덟 편뿐이었고, 작년에는 여섯 편뿐이었다. 내슈빌의 우리는 게걸스러워졌다. 더욱더 많이 원했다.

146

문화는 결국 채소와 마찬가지라서, 그 지역에서 자라는 것만 섭취하는 것이 좋다는 말을 듣는다면 어떨까? 어떻게든 오크라*와 잘 지내게 되었듯이 오프리를 끌어안는 법도 배웠을까? 그럴 것 같진 않지만, 오페라 상영은 나 스스로도 잘 알고 있듯 근본적으로 나와 맞지 않는 대도시 생활의 부담 없이 대도시의 삶이 주는 최고의 혜택을 누릴 수 있는 길을 제공했다. 테네시를 향한 내 사랑에는 다른 곳에서 충족해야 할 욕구가 있다는 사실에 대한 이해가 늘 내포되어 있다. 하지만 요즘에는 그런 욕구가 그리 많지는 않다.

등에 진 원숭이**처럼, 어떤 종류이건 중독이란 친구들에게까지 전파시켜야 비로소 완전해진 느낌이 든다. 그래서 매우 열심히 노력했는데, 성공한 예도 몇 있지만, 토요일 오후에 영화관에서 오페라를 보면서 시간을 보내자고 설득하기가 놀랍도록 어렵다는 것을 깨닫는다. 추측하건대, 우리 동네 영화관에서 오페라를 보는 관객의 평균 연령에서 난 스무 살쯤 어리다. 피터 겔브는 자기 관객을 알고, 새로운 관객층을 발굴해야 한다는 것도 안다. 나는 시간이 지나면 그렇게 되리라고 확신한다. 나처럼 오페라로 전향한 사람들은 절대 입을 다물지 않을

---

* 아욱과의 초록색 채소.
** monkey on your back. 해결하기 힘든 성가신 문제나 상황 등을 의미하는 관용어.

것이고, 그러면 그저 우리를 달래기 위해서라도 당신은 조만간
한 편이라도 볼 테니까. 일단 그 안에 들어가면 알게 될 것이
고, 사로잡힐 것이다. 그러면, 친구, 영영 되돌아가진 못하리.

내가 지옥으로 가는 길은 잘 닦였으니

몬태나의 빌링스 태생이 아닌 다음에야 빌링스공항에서 아는 사람과 우연히 마주치리라는 기대는 하지 않을 텐데, 저기 수하물 컨베이어벨트 쪽을 보니 내슈빌에서 온 칼의 의사 친구와 그의 십대 딸이 있다. 이 주 휴가 동안 가족을 보러 온 것이다. 의사가 우리 계획을 묻는다.

칼이 헛기침을 한다. "배드랜드에 갈 거야." 그가 말한다. "그 다음엔 옐로스톤에 가지."

"캠핑?"

그걸 캠핑이라고 할 수 있을까? 아니, 있는 그대로 말하자. "위니바고를 빌렸어요." 내가 답한다.

"위니-바아-고?" 의사가 묻는다.

"우리는 그거 엄청 싫어하거든요." 자기 아버지의 발음에 함축된 뜻을 행여 내가 놓칠까봐 의사의 딸이 자진해서 덧붙인다.

의사가 엄숙한 표정으로 고개를 주억거린다. "그 차들이 공원마다 길을 다 막아요. 시속 5마일로 가거든요. 없는 데가 없죠. 난 그 망할 것이 질색이에요. 어째서 위니바고를 타고 가는 거죠?"

의뢰받은 일이라고 내가 말한다. 솔직히 말해서, 그게 아니라면 캠핑용 차량에 들어가는 일은 없었을 것이다. 이건 휴가가 아니다. 잠입 취재다. 내 계획은 RV* 문화에 침투해서, 편집자의 생각대로 그것이 기름만 잡아먹고 건강함을 회피하는 타락한 문화임을 폭로하는 것이다. 하지만 이런 이야기는 수하물을 기다리면서 털어놓을 성질의 것은 아니다.

칼은 이 대화에 끌려 들어가기 싫어 불편한 기색으로 안절부절못한다. 내가 원래 이 여행에 그를 초대하지 않았다는 사실을 군이 상기시키지는 않는다. 원래는 혼자 차를 몰고 갈 요량이었는데, 칼이 같이 가겠다고 고집을 부렸다. 칼과 나는 헤어진 터라, 우리는 이 여행을 마지못한 척 다시 화해할 수 있는 기회로 삼는다. 당연히 내슈빌 출신의 의사에게 그런 말까지

---

* Recreational Vehicle. 캠핑, 여행 등에 적합하도록 만든 레저용 차량. 위니바고는 미국의 RV 브랜드 중 하나이다.

하진 않을 것이다. 우리가 헤어졌다는 사실조차 그는 모르니까. 칼이 대화의 방향을 돌리려고 친구 모친의 안부를 묻는데, 그때 의사의 얼굴이 반짝 밝아진다. 그는 딸을 돌아본다.

"불에 탄 그 차 기억나?" 소중한 가족의 추억을 되짚으며 그가 묻는다.

입이 귀에 걸리는 미소. "사방에 연기가 자욱했지." 딸이 말한다.

"이삼 년 전일 거야." 그가 이야기를 시작하며 처음으로 우리 대화에 오롯이 관심을 집중한다. "옐로스톤에서 위니바고 하나를 지나쳤는데, 나중에 돌아오던 길에 그 차에, 그 똑같은 차에 불이 난 걸 봤어. 옆면이 순식간에 타더라고." 의사는 양손으로 불길이 솟구치는 동작을 해 보인다. 그러더니 이내 흥분을 가라앉힌다. "사람들은 무사히 나왔어." 그가 말한다. "하지만 그 차가 불타는 광경은 굉장하더라고."

딸이 고개를 끄덕인다. "우리도 차에서 내렸잖아. 춤을 췄지."

나는 그 불타는 위니바고에 탄 사람들도 어느 시점에 헤어진 연인이었을지 궁금하다. 자기들의 사랑에서 그나마 구해낼 수 있는 게 무엇일지 알아보려고 미국으로 돌진했는데, 결국 전부 불길에 휩싸였던 것인지.

첫날은 간단하다. 침대가 둘 있는 호텔방. 아침에 우리는 빌링스에 있는 '피어스 RV'로 가서 예약해놓은 29피트 위니바고를 찾는다. 전화 통화로는 29피트가 굉장하게 들렸는데, 주차장에서 보니 밴텀급 정도이다. 33피트도 있고, 34피트, 36피트도 있다. 시선을 돌리는 곳마다 거대한 타이어가 보이고, 유리와 강철과 알루미늄이 끝도 없이 널려 있다. 우리 차는 공장에서 방금 나온 것이다. 완벽한 상태로 다시 돌려줘야 해서 실내는 전부 비닐로 덮여 있다. 바닥과 등받이 없는 의자가 딸린 식탁과 운전석과 침대 모두. PVC 냄새가 나지만 딱히 불쾌하지는 않다. 우리 담당자인 사근사근하고 창백한 젊은이 폴은 우리 둘 중 누구든 예전에 버스를 몰아본 적이 있는지 묻는다.

"아니요." 칼이 대답한다.

나도 고개를 젓는다.

"걱정 안 하셔도 돼요." 폴이 전혀 걱정하지 않는 투로 미소를 짓는다. "제가 맡았던 고객님들 중에서 그런 분들이 수천 명은 돼요."

우리 위니바고 옆면에는 구불구불한 글씨로 '미니Minnie'라고 쓰여 있다. 캠핑카들은 예비 바퀴 커버에 쓰인 '낚시 가는 중'이나 '일은 거의 안 함' 같은 문구와 멋지게 어울릴 귀여운 이름(홀리데이 램블러, 알펜라이트, 사우스윈드, 프라울러)을 가지고 있다. 폴이 앞쪽 차양 치는 법을 보여주는데, 거대한 다리미판을 세우는 일과 약간 비슷한 길고도 복잡한 과정이다.

풀이 탱크(물 104갤런, 기름 55갤런, 갤런당 평균 10마일 이하)를 채우고 비우는 법을 상세히 알려준다. 그가 열쇠를 건네고, 나는 운전석에 올라탄다. 이것은 내 임무, 내 일이고, 혼자 가는 것도 개의치 않았기 때문이다. 칼이 조수석에 탄다.

앨버트 브룩스가 1985년에 만든 영화 〈로스트 인 아메리카〉를 보면, 한 쌍의 남녀가 거대한 캠핑카를 몰고 전국 일주를 하려고 가진 것 중에서 돈이 될 만한 것은 전부 팔아 현금을 마련한다. 줄리 해거티가 전자레인지로 치즈 토스트 샌드위치를 만드는 동안 운전석에 앉아 있는 브룩스의 모습이 우습다. 덩치가 고래만한 그 캠핑카가 차량 행렬 속에서 오르막길을 덜컹거리며 기어 올라가는 모습을 롱숏으로 찍은 것도 우습다. 두 사람이 난리법석을 치며 위니바고를 몰고 가는 과정은 그것만으로도 영화 한 편에 값할 만하지만, 지금 나는 웃음이 나지 않는다. 이 물건을 앞으로 모는 일은 하겠지만, 과연 후진을 할 수 있을지 심각한 의구심이 든다. 차 안에서 잠깐 씨름을 하다가 차를 다시 주차장에 세운다. "못하겠어."

그렇게 시인하는 나의 말을 칼은 문자 그대로 해석한다. 좌석에서 내려와 나를 조수석으로 건너가게 한 뒤 자기가 운전석에 앉는다. 칼은 후진도 꽤 잘하고, 주차에는 일가견이 있다. 그렇다고 이 정도로 우리 사이가 달라지지는 않는다. 차를 돌린 뒤에도 그는 자기가 먼저 운전을 했으면 하느냐고 내게 묻지 않는다. 나는 당연히 그가 먼저 했으면 하고, 그는 그걸 아니까.

비닐로 싼 좌석이 레이지보이*처럼 우리를 편안히 안아주는 사이, 우리는 빌링스 도심의 늦은 아침 차량 속으로 천천히 섞여든다. 두 블록쯤 지났을 때, 바둑이 개 한 마리가 도로로 뛰어들어 우리 차 앞으로 곧장 달려온다. 칼이 급브레이크를 밟는다. 그때 우리는 '첫번째 중대한 RV의 진실'을 깨닫는다. 원양 여객선이나 유조선처럼 RV 역시 바로 멈추지 않는다. 브레이크가 차 바닥 깔판에 닿도록 칼이 브레이크를 죽어라 밟는 사이 나는 개를 향해 악을 쓴다. "가! 저리 가!" 꼬리를 약간 밟혔을지 모르지만 개는 무사하고, 차가 거의 멈추고 나자 우리는 열광한다. 여행을 시작한 지 오 분 만에 개를 치어 죽일 수도 있었지만 그러지 않았어! 서로 큰 소리로 그렇게 말한다. 얼마나 좋은 징조인지! 위니바고에 올라탄 지 오 분이 지나도록 아무것도 치어 죽이지 않았어.

우리 둘의 관계에서 두드러진 특성은 이것이다. 그가 떠나길 내가 원하지 않았을 때 그는 떠났고, 그가 돌아왔으면 하는 마음이 다 사라졌을 때 그는 돌아왔다. 그는 고집을 부렸고 우리는 싸웠다. 나는 가라고 했고 그는 가지 않겠다고 했다. 한 달,

---

* 소파와 안락의자 등을 만드는 미국의 가구 브랜드.

두 달, 몇 달이 지나도 그는 가지 않았다. 이제 우리는 동쪽으로 향하는 캠핑카에 함께 있다.

필요한 물건을 사려고 식료품점에 들러 장을 본 뒤, 우리는 식료품으로 가득한 쇼핑 카트를 밀고 주차장을 가로질러 미니의 옆문으로 간다. 봉투는 없다. 칼이 카트에 담긴 바나나를 집어 계단 위의 내게 건네준다. 나는 칼에게서 바나나를 받아 그것을 주방 조리대에 놓는다. 상체를 약간 구부릴 뿐 둘 다 발은 움직이지 않는다. 물건을 다 꺼낸 뒤 카트를 보관소에 밀어넣고 다시 캠핑카 좌석에 앉는데, 시간이 좀 왜곡되었다는 느낌이 든다. 식료품점과 주방 사이에 꼭 있어야 할 단계가 사라졌으니까. 우리는 짐 가방을 풀고 땅콩잼 샌드위치를 먹지만 이곳은 여전히 식료품점의 주차장에 세워둔 차 안이다. 엄청난 무기력에 잠식당하는 기분이다. 굳이 어딜 가야 하나? 그냥 여기 있어도 되지 않나?

몬태나에는 고속도로 속도 제한이 없고, 우리는 시속 60마일로 달린다. 고속 차선의 차들이 핀볼처럼 휙휙 지나간다. 아마 더 속도를 낼 수도 있겠지만, 그럴 필요가 없을 듯하다. 우리의 막연한 계획은 주간 고속도로를 타고 남쪽으로 내려가 와이오밍으로 들어갔다가, 거기서 동쪽으로 방향을 틀어 사우스다코타로 간 뒤 종국에는 옐로스톤에 다다르는 것이다. 미니를 일주일 동안 빌렸으니 우리에겐 남는 게 시간이다. 내가 위니바고를 몰아야 할 때 서부에서 운전하게 되어 다행이다. 캠핑카는 크다. 우리는 크다. 우리는 광활한 하늘을 배경으로 그럴듯한 실루엣을 이룬다. 어디를 보나 텅 비어 있고 대양처럼 부드럽게 넘실거려서, 우리가 마치 파도에 부딪는 범선, 대초원의 범선이 된 기분이다. 우리가 실제로 살아가는 세상, 직장과 기대와 우리의 반려견―우리가 헤어지면서 내 반려견이 된―이 있는 책임 있는 사람으로 살아가는 세상과는 완전히 단절된 세상이다. 우리 사이에서 무엇이 잘못되었는지, 문제를 해결할 수 있을지, 그런 이야기는 하지 않는다. 라디오를 듣고, 지나치는 풍경에 대해 얘기한다. 내 입 밖으로 나오지는 않지만, 이 위니바고를 혼자 몰았다면 얼마나 이상했을까 그런 깨달음이 내게 강력하게 밀려든다.

얼마 뒤, 우리는 우리보다도 더 느리게 가는 트럭 뒤에서 속도를 줄이고, 칼이 사이드미러를 한참 들여다보면서 나―그의 내비게이터이자 차량 보험 서류에 이름이 기입된 인물―와 열심히 토의한 끝에 트럭을 추월하기로 한다. 그 순간 오토바이 두 대가 옆으로 쌩하니 지나가는 바람에 거의 칠 뻔한다.

우리는 다시 느릿느릿 원래 차선으로 들어간다.

오토바이 운전자들이 우리를 올려다본다. 지금까지의 인생이 여전히 눈앞을 획획 지나가겠지만, 화가 났다기보다 어리둥절한 표정이다. 여남은 대의 오토바이가 무리 지어 그 뒤를 따른다. 내 손이 덜덜 떨린다. 칼도 덜덜 떨고 있다. 칼은 오토바이를 사고 싶다는 말을 종종 했다. "전혀 안 보였어." 그가 말하고, 이로써 우리는 '두번째 중대한 RV의 진실'을 알게 된다. 캠핑카 바깥쪽에는 눈에 보이지 않는 많은 것이 있다는 사실. 이 차를 몰 계획이 전혀 없더라도 이 교훈은 중요하다. 샤워기가 있는 차량과는 충분한 거리를 두어라.

우리는 어떤 길로 갈지 이미 정했지만, 다른 고속도로를 타기로 마음을 바꾼다. 무슨 상관이람? 호텔을 예약한 것도 아니고. 호텔은 바로 여기인데. 식당도 여기이고. 우리는 세상을 등에 지고 다니는 거북이다. 일단 주간 고속도로를 벗어나니, 우리가 너무 느려서 뒤쪽 차량의 흐름을 막는다는 걱정은 이제 할 필요가 없다. 이후 두 시간 동안 차라고는 한 대도 안 보인다.

동부 와이오밍이 서부 와이오밍과 같을 거라고 착각하지 말 것. 여기엔 아무도 없다. 길 한가운데에 암소들이 서 있는데 아직은 거리가 꽤 멀다. 이번에는 속도를 줄여야 할 것 같은 시점보다 먼저 속도를 줄이고, 결국 아예 멈춰 서서 암소들이 느긋하게 지나가기를 기다린다. 우리는 어딘지 모를 곳에 있지만, 그런 우리에겐 50갤런의 기름과 100갤런의 물이 있다.

완전히 어둠이 내려앉았을 즈음 우리가 도착한 곳은 내가 수년 전 종종 방문했던 목장에서 그리 멀지 않은 곳이다. 우리가 헛간 옆에 차를 세우고 그곳에서 밤을 지내는 것을 목장 주인이 허락해줄 거라고 나는 말한다. (RV 운전자들의 용어로는 '야영'이라고 한다.) 우리가 목장에 이르렀을 때 그곳엔 아무도 없다. 칼이 블라인드를 내리고 난 발전기를 켠다. 미니 내부의 조명은 밝고 사방에서 산업용 냉장고 소음 같은 웅웅 소리가 난다. 우리는 침대로 기어 들어가 책을 읽으려고도 해보고 잠도 청해보지만 둘 다 할 수가 없다. 발전기를 끄자 적막과 칠흑 같은 어둠이 창문으로 쏟아져 들어와 우리를 덮는다.

"살면서 이렇게 기이한 일은 해본 적이 없어." 칼이 속삭인다. "차 트렁크에서 자는 기분이야." 우리는 침대 양쪽 각자의 자리를 고수하고, 누운 채로 몸을 움직이자 비닐로 싼 매트리스가 몸 아래에서 바스락거린다.

"밖에 나가자." 나도 속삭인다.

그래서 우리는 밖으로 나와 사다리를 타고 위니바고 지붕으로 올라가서 금속 지붕 위에 몸을 쭉 펴고 누워 별을 올려다본다. 이 밤에 얼마나 많은 별이 떨어져 내리는지, 결국에는 별이 하나도 남아나지 않을 거라는 생각이 든다. 별이 백만 개쯤 죽어 사라진 뒤에야 졸음이 쏟아지고, 우리는 다시 내려가 침대에 몸을 눕힌다.

밤사이 시작된 폭풍우에 잠이 깬다. 번쩍 번개가 칠 때마다 하늘이 몇 초간 환하게 밝아진다. 천둥소리에 귀가 먹먹하고 섬유 유리로 된 차 옆면에 우박이 부딪히는 소리가 들린다. 샌디 쿠팩스*가 복숭아씨를 던지면 그런 소리가 날 것 같다. 양철로 된 우리집 실내는 아늑하고, 나는 돌아누워 다시 잠에 빠져든다.

다음날 우리는 놀랍도록 신기하게 생긴 거석을 구경하러 데블스 타워로 간다. 보기보다 날이 뜨거운데 계획했던 것보다 긴 하이킹을 한다. 겨우 미니로 돌아와 반시간쯤 차를 몰고 나니 얼마나 피곤한지 진이 빠졌음을 깨닫는다. 휴게소로 들어가서 발전기를 켜고 에어컨을 돌린 뒤 정신없이 곯아떨어진다. 이 일은 '세번째 중대한 RV의 진실'을 알려준다. 어디를 가든 15피트 거리에 잠자리가 있다. 나는 캠핑카를 뼛속 깊이 불신하지만, 이곳에서는 운전과 낮잠이라는 내가 가장 좋아하는 취미 두 가지가 합쳐져 있다.

한 시간 뒤 블라인드를 열자, 우리 옆에 다른 캠핑카가 편안하게 자리를 잡고 있고, 식탁 앞에서 저녁식사로 보이는 샌드위치를 먹는 남자아이가 자기네 창문을 통해 우리 창문을 들여다본다. 아이가 손을 흔들고 나도 손을 흔든다. 몇 분 뒤 내가

---

* 미국의 유명 야구 투수.

운전석에 앉아 차를 몬다. 이제 RV에 익숙해지고 나니 운전도 그럭저럭 할 만하다. 하지만 주유소에 들를 때마다 스트레스가 생긴다. 기름값으로 하루에 무려 오십 달러가 나가고, 주유기 앞에 서서 늘어가는 숫자를 보며 나는 이것이 다 판공비로 나가는 돈임을 애써 상기한다. 미국이 화석연료에 의존한다는 이야기가 뉴스에 나올 때, 그것은 특히 미니를 모는 나를 두고 하는 말이다. 나 같은 사람을 위해 걸프전을 치렀고 또 이겼다.

우리는 예약해둔 배드랜드 캠핑장을 찾느라 밤늦도록 고생하고, 캄캄해지고도 한참 지나서야 마침내 그곳에 도착한다. 머리 위로는 사우스다코타의 별들—간밤에 와이오밍에서 떨어지지 않은 별들—이 하늘 가득 반짝거린다. 통로를 따라 줄지어 서 있는 RV 차량들이 차가운 파란색 텔레비전 불빛으로 빛난다. 야외 테이블 위에 놓인 시트로넬라 양초 주변에 아이들이 옹기종기 모여 있다. 이 세상 여느 교외의 거리에 있다고도 할 수 있을 것 같다.

하지만 이른 새벽빛에 드러난 캠핑장은 교외와는 완전히 다르다. 확실히 우리가 있는 곳은 배드랜드고, 병풍처럼 늘어선 깎아지른 절벽 아래로 수많은 RV가 깔끔하게 주차된 모습은 정말 장관이다. 여섯시쯤부터 태양은 정오처럼 이글거리고, RV의 세계가 잠에서 깨어 기지개를 켠다. 테네시 번호판을 단, 커다란 알레그로 베이 RV가 칼의 눈에 띈다. 그 정도 동기만으로도 그는 차문을 두드릴 용기가 생긴다. 칼은 나보다 사교적이고 용감하고, 대형차 후진에도 더 능숙하다. 나는 모든 것을 메모해둔다. 알레그로에는 칠십대 부부와, 내슈빌 출신인 그들의 딸 내외가 있다. 노인은 눈에 잘 띄지 않게 땅에 설치된 금속 구멍에 자기네 '오수' 하수 탱크의 물을 쏟아내는 중이다. 성인 네 명이 여행하기엔 알레그로가 좀 갑갑하지 않냐고 내가 묻는다. 사위가 대답하길, 자기들 부부는 내슈빌에서 배를 타고 남아메리카를 거쳐 유럽으로 갔다가 돌아왔다고 한다. 육 년 동안 배를 탔다는 것이다. 그런 게 갑갑한 거죠.

내슈빌에서 남아메리카까지 배를 타고 갈 수 있어요? 그런 게 가능한가요?

"팀스포드강에서 타면 돼요." 사위가 말한다. "미시시피강을 만나면 왼쪽으로 가는 거죠."

칼과 나는 지금까지 위니바고로 아주 잘해냈다. 그건 인정할 수 있다. 우리는 함께 육 년 동안 배를 타고 다닐 수 있을지 그 가능성을 논의한다. 칼은 용기가 충만하다. 우리가 해낼 수 있다고 본다. 우리는 아침으로 팬케이크를 먹으러 사무실 옆쪽에 모여 있는 테이블로 간다. 진입로 건너편, 땅 위에 세워 만든 수영장에서 밝은 오렌지색 비키니를 입은 아이가 물에 연거푸 뛰어든다. 팬케이크는 두 장에 일 달러 오 센트이다. 우리와 한 테이블에 앉은 이들은 미네소타에서 출발해 스터지스 오토바이 랠리에 가는 중이라는 로드니와 론다이다. 론다는 섀미 면과 가죽끈으로 된 브래지어와 옆쪽에 긴 술이 달린 가죽 바지를 입고 있다. 그을린 피부에 금발 곱슬머리가 풍성한 젊고 호리호리한 여성이다. 그녀를 몹시 사랑하는 로드니는 카키색 바지에 폴로 셔츠를 입은 모습이 지극히 평범하다.

"두 분도 바이커예요?" 로드니가 우리에게 묻는다.

"당연히 아니지." 론다가 그에게 말한다. "머리 스타일을 봐. 너무 단정하잖아."

그 말은 내가 위니바고 무리의 일원으로 보인다는 뜻일 것 같다. 바이커들처럼 바람에 날려 머리칼이 헝클어져 있거나 벌레에 물린 자국이 잔뜩 있지도 않고, 캠핑족처럼 부스스하거나 피부가 그을지도 않았으니까. 내 셔츠와 손톱은 깨끗하다. 불현듯 내가 의도하지 않은 어떤 것들을 대변하는 기분이 든다. 건전함, 가족의 가치, 온순함 같은.

스터지스의 오토바이 랠리에 갈 거냐는 그들의 질문에 우리는 그럴 계획도 없고 오토바이도 없으면서 그렇다고 대답한다.

"신나게 즐기자고요." 예쁜 치아를 드러내며, 온갖 예쁜 면모를 드러내며 론다가 말한다. "제가 한번 태워드릴게요."

그래서 칼은 론다의 할리데이비드슨 오토바이 뒷자리에 올라탄다. 칼이 손을 등뒤로 돌리자, 그녀는 손을 뻗어 그의 한쪽 팔을 끌어다 맨살이 드러난 자신의 가느다란 허리에 둘러, 가

죽바지 바로 윗부분을 끌어안게 한다. "꽉 잡아요!" 그녀가 외치고, 그는 그렇게 한다. 그래야만 하니까. 위니바고에서 나와 오토바이에 탄 칼이 론다와 함께 굉음을 울리며 사라지고, 나는 그 모습을 바라본다. 그러자 어떤 감정이, 질투와 상실감과 그의 용기에 대한 자부심 같은 것이 밀려든다. 두 사람은 곡선을 그리며 좁은 길을 따라 내려가 그토록 화려하고 아름다운 햇빛을 받으며 산을 향해 달려간다. 칼과 론다가. 가버렸다.

로드니가 고개를 절레절레 흔든다. "하여튼 대단한 여자야." 그가 동경하듯 말한다.

"여자친구예요?" 론다가 그의 여자친구일 가능성은 백만분의 1퍼센트도 없다는 걸 알면서도 내가 묻는다.

"이웃이에요." 그렇게 말하면서도 여전히 그의 시선은 그가 사랑하는 사람과 내가 사랑하는 사람이 모습을 감춘 지평선의 한 지점에 고정되어 있다. "스터지스에 함께 가도 된다고 했어요. 혼자 가기엔 너무 먼 거리니까."

론다는 치과에서 접수원으로 일한다고 그가 말한다.

로드니와 나는 먹던 팬케이크를 마저 먹고 종이 접시를 집어든다. 영영 안 돌아올 것 같다는 생각이 드는 바로 그 순간 그들은 돌아온다. 입꼬리가 귀에 걸린 칼은 오토바이에서 내려 론다의 어깨를 토닥인 뒤 곧장 내게로 온다. "이제 당신 차례야!" 그가 말한다. 낮의 열기 속에서 그의 즐거움이 진동한다.

나는 그 제안에 테이블에 앉은 채로 온몸이 얼어붙는다. 오토바이에 올라타는 사람은 칼이다. 나는 여기 남아서 팬케이크를 다 먹어치우는 사람이고. "가서 타!" 그가 말한다.

"방금 갔다 왔는데 또 부탁해도 될까?" 나는 그렇게 반문하지만, 내 생각에도 변변찮은 핑계다.

론다가 부릉부릉 소리를 내며, 보기 좋게 그을린 팔을 들어 나를 향해 크게 흔든다. 나는 그쪽으로 가서 오토바이 뒷좌석에 올라앉아 그녀의 허리를 끌어안는다. "꽉 잡아요!" 그녀가 소리치고, 우리는 휙 사라진다.

무엇을 타고 가는지가 세상을 바라보는 방식에 대해 모든 것을 말해준다. 위니바고를 타고 있으면 집안에서 세상을 보는 것이나 마찬가지다. 거실 창밖으로 차분하게 지나가는 세상을 보는 것이다. 하지만 론다의 오토바이 뒷자리에서 좌우로 마구 흔들리는 나는 울퉁불퉁한 자줏빛 산맥 그 자체이다. 나는 아스팔트고 하늘을 나는 새다. 뒤쪽으로 마구 흩날리는 론다의 머리칼 속에서 이십 분 동안 겪은 것을 나는 전부 기억한다. 사람들이 오토바이를 타다가 죽는 것도 기꺼이 감수하겠다고 생각하는 이유는, 사우스다코타 배드랜드에 있는 그 순간만큼은 그들이 진정으로, 속속들이 살아 있기 때문이다.

"저 사람이 당신을 사랑하네요!" 론다가 뒤에 있는 나에게 악을 쓴다.

"자기 말로는 그렇대요!" 나도 악을 쓴다.

우리가 배드랜드 캠핑장으로 돌아오니 RV 무리는 이미 다 빠져나간 뒤다. 자갈과 모래가 깔린 좁은 길들 사이에 잔디 위에 놓인 야외 테이블만 덩그러니 남아 있다. 수도와 전기 공급용 연결 기둥들이 드라이브인 매장의 스피커처럼 땅 위에 솟아 있다. 극장 스크린이 있어야 할 것 같은 곳에는 산과 하늘뿐이다.

우리는 론다와 로드니에게 작별인사를 하면서 어쩌면 스터지스에서 다시 만날 수 있을지도 모른다고 말하지만, 사실 그런 일은 없다. 우리는 위니바고를 타고 오토바이 랠리에 가서 최대한 멀리 차를 세우고 걸어서 들어간다. 새벽녘 국립공원에 서 있는 한 대의 오토바이는 아름답다. 이십만 대의 오토바이와 그에 동반되는 이십만 명의 오토바이 운전자는 전혀 다른 문제다. 오토바이에 대한 내 낭만적 생각은 십 분 만에 산산조각나고, 캠핑카와 탁 트인 길이 다시 나를 부른다.

우리 위니바고는 따뜻한 둥지이자 모함母艦이라, 하이킹을 하거나 작은 마을을 돌아다니다가 돌아와서 길가에 주차된 그 고래처럼 거대한 덩치를 보면 그렇게 반갑다. 이제 우리는 캠핑카 관리에 능숙해져서 달인이 된 느낌이다. 폭우가 쏟아질 때 오수 탱크를 비운다. 셰리든에서는 나무 그늘이 드리운 아

름다운 KOA*에서 밤을 보낸다. 코디**의 캠핑장("로데오 경기
장과 가장 가깝습니다!")은 형편없다. 하지만 블라인드를 내리
고 전자레인지에 팝콘을 넣으면, 어디에서나 똑같은 공간이다.
로데오를 보고 밤 열한시에 나와 모텔을 찾거나 텐트를 치지
않아도 되니 좋다. 맛없는 저녁을 먹지 않아도 되고, 짐을 풀거
나 불을 피우지 않아도 되니 좋다.

　마침내 우리는 옐로스톤에 도착한다. 위니바고에게 옐로스
톤이란 연어에게 상류와 같다. 모두 이리로 오고, 누구나 환영
이다. 마피아 아내에게나 어울릴 만큼 화려하게 실내를 치장한
고급 차량들 사이에 승합차를 개조한 수수한 차들이 주차되어
있다. 우뚝 솟은 소나무들 아래에서 우리는 모두 형제다. 차 옆
면에 미국과 캐나다의 지도를 붙여놓고, 지금까지 거쳐온 주와
지역에 색을 칠한 사람들이 많다. 각양각색의 차양 아래 실내-
실외용 카펫, 화분, 풍경風磬, 파티오용 가구, 그리고 접이식 의
자 위에 미국 국기를 들고 앉은 커다란 곰 인형이 있다. 아침이
면 달걀과 베이컨 냄새가 진동한다. 고결한 점잖음을 갖춘
1950년대를 상상해서 만든 동네 같은데, 조악하게 모방한 듯
한, 너무 뻔한 그 모습에 비웃음이 날 만도 하지만 나는 이제

---

* Kampgrounds of America. 미국의 개인 소유 캠핑장 네트워크.
** 와이오밍의 도시로, 매년 개최되는 코디 스탬피드 로데오 행사로 유명하다.

그럴 수가 없다. 차의 차양을 어떻게 내리는지 생각해내려 애쓰는 중이기 때문이다.

옐로스톤 호수의 크루즈 여행에서 나는 팻을 만난다. 37피트 위니바고를 타고 팔 년 동안 여행중이라는 육십대 중반의 은퇴한 여성이다. 남편은 지난 1월에 세상을 떠났고, 이후로는 내내 혼자서 운전을 하고 있다. 집이 어디냐고 묻자 그녀는 집이 없다고 답한다. "자식들은 캘리포니아 남부에 살죠." 그녀가 말한다. 이날, 하늘에는 조각해놓은 듯한 구름이 떠 있고, 물수리가 다이빙하는 옐로스톤 호수는 그림엽서 같다. 이곳을 종종 찾느냐고 팻에게 물으니 그녀는 아니라고, 와본 지 한참 되었다고 말한다. 남편이 쇠약해지면서 고지대는 갈 수가 없었다고 한다. 이제 혼자라서 산을 보러 다닌다고. 인생은 짧잖아요, 그녀는 내게 그렇게 말한다. 캠핑카에서 요양원으로 갈 계획이란다.

칼과 나는 옐로스톤의 마지막날 밤에 매디슨강을 따라 차를 몰고 가다가 강에서 수영하는 사람들을 본다. 주차장에 차를 세우고 수영복을 입고 물가로 걸어내려간다. 차가운 물속에 들어가 수영을 하다가 물살에 몸을 맡긴다. 지치고 허기가 질 때가 되어서야 미니로 돌아가 몸을 씻는다. 나는 소꿉장난 같은 주방에서 꽤 괜찮은 저녁을 차리고, 우리는 접시를 씻어 정리한 뒤 다시 차를 몰고 출발한다.

위니바고가 날 자유롭게 했다고 믿는다. 그 덕분에 차가운 강물에 들어가 헤엄치고, 낯선 사람과 팬케이크를 먹고, 언제, 어느 장소에 있어야 한다는 걱정 없이 잘 알려지지 않은 길로 들어설 수 있었다. 그렇게 수많은 사람을 자유롭게 했다고 믿는다. 노인들이나 아이가 있는 부부도 캠핑카 덕분에 이 나라가 품고 있는 것을 보러 떠날 수 있다고. 하이킹을 하지 않을 수도 있고, 급류를 타거나 야생을 탐험하지 않을 수도 있지만 어쨌든 어딘가 길 위에 있게 해준다고. 내가 뭐라고 다른 사람들에게 휴가를 이러저러하게 보내야 한다고 말할 수 있을까?

이것이 '네번째 중대한 RV의 진실'일 것이다. 그것을 좋아하지 않는 사람은 그것을 타본 적이 한 번도 없는 사람이라는 것.

마치 마약의 폐해를 취재하러 갔다가 토치와 파이프를 들고 돌아온 것 같은 심정이다. 컬트 종교를 폭로하러 잠입 취재를 갔다가 머리를 밀고 법복을 입은 채 돌아왔다. 나는 내 RV와 사랑에 빠지고 말았다.

그리고 칼도 다시 사랑하게 되었으니, 이 이야기의 핵심은 바로 그것이었음을 이제 알겠다. 29피트의 캠핑카라는 제한된 공간을 통해 경험한 광활한 미국 땅이 우리를 다시 예전으로 돌려놓았다. 어느 세월에 빌링스로 돌아가 미니를 반납하나, 우리 둘 다 그게 걱정스럽긴 하지만. 온갖 생각을 가득 품고 우리는 차 판매장으로 걸어간다. 차를 몰고 집으로 돌아갈 수도 있고, 집이라고 생각되는 방향으로 가면서 결국 어떻게 될지 지켜볼 수도 있다. 아름다운 30피트짜리 에어스트림 클래식을 보면서, 에어스트림이라면 우리가 영원히 이렇게 지낼 수 있지 않을까, 그런 생각을 잠깐 한다. 하지만 신용카드를 꺼내기 직전에 문득 정신을 차린다. 캠핑카 없이도 우리의 관계를 잘 꾸려나갈 수 있어야 한다는 것을 안다. 결국 그것은 사랑의 강력한 지지대일 뿐이니까. 우리가 에어스트림을 사면 과연 어떻게 될지, 친구들은 뭐라고 할지 잘 안다. 우리 차를 절대 자기들 집 앞에 세우지 못하게 하겠지. 점잖은 사회에서 쫓겨나겠지. 길 위의 망명자가 되겠지. 하지만 그래도 상관없을 것 같다.

테네시

　지금까지 내가 들은 바로는, 돈을, 그것도 큰돈을 버는 비결은 1평방피트가 아니라 1에이커를 기준으로 부동산 가격이 매겨지기 시작하는 마을 변두리에서 적당한 장소를 찾는 것이라고 한다.* 그런 땅을 최대한 많이 사들인 뒤, 도심이 점점 팽창해서 그곳에 이를 때까지 기다리라는 말이다. 에이커가 평방피트로 전환되는 순간에 만반의 준비를 한 채 그 자리에서 대기하고 있어야 한다는 것이다.

　지금까지 인생의 대부분을 내슈빌에서 보냈기에, 나는 이 이론이 현금을 안겨주는 현실로 실현되는 것을 여러 번 목격했

---

* 1평방피트는 약 0.028평, 1에이커는 약 1224평이다.

다. 예전에 게으른 암소와 야금야금 풀을 뜯는 사슴들이 살던 수 에이커의 땅이 지금은 사방으로 뻗어나가는 쇼핑몰과 주택 단지와 골프장—관개시설을 갖춘 잘 손질된 넓은 풀밭을 만들기 위해 블랙베리 덤불은 완전히 베어냈다—의 실질적 토대가 되었다. 도시의 빈곤층과 마찬가지로, 암소와 야생동물들도 자기 동네에서 쫓겨나 먼 목초지로 내몰렸다.

내슈빌은 딱히 도시계획을 자랑할 만한 도시가 아니다. 보기 좋은 고택들이 헐리고, 그 자리에 끔찍스러운 아파트가 들어선다. 교통량이 기하급수적으로 증가하고, 영세 자영업은 대형 체인점을 막아보려 겁에 질린 비명을 내지르다가 한입에 잡아 먹힌다.

어딜 보나 이 도시는 나쁜 쪽으로 변해왔지만, 좋아진 면도 없지는 않다. 내가 어렸을 때는 KKK단이 일요일 오후마다 뮤 직 로*에 있는 광장에서 행진했다. 흰 두건을 쓰고 흰 천을 두른 남자들이 한 손으로 커다란 셰퍼드를 붙들고 다른 손으로는 지나가는 차를 향해 손을 흔들었다. 언니와 나는 차문을 잠그고 뒷좌석에서 몸을 낮췄다. 그런 남자들은 이제 없다. 적어도 그렇게 차려입고 거리를 활보하지는 않는다. 성장과 근대화가 볼품없는 아파트를 나무둥치의 이끼처럼 퍼뜨리지만 동시에

---

* Music Row. 테네시주 내슈빌에 있는 지역으로 음악 산업의 중심지이다.

KKK단을 없애는 역할도 한다면, 근대성에 성원을 보내보자.

내슈빌에서는 개인의 인격보다 가계가 더 중시되던 때가 있었다. (아주 제한된 특정 집단 내에서는 여전히 그럴 수도 있다.) 만약 당신의 가족이 테네시주에서 링컨이 한 일을 기억할 만큼 이 지역에 오래 거주하지 않았다면, 이곳 사람들은 당신의 존재를 정중하게 참아주기는 하겠지만 절대 진심으로 받아들이지 않을 것이다. 난 여섯 살이 되기 직전에 이곳으로 이사 왔기에 그것을 안다. 우리는 이전에 캘리포니아 주민이었는데, 이곳에서 그건 화성인과 다를 바 없었다. 그러다가 변화가 찾아왔다. 지난 이십 년 사이 이곳으로 이주해 온 사람이 워낙 많아서, 누가 어디 출신인지를 따지기가 힘들어진 것이다. 그런 혼란 가운데 어느 시점에선가 나는 토착민이 되었다.

내가 내슈빌에서 사는 동안 일어난 변화를 전부 합쳐서 평균을 낼 수 있다면, 나는 이곳이 달라졌다기보다 여전히 같은 곳이라고 주장할 것 같다. 멤피스가 변하고 내슈빌이 변하고 녹스빌이 변했지만, 테네시주는 변하지 않았기 때문이다. 이 사실을 이해하려면 부동산 가격이 에이커로 매겨지는 그곳으로 되돌아가야 한다. 그런 거래로 수많은 사람이 크게 한몫 잡기는 했지만, 거기에 속아서는 안 된다. 자기 땅을 지키고 있는 사람들이 훨씬, 훨씬 더 많으니까. 그리고 도시가 외곽으로 뻗어나가기는 했지만, 여전히 광활한 시골에 둘러싸인 섬에 불과하고 시골도 맞받아 도시를 밀쳐내고 있다. 저 쇼핑몰 주차장 아래 깊숙이까지 사방팔방 뻗어내려가는 강력한 뿌리 체계가 있어서, 그것을 잘라내던 손을 잠깐이라도 멈추면 초목은 금세 다시 자라난다. 은유적 표현으로 들리겠지만 그렇지 않다. 활발하게 진화하는 도시들에도 불구하고 테네시는 무엇보다 뜨겁고 습한 기후를 지닌, 비옥한 땅의 길쭉한 분지이다. 테네시가 지구에서 맡은 역할은 컨트리음악이나 '미트 앤드 스리'*라기보다는, 무성하게 자라는 식물의 진열장이다.

내가 여덟 살 때부터 열두 살 때까지 우리 가족은 내슈빌 외곽, 애슐랜드시의 농장에서 살았다. 우리는 그곳을 신사의 농장이라고 불렀는데, 그 땅에서 우리가 한 일이라고는 그저 지켜보는 일밖에 없었다는 뜻이다. 양아버지가 지은, 과감하게 현대적인 그 주택은 공책을 뜯어 접어놓은 것만큼이나 허술했다. 비만 내리면 지하실의 흙은 진흙이 되어 세탁실 문 아래로 쏟아져 들어왔다. 언니 침실에 깔린 털이 긴 카펫에는 하룻밤 새에 샐러드 접시만한 버섯들이—아예 군락을 이루어—솟아났다. 집을 짓던 그 여름에 문마다 바깥쪽에 얼룩이 생겼고, 죽어서 굳은 벌레들이 새카맣게 달라붙었다. 얕은 수영장에는 개

---

* meat-and-three. 한 가지 고기와 세 가지 곁들임 메뉴를 취향대로 선택해서 먹는 음식으로 테네시주 내슈빌에서 유래했다고 한다.

구리들이 얼마나 많이 들어갔는지, 만사를 제쳐놓고 밤낮으로 그물망을 들고 건져내도 전부 구할 수가 없었다. 말 두세 마리가 있었지만 도대체 붙잡기가 어려워 탈 수가 없었고, 커다란 돼지 한 마리도 크게 다르지 않았다. (언니가 안장 없이 두 다리를 한쪽으로 모으고 돼지 위에 올라앉은 사진이 남아 있다.) 닉슨 대통령 내각 인사들의 이름을 따서 지은 밴텀 닭들도 있었다. 장관들이 하나둘 워터게이트 위원회 앞에서 실각해갈 때, 농장의 개들은 그 장관들의 이름이 붙은 닭을 먹어치우는 기이한 재주가 있었다. 배불리 먹고 사는 개들과 함께 고양이와 토끼, 햄스터, 카나리아를 비롯한 동물의 행렬이 끝없이 이어졌는데, 가장 풍성한 생명은 우리가 가꾸지도 않는 땅에서 쑥쑥 자라는 식물이었다. 박태기나무, 튤립나무, 거품 이는 바다처럼 펼쳐진 층층나무 군락, 온갖 종류의 단풍나무, 참나무와 떡갈나무, 아카시아, 측백나무, 거대한 흑호두나무 같은 온갖 나무들. 초가을이면 녹색 껍질에 싸인, 고린내 풍기는 야구공만한 열매가 호두나무에서 뚝뚝 떨어져서 발에 밟히거나 차에 깔려 뭉개졌다. 일 년에 한 번, 무료함이나 낙관주의에 휘둘린 우리는 흑호두나무에 관해 아는 사실을 전부 잊어버리고는, 열매를 먹을 수 있으리라는 생각에 냄새 나는 겉껍질을 벗겨낸 뒤 앞 포치에 널어놓고 말렸는데, 속껍데기가 얼마나 단단한지 고작 손톱만한 알맹이를 얻느라 엄청나게 고생스럽기만 했다.

아이스크림 1쿼트를 만들 수 있을 양을 모으기도 전에 다람쥐들이 와서 기껏 모아놓은 것을 들고 가곤 했다.

나는 어린 시절을 개들과 함께 보냈다. 부모님은 그저 뱀을 조심하라는 주의만 주었던 터라, 나는 개들과 함께 빽빽한 덤불 속을 헤치고 다녔다. 뱀 걱정은 별로 하지 않았다. 37에이커에 이르는 땅에서―그렇게나 넓고, 이파리와 나무껍질과 나무줄기와 꽃이 그렇게나 많으니―뱀과 내가 같은 장소에서 마주치는 일은 불가능해 보였다. 그때는 1970년대였고, 난 테라리엄* 재료를 공급하는 일을 했다. 그러니까 이끼를 파서 시내의 화원에 팔았다. 땅이 내 사무실이자 공장이었고, 나는 삽과 신발 상자를 손에 들고 끝없이 펼쳐진 나뭇잎 그늘로 일하러 갔다.

내슈빌에는 이제 티파니와 J. 크루 매장이 있고, 스타벅스는 셀 수도 없이 많다. 하지만 이따금 애슐랜드로 차를 몰고 나가보라. 리버로드를 따라 예전에 탱글우드 농장이었던 곳까지 내려가보라. 장담하는데, 그곳에서 변한 것은 단 하나도 없다. 아마 지금쯤이면 주택이 부식되고 모든 나무들이 땅 밑으로 20피트 정도 더 깊게 뿌리를 내렸으리라는 사실을 빼면 말이다. 해마다 시골은 더욱 빽빽해진다. 해마다 조금씩 도심으로

---

* 식물이나 작은 동물을 유리나 플라스틱 용기에 넣어 기르는 것.

밀고 들어온다.

아열대 여름과 온화한 겨울을 지닌 테네시의 기후는 거의 모든 식물에게 이상적이다. 외래 식물이 토종 식물과 함께 무럭무럭 자란다. 칡덩굴은 1800년대 말에 토양침식을 막겠다며 제대로 따져보지도 않고 일본에서 들여왔다. 이후 그것은 뚫고 나갈 수 없는 촘촘한 거미줄처럼 남부 전역으로 퍼져나가 들판과 옥외 광고판과 헛간과 숲을 뒤덮었다. 무슨 수를 쓰지 않으면—지금까지 아무도 뾰족한 수를 찾아내지는 못했지만—주간 고속도로까지 망가뜨릴 것이다. 칡이 유독 폭발적으로 증가하긴 했지만, 사실 테네시는 원래 식물의 폭발적 성장에 뛰어난 재능이 있다. "캘리포니아 사막에 있는 식물들을 생각해봐." 식물학자인 친구가 그렇게 말하기에, 광활하게 펼쳐진 모래 위에 드문드문 점처럼 자리한 다육식물과 꽃이 핀 선인장을 머릿속에 그려본다. "그 식물들은 이곳 식물들과는 경쟁이 안 되겠지."

테네시에서는 식물끼리 얼마나 경쟁이 치열한지 매일 난타전이 벌어진다. 낙엽수가 아래쪽 관목의 해를 가리고, 관목 아래에서 덩굴이 뻗어나와 나무를 쓰러뜨린다. 곤충들이 나무껍질에 구멍을 내고, 새들이 가지마다 가득 자리를 잡고, 앞이 전혀 보이지 않는 벌레들이 땅속에서 흙을 갉으며 돌아다니면서 낙엽을 잘게 부숴 숲 토양을 덮는 두툼한 유기물질을 만들어낸

다. 건장한 식물들 가운데, '자원병의 주'* 테네시에서 논쟁의
여지 없이 왕이라 불릴 만한 식물 중 하나는 덩굴옻나무다. 사
방팔방 닥치는 대로 뻗어나가지만 그냥 놔둔다. 그냥 놔두어야
한다. 우리가 살았던 농장에서 15마일도 안 되는 거리에 있던
캠프 시커모어힐스 걸스카우트의 지도원들은 오해의 여지가
전혀 없도록 아주 분명하게 이 점을 강조했다. "이건 덩굴옻나
무입니다." 캠프 두번째 주가 시작된 뜨거운 날에 긴 하이킹을
하던 도중, 지도원들은 거의 들판 전체를 뒤덮은 그 식물을 가
리키며 말했다. "잎이 세 장씩 붙은 저거, 건드리지도 마세요. 근
처에도 가지 말아요."

리 앤 헌터와 나는 그날 밤 텐트 안에서 열한 살짜리의 균형
잡힌 사고력을 전부 동원하여 그 문제를 논의했다. 우리는 그
식물의 이름을 들어봤어도 실제로 본 적은 없었다. 우리는 그
잎 세 장짜리 식물을 이용하면 이 비참한 텐트를 벗어나 우리
집 침대로 돌아갈 수 있으리라 확신했다. 다음날 밤 우리는 숲
속 우회로를 통해 근처에도 가지 말라던 들판을 다시 찾아갔
다. 제물이 되어 분화구에 몸을 던지는 처녀처럼 그 식물 위로
몸을 던졌다. 데굴데굴 구르고 잎을 땄다. 잎을 머리칼에 문지
르고 셔츠 안에 넣고 눈에 비벼댔다. 심지어 먹기도 했다. 캠프

---

* 1812년 미영전쟁에서 자원 입대 참전자가 많아 붙여진 테네시주의 별명.

생활의 어떤 면이 그렇게 싫었을까? 지루했나? 음식이 마음에 안 들었나? 좋은 침상을 다른 애가 차지했나? 그건 기억이 나지 않는다. 지금 내가 아는 것이라고는 줄리엣이 식물에 도움을 청했듯이 우리도 식물에 도움을 청했다는 것뿐이다. 괴로운 상황에서 우리를 빼내 더 나은 상황으로 데려다주기를 바라면서. 줄리엣과 마찬가지로 우리도 세부적인 계산 착오가 있었다. 여름을 보내기에 병원이 더 나은 장소였다고는 할 수 없지만, 어쨌든 우리는 시커모어에서 나오긴 했다.

만물이 그렇듯 식물의 삶도 끊임없는 변경의 대상이다. 벼락을 맞는 나무가 있는가 하면, 폭풍우에 뿌리가 뽑히는 나무도 있다. 언젠가 우리 네덜란드 느릅나무가 병충해에 걸려 전부 죽은 적이 있는데, 나무들이 사라진 공터가 순식간에 다시 식물로 뒤덮였던 것을 기억한다. 이렇게 한없는 식물의 확산은 시간이 흐르며 구성 요소가 달라지기는 하지만, 땅은 여전히 셀 수 없을 만큼 빠르게 식물을 만들어낸다. 테네시주를 형성하는 데 사람보다 식물이 더 큰 역할을 했다고 나는 믿는다. 작물의 성공 가능성이 인간의 거주지를 결정한다면, 우리 각자의 정착지는 누구의 선택일까? 도시 사이에 자리잡은 작은 마을 수백 곳은 내가 오랜 세월에 걸쳐 그 앞을 오가는 동안 거의 변하지 않았다. 네덜란드 느릅나무가 사라지며 남긴 공간에 실버오크가 자랐다면, 그사이에 미용실 자리에는 태닝 살롱이 들어서고 햄버거 가게가 피자 가게가 되었을 수도 있지만, 숲에서와 마찬가지로 그런 변화는 미미하다. 대체로 사람들은 가난하다. 그들의 집에 도입된 진정 혁명적인 변화는 전기가 마지막이었다.

폭염이 특히 심하던 어느 여름날 오후, 멤피스에서 집으로 돌아가는 길에 유명한 남북전쟁 전쟁터를 들러보려고 주간 고속도로를 나와 이차선 도로를 타고 샤일로까지 가기로 했다. 날벌레들이 힘을 합쳐 얼마나 요란하게 울어대던지, 창문을 닫았는데도 에어컨소리까지 뚫고 들려왔다. 그 길에는 날벌레와 식물과 나뿐이었다. 10마일을 가도록 차가 한 대도 지나가지 않았고, 다음 20마일도 마찬가지였다. 길 양옆의 나뭇잎들은 얼마나 빽빽하고 반짝거리는지 시시각각 자라는 것이 느껴질 정도였다. 그때 길 한가운데 한 남자가 서서 머리 위로 팔을 교차한 채 흔드는 모습이 보였다. 마치 비행기를 착륙시키려는 것처럼 보였다. 나는 차를 세웠다. 포장도로 지면의 온도가 섭씨 43도는 되었을 것이다. 차를 세우지 않는다면 그 사람을 죽이는 것이나 다름없었을 것이다.

길가에는 차에 기대선 여자가 있었다. 둘 다 칠십대였다. 내가 창문을 내리자 남자는 자기 목에 달린 인공후두를 눌렀다. "기름이 떨어졌어요." 기계가 말했다. 나는 뜨거운 열기에 녹아버리기 전에 빨리 차에 타라고 말했다. 두 사람을 태우고 주유소까지 갔다 올 생각이었다.

그런데 여자가 함께 가지 않으려 했다. 둘 다 차멀미가 심해서 뒷자리에는 탈 수 없다고 했다. 그리고 내 차는 작았다. "난 여기 있을게요. 괜찮을 거예요. 그늘도 많은데요, 뭐." 여자가 말했다.

그래서 나는 주유소까지 15마일을 달려갔고, 그동안 남자는 지독히 서글픈 인생 이야기를 무미건조한 기계음으로 들려주었다. 후두암. 그가 병에 걸리자 아내는 남자를 떠났고, 아이들도 데려갔다. 공장에서도 해고되었다. 부친이 소유한 땅에서 농사를 지을 수 있을까 싶어 자신이 자란 고향으로 돌아왔다. 힘든 시절이었다. 하지만 새로 맞은 아내는 좋은 사람이었고, 그건 다행한 일이었다. 그는 매번 한두 마디 하고는 고맙다는 말을 덧붙여서, 나는 그에게 그 말은 좀 그만하라고 말해야 했다. 그는 주유소에 내려주면 다른 차를 잡아타고 가겠다고 했는데, 주유소에 가는 내내 보이는 차는 한 대도 없었다.

"다시 모셔다드릴게요." 내가 말했다. "그냥 드라이브하러 나온 거라 딱히 가야 할 곳도 없어요." 미심쩍게 들렸겠지만 사실이었다.

남자는 내게 가라는 손짓을 계속했지만, 나는 주유소에서 기다렸다. 그는 자기 차를 세워둔 방향으로 가는 차가 있으리라 생각했지만 하나도 없었다. 얼마 지나자 고집을 꺾을 수밖에 없었다. 하지만 내가 돈을 받아야 차를 타고 가겠다고 했다. 우리는 이 문제를 놓고 정중하게 논쟁을 벌였다. 나는 입장이 바뀌었다면—충분히 그럴 수 있었다—그도 내 돈을 안 받았을 거라고 주장했다. 그는 마지못해 인공후두를 이용해 내 말에 동의했다. 나는 남자의 새 아내가 기다리는 곳으로 그를 다시 데려다주었다. 다 마무리하고 인사까지 나눴는데, 그가 내 차의 열린 차창 사이로 조수석에 오 달러짜리 지폐를 놓은 뒤 재빨리 사라졌다. 그 사소한 일이 인생의 커다란 비애라도 되는 양 내게 큰 상처를 주었다.

그가 떠난 뒤 길은 고적했다. 군사공원이 문을 닫기 한 시간 전에 샤일로에 차를 세웠을 때도 고적했다. 1862년 4월에 북군과 남군 만 명 이상이 여기서 전사했다. 그해 봄에 이곳이 어떠했을지 떠올리고 싶다면 대단한 상상력을 동원할 필요도 없다. 무성한 덤불 위로 산딸나무와 벚나무와 사과나무는 꽃이 만개했을 테고, 군인들은 그 수풀을 뚫고 나아가려고 무진 애를 썼을 것이다. 그렇게 겨우 공터에 이르러봐야 분명 총에 맞아 죽었겠지만. 전사한 북군은 테네시강이 내려다보이는 언덕에 묻혀 있다. 강에서 시원한 바람이 살랑살랑 불어오는 멋진 곳이다. 무덤마다 작은 흰색 표시가 있다. 묘지 출입문 바깥쪽에는 게티즈버그 연설을 옮겨적은 금속판이 걸려 있다. 남군은 기슭에 자리한 공동묘지에 묻혀 있는데, 적어도 모두 함께 있고, 고향에 있다. 출입구에 있던 관리인 외에 공원 안에서 마주친 사람은 단 한 명도 없었다. 어둑해지자 관리인이 내게 그만 나가달라고 했다.

누군가가 테네시가 많이 변했다고 하면, 샤일로에 한번 와보라고 권하고 싶다. 그곳으로 가는 길에 누군가를 태워주게 되면 그들의 이야기를 잘 들어보라고.

내가 만약 도시에서 자랐다면 어린 시절이 상실되었다고 느꼈을 것 같다. 건물을 바라보면서, 그 자리에 다른 것이 있었던 더 행복한 시절을 바랐을지도 모른다. 하지만 난 테네시에서, 그러니까 시골에서 자랐고, 그곳은 어딜 보나 내 기억 속 모습과 여전히 똑같다. 이곳을 관장하는 것은 식물들이고, 식물들은 이곳을 변함없는 상태로 유지한다. 식물이 관심을 갖는 이야기는 자기들 이야기뿐이라 그렇다.

책임에 관하여

나는 책임질 것이 많지 않다. 내게는 시간 맞춰 등교시켜야 하거나 짝이 맞는 신발을 신겨야 하거나 옳고 그름을 가르쳐야 하는 아이가 없다. 한 회사의 성공이나 국가의 안전이나 누군가의 건강을 내 어깨에 짊어져야 하는 그런 직업도 없다. 잊지 않고 물을 줘야 하는 화분은 두어 개 있다. 세금은 기한 내에 내려고 한다. 내 삶을 돌보기는 하지만 그건 굳이 거론할 필요는 없겠다. 기부금을 내고, 할 수 있을 때면 남을 돕지만, 내가 휴가중이라면 다른 곳에서 그들에게 똑같은 도움을 줄 것이다. 내가 책임지는 대상, 정말로 책임지는 대상이 누가 있을까 생각해보면, 하나씩 빼다가 결국 남는 것은 내 반려견과 할머니인데, 공교롭게도 지난주에 둘 다 병에 걸렸다.

로즈는 연한 적갈색 귀와 극히 기민한 꼬리를 가진 하얀색 개다. 16파운드가 적정 몸무게이겠지만, 로즈는 17파운드다. 분홍빛 배에 곪은 듯 붉은 병변이 생겨서 두 달 전에 병원에 데리고 갔다. 처방받은 항생제를 크림치즈든 땅콩버터든 집에 있는 것으로 감싸서 주었다. 하지만 염증은 완전히 사라지지 않다가 재발했고, 로즈가 그 부분을 집중적으로 핥는 바람에 악화했다. 나는 치료를 처음부터 다시 해보기로 했다. 삼 개월을 기다려야 진료를 받을 수 있는 반려견 피부과 의사가 시내에 있다는 말은 들었지만, 늘 다니는 동물병원에 다시 찾아가는 것이 최선이라고 보았다. 나도 배에 여드름이 생겼다고 피부과를 찾지는 않으리라 생각했기에, 내 반려견 역시 그럴 이유가 없다고 여겼다.

할머니는 연세가 아흔넷인데, 개의 나이로 환산하면 겨우 열세 살이다. 할머니는 내 집에서 3마일, 동물병원에서 네 블록 떨어진 요양 시설에서 지내신다. 난 이따금 할머니를 모시고 동물병원에 간다. 겁에 질린 개와, 앞이 거의 보이지 않고 정신이 오락가락하는 할머니를 함께 대기실까지 인도하기가 상당히 힘들긴 하지만, 할머니는 개들이 쿵쿵거리고 멍멍 짖는 들뜬 분위기도 좋아하고, 할머니 팔 아래에 머리를 박고 속절없이 덜덜 떠는 로즈를 안심시키는 일도 좋아한다. 로즈는 수의사를 좋아하지 않는다. 어머니의 고양이가 수의사에게 가는 일을 열렬히 좋아하지만 않았어도 굳이 언급할 필요도 없는 사실일 것이다. 그 고양이에게는 그 십오 분이 반짝 명성을 누리는 시간이다. 대단한 관심을 독차지했다는 생각만으로도 기분이 좋아서 집에 돌아온 뒤에도 몇 시간이고 갸르릉거린다.

"괜찮아." 지난주에 할머니는 로즈의 귀를 살살 만지며 이렇게 말했다. "아무도 너 안 잡아먹어."

하지만 로즈가 아무리 헤아릴 수 없이 지혜롭다 한들 결국에는 개라서, 정말 끔찍한 일이 일어나지는 않을 거라며 로즈를 안심시킬 수는 없었다. 어쩌면 로즈는 3번 진료실 문 뒤에서 자기를 잘근잘근 씹어먹을 거대한 동물이 침을 질질 흘리며 기다리고 있으리라 여겼을지도 모른다. 로즈는 머리를 다리 사이로 밀어넣고 엉덩이도 말아 넣어 몸이 자몽만큼 작아진 채 겁이 나서 벌벌 떨었다. 이 모든 게 로즈에게 좋은 일이라는 것을, 내가 자기를 여기 두고 가버리지 않는다는 것을, 로즈가 UPS 트럭에 맞서 나를 맹렬하게 지켜주듯 나도 똑같이 맹렬하게 자신을 지켜주리라는 것을 어떻게 설명할 수 있을까? 로즈와 나는 서로 소통하는 언어가 있지만 이런 경우에는 통하지 않아서, 그저 토닥이고 토닥이는 일 말고는 할 수 있는 것이 없다.

할머니는 일주일 내내 다리가 아프다고 내게 말했다. 무릎 뒤쪽에 상처가 있었는데, 다니다가 부딪힐 수 있는 자리가 아니라서 어머니와 나는 그것을 예의 주시하고 있었다. 어머니가 휴가를 떠나자마자 요양 시설의 간호사에게서 전화가 왔다. 당장 할머니를 병원으로 모시고 가야 한다고 했다.

"네 집에 가는 거니?" 난데없이 한쪽 다리에 통증이 생겨 움직일 수 없게 된 할머니를 끙끙대며 차 안에 태우자 할머니가 물었다.

"병원에 가요." 내가 말했다. "다리 진찰을 받아야 해요."

"내 다리 괜찮다." 할머니가 말했다.

"앉아 계시니까 괜찮죠. 그전에 아팠던 거 기억 안 나세요?"

"다리 안 아파." 할머니가 말했다.

할머니 다리는 여름 폭풍우처럼 터질 듯 부풀었고, 이제 무릎 뒤쪽은 가지처럼 거무죽죽하고 앞쪽은 녹색으로 변하고 있었다. 살이 뜨겁고 팽팽했다. 어떻게 이렇게 급격하게 안 좋아졌지? 진찰을 마친 의사는 혈액 응고가 잘 안 되는 상태라고 말했다. 다리 안쪽에 출혈이 있는데, 피가 엉기는 것보다는 낫다고 했다. 할머니는 병원에 입원했다.

동물병원의 이십 분이 펄쩍펄쩍 뛰고 으르렁거리는 내 테리어를 웅크린 자몽으로 만들었다면, 사흘간의 입원은 정신이 오락가락하기는 해도 귀엽게 봐줄 만한 정도였던 내 할머니를 최악의 치매 상태로 몰아넣었다.

"여기가 어디야?" 할머니가 물었다.

"병원이에요."

"너 어디 아파?"

"아니요." 나는 몸을 숙여 할머니 다리를 살살 두드리며 말했다. "할머니 다리가 안 좋잖아요."

"나 여기 온 적 있는데."

"아주 오래전에요."

"그때는 이런 냄비랑 프라이팬은 없었는데." 할머니가 말했다. "청설모도 이렇게 많지 않았고."

"맞아요." 내가 말했다.

"지금 여기는 어디야?"

"아직 병원이에요."

"너 어디 아파?"

그렇게 우리는 몇 시간이고 같은 자리를 맴돌았다. 우리는 그동안 알아왔던 일상의 바깥쪽, 언어가 전혀 쓸모없는 곳에 있었다. 그래도 우리는 여전히 말을 멈출 수 없었다. 진료를 기다리는 동안 내가 로즈에게 그랬던 것처럼. "괜찮아. 나 여기 있어. 넌 멋진 개야. 너처럼 멋지고 착한 개는 세상에 없었을 거야." 로즈를 쓰다듬으며 나는 계속 그렇게 속삭였다.

로즈에게 전화해서 내가 병원에 있다고 말해줄 수도 없는 노릇이고, 할머니 곁을 떠날 수도 없었다. 링거주사는 다시 꽂기는 힘들어도 빼버리는 건 금방이라는 사실을 진즉에 깨달았다. 할머니는 오 분마다 다리를 침대 옆으로 내리면서 "이제 가자"

라고 말했다.

　나는 할머니의 다리를 다시 들어 침대 위로 올리며 말했다.
"할머니 아직 걸으면 안 돼요."
　"여기 어디야?" 할머니가 물었다.

　할머니와 반려견이 서로 구분할 수 없게 되었던 이야기를 쓰는 건 잘못일까? 그 두 존재를 향한 내 보호 본능은 아주 강렬하다. 그들은 나를 사랑하고, 그들이 줄 수 있는 것은 사랑뿐이라 그 사랑은 특히 순결하다. 나도 그 둘을 사랑하지만, 내 사랑은 음식이나 건강관리로, 차에 태워주고 몸단장을 해주는 일로 표현된다. 나는 화요일마다 할머니를 집으로 모셔 와서 점심을 드린다. 할머니는 언제나 너무 배가 불러서 샌드위치를 다 못 먹겠다는 평계로 반을 로즈에게 준다. 로즈는 다른 때는 샌드위치를 먹을 수 없고, 특히 내가 식탁에 앉아 먹다가 주는 일은 없다. "걱정 마, 네 주인은 지금 딴 데 보고 있잖아." 할머니가 로즈에게 이렇게 속삭일 때 나는 일부러 다른 곳을 본다. 할머니는 누군가를 응석받이로 키울 수 있는 시절로 되돌아가기를 바란다. 로즈는 할머니 곁에서 아무 조건 없이 신이 나는, 단 하나 남은 포유류다. 나는 설거지를 끝낸 뒤 싱크대에서 할머니 머리를 감겨드리고, 로즈는 내가 할머니 머리를 드라이어로 말리고 틀어올리는 동안 할머니 무릎 위에 앉아 있다. 때로는 머리 손질을 마친 뒤 싱크대에서 로즈를 씻기고, 할머니 머리를 말렸던 축축한 수건으로 로즈의 물기를 닦는다. 그러면 그렇게 청결해지느라 진이 빠진 둘은 함께 소파에 누워 잠이 든다.

다시 병원에 있던 때로 돌아와, 나는 할머니에게 하얀 담요를 덮어주었다.

"네 강아지가 날 냉대하는 게 분명해." 무척 마음 상한 목소리로 할머니가 말했다.

"뭐라고요?"

"와서 인사도 하지 않잖아."

"로즈는 여기 없어요." 내가 말했다. "여긴 병원이에요."

할머니의 시선이 천천히 창문에서 문으로 갔다가 다시 돌아왔다. "아." 착각했음을 알고 마음을 놓으며 할머니가 말했다. 그러고는 하얀 담요를 손으로 잡아 끌어올렸다.

사흘 뒤 할머니는 퇴원했다. 다리 통증은 여전했지만 상태는 안정적이었다. 할머니가 입원해 있었다는 내 말을 할머니는 믿지 않는다.

그와 달리 로즈는 항생제를 기억한다. 저녁을 먹은 뒤 로즈는 약병을 두는 조리대 앞에 앉아 꼬리를 흔든다. 약은 말고 크

럼치즈만 생각하는 건데, 그 부분은 내 책임이라는 사실을 아
는 것이다.

럼치즈만 생각하는 건데, 그 부분은 내 책임이라는 사실을 아

담장

로드니 킹 폭동*이 있고 한 달이 지난 1992년 5월, 테드 코펠**
이 폐허가 된 로스앤젤레스의 사우스센트럴을 조심조심 걸어
가는 모습이 텔레비전에 나온다. 그로부터 20마일 떨어진 글
렌데일에서 아버지와 나는 아버지 집의 서재에 앉아 진토닉을
마시며 텔레비전을 본다. 코펠이 말할 때마다 아버지가 설명한
다. 아버지는 그들을 안다. 기자들이 아니라 보도에서 다루어
지는 이들 말이다. 그중 일부는 더 잘 안다. 젊은 부류는 대부

---

* 과속 단속에 걸린 흑인 남성 로드니 킹을 집단 구타한 네 명의 경찰관이 무
죄 석방된 것에 분노한 흑인들이 로스앤젤레스에서 일으킨 폭동으로, 수많은
사상자를 낳았다.

** 1980년부터 2005년까지 ABC 방송국의 〈나이트라인〉을 진행했던 언론인.

분 직접 만난 적이 없지만 어떤 유형인지는 알고, 그런 유형이 어떤 생각을 하는지도 안다. 아버지는 로스앤젤레스 경찰로 삼십이 년을 근무한 뒤, 1990년에 경감으로 은퇴했다. 로드니 킹이 한 무리의 로스앤젤레스 경찰관에게 구타당하기 일 년 전, 해당 장면이 담긴 비디오테이프가 공개되고, 오랜 재판 끝에 경찰관들이 무죄를 선고받고, 로스앤젤레스 일부 지역이 화염에 휩싸이기 일 년 전이었다.

경찰서장 대릴 게이츠가 화면에 등장하자 아버지는 텔레비전을 향해 고개를 끄덕인다. "누구의 말도 절대 듣지 않고 누구의 조언도 받아들이지 않던 인물이야. 이 도시를 위해 좋은 일도 많이 했고 실수도 많이 저질렀지만, 이제 그런 건 다 사라졌어. 단 하나의 사건으로 기억되겠지."

나는 텔레비전을 바라보는 아버지를 바라보며, 비단 게이츠만 그런 것은 아닐 거라고 생각한다. 아버지 역시 이 한 가지 사건으로 기억될 것이다. 비록 아버지가 은퇴한 뒤의 일이고, 아버지는 좋은 경찰이었으며, 파커 경찰서장*과 〈드래그넷〉**이 있

---

* 윌리엄 헨리 파커, 1950년부터 1966년까지 로스앤젤레스 경찰서장을 역임한 인물로 〈드래그넷〉을 만드는 데 적극적인 자문과 지원을 했다. 그의 재임 기간 동안 경찰의 잔혹 행위와 인종차별주의가 문제가 되어 LAPD(로스앤젤레스 경찰국) 역사상 가장 위대하면서 논란이 많았던 인물로 여겨진다.
** 로스앤젤레스 경찰관을 주인공으로 한 유명한 미국 수사 드라마.

던 좋은 시절에는 충분히 위대한 경찰이었을 수도 있겠지만 말이다. 여전히 아버지가 로스앤젤레스의 경찰 임무에 서른두 해를 바친 인물이라는 사실은 변함이 없는데, 과거에 그 말은 자기 도시를 위해 헌신한 용감한 인물이라는 뜻이었지만 지금은 인종차별적 폭력배를 의미하게 되었다.

내가 자라던 때에는, 돌계단과 붉은 타일 지붕이 있고 유칼립투스 그늘 아래 파란 수영장이 길게 뻗어 있는 경찰대학보다 더 좋은 곳은 없었다. 경찰대학은 엘리시언공원 위쪽 언덕 기슭에 들어앉아 있다. 나는 내가 태어나기도 전, 끝도 없이 이어지는 계단을 뛰어올라 강의실에 들어가던 젊고 잘생긴 아버지를 상상하길 좋아했다. 내가 시내에 가는 날이면 우리는 늘 학교에서 점심을 먹었다. 내가 가장 가고 싶었던 곳이 그곳이었다. 커피숍의 계산대 건너편 진열장에 놓인 잭 웹*의 사진도 무척 좋아했고, 판매대에 서서 샐러드(이글거리는 오후의 열기 속에서 20마일을 뛰면 다른 음식은 바로 게우게 되므로 샐러드여야만 한다고 아버지는 말하곤 했다)를 먹는, 남색 운동복 상의를 입은 사관생도도 무척 좋아했다. 우리는 참치 치즈 샌드위치와 감자튀김과 맥아 우유를 먹었다. 무엇보다 나는 식사

---

* 〈드래그넷〉의 제작자이자 형사 역할을 맡은 주연 배우.

하는 내내 우리 테이블에 멈춰 서서 아버지에게 경례를 붙이는 경찰관들을 모두 사랑했다. 그들은 대부분 아버지를 패칫 경감님이라고 불렀다. 경감이라고 부르는 사람도 몇 있었고, 더 드물게는 이름을 부르는 동료들도 있었다. 인사를 하고 떠나면 아버지는 저 사람은 막 경위 시험에 합격했다거나, 그다음 사람은 청소년을 다루는 데 아주 뛰어나다는 식으로 그들과 관련된 이야기를 들려주었다. 어떤 사건을 맡았고, 어떤 위험을 감수했는지, 어떤 범죄를 해결했는지 말해주기도 했다. 우리 테이블을 찾아온 사람들은 재미있고 총명했는데, 간혹 아주 근사한 사람도 있었다. 이 식당에서의 내 경험이 분명 경찰 전체를 제대로 대표하지는 못할 것이다. 형편없는 사람들은 아버지에게 오지 않았을 수도 있고, 아버지가 그들의 결함은 내게 들려주지 않았을 수도 있다. 어찌됐든 경찰이라는 기관에 대한 내 견해는 특권을 누리던 유리한 지점에서 형성되었고 직접 본 것에 근거했기에, 나는 경찰관은 용감하고 열심히 일하는 사람들, 아버지와 같은 사람들이라고 믿으며 자랐다.

그날 〈나이트라인〉 방송은 시청률에서 대박이 났다. 당시 로스앤젤레스와 그 경찰에 대해 곱씹고 있던 것은 나만이 아니었다. 그들은 이 나라의 집단적 상상력에서 특별한 자리를 차지하고 있었다. 미워할 대상을 아는 것은 사랑할 대상을 아는 것만큼이나 위안이 되고, 그래서 그해 여름 LAPD는 매도의 대상이었다. 〈드래그넷〉이나 〈애덤-12〉를 통해 경찰에 대해 알게 되던 시절은 지났다. 이제 우리는 저녁 뉴스에서 한없이 반복해서 틀어주는 일 분짜리 비디오테이프를 통해 경찰을 알게 되었다.

한 달 전, 낡은 LAPD 티셔츠를 입고 배스킨라빈스에 들어간 적이 있었다. 테네시에서의 일이었다. 달리기하러 나왔던 참이라 옷에 별로 신경을 쓰지 않았는데, 판매대 뒤에 선 젊은 백인 남자가 내게 아이스크림을 팔고 싶은 마음이 없다고 말했다. 그러더니 KKK단 일원이냐고 내게 큰 소리로 물었다. 더운 밤이라 매장 안에는 사람이 많았는데, 그 소리에 다들 몸을 돌려 나를 빤히 쳐다봤다. 나는 아이스크림을 사지 않고 그곳을 나와서 평소보다 빨리 달려 집으로 돌아왔는데, 그랬으니 판매대의 그 남자는 자신이 올바른 가치를 위해 용기를 발휘했다는 기분을 누렸을 것이 분명하다. 비디오테이프는 나도 봤다. 나쁜 경찰관들에 대해서도 아주 잘 알았다. 그러면서도 배스킨라빈스에서 내 의견(하지만 내가 무슨 말을 할 수 있었을까?)을 밝히지 못한 것이 아버지를 변호하지 못한 것처럼 느껴졌다.

아버지는 변호할 필요가 없는 사람이다. 당장 아버지 자신도 그렇게 주장할 것이다. 아버지는 일곱 형제 중 셋째, 조부모가 영국에서 이 나라로 이민 와서 낳은 자식 중에서는 첫째, 그러니까 로스앤젤레스에서 태어난 첫 자식이었다. 아버지가 어린 시절을 보낸 맥아더공원 근처 동네는 가톨릭교도들이 많이 사는 가난하고 인구가 밀집된 곳으로, 신부와 경찰이 지역의 영웅이었다. 아버지는 젊은 시절, 시험삼아 잠깐 신학대학교를 다녔지만 곧 신학의 불리함을 깨닫고는 경찰의 길로 돌아섰다. 이후 수년 동안 경찰차와 음주 단속 차를 몰았다. 파커 소장의 경호원이었다. 형사였고, 마약 수사관이었고, 내사과를 담당했다. 다들 원하지 않는 자리인 사우스센트럴의 뉴턴을 포함해 여러 지서의 지서장을 맡았다. 테이트 살인사건과 라비앙카 살인사건*의 연관성을 찾아냈고, 찰스 맨슨을 잡으러 사막으로 들어갔다. 보비 케네디가 총에 맞은 날 암살범 시르한 시르한을 잡아 가둔 뒤, 이어지는 수사를 맡았다. 자기 도시를 위해 일했고, 그 도시를 위해 일하다가 숨진 친구들의 장례식을 찾아갔다. 저녁 뉴스에서 보여준 비디오테이프에 담긴 것은 진실이기는 하지만 전부는 아니었다.

경찰을 향한 전 국민의 분노에도 불구하고 로스앤젤레스 경찰대학은 여전히 전국에서 가장 경쟁률이 높은 학교이다. 그곳에 들어가려는 사람들이 여전히 줄을 선다. 아버지가 로스앤젤레스에서 경찰관을 하고 싶었던 까닭이야 언제나 이해하고도 남았지만, 누구든 지금 이런 분위기에서 그 일을 원하는 이유

---

* 두 사건 모두 찰스 맨슨이 이끄는 맨슨 패밀리의 소행으로 밝혀졌다.

196

가 무엇인지는 오리무중이다. 경찰이 되면 자기가 사는 도시 사람들에게만 미움을 받는 게 아닐 텐데. 뉴욕과 시카고―원래 부패한 경찰로 악명 높은 곳―에 사는 사람들도 그들을 미워할 텐데. 아무리 연금이 좋기로서니, 위험한데다 보람도 없는 일에 발을 들여놓다니.

이거 책으로 쓸 멋진 아이디어인걸. 한순간의 계시처럼 그런 생각이 내게 떠오른다. 나의 첫번째 논픽션 책이 될 거야. 진토닉을 한 잔 마신 참이다. 테드 코펄이 여전히 말을 이어가고 있는 중에 나는 아버지에게 내 아이디어를 대강 들려준다. 말을 하면서 이야기를 만들어간다.

"경찰이 되고 싶어?" 아버지가 내게 묻는다.

"전혀요." 내가 말한다.

"그래도 한번 도전해보고 싶지 않아? 시험 말이야."

아버지의 말투에 흐뭇함이 담겨 있어서 나는 좀 놀란다. 나는 그렇다고, 시험을 치고 싶다고, 경찰대학에 합격하고 싶다고, 그에 관한 책을 쓰고 싶다고 말한다. 그것은 이 많은 사람들이 원하는 직업에 대한 관심이기도 하지만, 또한 아버지가 가졌던 직업에 대한 관심이기도 하다. 나와 아주 가깝지만, 살면서 얼굴 볼 일이 별로 없었던 아버지에 대한 관심.

아버지와 시간을 보낸 뒤 케임브리지로 돌아간다. 나는 그곳에 있는 래드클리프대학*의 번팅 연구소 연구원이다. 하버드의 대학생들이 낮에는 강의실에서, 밤에는 도서관에서 시간을 보내는 동안 나는 내 나름의 수업을 시작한다. 목표는 예전보다 더 강하고 엄격한 것을 내 몸안에서 찾아내는 것이다. 블로젯 수영장에서 물속에 가라앉아버릴 것 같을 때까지 수영을 하고, 그다음엔 찰스강을 따라 달린다. 강에 놓인 다리들 사이의 거리가 얼마인지 알게 된다. 매일 같은 시간에 지나치는 사람들에게 활달하게 고개를 끄덕여 알은체를 한다. 사람들은 달리기를 할 때 주의하라고 경고한다. 너무 이르거나 늦은 시간은 피하고 달리는 사람들이 별로 없는 길은 가지 말라고 하지만, 그런 조언은 내게 아무 의미가 없다. 내가 두려워해야 할 것, 로스앤젤레스 경찰대학 지원이 내 눈에 막 들어오기 시작했으니까.

예전의 공부가 전투 날짜나 역대 대통령을 암기하는 일이었다면 이제는 6피트 담을 넘는 일이다. 경찰대학 입학의 큰 걸림돌은 담장이다. 여성에게는 더욱 그렇다. 그래서 나는 케임브리지 근처에서 훈련할 만한 담장을 물색한다. 우선은 낮은 담부터. 케임브리지공립도서관 바깥쪽 담을 고른다. 화창한 주말, 도로 건너편에서 차량이 없는 때를 기다리다가 담장을 향

---

* 래드클리프대학은 하버드대학교의 여성 전용 대학이었다가 1999년에 합병되었다.

해 달려가 뛰어오른다. 당연히 담장을 넘는 데 천부적인 재능은 없기에 나는 여러 번 담장을 그대로 들이박는다. 손에서 피가 난다. 다리와 팔에도 멍이 든다. 몇 사람이 관심을 보이며 주위에 모여들더니 내가 실패할 때마다 신음을 내뱉고, 결국 나는 포기한다. 높고 가파른 것을 오르는 법을 배우고 싶은 사람이라면 누구나 원할 만한 것, 즉 혼자만의 공간을 나 역시 원하지만, 고적한 들판 한가운데 세워진 6피트 담장이 보스턴에 과연 있을지 의문이다. 5피트 7인치인 내 키에 나머지를 손으로 재서 그 높이를 어림잡을 만한, 내가 찾을 수 있는 가장 좋은 담장은 하버드 신학대학을 둘러싼 담이다. 늦은 밤에 그곳으로 가서, 산책하는 남녀와 반려견을 산책시키는 사람들이 다 지나갈 때까지 워크맨을 열심히 만지작거리다가, 짧은 거리의 한계 내에서 최대한 빠르게 달려 손으로 담장의 거친 모서리를 움켜쥐며 점프를 한다. 몸을 끌어올리고 또 끌어올려, 마침내 놀랍게도 담장 위에 올라선다. 담 위에 잠깐 앉아 반대편의 정원을 내려다보며, 해군에서 제대한 뒤 주류 판매점에서 일하면서 로스앤젤레스 경찰관이 되어 좋은 자리를 얻는 것만을 소망하던 스물다섯 살의 아버지를 생각한다. 나는 서른이다.

나 스스로 지정한 수업 과목인 담장 뛰어넘기가 곧 몸에 밴다. 일단 담장 넘는 법을 알게 되니, 치마를 입고도 할 수 있다. 나의 멋진 새 기술로 친구들에게 깊은 인상을 준다. 가장 큰 걸림돌을 처리했으니 그다음엔 악력이다. 시험 종목에 매달리기도 있기 때문이다. 거꾸로 걸린 박쥐처럼 놀이터의 정글짐에 거꾸로 매달린 채 최대한 움직이지 않으며 손목의 힘줄이 툭 튀어나오는 것을 바라본다. 강한 악력은 언젠가는 총을 쏠 수 있는 능력으로 전환될 것이다. 팽팽하게 감긴 철사 양쪽에 플라스틱 손잡이 두 개가 달린 악력기를 사서 책상 위에 두고 계속 쥐었다 폈다 한다. 여기저기 삐걱대는 낡아빠진 매트리스의 스프링처럼 끽끽거리는 소리를 들으니 여름마다 아버지와 함께 지냈던 일주일이 떠오른다. 아버지가 침대 옆 탁자에 놓아두는 악력기에서 나는 끽끽 소리가 들리면 언니와 나는 아버지가 일어났다는 것을 알았다. 그러면 우리는 아버지가 이혼 직후 한동안 할아버지 집에서 지낼 때 침실로 쓰던 뒷방으로 들어가곤 했다. 아버지는 흰 티셔츠와 운동복 바지를 입고 정돈된 침대 끝에 걸터앉아 규칙적으로 손을 쥐었다 폈다를 반복했고, 곧 팔뚝에서 근육이 불끈거리는 것이 보였다. 케임브리지의 내 방에서 들리는 악력기 소리에 아버지가 그리워진다.

"속으면 안 돼." 장거리 전화로 아버지가 말한다. "그런 건 스프링이 금방 닳아. 이삼 주마다 새로 사야 할 거야."

"지금 이대로도 죽을 것 같은데요." 이 말을 하려고 전화한 것은 아니지만 나는 그렇게 말한다. 내가 이야기하고 싶은 것은 악력이 아니라 추억이다.

"악력이 세졌다고 생각하겠지만 실은 그저 철사가 망가진 거야. 사 분의 일 정도만 들어가게 쥐고 육십 초를 버텨." 아버지가 말한다. "그래야 효과가 있어."

그래서 나는 그렇게 한다. 그렇게 하려고 한다. 악력기를 약간만 쥔 상태로 시계를 노려보는데, 이내 손이 떨리기 시작해서 힘을 풀고 만다.

시험 날이 가까워져 캘리포니아로 돌아갈 때가 되자, 아버지는 내가 미리 왔으면 한다. 늘 그랬다. 서부로 갈 때마다 나는 일찍 출발하고 더 오래 머무른다. 아버지는 구술시험 준비를 도와주겠다고 하지만, 사실 아버지가 정말 원하는 것은 내 달리기 실력을 보는 것이다. 내가 도착한 다음날 아침 우리는 글렌데일 커뮤니티 대학으로 걸어가고, 아버지가 트랙 가장자리 잔디에 서서 시계를 보는 동안 난 트랙을 돈다. "십오 초." 내가 지나가자 아버지가 외친다. 그건 다음 바퀴를 돌 때도 그 시간에 맞추길 바란다는 뜻이다. 십오 초는 평생 같고, 속마음으로는 포기하고만 싶다. 아버지는 살면서 이런저런 시기에 나를 자랑스러워했는데, 오늘 아침에는 잔뜩 신이 나 있다. 내가 힘차게 발을 뒤로 차며 다른 주자를 추월하는 동안 나와 시계를 정확하게 번갈아 바라보는 아버지는 경찰이고, 나는 그의 강의를 듣는 최고의 사관생도다. 아버지는 마지막 100야드에서 전력 질주하라고 외치고—**전력 질주!**—부드러운 흙 위에 내 발자국이 깊게 남는다. "세상에, 앤!" 내가 멈추자 아버지가 말한다. 내게 다가와 헉헉대는 내 어깨를 꽉 끌어안는다. "네가 전부 박살낼 거야."

나는 운동에 뛰어나지는 않지만, 내 인생의 현시점에서는 아주 훌륭한 학생이다. 이건 시험이고, 나는 몇 달 동안 공부를 하고 있다.

아버지는 경찰대학에 가서 내가 담장 뛰어넘는 것을 보고 싶다고 한다. 그곳에 도착해보니, 등에 각자의 성이 커다랗게 적힌 똑같은 운동복 상의를 입은 한 무리의 여성들이 이미 훈련용 담을 차지하고 있다. 신체 기능 시험을 위한 특별 훈련반에 들어가 있는 이들이다. 목에 호각을 건 조교가 그들을 격려하며 큰 소리로 이야기한다. 담장을 뛰어넘는 법을 설명한 뒤 직접 시범을 보인다. 텔레비전이 있기는 해도, 나는 누군가가 실제로 담을 뛰어넘는 것을 본 적은 한 번도 없었고, 저런 식으로 할 수 있다는 생각은 전혀 하지 못했다. 그는 한 발을 가슴께로 올린 상태에서 양손으로 담장 맨 윗부분을 움켜쥐고는, 몸을 올린다기보다 발을 차는 식으로 담을 넘는다. 운동복 입은 여자들 뒤에 줄을 서라고 아버지가 말하지만, 나는 갑자기 주변의 시선이 의식되어 주저한다. 그렇게 명료한 설명을 듣고도 허우적거리면서 담을 넘지 못하는 인원이 많다. 나는 다들 해

산할 때까지 기다렸다가 혼자 시도해본다. 이제 상체의 힘만이
아니라 물리를 이용하게 되니, 도움닫기를 할 필요도 없이 몇
번이고 담을 넘을 수 있다.

저녁이 되어 우리는 아버지와 양어머니가 사는 집의 뒷마당
에 앉는다. 아버지와 어머니의 집이었을 때 나도 잠깐 살았던
곳이다. (아버지는 이혼 뒤 수년 동안 그 집에 세를 놓았다가
재혼하면서 다시 들어왔다.) 내가 기억하기로, 이날 저녁처럼
아버지가 나를 보며 행복해한 적은 없었다. 난 아버지에게 이
런저런 질문을 한다. 가장 좋아했던 파트너는 누구였는지, 가
장 보람 있었던 사건은 무엇이었는지. 우리는 어두워질 때까지
경찰과 관련된 이야기를 하고, 양어머니 제리는 피곤해져서 집
안으로 들어간다.

"일 년은 있어야 할 거야." 아버지가 말한다. "제대로 감을
익히려면 말이지. 그 정도의 시간은 들여야 해."

정말 경찰이 되려는 건 아니라고 내가 말한다. 경찰을 주제
로 글을 쓰고 싶은 거라고. 난 작가라고.

그 말에 아버지가 잠깐 생각한다. "이 년 정도 있으면 곧바
로 FBI에 들어갈 수 있을 거야." 아버지가 진입로 옆에서 자라
는 레몬나무 너머를 바라보며 말한다. "그러면 얼마나 근사한
책이 되겠냐."

내가 머무는 동안 아버지는 내가 경찰차에 탈 수 있게 주선해준다. 근무중에 생판 모르는 사람이 경찰차 뒷좌석에 앉아 질문을 해대는 일을 경찰들이 왜 허락하는지 나로서는 알 수 없지만, 로스앤젤레스는 감독들이 늘 아이디어를 찾아다니고 배우들은 실감나는 연기를 연마하려 애쓰는 곳이라 그런 일이 드물지 않다고 한다. 나와 함께하게 된 경찰관은 뉴턴 지서의 존 페이지 경사와 레이 멘도자 순경이다. 뉴턴은 수년 전에 아버지가 지서장을 했던 곳이다. 아버지가 내게 이 계획을 들려줄 때, 나는 고맙다고 한다. 좋은 생각 같다고. 하지만 글렌데일을 벗어나, 나로서는 도무지 길을 찾을 수 없을 로스앤젤레스의 어떤 지역으로 들어서자 불안감이 엄습한다. 내가 그렇게 말하자 아버지는 이해하지 못한다. 이 아비가 수년 동안 일했던 곳에서 하룻저녁 보내는 게 뭐가 불안해?

청바지와 흰 셔츠(리넨 셔츠인데, 속에 티셔츠를 입고 단추를 전부 잠갔다)에 운동화를 신고 집을 나서는 내 모습을 보며 아버지는 탐탁지 않은 눈치였다. 좀더 잘 차려입기를 원했던 것이다. 아버지와 제리는 사촌의 결혼식에 가는 중이라 그에 맞게 차려입었다. 안내 데스크에서 아버지가 나를 페이지 경사에게 넘긴다. 그는 파란 유니폼을 입었고, 팔뚝에는 문신이 있다. 머리가 희끗하고 콧수염이 깔끔한 사람으로 쉰 살가량으로 보인다. 나를 넘기면서 대화는 거의 오가지 않는다. 길이 막힐

까봐 두 사람은 서둘러 떠난다. 나는 페이지 경사를 따라 경찰서 안으로 들어가고, 지나가면서 몇 번의 소개가 이루어진다. "프랭크 패칫 경감님 따님이야. 패칫 경감님 기억하지?" "세상에, 그럼요, 아버님은 잘 지내시죠?" 페이지 경사는 나가기 전에 끝내야 할 서류 작업이 있다고 한다. 오늘 저녁 내게 무슨 일이 벌어져도 로스앤젤레스시는 책임이 없다는 서류에 내 서명을 받는 일도 그중 하나다. 페이지 경사는 여기저기 즐겁게 구경하며 친구도 사귀어보라고 내게 말한다.

뉴턴 지서는 로스앤젤레스 도심에서 남쪽으로 1에서 2마일 떨어진, 사우스센트럴 애비뉴 근처 14번가에 있다. 관할 구역은 약 9제곱마일로, 사우스파크와 푸에블로 델 리오 공영주택 개발단지를 아우른다. 지서로 들어가면 실내외 겸용 녹색 카펫이 깔려 있는데, 군데군데 넓게 털이 빠진 부분이 있다. 책상을 일렬로 늘어놓았는데 서로 얼마나 바짝 붙어 있는지, 의자 사이로 지나가려면 정말 기술적으로 움직여야 한다. 지금 내 눈앞의 모습이 그나마 개선된 상태라고 한다. 이전에 한동안은 책상이 너무 다닥다닥 붙어 있어서, 서로 등을 대고 앉은 두 사람이 동시에 의자를 밀고 일어서지도 못했다고 한다. 결국에는 그것이 화재에 취약하다고 판단하게 되었는데, 지금도 내 눈에는 그곳 전체가 화재에 취약해 보인다. 판지로 된 파일 박스가 벽을 따라 높이 쌓여 있고, 그 위쪽으로 어둑한 창문이 몇 개 있는데, 너무 높아서 밖이 내다보이지 않는다. 그나마 남아 있는 얼마 안 되는 맨 벽에는 남자 넥타이가 가득하다. 형사가 된 사람, 승진하여 뉴턴 지서를 떠나는 사람들의 넥타이를 잘라서 벽에 붙이는 것이 통과의례라고 한다. 얇은 빨간색 티셔츠를 입고 등뒤로 손에 수갑을 찬 젊고 마른 흑인 남자가 바닥에 앉아 기다리고 있다. 그는 조서를 작성하는 경찰관이 이따금 던지는 질문에 답을 한다. 내가 지나가려고 하자 공손한 태도로 다리를 치워준다.

뉴턴 지서에는 유치장이 두 개뿐이다. 부족한 유치장 문제를 해결하려고 긴 나무 의자를 놓았는데, 얼마나 낡고 닳았는지 콜로니얼 윌리엄스버그의 골동품 가게에서 파는 물건처럼 보인다. 주차장으로 나가는 뒤편 복도에 놓인 그 의자는 바닥에 고정되어 있고, 수갑 여남은 개가 달려 있다. 모두 흑인인 남자 세 명과 여자 두 명이 말 그대로 그 의자에 부착되어 있다. 몇 년 전까지만 해도 의자를 바닥에 고정해놓지는 않았는데, 그 의자에 달린 수갑에 매여 있던 한 남자가 의자를 끌고 문밖으로 걸어나갔다고 한다. 그날 저녁, 내가 그 복도를 여러 차례 지나갈 때마다 매번 다른 인물들이 의자를 차지하고 있고, 다들 하나같이 따분해 보인다. 어느 쪽이든 이곳에 있는 관련자들 모두 아무런 감정도 내비치지 않는다는 사실에는 기이하게도 진정 효과가 있다.

어느 책상에나 고리가 세 개 달린 플라스틱 바인더가 꽉 들어찬 책장이 있다. 사망자를 보관하는 곳이다. 한 책상의 유리 아래에 이슈마엘 마르티네즈의 사진이 붙은 5×7인치 크기의 색인 카드가 있다. 그의 사망일은 그의 열다섯 살 생일 며칠 뒤이다. 소년티가 나는 여윈 얼굴이라, 사진기 앞에서 위협적인 표정을 지으려 하지만 성공적이지는 않다. 카드에는 출생일과 집주소와 함께, 두꺼운 빨간색 마커로 'KIA'*라고 적혀 있다. 그 책상에 앉은 경찰관에게 물어보자, 그는 그 이야기를 해줄 수 있어 기쁜 듯 보인다. 애들 넷이 차를 훔쳐 달아났고, 추격을 피해 도망가다가 가로등을 들이박았다. 둘은 그 자리에서 사망. 이슈마엘은 팔이 떨어져나간 채 몇 시간 뒤 사망. 나머지 한 명은 목숨을 건졌지만, 혀로 작동하는 휠체어를 타야 할 거라고 한다.

내가 묻고 싶었던 건, 하지만 묻지 않았던 건, 어째서 그의 사진이 책상 유리 아래 있는지다.

서류 작업을 끝낸 뒤 페이지 경사와 나는 레이 멘도자 순경과 이른 저녁을 먹으러 나간다. 레이 멘도자는 서른네 살이고 손가락 하나의 반이 잘려나갔다. 우리는 암행 순찰차를 타고 멕시코 음식을 먹으러 간다. 날은 여전히 화창한데 너무 덥지는 않다.

---

* Killed In Action. 작전중 사망.

식당은 한산하고, 식당에서 일하는 사람들은 페이지와 멘도자를 잘 알고 있어서 우리를 보고 반가워한다. 메뉴판을 든 여성이 여덟 명 가족도 앉을 만한 널찍한 칸막이 자리로 우리를 안내한다.

페이지는 내게 경찰이 될 생각, LAPD에 들어올 생각이 있느냐고 묻고 나는 아니라고, 그저 둘러보고 싶은 거라고 답한다. 두 사람은 그래도 괜찮다고 한다. 무슨 일을 하느냐고 물어서 나는 작가라고 대답한다. "경찰에 관한 책을 한 권 써요!" 페이지가 말한다. 페이지가 그간 경찰 일이 얼마나 달라졌는지 떠벌리는 동안 멘도자는 아무 말이 없다. 페이지는 내 아버지가 큰 탈 없이 은퇴한 몇 안 되는 경찰 중 하나라고 말한다. "이 일을 하다보면 사람들이 대부분 망가지는데, 부친께서는 그러지 않았어요." 그가 토르티야 칩에 살사를 수북이 얹으며 말한다. 나는 페이지도 망가졌을지 궁금해진다. "부친께선 경찰이라는 직업이 의미가 있던 황금시대 분이었죠."

여자 종업원이 멘도자에게 스페인어로 무슨 말인가를 하고, 그는 영어로 대답한다. 매일 밤 이런 일이 있을 것이다.

멘도자 순경은 아홉 달 동안 휴직했다가 나흘 전에 복귀했다. 이 식당에서 멀지 않은 곳에서 경찰차를 타고 잠복하던 중에 총을 네 방 맞았다. 손과 무릎에 총을 맞은 것은 확실히 알겠다. 나는 다른 두 방은 어디에 맞았냐고 묻지는 않는다. 대신 그런 일을 당하고도 왜 다시 돌아왔냐고 묻지만, 그는 내 질문을 이해하지 못하는 모양이다.

"정신적 외상이 있으면 연금을 탈 수 있어요." 페이지가 끼어들더니, 넓은 좌석 건너편의 파트너를 가리키며 말한다. "멘도자는 정신적 외상은 없거든요."

"있으면 좋겠어요." 멘도자가 말한다. "악몽을 꾼다거나 출동하기 두렵다고 말할 수 있으면 좋겠는데, 안 그래요. 난 경찰이잖아요." 그가 어깨를 으쓱한다. "이 직업에선 늘 있는 일이죠. 누군가의 총에 맞을 가능성이 크니까."

그런데 그를 화나게 하는 것은, 마침내 연금을 받을 그 길을 가로막는 것은, 경찰이 누군가를 죽이기보다 차라리 경찰이 죽기를 바라는 조직에서 일하는 것이라고 한다. "경찰이 죽는 게 돈이 덜 드니까요." 그가 말한다.

"경영진." 두 사람이 동시에 내뱉는데, 호의는 전혀 찾아볼 수 없다.

"윌리엄스?" 내가 묻는다.

"뚱보 윌리." 아버지가 말할 법한 투로 페이지가 말한다. 대릴 게이츠 후임으로 윌리 윌리엄스가 경찰서장이 되었다. 그는 시市에게 주는 홍보용 선물이라는 것이 대체적인 견해다. "노사 협의 내내 단 한 마디도 하지 않았어요. 이쪽으로든 저쪽으로든. 진짜 경찰도 아니에요. 경영진의 꼭두각시일 뿐이라 주로 필라델피아에서 지내요. 그래서 캘리포니아에서 합법적으로 총기를 소지하지도 못한다니까요. 경찰서장인데 총이 없어." 주변에 경찰을 비난하는 사람만 많지 변호해줄 사람은 아무도 없다는 말이다.

음식이 앞에 놓인다. 이 널찍한 칸막이 자리를 꽉 채울 인원이 먹을 만큼 많은 양이라 나는 경악한다. 사람들은 경찰이 무슨 일을 하는지 알고 싶어하지 않는다고 페이지가 말한다. 일을 끝내기만을 바랄 뿐 상세한 내용은 듣고 싶어하지 않는다고. "우리는 본질적으로 살인 청부업자죠." 매우 열정적으로 엔칠라다를 베어 물며 그가 말한다. "저 종업원 말이야." 그가 멘도자에게 상냥하게 묻는다. "눈이 정말 예쁘지 않아?"

사람들은 경찰이 사회복지사가 되어 지역사회를 지원해주길 바라지만, 그건 경찰이 할 일이 아니라고 페이지는 말한다. 경찰이 할 일은 나쁜 놈들을 잡는 거라고. '나쁜 놈들'이라는 이 표현은 뒤에서 다시 등장할 것이다. "우리에게 사회복지사가 되어달라, 뭐 좋다 이거예요, 하지만 그 방식까지 간섭하진 말아야죠. 우리가 아이들을 위해 세상을 바꾸는 동안 그냥 못 본 체해야죠."

내 아버지는 그런 사람이었다. 사회복지사. 쉼없이 방과후 프로그램을 만들고 아이들에게 경찰서 자원봉사를 열심히 권했다. 추수감사절에는 경찰관들을 시켜서 이웃의 가족들에게 음식 꾸러미를 배달하게 했다. 크리스마스에는 장난감을 나눠 줬는데, 우리 동네에서 누가 좋은 사람인지 다들 알 수 있도록 언제나 경찰차를 타고 다녔다. 좋은 사람들, 나쁜 놈들.

페이지는 네바다에 집이 있고, 삼 년 뒤 은퇴할 생각이다. 그 집에서 그리 멀지 않은 곳에 노드스트롬백화점이 있다. "아내가 적어도 일주일에 한 번은 쇼핑해야 하거든요." 그가 말한다.

"우리는 다들 잔디 마당을 원해요." 멘도자가 말한다. 자기 집 마당은 로스앤젤레스에 있어야 한다고 덧붙인다. 자신은 이곳에서 태어났고, 가족도 이곳에 있다고, 그가 힘주어 말한다. 다른 건 모르고 달리 갈 곳도 없다고.

아버지는 내게 저녁을 사라고 시켰고, 식사비가 겨우 오 달러라 두 사람은 기꺼이 내 호의를 받아들인다. 잔돈은 눈이 예쁜 종업원에게 팁으로 남긴다.

차에 탄 뒤에도 두 남자는 입을 쉬지 않는다. 농담을 주고받고 주변 세상에 대한 논평이 이어진다. (페이지의 논평은 창밖을 향하는 경우가 잦다.) 라디오에서는 끊임없이 정보가 흘러나온다. 페이지가 운전대를 잡고는 있지만, 멘도자가 교통정보를 제공하므로 운전을 똑같이 나눠 하는 셈이다. "왼쪽에 차 와요. 속도 약간 줄여요. 노란불이에요. 진입하는 차 조심해요." 나를 포함해 누구든 다른 사람이 운전하는 차를 탔을 때의 아버지와 똑같다. 일종의 직업병이다. 페이지와 멘도자는 나에 관해 궁금한 것을 묻고, 나는 그들에게 뉴턴에 관해 묻는다. 그들의 관할구역인 9제곱마일 안에 갱단이 쉰다섯 개 있다고 한다.

아이스크림 트럭 한 대가 〈이츠 어 스몰 월드〉 노래를 울리며 지나간다. 주택들이 대체로 깔끔하다. 세입자가 사는 집보다 자가인 경우가 많다. 토요일이라 동네 앞마당 여기저기에서 결혼식이나 킨세아녜라 파티*가 벌어지고 있다. 빳빳하고 반짝거리는 연녹색 드레스를 입은 어린 소녀들이 열대지방 새들처럼 보도를 쌩하니 지나간다. 남자들은 차고 앞에 모여 맥주를 마신다. 지나가는 우리를 바라본다. 경찰이 빤히 쳐다보고 사람들도 빤히 쳐다보는데, 신경쓰는 사람도, 겁먹는 사람도, 시선을 돌리는 사람도 없다. 밝은 보라색 크리놀린 치마를 입은 고등학교 여학생들이, 경찰차 뒷자리에 앉은 백인 여성인 나를 빤히 쳐다보며 내가 무슨 짓을 했을지 궁금해한다.

사우스센트럴에는 아이들과 개가 놀랍도록 많다. 새끼를 밴 개들. 젖꼭지가 덜렁거리는 온갖 크기의 개들이 뒤뚱거리며 느릿느릿 지나간다. 아기는 안고 어린애는 등에 업은 젊은 여성들이 보도를 걸어간다. 빨래방으로 가는 한 여성 뒤로 아이들 다섯이 한 줄로 따라가는데, 다들 각자 감당할 수 있을 만큼의 빨랫감을 담은 베갯잇을 들고 있다. 아장아장 걷는 아이가 맨

---

* 라틴아메리카 문화에서 소녀의 열다섯 살 생일을 기념하는 일종의 성인식.

뒤에서 세제를 들고 따라간다. 공기에 유칼립투스 향이 스며 있다.

1974년에 LAPD와 심비어니즈 해방군*이 총격전을 벌였던 현장을 지나간다. 지금은 공터만 남아 있다. **주택, 주택, 주택, 주택, 공터, 주택, 주택.** 도로 두 개를 지나니 골조 공사만 끝난 주택 한 채가 나타나는데, 계단이 보이지 않는데도 이층에 핏불 테리어가 있다. 우리는 커피를 마시러 윈첼스에 들어간다. 페이지가 '지방덩어리'라고 부르는 도넛은 먹지 않는다. 커피는 아주 형편없지만 그냥 마신다.

라디오에서는 여전히 온갖 정보가 끊임없이 흘러나오는데, 페이지와 멘도자는 무슨 말인지 모를 그 꽥꽥거리는 소리를 내내 무시하다가 갑자기 우리를 호출하는 말이 나오자 방갈로가 늘어선 곳을 향해 속도를 높인다. 무슨 일이 일어났는지, 혹은 일어날 건지 나는 알지 못한다. 내게 차에 남아 있으라고 할 줄 알았는데, 너무나 놀랍게도 두 사람은 함께 가자고 한다. 경찰서에서 서명한 그 면책 서류를 잘 읽어봤어야 했나, 그런 생각이 든다. 차문을 열어놓아서, 나는 공책이 잔뜩 든 커다란 가방을 챙겨 나온다. 자기 옆에 붙어 있으라고 멘도자가 말하고 나는 그 말을 따른다. 그들은 총을 뽑아 든다. 두 사람은 방 하나

---

* 1973년부터 1975년까지 활동했던 극좌 무장 조직.

짜리 방갈로 안쪽을 살펴보고, 이어 페이지가 내게 안으로 들어가라고 한다. 유리 파편이 족히 2인치는 될 두께로 바닥을 뒤덮고 있고 그 위에 벌거벗은 플라스틱 아기 인형이 놓여 있다. 그뿐이다. 아무 일도 벌어지지 않지만, 다른 경찰관들도 나타난다. 우리는 잠시 이야기를 나눈 뒤, 마치 소풍을 마친 듯 다시 차로 돌아간다.

아무 일도 벌어지지 않은 이 첫번째 호출로 오후 순찰의 분위기가 어쩐지 달라진다. 다시 차가 움직이자 페이지와 멘도자는 무슨 문제가 없는지 열심히 찾기 시작한다. 젊은 남자들이 모여 있기만 하면 차의 속도를 늦추고 그들을 노려본다. "별일들 없나? 무슨 문제 일으키려는 건 아니지?" 젊은이들과 마찬가지로 경찰관들도 들썽거린다. 발생하지 않게 막으려는 바로 그 위험을 찾고 싶은 것처럼. 근육질의 배 위에 갱단을 상징하는 문신을 가득 새긴, 열세 살도 채 되지 않았을 마른 남자애가 우리가 지나가는 쪽으로 손가락을 겨눈다.

다음 호출이 오자 우리가 탄 차는 급히 공원으로 들어가 소프트볼 게임이 벌어지는 구장을 가로질러 달려간다. 경찰차라서 약간의 배려는 하지만, 아무도 멈춰 서거나 쳐다보지 않고 신경을 쓰지도 않는다. 다른 경찰관도 몇 명 현장에 와 있지만, 배트가 공을 강타하는 소리에 뒤이어 환호성이 울릴 뿐 아무런 소란은 없다.

어둑해질 무렵 우리는 맥도날드 매장 앞을 뛰어가는 남자를 본다. 페이지와 멘도자가 함께 차에서 내리지만, 네 걸음 만에 멘도자가 절뚝거리며 돌아온다. "무릎에 총을 맞았거든요." 마치 그 사실이 방금 기억난 듯이 그가 말한다. "뛰질 못해요."

페이지가 그 블록을 반쯤 쫓아간 끝에 라틴계 남자를 붙잡아 몸싸움하며 수갑을 채운다. 나는 마치 텔레비전을 보듯 그 광경을 본다. 곧바로 경찰차가 와서 남자를 데려간다. 맥도날드 매장으로 돌아가니 누군가가 총을 쏘고 달아났다고 한다. 버려진 차 안에 탄창이 있어서, 드라이브스루 통로 근처 덤불에 총을 버렸을 거라고 다들 확신한다. 우리는 덤불을 짓밟으며 돌아다니고, 나는 내가 총을 찾아서 그나마 나의 쓸모를 보여줄 수 있기를 속으로 바란다. 주차장에서 소동—경찰과 경찰차와 수갑 찬 남자—이 벌어져도 드라이브스루로 들어가는 차들은 여전히 많다. 예전에 테이프로 윤곽 표시가 된 시신들이 아스팔트에 놓여 있을 때도 드라이브스루는 여전하더라고 멘도자가 내게 말한다.

목격자들이 불쑥 나타난다. 라틴계 남자들이 경찰에게 말하길, 줄무늬 셔츠를 입은 흑인 남자가 총을 가져갔다고 한다. 가장 말이 많은 남자는 연신 셔츠를 목으로 끌어올리며 불룩한 배를 쓰다듬는다. 우리는 차를 몰고 돌아다니다가 줄무늬 셔츠를 입은 흑인 남자를 찾아낸다. 페이지와 멘도자가 남자보다 나이가 많은 두 명의 동행으로부터 그를 떼어낸다.

"이 친구는 오늘밤 내내 우리와 함께 있었어요." 더 나이 많은 남자들이 말한다.

"어련하겠어." 경찰관들이 말한다.

"양손 머리 위로 올려." 멘도자가 말한다.

"내가 왜 손을 올려야 해요?" 남자가 묻는다.

멘도자의 목소리는 경쾌하지만 단호하다. 위협적이라기보다는 가르치는 식이다. "내가 그러라고 하니까."

수갑을 채우는 만큼이나 신속하게 그는 풀려나고, 우리는 다시 차를 몬다. 이제 어둑해져서 우리를 빤히 쳐다보는 사람들이 더는 정확히 눈에 들어오지 않는다. 여섯 시간 만에 마침내 지서로 돌아오자, 수갑이 달린 벤치에는 새로운 남녀들이 앉아 있다. 나와 동행한 순찰이 너무 조용해서 실망한 듯한 페이지는 책상 위의 바인더를 꺼내더니 내게 사망한 젊은 남자들의 사진을 보여주기 시작한다. 이 건물 안에 자리잡은 바인더에는 모두 비슷한 것들이 들어있다는 사실을 나는 안다. 폴라로이드 사진들. 총구를 어찌나 가까이 대고 쐈는지 피부가 그슬린 얼굴. 귓속의 총알. 피 웅덩이 속에 엎어진 시신의 사진은 수도 없이 많다. 페이지가 커다란 쓰레기통에 자식들을 집어넣고 그 위에 시멘트를 부어서 죽인 여자 이야기를 해준다. 원래는 때려 죽이려고 했는데 죽지를 않더란다. "그러니, 당연히 다 죽었죠. 열 명이었어요." 그는 도서관 색인 카드 서랍처럼 작은 서랍이 달린 파일 캐비닛을 보여준다. 서랍마다 이슈마엘의 것과 비슷한 카드가 꽉 들어차 있다. 카드에 적힌 인물은 전부 죽었다.

나는 그날 밤 집에 돌아와서, 하나도 빼놓지 않고 말해달라는 아버지에게 그날 일을 상세히 들려준다. 아버지는 페이지와 멘도자를 좋아한다. 그들이 내 편의를 봐줬으니 이제 그들에게 빚을 졌다. 내가 맥도날드 매장에서 총을 찾던 이야기를 들려주자 아버지는 고개를 끄덕인다. "그건 글로 쓰면 안 돼." 아버지가 말한다.

"글을 쓰려고 한 일인데요." 내가 말한다.

"써도 되는 것도 있지만 다 되는 것은 아니지." 아버지가 말한다.

나는 맥도날드 매장에서 총을 찾던 일이 뭐가 문제라는 건지 알 수가 없다.

나는 로스앤젤레스의 경찰에 관한 글을 쓰고 싶다. 열심히 일하는 사람들의 이야기를 쓰고 싶다. 동네에서 사망한 사람들로 가득한 고리 세 개짜리 바인더의 무게에 짓눌려 살다보면 얼마 후에는 타격을 입는다는 사실을, 시멘트 속에 매장된 아이들을 발견하다보면 서서히 마모된다는 사실을 설명하고 싶다. 누가 되었건 폭로할 의도는 없다. 선善을 보여주자는 것이 내 의도였으니까. 하지만 선이란, 경찰과 마찬가지로 알고 보니 복잡하기만 하다.

우선 필기시험이 있다. 차로 집에서 경찰대학까지 가는 길을 내게 여남은 번은 말해주었으면서도 아버지는 시험 날 결국 생각을 바꾼다. 직접 운전해서 날 내려주고 데리러 오겠다고 한다. 해줄 수 있는 일이 그것뿐이라고 해서, 나는 좋다고 한다. 이것은 아버지와 내가 함께 하는 일이라고 생각하니까. 여덟시 시험 시간에 맞춰 일곱시 사십분에 학교에 도착하자, 기다리는 줄이 진입로까지 구불구불 이어져 있다. 그 순간 나는 내가 정말로 경찰이 되고 싶은 게 아니라는 사실을 기억해낸다. 우리 뒤로 승합차 한 대가 선다. 차에서 내린 남자가 차 안으로 몸을 넣어 안에 있는 누군가와 악수를 한다. **좋아, 행운을 빌어.** 초등학교 1학년 때 처음 몇 주를 끝으로 한 번도 날 학교에 태워준 적이 없던 아버지가 내게 입을 맞추고는 차를 몰고 사라진다.

줄을 서 있는 동안, 나는 이름과 주소, 그리고 LAPD에 관해 어떻게 알게 되었는지를 적는 파란색 카드를 받는다. 나는 아버지 이름을 적는다. 그리고 취업 전망과 시험의 진행 과정을 설명해놓은 인쇄물도 받는다. 매력적인 흑인 여성이 대기 줄 사이를 왔다갔다하면서, 다들 사진이 들어간 신분증을 **반드시** 지참해야 하고 오늘 날짜 기준으로 나이가 **적어도** 스물한 살

반이어야 한다고 큰 소리로 반복해서 외친다. 몇 명이 줄에서 떨어져나와 슬그머니 차로 돌아간다. 거의 이백 명이나 되는 대기자 중에서 대부분은 최소 연령을 겨우 넘긴 것처럼 보인다. 그날의 유행은 로고 티셔츠다. **피자 하우스, 너바나, 두꺼비 헬스클럽**(유독 발육이 좋은, 약간 위협적인 두꺼비 그림). 반바지에 운동화 차림의 무리다. 다들 선글라스를 썼고, 연필을 빌려달라고 할 때는 공손하다. 여성은 10분의 1이 안 되고, 내 짐작으로는 스물다섯 살 이상도 10분의 1이 안 된다. 정확히 여덟시에 세 명의 백인 여성이 주차장을 가로질러 전력 질주해 온다. 하이힐과 주름 장식이 달린 미니스커트와 딱 붙는 민소매 티셔츠 차림에 어깨까지 늘어진 고리 귀걸이를 달았다. 길고 풍성하게 늘어진 곱슬머리에서는 윤이 난다. 내털리 우드[*] 같은 눈에 입술을 빨갛게 칠하고 파운데이션을 발랐다. 대기 줄을 관리하는 여성이 그쪽을 보고 혀를 쯧쯧 찬다. "일찌감치 일어나고 싶은 생각이라고는 없는 거지?" 세 사람은 서로의 등을 책상삼아 파란색 카드를 작성한다. 이 대기 줄이 특정한 유형의 남자를 만나기 좋은 장소일 수도 있겠다는 생각이 문득 떠오른다.

나는 줄의 꽤 앞쪽에 서 있던 터라, 백두 명이 들어가는 첫번

---

[*] 1950년대와 1960년대에 전성기를 누린 미국의 유명 배우.

째 교실의 마지막 줄에 자리를 잡는다. 녹색 칠판이 있고 똑같은 책상이 늘어선 평범한 교실이다. 전달할 정보가 무척 많다. 시험 감독관은 인사과에서 나온 데즈레라는 흑인 여성이다. 굽 높은 슬리퍼를 신고 셔닐직 상의를 입은 모습이 약간 영화배우 느낌이 난다. 우리에게 답지를 나눠주고 이름을 쓴 뒤 기다리라고 한다. 주소를 적고 기다리라고 한다. 지시를 듣기 전에는 한 줄도 먼저 채워서는 안 된다. 내가 마지막으로 치른 시험은 대학원 입학시험이었고, 십 년 전이었다. 인종과 성 범주를 나타내는 네 개의 숫자 코드가 칠판에 적힌다. 각자 해당되는 코드를 답지 맨 위 칸에 적어넣어야 한다. 그 범주는 흑인 남성, 히스패닉계 남성, 그 외 남성, 여성이다. 데즈레는 책상 사이를 오가며 이 점을 세 번 반복해 설명하는데, 목소리가 얼마나 맑고 나긋나긋한지 지시 사항을 알아듣지 못하기란 어려울 것 같다. 너무 긴장해서 자기 성을 혼동할 수도 있을까? 각자의 사회보장번호 숫자를 칠한 뒤, 우리는 다른 인사과 부서원이 와서 엄지의 지문을 시험지에 찍을 때까지 기다린다.

옆 책상의 젊은 남자가 내 운전면허증을 보고 말한다. "몬태나, 와, 멀리서 오셨네요." 난 작년에 몬태나에서 살았다. 새 면허증을 발급받으러 갈 시간이 없었을 뿐이다. 이 일을 제대로 처리하지 않아서 법을 어긴 건 아닐까, 문득 그런 생각이 든다. 지금은 그보다 더 먼 보스턴에 산다고 내가 그에게 말하자,

그는 자신은 애리조나의 메사에 살고 경찰관이라고 말한다.

"그런데 여기서 경찰관이 되고 싶은 거예요?" 내가 묻는다.

그는 고개를 젓는다. 자기는 원래 로스앤젤레스 출신이고, 가장 친한 친구가 LAPD가 되고 싶어하는데 시험을 통과하지 못했다고 한다. 여기만이 아니라 메사에서도 떨어졌는데, 사실 메사는 워낙 경찰관이 부족해서 닥치는 대로 뽑는 곳이라고 그가 알려준다. 자기는 이 일을 원하지 않지만 설렁설렁 시험을 쳐도 합격할 수 있다는 것을 친구에게 증명하려고 응시한 거라고 한다. 그가 내게 지금은 무슨 일을 하냐고 물어서 작가라고 대답한다.

"아." 그가 말한다.

대화가 잠깐 끊겼다가, 그가 다시 내 쪽으로 몸을 기울인다. 선글라스 다리를 귀에 거꾸로 걸어 머리 뒤쪽에 쓰고 있다. 머리칼은 방금 깎은 잔디처럼 짧고 뻣뻣하다. "난 편의점 강도에 관한 보고서를 써서 칭찬을 받았어요." 그가 말한다. "한번 볼래요? 혹시 도움이 될까 해서 가지고 왔죠."

나는 보여달라고 한다. 그의 파일 안에는 잘 썼다는 보고서와 함께 메사 경찰대학 졸업증서와 칭찬 편지가 있다. 토드 화이트라는 그의 이름이 보인다. 토드 화이트의 필체는 6학년 때 칭찬받는 둥그스름한 필기체다. 맨 첫 장에 쓰인 용의자의 인상착의 묘사도 채 읽지 못했는데, 내가 엄지 지문을 찍을 차례가 된다. 잉크를 충분히 묻히지 않아 다시 해야 한다. "텔레비전에서 하듯이 하지 말아요." 잉크 패드를 든 여자가 말한다. "양옆으로 굴리지 말고 엄지 전체가 닿도록 꾹 눌러요."

내 지문을 LAPD에게 넘긴다고 생각하니 약간 찝찝한 느낌이 든다. 이제 내가 기록되는구나. 영원히 기계 속에 보관되겠구나.

소지품을 전부 책상 아래에 넣으라는 지시를 듣는다. 안타깝지만 토드 화이트의 편지도 그리로 간다. 사전과 문법 설명서, 계산기, 시계형 계산기, 계산자, 컴퍼스 따위는 전부 치우라고 말한다. 설사 내가 계산자를 가지고 있고 사용이 허락된다 해도, 그것이 도움이 될 시험이라면 나는 합격하지 못할 것이다. 시험지가 뒤집힌 채 연필과 함께 배분된다. 번호가 매겨진 이 시험지를 시험장 밖으로 가지고 나가는 사람은 이후 다시는 LAPD 시험을 볼 수 없을 거라고 한다. 시험 시간은 사십오 분이고, 문제를 풀기엔 충분할 거라고 한다. **준비, 시작.**

시험문제 가운데 'calendar'와 'attitude'의 서로 다른 철자 넷을 주고 옳은 철자를 고르라는 문제가 있다. 약간 다른 방식으로 같은 내용을 전달하는 문장 넷을 주고 가장 문법에 맞는 문장을 고르라는 문제도 있다. 독해 문제에서는 네 개의 선택지(빈집털이 사건에서 경찰의 역할을 가장 잘 설명하는 것을 고르시오) 중 어느 것도 내가 지문에서 읽은 내용과 맞지 않는다. 어휘 시험에는 incarcerate(감금하다), felony(중범죄), misdemeanor(경범죄)가 나왔다. 영어가 모국어가 아니거나 고등학교 수업 시간에 내내 잠만 잤다면 어려울 수도 있을 시험이다. 난 여유를 가지고 전부 두 번씩 읽는다. 감독관이 오 분 남았다고 말한다.

시험지를 전부 제출한 뒤 우리는 익명으로 설문지를 작성한다. LAPD에 대해서 어떻게 알았나요? 현재 소득이 얼마나 되나요? 그다음으로 타지역에서 온 응시자는 다른 방으로 자리를 옮기라는 지시를 받는다. 소지품을 챙기는 사이 토드가 말하기를, 나중에 감독관들이 들어와 복도로 나올 사람의 명단을 부르면, 그들은 시험에 떨어진 이들이라고 한다. 메사에서도 합격하지 못했다는 그의 친구에게서 나왔을 것이 분명한 정보다.

타지역 응시자 무리에는 마흔 명이 있다. 외지인들은 시험을 보러 온 대다수의 지원자들보다 보기 좋은 외양이다. 우리는 시험 전날 밤새 술을 마시며 놀 생각은 감히 하지 못했고, 꺼림한 티셔츠를 입고 나타나지도 않았다. 이 방에서 여성은 10퍼센트에도 미치지 못한다. 이 과정을 담당하는 경찰관은 크레인 경관으로, 콧수염이 있는 아주 호리호리한 흑인 남성이다. 제복이 얼마나 딱 붙는지 복부 근육을 알아볼 수 있을 정도다. 옷소매는 지혈대처럼 이두박근을 감싸고 있다.

"다른 지원자들에게는 구술시험을 통과하기 위한 다섯 시간의 교육을 받을 기회가 있습니다." 그가 말한다 "여러분에게는 그런 이점이 없으므로, 구술시험에 관해 최대한 많은 내용을 가능한 한 짧은 시간 안에 설명하는 것이 내가 할 일입니다." 왜 이 일을 원하느냐는 질문을 받을 거라고 그가 말한다. "주민을 보호하고 봉사하고 싶습니다, 좋은 경력을 원합니다, 지역사회에 복무하고 주민을 돕고 싶습니다, 최고 조직의 일원이 되고 싶습니다, 대개 이런 대답들을 해요." 그가 잠깐 말을 멈추고 턱을 치켜들며 허공에 대고 키스를 날린다. "못 믿겠죠? 정말 다들 그래요. 이런 대답으로는 구술시험을 통과할 점수야 받겠지만, 최종 합격 점수는 못 됩니다." (70점이 합격선이지만, 실제 입학하려면 95점은 되어야 한다는 소문이 있다.) "여러분은 로스앤젤레스 경찰관이 되면 지역사회와 경찰 부서와 당신 자신에게 어떤 기여를 할 수 있는지 그걸 설명해야 합니다." 크레인 경관은 커다란 형광 분홍색 물병을 들고 있는데, 강박적으로 계속 물을 마시면서 사방을 돌아다녀서 고정된 의자에 앉은 우리는 고개를 이리저리 돌릴 수밖에 없다.

"지금까지의 직업 경험을 통해 법을 집행하는 이 직업을 위한 어떤 소양을 쌓아왔는지 자문해보세요. 어떤 직업이건 협동 정신을 요구합니다. 가령 맥도날드나 버거킹이나 여러분 지역에 있는 어떤 햄버거 매장에서 일하고 있다고 합시다." 그가 상냥하게 말한다. 크레인 경관에게는 상대를 아랫사람 다루듯 하는 태도가 없다. "'내가 경찰관이 되는 데 그건 전혀 도움이 되지 않았어.' 이런 생각이 들겠죠. 그래도 이렇게 말해야 합니다. '감독이 거의 없거나 전혀 없는 상황에서도 저는 독자적인 결정을 내릴 수 있습니다. 저는 정직하고 믿을 만하고 책임감이 강합니다. 저는 서로 다른 다양한 인종의 대중을 상대하고 그들을 모두 공정하게 대합니다. 고객을 응대할 때 상냥한 태도를 보입니다. 저는 **협동 작업에 능합니다.**' 이건 어느 직업에서나 그렇죠."

나는 손을 들고 이렇게 말하고 싶다. 소설 창작은 그렇지 **않습니다, 크레인 경관님.**

"이 도시를 잘 안다는 것을 보여주세요. 서로 다른 열여덟 개의 지역이 있고, 학교에서 사용되는 언어가 여든여덟 가지나 된다는 사실을 얘기하세요. 마약, 아동 학대, 경찰견 순찰 등, LAPD의 다양한 일에 대해 잘 안다는 것을 보여주세요. 경찰은 안락한 중산층의 삶을 누릴 수 있는 직업이라고 얘기하세요. 군대에 간 것도 준비 과정이었다고 하세요. 그저 운동을 열심히 한다고 하지 말고 맞춤형 트레이닝을 받는다고 해요. '저는 달리기와 수영을 통해 지구력을 기릅니다' '역기 운동으로 상체의 힘을 기릅니다' '용의자를 제압하기 위해 적절한 완력을 사용할 수 있습니다' 이런 식으로 말입니다."

그는 언제 어디서나 필요한 청렴함에 대해 말한다. 이 경험을 글로 쓸 계획을 가진 사람은 이 교실에 확실히 나 하나뿐이겠지만, 맹렬하게 그의 말을 받아 적는 사람은 나만이 아니다.

그는 있을 법한 시나리오를 제시하고 우리는 귀기울여 듣는다. "당신이 아들과 함께 레이더스* 경기를 보고 있는데, 어떤 무리가 소란을 일으키며 경찰과 싸우려 들자 아들이 이렇게 말합니다. '아빠, 아빠 경찰이잖아. 가서 저 사람들 잡아.' 그래도 여러분은 경비를 불러야 합니다. 영웅 놀이는 하지 않습니다." 그가 몸을 돌리더니 빠르게 교실 반대편으로 간다. "아이와 외출했는데, 우연히 편의점에서 강도 사건이 벌어지는 것을 목격합니다. 강도가 계산원의 머리에 총을 들이대고 있는 거죠. 여러분이 안에 들어가서 총을 뽑으면 강도는 당신은 물론 계산원도 쏠 겁니다. 아이가 차 안에 있으니 안전하다고 생각했겠지만, 바깥에서 작업중인 강도도 있어서 그들이 아이를 쏘겠죠."

책상에 앉은 사관생도 지망생들이 숨을 헉 들이쉰다.

"여러분은 **지원을 요청해야** 합니다. 차를 타고 올 경찰을 불러야 해요. 용의자의 외모를 잘 기억했다가 경찰이 오면 도망간 용의자에 대해 알려주는 거죠. 이렇게 하는 것이 더 도움이 됩니다. 근무중이 아닐 때 여러분은 최고의 목격자 역할을 해야 합니다."

한 여성이 강의실로 들어오자 크레인 경관은 '중간 휴식'이라는 신호를 보낸다. 난 아버지가 그 신호를 하는 것을 수없이

---

* 로스앤젤레스 소속 미식축구 팀.

봤다. 여자는 파란색 카드를 잔뜩 들고서, 이름을 부를 테니 호명된 이들은 소지품을 챙겨서 밖으로 나오라고 말한다. 토드 화이트는 공모하듯 내게 고개를 끄덕여 보인다. 누가 이 방에 있는지 모르니, 거의 이백 명에 달하는 전체 인원 가운데 불합격한 사람의 이름을 전부 호명해야 한다. 그녀의 입에서 '앤서니'나 '앤드루' 같은 이름이 나올 때마다 그것이 내 이름으로 들린다. 수년 동안 대학 신입생에게 작문을 가르쳤는데, 경찰이 되기 위한 문법 시험에서 떨어지면 어떡하지? 'calendar'의 철자가 어떻게 되더라? 거의 여든 명에 달하는 이름이 호명되는데, 대부분이 히스패닉계이다. 이 강의실에서 열 명이 일어나서 나간다. 토드와 나는 남는다.

크레인 경관이 냉정하게 우리를 살핀다. "이제 여러분은 이런 생각이 들겠죠. '밖으로 나가는 쪽에 속하는 게 좋은 건가, 안에 남는 게 좋은 건가?' 축하합니다, 여러분. 여러분은 합격입니다." 우리는 마음껏 환호하고, 곧 구술시험 시간이 공지된다. 몇 명은 바로 가야 하지만 나는 한시까지 시간이 있고, 무슨 일이 있어도 이 이야기를 끝까지 듣고 싶다.

LAPD는 누구도 속일 의도가 없는 모양이다. 필기시험을 위한 스터디 모임을 제공한다. 구술시험에서 가장 좋은 답변을 알려준다. 담장을 넘는 방법도 알려준다. 의도는 명료하다. 우리가 주의깊게 듣고자만 한다면 우리를 최대한 도와주고 싶다.

크레인 경관의 강의가 다시 이어진다. "다음, 모든 위법행위는 상관에게 보고해야 합니다. 하지만 우선 그 위법행위를 증명해야겠죠." 그의 목소리가 커지고 눈썹이 올라간다. "여러분이 파트너와 함께 컴퓨터 가게의 강도 사건에 출동했다고 합시다. 경력이 이십 년이나 더 많은 파트너가 손에 컴퓨터 한 대를 들고 있습니다. 그러면서 여러분에게 가게 앞쪽을 살펴보라고 합니다. 이내 파트너가 가게를 나가는 소리에 뒤이어 경찰차 트렁크를 쾅 닫는 소리가 들립니다. 곧 그가 빈손으로 돌아와요. 그러면 우선 위법행위를 **증명해야** 합니다. 파트너에게 정중하게 물어보세요. 지문 채취를 위해 가져가는 것일 수도 있고, 창고에 다시 갖다 놓으려는 것이었을 수도 있습니다. 하지만 만약 '그럼, 그럼, 내가 하나 챙겼지. 자네도 하나 챙기게, 파트너' 이런 소리를 하면 곧바로 경사에게 전화해서 가게로 오라고 해야 합니다."

단순한 절도 사건으로 우리를 준비시킨 뒤 크레인 경관은 단계를 높인다. "이 일을 하면서 여러분은 최악 중의 최악 중의 최악을 감당해야 할 겁니다." 그는 이렇게 말하고는 과연 이것을 감당할 수 있는 인물인지 살펴보듯 우리를 바라본다. 그러더니 천천히 말을 잇는다. "강간 사건에 출동합니다. 여섯 살짜리 여아. 이미 현장에 와 있는 응급구조사들 말이 생존 가능성이 50퍼센트라고 합니다. 아이의 모친도 현장에서 울부짖고 있습니다. 현장에는 다른 경찰들도 있고 용의자는 수갑을 차고 있어요. 용의자는 여러분이 시보라는 걸 알아채고는 협박을 합니다." 이어서 크레인 경관은 용의자가 **당신**의 자식과 당신과 이런저런 다른 이들이 당하게 될 거라고 장담하는 온갖 극악한 짓들을 대강 나열한다. "그러다가 결국 여러분의 파트너가 팔을 뒤로 빼더니 퍽!" 크레인 경관이 그렇게 외치며 허공에 대고 팔을 세게 내지르는 바람에 다들 화들짝 놀란다. "용의자의 명치에 주먹을 박아 넣겠죠. 그러면 여러분은 '좋았어!'라고 외치고요." 크레인 경관이 엄지손가락을 치켜세우며 할리우드 배우처럼 미소를 짓는다. "아니, 여러분은 그러지 않습니다. 용의자는 이미 수갑을 차고 있거든요. 거리에서는 사람들이 주위를 빙 둘러싸고 손뼉을 칩니다. '나라도 그렇게 했을 거야. 나였으면 총을 쏴버렸을걸.' 파트너는 이렇게 말합니다. '이런 세상에. 내가 이런 일을 했다니 믿을 수가 없군. 이십오 년 동안 이 일을 해왔지만 한 번도 이런 적은 없었어. 갑자기 너무 열이 받아서. 다시는 이런 일 없을 걸세.' **모든 위법행위.**" 크레인 경관이 그 말을 반복한다. "여러분이 그냥 넘어갔다고 합시다. 그날 저녁 집에 갔더니 여섯시 뉴스에 경찰 잔혹 행위에 관한 보도가 나와서 그걸 앉아서 보는데 화면에 누가 나올까요? 바로 **여러분**이죠. 파트너가 어떤 남자를 패는데 당신은 히죽 웃으면서 엄지손가락을 치켜세우고 있는 그 모습. 그럼 여러분은 옷벗는 거예요. 사람들은 용의자가 무슨 짓을 했는지는 얘기하지 않아요. 폭력적인 경찰들 이야기만 하죠. 여러분은 **완벽해야** 하는 겁니다. 일단 경찰관이 되면 **무오류여야만** 해요."

무슨 의도로 이런 이야기를 하는지는 확실히 알 수 없지만, 나는 교통 위반에 관한 크레인 경관의 간단한 설명과 마무리 발언의 중요성을 전부 받아 적는다. 다들 밖으로 나왔을 때, 다른 사람들은 주차장으로 가고 나는 아버지에게 전화하려고 공중전화로 간다. 구술시험까지는 한 시간 반이 남았으므로 점심 먹기에는 충분한 시간이다.

나는 앞서 받은 서류를 훑어보다가 구술시험 전에 작성해야 할 서류에 내가 지난 십오 년 동안 가졌던 직업을 전부 적어야 한다는 사실을 알게 된다. 위치(주소까지), 일한 기간, 월급, 상사의 이름, 직무 내용 등. 나는 도로 경계석에 앉아 내 공책에 목록을 작성하기 시작한다. 대학원 조교, 이런저런 교직. 내 출판사가 내 고용주인가? 프리랜서 작가는 어떻게 되는 거지? 호턴 미플린, 『신부 가이드』, 『세븐틴』, 래드클리프의 번팅 연구소, 몬태나대학교, 켄터키의 머리주립대, 내슈빌의 북월드. 아버지와 제리가 왔다. 식당에서 두 사람이 음식을 먹는 동안 난 미친듯이 서류를 작성하여 돌아가기 직전에 끝마친다. 구술시험에 관한 안내서에는 복장에 신경을 쓰라고 적혀 있었고, 아버지는 사려 깊게도 내 재킷을 가져왔다. 나는 식당 화장실에서 제리의 립스틱을 빌려 바르고, 수돗물을 묻혀 머리칼을 단정하게 매만진다.

구술시험장에 도착하자, 처음에 같은 방에 있었던 사람들 몇이 눈에 보인다. 이제는 어색하고 뻣뻣한 정장을 입고 있다. 마스카라로 속눈썹을 뾰족하게 세우고, 껌을 씹으며 접수대에 앉아 있는 젊은 여성에게 내 서류를 건넨다. 여자는 내가 지금도 래드클리프대학이나 호텔 미플린이나 『세븐틴』에서 일하는지 묻는다. 나로서는 알려줄 수 없는 월급 액수를 묻는다. 나는 몇 개의 공란을 더 채우고, 여자는 내가 '해당 사항 없음'이라고 적은 난을 수정액으로 지운다. 내가 답을 정정하려고 애쓰는 사이 여자는 내 뒷사람의 서류를 가지고 꼬투리를 잡기 시작한다. 나는 그 기회를 틈타 다른 접수대의 여성에게 내 서류를 주고, 그녀는 그걸 그대로 받은 뒤 나를 B 시험실로 보낸다. 알고 보니 치러야 할 필기시험이 더 있었는데, 나는 그 사실을 몰랐으면서도 어쨌든 내 근무 이력이 아닌 다른 문제를 상대하게 되었으니 다행이다 싶다.

1차 합격자가 전부 백인 남성일 리는 만무하지만, 이 방에서는 그러하다. 양복을 입은 백인 남성들이 시험지 위로 몸을 숙이고 있다. 앞에 놓인 책상에 앉아 대니엘 스틸의 소설을 읽고 있던 여성 감독관이 내게 시험지와 연필을 주고 시험 시간은 사십오 분이라고 말한다. 나는 자리를 잡고 앉아 P 유형 시험지 작성과 관련된 지시문을 읽는다. "사전이나 문법 설명서는 허용되지 않음." 이게 어떤 시험이든 직전에 치른 시험보다 상황이 좋지 않다. 정장을 입은 남자들은 금방이라도 울 것 같은 표정이다. 여기저기서 지우개로 지우는 소리가 들린다. 나는 첫번째 장에 있는, 일터에서의 내 행동에 관한 질문에 답을 쓴다. 해고당한 적이 있습니까? 동료나 상사와 심각한 다툼을 벌인 적이 있습니까? 일을 잘해서 칭찬받은 적이 있습니까? 있다면 가장 최근의 일을 설명하세요. 내게 떠오르는 일이라고는 『세븐틴』에 실린 순결 관련 글이 인기가 많았다는 것뿐이다. 나는 글의 제목은 명시하지 않은 채 그 일을 거론한다. 내 첫 장편소설이 〈뉴욕 타임스〉에서 선정한 올해의 주목할 만한 책에 포함되었다는 사실은 적지 않는다. 일을 제대로 못해서 질책당한 적이 있습니까? 네, 글을 다시 써야 했던 적이 살면서 수도 없이 많았습니다. 나는 수준에 못 미치게 일한 적이 없다고 적으면 지나치게 환심을 사려는 것으로 보일까봐 그만둔다. 보호관찰을 받은 적이 있습니까? 다음 장이 아마 정장 입은 남자들을 진땀 빼게 만든 부분인 것 같다. 경찰관에게 중요한 세 가지 자질을 네 문장으로 적으세요. 다음으로, 공공 행사에서의 소란에 관한 경찰 보고서를 모의로 작성하세요. 정확한 경찰 조치 절차는 몰라도 상관없습니다. 중요한 것은 글의 수준과 명료함입니다. 나는 달리기라면 몰라도 글쓰기에서는 그들을 이길 수 있다. 사십오 분 중에서 사십 분이 남았다. 부유한 동네의 외곽에 노숙자 쉼터를 세우는 일을 두고 시의회가 열리는 상황을 다루기로 한다. 양편이 밀고 당기는 다툼이 발생하고, 나는 그것을 세세하게 적는다. 무엇이든 부동산 가격과 관련된 일을 선택하는 것이 좋으리라 여긴 것이다.

시험을 끝마친 뒤 나는 다시 대기실로 간다. 그곳에서 크레인 경관의 강연을 들으며 적었던 메모를 다시 훑어보다가 면접실로 불려 들어간다. 면접관은 게이브리얼 로블스로, 연보라색 셔츠를 입고 백발을 하나로 묶은 오십대 초반의 남성이다. 무척 상냥하고 따뜻하다. 면접실은 아주 작은데, 그는 의자가 꽤 무겁다면서 직접 의자를 빼준다. 로블스는 인사과 소속이다. 그의 앞에 놓인 카드에 이름이 인쇄되어 있다. 또다른 면접관은 E. 워터스 형사로, 키가 큰 삼십대 중반의 여성이다. 크레인 경관과 마찬가지로 끌로 조각한 듯한 완벽한 몸을 지니고 있다. 그을린 얼굴에도 근육이 보인다. 연보라색 히비스커스 무늬가 있고 위쪽에는 레이스가 달린, 부활절 미사를 위해 샀을 법한 원피스를 입고 있다. 아버지는 전통적인 좋은 경찰, 나쁜 경찰이 짝을 이루어 들어오는 것이 일반적이라고 내게 미리 경고했는데, 여자 경찰의 턱에서 느껴지는 긴장을 보건대 그녀가 어느 쪽일지 익히 알 만하다.

"근무 경력이 무척 흥미롭던데요." 로블스가 말한다.

나는 평범하지는 않을 거라고 인정한다. 돈을 언제 얼마나 벌었는지, 그런 면에서 확실하지 않다고.

"그건 걱정 말아요." 그가 미소를 지으며 말한다. "우리도 예전과는 달라요. 난 사회학을 전공했고, 워터스 형사는 언어병리학자였죠."

나는 감탄하며 고개를 끄덕인다. 차라리 내가 그들을 인터뷰하면 좋겠다고 생각하면서.

"그래서 소설을 쓴다는 거죠." 로블스가 말한다. "대단한데요? 어떤 내용이죠?"

내가 두루뭉술하게 대답하자 그가 구체적으로 설명해달라고 한다.

"아는 사람들 이야기인가요?"

"제가 만들어낸 인물들이에요."

"그냥 머릿속에서요? 아무 기반도 없이?"

"그렇죠."

"그럼 그냥 앉아서 글을 쓴다는 거네요." 그가 몸을 앞으로 내밀며 말한다. 워터스 형사는 따분한 표정이지만, 대화를 이쪽으로 이끈 것은 내가 아니다. "뭘 어떻게 할지 말해주는 사람도 없이 그 모든 걸 혼자 정하나요?"

"그렇습니다."

그러더니 두 사람은 정말 흥미롭겠다, 정말 재밌겠다, 그런 말을 주고받는다. 맞아, 재미있지.

"그럼 경찰대학에 들어오기 위해 어떤 준비를 했나요? 부친의 보고서를 읽었나요?"

나는 읽지 않았다고 대답한다.

"여기 보면 수영과 달리기를 한다고 적혀 있는데, 그 얘기를 들려줄래요?"

나는 내가 최근 시작한 운동의 구체적인 사항을 간단히 이야기하는데, 그러면서도 그것이 워터스 형사에게는 얼마나 보잘것없게 들릴지 안다.

"당신의 경력이 LAPD에서 일하는 데 어떤 도움이 되리라고 보나요?"

"저는 스스로 동기부여를 합니다." 내가 말한다. "결정에 능하고, 무슨 일이든 충분히 생각합니다. 전 합리적이고 차분합니다."

"그래요." 로블스가 말한다. "하지만 지금 지원하는 조직이 거의 준군사 조직이라는 사실을 생각해봤나요? 늘 누군가가 지시하는 일을 해야 하는 권위적 체계 속에서 움직여야 한다는 것 말이에요. 설사 당신이 옳지 않다고 생각하는 지시라도."

"그래요, 나도 그게 궁금했어요." 워터스가 덧붙이는데, 딱히 상냥한 말투는 아니다.

"저도 생각해봤고 걱정은 됩니다." 내가 말한다. "전 가톨릭계 학교를 십이 년 동안 다녔습니다. 권위와 관련된 경험은 꽤 있는 편이죠. 성인이 된 뒤로는 명령을 받은 적이 많지 않은 것도 사실입니다. 말씀드릴 수 있는 것은 제가 그 점을 생각해봤고, 한번 도전해보고 싶다는 것입니다."

"왜 지금 경찰관이 되고 싶은 거죠?"

나는 앞으로 더 나이를 먹을 거라고 말한다. 내 가족 이야기를 하고, 평생 지녔던 경찰관의 꿈을 실현하고 싶다는 사실을 최근에 깨달았다고 말한다. 이런 말을 믿어주려나?

그들은 실질적인 위험에 처한 경험이 있는지 내게 묻는다. 그런 상황에서도 내가 차분함을 잃지 않으리라는 것을 어떻게 아는가? 또다시 상대를 분통 터지게 만드는 태도로 워터스가 고개를 주억거린다.

나는 안전한 내 삶을 머릿속에서 빠르게 훑는다. 위험이라고 할 만한 것은 손톱만큼도 없고, 육체적인 위해가 생긴 일도 전혀 없다. 사실을 말하자면 난 위험을 극히 싫어한다. 무슨 일이 있어도 위험을 피한다. "저는 지난 십 년 동안 뉴욕을 드나들며 살았습니다." 나는 무력하게 대답한다. "밤에 지하철도 탔죠. 말도 안 되는 상황에 익숙합니다."

두 사람은 내 대답이 마음에 드는 모양이다. 로스앤젤레스 주민에게 뉴욕은 여전히 〈매드맥스〉 영화와 크게 다르지 않은 곳이다. 누구는who 제압하고 누구는 그냥 무시해야 할지 안다고 나는 말한다. 누구를Whom 제압하고 누구를 무시해야 할지 안다고 말할까 했지만, 문법적으로는 그것이 옳은 문장이라도 지금 내게 도움이 될 것 같지는 않다.

크레인 경관이 말한 그대로 두 개의 상황이 내게 주어진다. 하나는 연장자인 파트너가 사소한 법규의 위반을 종용하는 경우이고, 다른 하나는 소아를 대상으로 한 폭행이다. 나는 올바른 대답을 한다. 예비 강의가 없었더라도 그렇게 대답했을 것이다. 아버지라면 뭐라고 할지 알았으니까.

그들이 내게 마무리 발언을 하라고 한다. 나는 내 서류를 보면 알겠지만, 부친이 경찰서장이었다고 말한다. 삼촌 한 분은 지방검사이고 다른 한 분은 소방관인데, 두 분 다 로스앤젤레스에서 일하신다. 내게는 공무원의 피가 흐르고, 지금이 아니면 안 된다고 나는 말한다.

"기록에 남기지 않을 비공식적인 질문인데요." 로블스가 말한다. "부친은 이 일을 어떻게 생각하시나요?"

공식적이어도 상관없습니다. 아주 짜릿해하십니다.

대기실로 돌아가서 약 일 분간 기다리자, 구술시험에 합격했으니 B번 방으로 돌아가라는 지시를 받는다. 대니엘 스틸 소설을 읽던 감독관은 다음날 아침 체력 테스트—PAT*—를 받으

---

* Physical Abilities Test.

러 오라고 말한다. 하지만 그전에 작성해야 할 서류가 더 있다. 감독관은 의료 정보와 배경 정보에 관한 서류, 그리고 공식적으로 합격하기 전까지 현재의 직장을 그만두지 말라는 내용이 담긴 윌리 윌리엄스의 축하 편지 복사본을 준다. 나는 구술시험이 끝난 이후로 나와 경찰 사이의 관계가 뒤집혔다는 느낌을 받는다. 이전엔 내가 경찰을 원했다면 이젠 경찰이 나를 원하는 쪽으로.

나는 차에 타서 아버지에게 오후의 일을 전부 들려주고, 아버지는 힘차게 고개를 끄덕인다. 그리고 내게 구술시험 면접관을 했던 이야기를 들려준다. 양복 아래로 땀을 뻘뻘 흘리던 사람들이라든지, 지원자가 너무 뛰어난 인물이면 구술시험을 훨씬 더 불편하게 만들려고 의자조차 제공하지 않거나, 시험관 절반이 벽을 보고 앉아 지원자를 쳐다보지도 않았다는 그런 이야기. 아버지의 기준으로 워터스와 로블스는 거의 내 친구와 다를 바 없었다.

우리는 그날 저녁 샐러드를 먹고, 제리가 화초에 물을 주는 동안 밖에 나가 앉는다. 경찰 조사 과정에서 벌어지는 가혹 행위에 관한 이야기를 나눈다. 나는 아버지에게 질문을, 개인적인 질문들을 던지고 아버지는 선뜻 대답한다. "하지만 이런 이야기는 절대 글로 쓰면 안 된다." 아버지가 말한다.

난 그것이 문제가 될 수도 있다는 사실을 깨닫기 시작한다.

아홉시 십오분쯤 침대에 눕는다. 열시에 수면제를 먹는다.

네시 사십오분에 알람이 울린다. 사흘 동안 전력 질주를 한 탓에 왼쪽 다리가 뻣뻣해서 스트레칭을 해본다. 다섯시 이십분에 아버지가 문을 두드린다. 나가자고 한다. 정말 아침 안 먹어도 되겠어? 아버지는 내게 목에 걸 수 있는, 끈이 달린 작은 주머니를 만들어주었다. 이십오 센트짜리 동전보다 별로 크지 않은 그 주머니에는 시험이 끝난 뒤 전화를 걸 이십오 센트 동전들이 들어 있다. 매년 언니와 내가 캘리포니아에 있다가 갈 때면 아버지는 우리에게 색인 카드를 만들어주었다. 아버지가 있을 법한 곳의 전화번호를 전부 적고, 각 번호 옆에 십 센트짜리 동전을 테이프로 붙였다. 테네시로 돌아간 뒤 나는 그 동전을 떼어내 써버렸다. 언니는 카드를 그대로 보관했다. 매년 받았던 그 카드를, 동전까지 그대로, 여전히 가지고 있다.

너무 일찍 집을 나서는 게 아닌가 싶지만, 다섯시 삼십오분에 대학에 도착하니 주차장은 이미 꽉 차 있다. 도로 양편에도 주차가 되어 있다. 일주일 내내 여호와의 증인 신도들이 다저 스타디움에서 행사를 열고 있는데, 다저 스타디움은 길 건너이고 그 사이에는 넓은 아스팔트 길이 있다. 신도들은 흰 셔츠와 검은 정장 차림으로 외야석에서 햇볕에 달궈지고 있다. 이른 시간인데도 영혼의 운명에 관해 영어와 스페인어로 적은 팻말을 든 여성들이 인도에 서 있다. 우리를 보며 전도를 하는데, 우리가 경찰관이 되려 해서라기보다는 이른아침이라 우리밖에 없기 때문이다.

아버지가 내 뺨에 입을 맞추며 행운을 빌어준다.

오늘 아침에 체력 시험을 보러 온 인원은 이백열다섯 명이다. 시험은 이 주마다 있는데, 직전 시험에는 참석한 지원자가 마흔 명뿐이었다. 어째서 그랬는지 알 도리는 없다. 시험 응시자 수도 기록 경신인데, 교관 몇 명이 나타나지 않는다. 우리는 각다귀를 손으로 때려잡으며 야외 탁자 사이로 구불구불 줄을 지어 선다. 다들 운동화와 운동복 반바지 차림이라, 나이키 광고의 집단 오디션처럼 보인다. 나는 내 양쪽에 선 젊은 여성들과 담소를 나눈다. 내 펜을 빌려준다. 한 여성은 다른 도시의 경찰대학에 지원하려고 했는데, 직전 직장이었던 로빈슨백화점을 그만두면서 상사와 한바탕하는 바람에 백화점에서 경력 증명서를 발급해주지 않으려 했다는 이야기를 길게 늘어놓는다. 변호사를 고용해서 소송까지 해야 했지만, 그때는 이미 너무 늦어서 입학시험 절차를 처음부터 다시 밟을 수밖에 없었다고 한다.

어제 담당자였던 흑인 여성 두 명이 다시 나타난다. 우리는 지시가 떨어질 때마다 그 방향으로 움직인다. 한 사람은 야외 탁자 위에 올라가 왔다갔다한다. "영주권 카드는 필요 없어요.” 그녀가 한 묶음의 영주권 카드를 흔들며 말한다. “이건 필요 없으니 내게 보여주지 말아요. 사진이 들어간 신분증이 필요해요, 여러분. 운전면허증이 없다는 말은 하지 말아요. 여기까지 운전해서 왔을 테니 면허증이 있어야겠죠.”

아버지 차를 타고 온 사람은 나뿐일까 궁금하다.

우리는 오늘 몸 상태가 좋고 오늘 꼭 시험을 치르지 않아도 된다는 사실을 알고 있다는 내용의 서류를 작성한다. 우리가 오늘 하게 될 일이 설명되어 있다. 담장 뛰어넘기 연습 시간에 봤던 여성들이 이번에는 등에 이름이 적힌 똑같은 티셔츠를 입고 와 있다. 그들은 서로에게 몸을 기대며 농담을 한다. “저 사람 팔 좀 봐요.” 로빈슨백화점에서 일했다는 여성이 내 옆에서 이렇게 말하며, 한 손 팔굽혀펴기를 엄청나게 했을 것처럼 보이는 여자를 가리킨다.

한 시간 뒤 주차장으로 내려가라는 지시가 내려지자 가지런하던 줄이 곧바로 흩어진다. 이제는 다섯시에 도착했다고 해서 맨 앞자리를 차지하지 않는다. 교관들이 주차장에서 오늘은 그냥 가라고 사정한다. 오늘 그냥 가는 사람은 다음번에 우선권을 드릴 겁니다. 가세요, 가요. 내 옆에 있던 여자를 포함해 스물다섯 명 정도가 물러난다. 자기는 6피트 담장 넘기를 해야 하는 줄은 몰랐다고, 어차피 연습이 필요할 것 같다고 그녀는 말한다. 교관들이 다른 지역에서 와서 오늘밤에 떠날 예정인 사람들이

있는지 묻는다. 터무니없이 많은 수가 손을 든다. "이 자리에
서 비행기표 확인할 거예요." 교관들이 겁을 주자 다들 웃는
다. 다음으로는 프레즈노*보다 북쪽에 사는 사람을 찾는다. 난
손을 번쩍 들고 보스턴에 산다고 말한다. 그래서 '프레즈노 북
쪽' 무리에 들어갈 수 있게 된다. 우리는 야외 탁자가 있는 곳
으로 돌아가서 새로 줄을 선다.

내 뒤에는 이미 신원 조사를 마친 한 무리의 해병대원이 있
다. 그들은 목소리를 낮출 생각이 전혀 없다. "경관이 내게 '음
주운전을 몇 번이나 했습니까?'라고 묻길래 내가 이렇게 말했
지. '경관님, 전 정말 운이 없습니다. 평생 음주운전이라고는
딱 두 번 했는데, 그때마다 단속에 걸렸습니다.'" 다른 사람이
목소리를 높인다. "내가 음주운전을 몇 번이나 했는지 알고 싶
어? '전 해병입니다. 술 취한 상태에서 제 차를 몬 적이 몇 번
이냐는 뜻입니까, 아니면 군용차를 몬 적이 몇 번이냐는 뜻입
니까?'" 그들은 소말리아에 파병되었던 이야기를 한다. 한 사
람이 말하길, 구술시험을 보는 중에 해군에서 침낭 두 개를 훔
친 일을 인정했더니 사과 편지와 함께 그것을 돌려주고 수령증
을 받아 오라고 했다고 한다.

출석 확인이 있고 나서 우리는 조금 더 기다린다. 오늘의 티

---

* 캘리포니아주 중부의 도시.

셔츠들은 난해하다. **폭발물 처리, 'PAU HANA'**[*], 이동식 1번 부대. 나는 대학원을 다녔던 일을 기억하려고 샀던 아이오와대학교의 티셔츠를 입었다.

경찰대학의 트랙은 배수장치를 새로 놓느라고 여기저기 파헤친 상태라 우리는 다저 스타디움의 주차장에서 달려야 한다. 줄지어 학교 정문을 나와 길고 가파른 진입로를 올라간다. 패서디나에서 미국과 루마니아의 월드컵 경기가 있는 날이다. 정오가 되면 운동장 기온은 섭씨 49도까지 치솟을 것이다. 오전 여덟시, 아마 다저 스타디움 주차장은 이미 35도는 될 것 같다. 부연 스모그가 도시 위로 두껍게 깔려 있다. 숨쉬기가 괴로운데, 지금은 아무것도 하지 않는데도 그렇다. 주차장에는 대략 백여든 명 정도가 있다. 그늘도 없고 물도 없다. 이름을 부르면서 1부터 30까지 번호를 매긴다. 난 28번이다. 기가 막히게 운이 좋다. 맨 처음 그룹이라 43도가 아닌 35도일 때 뛴다는 뜻이니까. 나는 '28'이 커다랗게 적힌 야광 오렌지색 조끼를 집어서 입는다. 지시에 따라 뒤로 돌고, 내 이름과 번호가 기록된다. 우리는 주차장에 원형으로 박힌 트래픽콘을 돌아 달려야 한다. 한 바퀴가 10분의 1마일이니 통과하려면 적어도 열 바퀴를 달려야 하고, 이십 분 내내 멈춰서는 안 된다. 우리가 그 앞

---

[*] 일을 마친 뒤의 휴식 시간을 의미하는 하와이어.

을 지나갈 때마다 감독관이 우리 번호를 크게 외칠 것이다. 멈추라고 말하면 트랙 위에서 바로 멈춰야지, 안 그러면 실격이다. **출발.**

나는 무리 속에서 달리기 시작한다. 내가 고등학교 때 운동 경기에 참여한 적이 있던가? 가톨릭계 학교에서 다른 여학생과 달리기 시합을 한 적이 있던가? 기억이 나지 않는다. 그런 적이 있더라도 아주 오래전 일이다. 그래도 이것만은 안다. 해병과 달리기 시합을 한 적은 없다. 한 바퀴 만에 숨이 가빠지며 헉헉대기 시작한다. 현기증이 나는데, 열기 탓도 지쳐서도 아니고 기절할까봐 겁이 나서다. 다저 스타디움의 주차장에서, 첫번째 시험의 첫 바퀴를 돌다가 경찰들과 해병들이 보는 앞에서 기절하겠구나. 사실 경찰이 되고 싶은 적은 한 번도 없었으면서. LA 스모그가 폐에 가득 들어차 메스껍고 어지러워지며 뛰는 속도가 떨어진다. 내가 지나가자 감독관이 "28!"이라고 소리친다. 사람들이 나를 지나쳐간다. 내가 사람들을 지나쳐간다. 나는 몇 바퀴째인지 세지 않는다. 물가로 완만하게 내려가는 그늘진 강둑이 있는 찰스강을 떠올리려 애쓴다. 트래픽콘 하나를 지날 때마다 신을 불러야 한다. 이 시험에 합격하거나 아버지를 기쁘게 하는 것은 이제 관심 밖이다. 책을 쓰는 것도 관심 밖이다. 의식을 잃고 쓰러지지 않는 것만 중요하다. "멈춰" 소리가 들리자 난 멈춰 서서 양손으로 무릎을 짚고 콜록대기 시작한다. 이후 삼십 분 동안 기침이 그치질 않는다. 해병들도 기침을 하고 있다. 입안에서 매캐한 맛이 느껴져서 분명 피겠구나 싶어 손바닥에 침을 뱉는다. 피는 없다.

우리는 각자의 숫자를 기록할 때까지 감독관에게 등을 돌린 채 똑바로 가만히 서 있으라는 지시를 받는다. 나는 11과 8분의 1바퀴를 돌았다. 우리 그룹에서 최고 점수는 13과 2분의 1바퀴이다. 우리 그룹의 여성 네 명 중 두 명은 10바퀴도 채우지 못했다. 우리는 조끼를 벗어서, 다음 그룹을 위해 번호 순서대로 땅 위에 놓는다. 여덟시 반이다. 그늘도 없는 주차장에서 기다리는 마지막 그룹은 축구선수들이 패서디나에서 태양빛에 익기 시작하는 열한시 삼십분이 되어야 마친다는 뜻이다.

합격선인 70점을 받으려면 매 종목을 정해진 시간 안에 끝내야 한다. 특출하게 빠르다면 100점도 받을 수는 있다. 종목은 네 가지이고, 합격하려면 다 합해서 최소 280점을 받아야 한다. 이론적으로는 한 종목에서 완전히 실패해도 나머지 종목에서 경이로운 기록을 세운다면 추가 점수를 받아 필요한 점수를 다 채울 수도 있지만, 한 종목에서 실패하면 나머지 종목에서도 다 실패한다는 것쯤은 다들 잘 알고 있다.

다음은 담장 뛰어넘기. 우리 그룹 서른 명은 콜록거리면서 길을 건너서 다시 경찰대로 터덜터덜 걸어간다. 우리 그룹 담당자는 어제 멋진 슬리퍼를 신고 시험 감독을 했던 여성인 데 즈레다. 오늘은 밑단이 접힌 딱 붙는 짧은 청바지에 배꼽티를 입었다. 그녀가 서두르라고 말한다. 여성 지원자는 셋 중의 하나가 담장을 넘지 못한다. 그에 비해 남자는 스무 명 중 한 명 꼴로 실패한다. 난 28번이라 순서로는 최고이다. 쉴 시간은 충분하고, 그렇다고 맨 마지막은 아닌 번호. 50야드를 달린 뒤 트래픽콘을 끼고 반대 방향으로 돌아서 양쪽의 철 기둥을 건드리지 않고 담을 뛰어넘은 후 다시 10야드를 달리는 일을 십칠 초 안에 끝내야 한다(내 짐작으로는 이 마지막 과정 때문에 담에서 걸려 넘어져 일어나지 못하면 이 시험을 통과하지 못한다). 데즈레는 정해진 경로를 따라 빠른 걸음으로 걸어가더니, 담을 넘으라는 뜻으로 그 앞에서 폴짝 뛴다. 우리 모두 이해했다. 데즈레는 스톱워치를 손에 들고 아주 예의바르게 묻는다. "짐, 준비되었나요?" 그가 그렇다고 하자 "출발"이라고 말한다.

나는 이제야 처음으로 우리 그룹원들을 제대로 바라본다. 스물여섯 명의 남성 가운데 내 짐작으로 스무 명은 현재 군대나 다른 경찰 부서에 소속되어 있는 것 같다. 스물다섯 명은 신체적 조건이 특출하다. 키가 크고 어깨는 떡 벌어진데다 젊다. 여성 가운데 둘은 오클랜드에 사는 룸메이트로, 같은 소프트볼 팀 소속이다. 그 두 명 중 한 사람은 탁월한 운동신경을 가진, 작고 강단 있는 라틴계 여성으로, 별로 힘들이지 않고 자기 기량을 마음껏 발휘한다. 다른 친구는 몸집이 더 크고 더 창백하고 안경을 썼다. 앞선 달리기에서 10바퀴를 못 채웠다. 네번째 여성인 재닛도 마찬가지라서, 키는 크지만 약해 보인다. 조사해보지는 않았지만 내가 우리 그룹에서 가장 연장자가 아닐까 싶다. 남자들이 담을 뛰어넘는다. 창백한 오클랜드 소프트볼 선수는 다리가 파란색 난간에 걸려 실격당한다. 다들 서로를 응원하는 분위기라서 점잖게 박수를 보내고 누군가가 멋지게 해내면 이따금 환호성도 올린다. 내가 담을 뛰어넘자 다들 함성을 지른다. 나는 십육 초 만에 완주했다. 남성들과 라틴계 여성은 십 초와 십일 초 사이에 완주했다.

다음 종목인 매달리기를 위해 우리는 언덕 경사면에 만들어놓은 장애물 코스로 간다. 나는 이것을 최악의 종목이라 생각했었는데, 지금으로서는 달리기만큼 힘든 건 없을 것 같다. 트래픽콘을 돌아 철봉까지 50야드를 달려간 뒤 뛰어올라 철봉을 잡고 일 분 동안 매달려 있어야 한다. 몸의 흔들림이 멈추는 순간부터 시간을 잰다. 이건 생각보다 힘들다. 내가 케임브리지에 있을 때 학교 마당에서 매달리던 철봉과 다를 바 없는 고정된 철봉이 세 개 있고, 시차를 두고 한 사람씩 출발한다. 첫번째 철봉에는 테이프가 감겨 있어서 거기 걸리면 제일 좋겠지만 그건 운에 맡길 뿐이다. 나무 이파리를 손바닥에 이겨서 끈적하게 하면 버티는 데 도움이 될 거라고 오클랜드 출신 여성들이 내게 말해준다. 과연 어떤 이파리가 내 몸무게를 일 분 동안 철봉에 붙여둘 만큼 끈적거릴까 싶다. 진짜 문제는 흔들리는 것이다. 점프해서 올라가면 흔들릴 수밖에 없다. 발로 살짝 철봉 기둥을 차서 흔들림을 멈추는 게 요령인 것 같다. 라틴계 여성의 순서가 되었을 때 그녀가 얼마나 편히 매달려 있는지 우리는 홀린 듯 바라본다. 그냥 팔을 올리고 땅에 서 있는 것 같다. 안간힘을 쓰는 표정을 얼굴에서 전혀 찾아볼 수 없다. "너무 작아서 그래요." 내 옆에 있는 거대한 몸집의 해병이 나직이 말한다. 서배너에 주둔하고 있는 공군 한 명이 내게 특히 친절하다. "전부 마음먹기 나름이에요." 철봉에서 내려온 그가 말한다. "머릿속을 비우기만 하면 돼요. 하나, 일천하나, 둘, 일천둘, 이렇게 천천히 수를 세요. 그렇게 서른에 이르면 내려올 때가 되죠." 그리고 사람들은 우수수 떨어진다. 남자들은 기를 쓰며 철봉을 붙잡다가 미끄러져 떨어진다. 오십구 점 사 초에서 떨어진 사람도 있다. 기온은 쑥쑥 올라가고, 나는 손바닥이 축축해지지 않기를 바라며 손바닥을 위로 한 채 양손을 무릎 위에 놓는다. 다들 철봉 번호를 부르며 사람들을 격려한다. "꼭 붙들어, 1번!" 그렇게 소리친다. "할 수 있어!"

데즈레가 나를 부른다. "앤, 준비되었나요?" 나는 그렇다고 대답하며 출발한다. 내 철봉은 가장 멀고 테이프도 없는 3번이다. 그래도 나는 여유 있게 매달린다. 온몸에 힘을 주어 흔들림을 멈춘 뒤 수를 세기 시작한다. 하나, 미시시피, 하나. 눈을 감으니 사람들이 내게 외치는 소리가 꿈속처럼 들린다. 아주 잘하고 있어, 3번. 아주 잘하고 있어. 네 손은 아프지 않아. 생각일 뿐이야. 차가운 맥주를 떠올려, 3번. 내가 맥주 사줄게, 아이오와. 하나는 틀린 말이다. 내 손은 정말로 아프다. 하지만 아무리 아파봐야 고작 일 분이잖나? 하나, 미시시피, 열아홉에 이르렀을 때 시간을 재는 경관이 소리친다. "3번, 내려와."

"왜요?" 나는 내려오지 않고 되묻는다. 내 팔에서 피가 흐르나? 실격했나? 이제 열아홉인데.

"내려와, 3번, 그리고 그 자리에 서." 나는 내려와서 그 자리에 선다. 할당된 시간이 다 되었다는 생각은 못했는데, 알고 보니 그랬다. 철봉까지 뛰어오는 데 십육 점 사 초가 걸려서 여유 시간이 겨우 영 점 오 초였다.

마지막 종목인 160파운드 끌기는 가장 쉬운 종목이다. 피격당한 파트너를 차량 사이에서 끌어낼 수 있는 힘을 증명하는 종목이다. 25야드를 달린 뒤 로스앤젤레스 전화번호부 두 권 크기(이렇게 작은 물건이 이렇게나 무거울 줄 누가 알았을까?)의 납덩이에 달린 줄을 잡고 두텁고 푹신한 흙 위로 뒤를 향해 다시 25야드를 끌고 간다. 데즈레가 이름을 한 명씩 부르면, 먼저 "왼쪽"이라고 외치고 왼쪽으로 가고, 다음 사람은 "오른쪽"이라고 외치고 오른쪽으로 가야 한다. 지원자를 동일한 수의 두 그룹으로 나눠, 납덩이를 코스의 한쪽에서 다른 쪽으로 끌도록 하려는 건데, 이 때문에 다들 쩔쩔 맨다. 세 사람이 연이어 "오른쪽"을 외친다.

"집중하세요." 데즈레가 말한다. "경찰대학에 들어오면 이런 멍청한 짓은 용납되지 않습니다."

마침내 모두가 제대로 조를 나눠 선다. 이제 우리는 몇몇 이름을 알게 되어 "힘내, 네이선! 힘내라고, 친구!" 이렇게 외칠 수 있기에, 이 종목에서는 환호성이 요란하다. 나도 함께 박수를 보낸다. 이제 곧 끝날 것이고, 나는 합격할 것이다. 내 차례가 되자 다들 열광한다. 나는 마스코트, 가장 인기 많은 여자이다. 합격하지 못할 두 여성이나, 자신을 이길 법한 여성에게 환호한다는 건 말이 안 되니까. 제한 시간 내에 겨우 들어올까 말까 하면서도 기적적으로 어떻게든 해내는 꾀죄죄한 여성에게 환호해야지. 나는 승률이 낮은 경주마지만 의외의 복병이기도 하다. 납덩이를 끄는 다리가 후들거린다. 세 시간 전이라면 누워서 떡 먹기였겠지만 지금은 점점 몸이 처지고, 덩치 큰 남자들이 내 이름을 연호하기 시작한다. 한 음절짜리 이름을 두 음절로 길게 끌어서 "에이-언, 에이-언"으로 들린다. 이런 일은 앞으로 다시 없을 테고, 나는 계속해서 기를 쓴다. 이번 코스는 처음 시작점이었던 야외 탁자에 제일 가깝다. 소나무 아래 그늘이 드리운, 부드러운 흙이 깔린 그곳은 경찰대학 내에서 내

250

가 기억하는 어린 시절의 다정한 여름 캠프와 가장 비슷해 보이는 곳이다. 결승선을 통과한 뒤 나는 웃는다. "다들 동지애가 넘치네요." 내 어깨를 치고 머리를 토닥이는 남자들에게 내가 말한다.

"두고 봐요." 유타에서 온 경관이 말한다. "학교에 들어와서 한번 보세요. 매일 이럴 테니. 결국 이게 제일 중요한 거거든요. 예전에 같은 그룹 여학생 한 명이 달리기를 마치지 못했는데, 나랑 다른 남자랑 둘이서 양쪽 겨드랑이에 팔을 넣어 그 여학생을 들고 뛰었다니까요."

경찰에는 수많은 부서가 있고, 그중에는 여성에게 더 잘 맞는 자리도 많다는 것을 잘 알지만, 지금 이 순간에는 남자만 경찰이 될 수 있다는 의견에 동의한다. 그에 적합한 몸을 가졌으니까. 사람을 들쳐 메고 달릴 수 있으니까. 담장도 뛰어넘을 수 있으니까.

우리는 야외 탁자로 돌아가 점수가 나오길 기다린다. 다들 내게 와서 축하 인사를 건넨다. 뉴욕 라치몬트 출신의 짐이라는 남자가 말하길, 자신은 작년에 아버지의 보험회사를 인수했고, 아내와 두 아이와 괜찮은 사업이 있는데도 경찰대에 들어가고 싶어서 왔다고 한다. 오로지 이것만을 원하고 아내도 적극적으로 지지한다는 것이다. 왜 NYPD에 가지 않았느냐고 내가 묻는다.

"어림없죠." 그가 말한다. "거기 경관들은 다 뚱뚱해요. 진정한 경찰이 되려면 LAPD뿐이지."

세상에는 두 가지 유형의 사람이 있다. 무엇보다 경찰관이 되고 싶고, 누구나 마음속으로는 경찰관이 되기를 원한다고 믿는 사람들과, 그런 건 상상도 할 수 없는 사람들. 내가 속한 PAT 그룹 중 스물아홉 명이 첫번째 유형이고 두번째 유형은 딱 한 사람이다. 나는 이곳에 있는 것만으로도 그들의 낙관주의와 선의를 배반하는 기분이 든다. 나는 288점으로 시험을 통과한다. 통과한 사람들 대부분은 300점이 훌쩍 넘고, 360점도 한 명 있다. 나는 공중전화로 달려가 아버지에게 데리러 오라고 전화한다. 그룹이 있던 자리로 되돌아갔을 때는 다들 떠나고 없다. 데즈레만 남아 인사과의 다른 사람들과 함께 탁자에 앉아 레모네이드를 마시고 있다. 나는 그녀에게 고맙다고 인사하고, 어제도 그녀가 내 시험관이었다고 말한다.

"맞아요." 데즈레가 말한다. "천만에요."

나는 정문의 경비 초소에서 아버지를 기다린다. 내 그룹에 속한 젊은 흑인 남자도 그곳에서 기다리고 있다. 키가 2미터는 될 것이다. 그는 체조 선수가 안마를 넘듯 담 위를 날았다. 내게 점수가 잘 나왔느냐고 묻는다.

나는 어깨를 으쓱한다. "통과했어요." 내가 말한다. "대단한 점수는 아니지만 통과했으니까."

그러면 된 거라고 그가 말한다.

나는 그에게 어디에서 왔느냐고 묻고, 그는 미시시피주 잭슨에서 왔다고 말한다. 미시시피주립대를 졸업했고 미시시피대학교의 로스쿨에 들어갔지만, 로스앤젤레스에서 경찰이 되고 싶다고 한다. "부모님은 로스쿨에 다니기를 원하시지만, 난 이 일을 하고 싶어요." 그가 말한다. "미시시피에서 경찰관이 되려고 했죠. 대학을 중퇴할 뻔했는데, 그러진 않았어요. 끝까지 다녔죠. 이제 여기서 경찰관이 될 거예요."

나는 그에게 부모님 말씀을 들으라고 말해주고 싶지만, 그는 오늘 좋은 하루를 보냈고 내 조언이 필요하지 않다. 우리는 축하한다, 잘 지내라는 말을 서로에게 건넨다. 그리고 아버지가 도착한다.

오늘 내가 배운 것은, 나는 경찰대학을 졸업하지 못하리라는 것이다. 난 그렇게 강인한 체질이 아니다. 훗날 이 생각은 좀 흐릿해질 것이다. 내 두려움과 무능을 아주 또렷이 기억하지는 못할 것이다. 내가 합격했다는 사실만 기억할 것이다. 사람들은 내가 할 수 있었지만 하지 않은 거라고 말할 것이다. 하지만 그날 오후 아버지와 차를 타고 집으로 돌아오던 그때, 엘리시언공원을 가로지르던 그때의 나는 진실을 알았다. 어림도 없다는 걸. 그 얘기를 하기에 지금만한 때가 없다는 생각에 나는 아버지에게 그렇게 말한다.

"좀더 두고 봐." 아버지가 말한다.

하지만 전례없이 긴 샤워를 하고, 아버지가 만들어준 아침을 먹고 나자 아버지가 할말이 있다고 한다. "네가 정말로 그 일을 할 게 아니라면, 경찰관이 되려는 게 아니라면, 경찰대에 들어가서는 안 된다고 본다. 네가 원하지 않는다고 하니까 하는 말이야. 경찰대에 들어가기를 절실히 바라는 다른 누군가의 기회를 뺏으면 안 되잖아."

"하지만 처음부터 경찰관이 될 생각은 전혀 없다고 말씀드렸잖아요. 다 책을 쓰려고 했던 거라고."

"그 말을 안 믿었지." 아버지가 말한다.

그날 오후에 아버지는 내게 선물 두 개를 준다. 학교 다닐 때 아버지가 가장 좋아했던 수녀님이 주신 성모마리아 메달과 어머니와 결혼할 때 꼈던 결혼반지. "비싼 금속이 많이 들었어." 아버지가 말한다. "녹여서 근사한 거 만들거라."

내가 경찰관이 될 생각이 없다는 것을 아버지가 어떻게 믿을 수 있었겠는가? 아버지가 원한 것은 오로지 그것뿐이었는데. 아버지는 삼 년 만에 경찰대에 입학했다. 심장이 좋지 않던 탓에, 학교측에 거듭 진정을 넣었지만 들어가지 못했다. 마침내 아버지를 학교에 넣어줄 수 있는 의사를 찾았고, 이후로 아버지는 그 일을 그만두게 될 명분은 결코 만들지 않았다. 복귀할 때 의사 소견서를 받아야 할지도 모른다는 걱정에 서른두 해 동안 병가 한 번 쓰지 않았다. 아버지에겐 그 일이 그렇게 중요했다. 나도 당연히 아버지와 같은 일을 하고 싶으리란 생각이 왜 들지 않았겠는가?

시험을 본 뒤 한동안은 마치 시험에 떨어진 기분이었다. 실제로는 합격했고, 이 주 뒤 받은 구술시험 점수가 100점 만점이었는데도 그랬다. 아버지는 그런 경우는 한 번도 들어보지 못했다고 말했다. 경찰대를 마치기 위해, 아버지가 했던 일을 하기 위해 필요한 것이 내게는 없었고, 설사 있었다 하더라도 내가 쓰고 싶던 책은 나올 수 없었으리라는 것을 이제는 안다. 함께 시험을 치렀던 사람들이 떠오를 때면, 경찰직을 향한 그들의 꾸준하고 깊은 열망을 떠올릴 때면, 나는 어떤 위법행위든 다 보고해야 한다는 크레인 경관의 충고를 절대 따를 수 없으리라는 것을 알았다. 그것을 글로 쓰는 건 말할 것도 없고. 나는 경찰관은 아니었지만 내부자였고, 그 기관을 향한 내 애정은 아버지를 향한 애정과 떼려야 뗄 수 없이 얽혀 있었다. 아버지는 행복한 결말을 맺지 않는 이야기는 절대 듣고 싶어하지 않았다.

그래서 나는 기록한 노트들을 치우고, 래드클리프에서의 기간을 끝낸 뒤 테네시로 돌아왔다. 다시 소설 쓰기로 돌아왔다. 그때 익힌 기술을 잊지 않은 덕분에 요즘도 이따금 6피트 담장을 뛰어넘는다는 것만 빼면, 내게 이 경험은 내가 하지 않은 일, 내가 쓰지 않은 책으로 기억되었다. 그런데 2007년에 『워싱턴 포스트 매거진』의 편집자가 어느 여름에 했던 일을 주제로 글을 청탁했고, 나는 경찰대학 입시 준비를 했던 여름의 일을 쓰겠다고 말했다. 수년 전에 기록했던 노트를 넘기던 중, 당시 내 의도 뒤편에 있었고 오랜 세월이 흘렀지만 전혀 변하지 않은 근본적 사실을 기억해냈다. 나는 아버지가 자랑스럽다는 것. 아버지가 평생 해오신 일이 자랑스럽다는 것. 잠깐이지만 나는 로스앤젤레스에서 경찰관으로 일하는 게 얼마나 어려운지, 수많은 사람들이 그랬듯이 일을 그르치기는 얼마나 쉬운지를 보았다. 아버지는 성공했다. 당신의 도시를 위한 봉사를 훌륭히 해내셨다. 나는 그 점을 기억하고 싶었던 것이다.

사실 대 허구
2005년 오하이오주 마이애미대학교 신학기 기념 연설

저는 『진실과 아름다움』*에 관한 강연을 하지 않기로 했습니다. 책이 출간되었을 때도, 소설 출간 때 하듯이 순회 북토크나 인터뷰를 하지 않았습니다. 루시에 관해 말하기를 꺼려서도 아니고 불편해서도 아닙니다. 그런 건 없어요. 사실 저는 루시에 관해 이야기하는 걸 무척 좋아합니다. 하지만 같은 이야기를 하고 또 하다보면, 책 판매를 위한 판에 박힌 과정처럼 그것도 닳고 닳아 진부해질 것 같아 싫었어요. 오하이오주 마이애미대학교에 오겠다고 한 것은 이 자리에서 우리의 두 책을 함께 다

---

* 앤 패칫이 친구 루시 그릴리가 사망한 뒤 그에 대해 쓴 회고록. 아래 언급된 '두 책'이란 시인인 루시의 자서전 『어느 얼굴의 자서전』과 이 책을 가리킨다.

룬다는 말을 듣고 굉장히 기뻤기 때문이에요. 루시와 제가 짝이었듯이 두 책이 함께 여행하는 모습을 늘 상상했거든요. 그래도 루시가 살아 있어서 나 대신 연설을 했다면 얼마나 좋았을까, 그런 생각이 들지 않을 수 없네요. 그렇게 역할을 분담하는 편이 더 나았을 거예요. 글쓰기는 루시를 특히 비참하게 했거든요. 가장 이상적으로는, 제가 책을 쓰고 루시가 돌아다니면서 강연을 하는 거죠. 루시는 무대에 서는 일을 정말 좋아했어요. 비행기표만 사준다면 어디서 초청하든 받아들였을 거예요. 사람들과 금방 친해지는 놀라운 능력이 있었거든요. 어디에 가든 사랑받았고 그 사랑을 흠뻑 만끽할 수 있었죠. 그런가 하면 종종 비행기를 놓치고, 공항에 내려서는 강연 장소에 몇 시에 도착해야 하는지 잊곤 했습니다. 유감스럽게도 지금 여러분 앞에 선 사람은 둘 중에서 덜 흥미진진하지만 더 믿을 만한 사람이라고 말해야 할 텐데, 그건 좋은 점도 있고 나쁜 점도 있습니다. 제 생각에, 만약 제가 먼저 세상을 떴다면, 루시도 분명 저에 관한 책을 쓰고 싶어했을 거라고 봐요. 실제로 썼을지 전적으로 확신할 수는 없지만요.

루시가 저를 알기 수년 전부터 저는 루시를 알았어요. 처음 본 것은 대학에 입학한 첫날이었죠. 루시에 관한 이야기를 누군가에게 들었던 건지 잘 기억은 나지 않지만, 영화배우의 삶을 시시콜콜 알듯이 루시를 알았어요. 굳이 찾아다니지 않아도 삼투현상처럼 의식 속으로 스며들었다고 할까요. 루시는 어린 나이에 암에 걸렸습니다. 턱 반쪽을 잘라냈죠. 최초로 화학요법 치료를 받은 아동 중 한 명이었습니다. 거의 죽을 뻔했어요. 전 멀찍이 떨어져 루시를 바라봤어요. 궁금했지만 함부로 끼어들고 싶지 않았죠. 학기가 시작되고 몇 주 동안 루시는 혼자 있을 때가 많았어요. 변형된 얼굴을 가리려고 고개를 숙인 채 긴 머리를 앞으로 늘어뜨리고 앉은 자그마한 아이였죠. 하지만 금방 만인의 주목을 받게 되었습니다. 머리를 싹둑 잘라버린 거예요. 루시는 이내 가장 인기 있는 학생에 속하게 되었는데, 상급생들이 루시의 의견을 묻고 루시의 농담에 웃었죠. 비록 얼굴 일부를 잘라냈어도 저는 루시가 매력이 넘친다고 생각했습니다. 그리고 미처 의식하지 못하는 사이에 루시를 주인공으로 이야기를 짓기 시작했죠. 그러자 그 이야기가 루시를 직접 아는 일을 대신했습니다. 루시를 용맹하고 매력 넘치는 인물로 만들었어요. 죽을 고비를 넘기고, 그런 경험으로 담금질되어 더 강해진 모습으로 나타나는 소설의 주인공과도 같았죠. 이따금 학교 식당에서 지나치면서 인사를 건네곤 했는데, 그러면 루시는 저를 한 번도 만난 적 없는 것처럼 쳐다보면서 아무 대꾸도 하지 않았어요.

사실 만난 적이 없었어요. 그런데 루시를 너무 잘 알게 되다 보니 그 사실을 잊어버렸던 거죠. 나중에 우리가 정말로 친구가 되었을 때, 루시에 관해 내가 잘못 알았던 것이 얼마나 많은 지 놀랐는데, 제대로 안 것도 많아서 마찬가지로 놀랐습니다. 함께 아이오와의 대학원에 들어갔을 때 루시는 시를 썼고 저는 단편소설을 썼습니다. 운동장이 눈으로 덮이기 전 가을마다 시 인과 소설가는 소프트볼 경기를 했어요. 루시와 저는 베이스라 인에 앉아 있곤 했죠. 시인과 소설가가 함께 앉은 경우는 우리 밖에 없었습니다. 늘 시인이 이겼지만 소설가는 상관하지 않았 어요. 시인들이 공을 더 세게 던질 수 있을지는 몰라도 삶은 더 어려울 테니까요. 누구든 최소한의 생활 임금을 바라는 사람에 게는 추천하지 않을 일이 시 쓰는 일이죠. 우리가 아이오와를 떠난 뒤 루시는 자기 삶을 한번 글로 써보기로 마음을 먹었습 니다. 수년 동안 수많은 사람들이 아무렇지도 않게 써보라고 했던 이야기였지요. 루시는 우선 핼러윈 날 가면을 썼을 때 누 렸던 자유로움에 대한 에세이를 『하퍼스 매거진』에 실었습니 다. 그 글로 출간 계약을 맺게 되었고, 그 책이 바로 『어느 얼 굴의 자서전』입니다. 루시는 본인이 늘 계획했던 대로 문학계 에 혜성처럼 등장했어요. 단 하나 다른 점이라면 들고 나온 것 이 시집이 아니라 회고록이었다는 거죠.

우리가 서로 경쟁심을 느끼냐는 질문을 종종 받았습니다. 우 린 결국 작가입니다. 같은 학교를 다녔고, 같은 장학금도 여러 번 받았죠. 같은 출판사에서 책을 내기도 했고요. 아무리 친한 친구라도 한 경기장에서 거듭 마주치는데 누가 이길지를 두고 어느 정도 긴장이 없을 수가 있을까요? 당연히 우리가 경쟁하는 것이 몇 가지 있기는 했습니다. 누가 실제로 더 많은 작업을 했나, 혹은 우리가 공유하는 연두색 원피스를 입었을 때 누가 더 멋지게 보이나, 그런 것들이었죠. 하지만 성공이라는 외적 지표로는 결코 경쟁하지 않았습니다. 어차피 우리가 하는 일은 무척 달랐으니까요. 전 소설가라서 상상으로 글을 썼고, 루시는 에세이를 쓰는 논픽션 작가라서 자기 경험을 가지고 작업했으니까요. 한마디로 루시는 진실을 말했고, 전 거짓을 말했습니다.

루시는 십칠 년 동안 저와 가장 가까운 친구였습니다. 그녀는 제가 세상에서 제일 잘 아는 사람이었고, 분명 루시도 저를 제일 잘 알았을 거예요. 루시는 극히 복잡한 인물이었습니다. 애정에 굶주렸지만 재능이 뛰어났고, 요구하는 것이 많았지만 애정도 넘쳤고, 우울증에 시달렸지만 여전히 모든 파티의 중심이었어요. 루시를 절대 있는 그대로 정확히 마음속에 담을 수 없으리라는 것을 알았습니다. 루시가 세상을 떠난 뒤 해가 갈수록 기억은 단순해질 텐데, 그런 일이 일어나기를 원치 않았어요. 루시가 세상을 떠나고 얼마 안 되어 저는 루시에 관한 글을 잡지에 실었습니다. 전부 다 글로 적는다면, 우리 둘의 이야기, 우리의 우정과 우리가 함께 했던 일을 전부 다 적어놓는다면 루시의 진실을 기억할 수 있으리라 여겼죠. 루시의 경우와 마찬가지로, 저도 그 글로 책 출간 계약을 맺게 되었고 그래서 감사한 마음이었습니다. 여전히 하고 싶은 이야기가 참 많았으니까요. 사람들은 여전히 저에게 묻습니다. "기분이 좀 나아졌어요? 오늘은 좀 나아 보이네요." 하지만 저는 나아 보이고 싶지 않았어요. 루시와 함께 있고 싶었고, 루시와 함께 있고 싶어서 책을 썼습니다.

그래서 이제 세 가지 이야기가 있습니다. 제가 루시를 알기 전에 지어낸 이야기와 루시가 직접 들려준 자신의 이야기와 루시가 세상을 떠난 뒤 제가 쓴 이야기죠. 그리고 이 세 이야기 사이에는 또다른 이야기가 삼백 가지는 더 있어요. 루시가 공항에서 만난 사람들에게 들려준 이야기, 패션 잡지에 실린 루시에 관한 이야기, 루시에게 들었지만 제가 하지 않을 이야기와 루시가 내게는 전혀 해주지 않은 이야기, 학생들끼리 떠들었거나 팬들이 웹사이트에 올린, 사실과 소문이 뒤섞인 이야기들. 그것들 전부가 복잡하고 뛰어난 한 여성의 초상이었지만, 두 이야기가 같은 여성을 정확히 그려 보이는 경우는 없었어요. 그래서 이런 질문에 이르게 되는 거죠. **진실은 무엇일까요?**

루시는 진실을 적었습니다. 저는 소설가라서 이야기를 지어내고요.

지어낸 이야기란 정확히 무엇일까요? 예전에는 내 소설을 읽은 독자들이, 심지어 내 소설을 전부 다 읽었더라도, 마지막 장을 덮었을 때 나와 내 삶에 관해 알게 되는 것이 첫 장을 넘겼을 때보다 더 많지 않으리라는 점에 큰 자부심을 가지곤 했습니다. 저는 켄터키의 미혼모와 멤피스의 흑인 음악가를 다루는 소설을 썼어요. 로스앤젤레스의 동성애자 음악가와 페루의 인질극을 다루는 소설도 썼죠. 이런 주제에 관해 제가 제대로 알고 있는 사실은 『피플』이 알고 있는 사실과 양적인 면에서 크게 다르지 않을 거예요. 저는 작품 속 사건과 인물을 만들어내지만, 그 안에 담긴 정서적 삶은 진짜입니다. 내 것이거든요. 소설가라면 아마 대체로 그럴 거예요. 아주 최근의 SF소설에 등장하는, 빨판 달린 손가락이 열일곱 개 있고 머리는 세 개 달린 연두색 외계인의 모습에서 인간의 외양은 찾아볼 수 없을지 몰라도, 사실 그 외계인은 작가의 모친과 똑같은 정서적 구조를 지녔을 수도 있어요. 제가 살면서 깨달은 것 중 하나는, 우리의 경험이 아무리 천지 차이라도 그 경험에 대한 정서적 반응은 대체로 보편적이라는 겁니다. 암 투병으로 인한 극도의 고통에 뒤이어 삶의 치욕과 잔인함을 겪어야 했던 한 아이의 이야기에 우리가 공감할 수 있는 것도 그래서죠. 누구나 살면서 치욕감에 시달린 적이 있으니까요. 누구나 자신이 충분히 매력적이지 않거나 세상이 원하는 식으로 매력적이지 않다고 느낀 적이 있을 테니까요. 누구나 이해받지 못한다고 느낀 적이 있고, 좀더 사랑받기를 원했을 테니까요. 그래서 우리는 암에 걸리지 않았더라도 루시의 감정에 공감하는 겁니다. 루시 예술의 고유한 특징이 바로 이것이에요. 극히 특별한 경험을 보편적인 경험으로 만들어낼 수 있었다는 것.

허구적 인물들의 대화는 제가 지어낸 것일까요? 당연히 그렇습니다. 하지만 그것은 그 인물들이 그 순간에 서로 나눌 법한 대화라고 진정으로 믿습니다. 루시가 자기 인물들, 살면서 경험했던 특정한 순간에 그 자리에 있었던 실제 인물들 간의 대화를 지어냈을까요? 물론이에요. 과거에 누가 무슨 말을 했는지를 전부 기억하는 사람이 있을까요?

누가 이야기를 지어낼까요? 누가 실제 이야기를 들려줄까요? 누구나 자기 삶을 이야기로 바꿉니다. 그것이 인간을 정의하는 특성이지요. 우리는 실제 경험을 이야기로 들려줘요. 청중이 어떤 부분에 흥미를 보이고 어떤 부분은 지루해하는지 금세 깨닫고 그에 맞춰 서사를 빚어냅니다. 그렇다고 그 말이 진실이 아닌 것은 아니에요. 그저 어떤 부분을 빼내야 할지 깨달은 거죠. 우리는 어떤 이야기를 반복할 때마다 원래 사건으로 되돌아가 처음부터 시작하지 않아요. 바로 직전에 했던 이야기로 되돌아가죠. 그것이 우리가 빚어내고 더 좋게 다듬은 이야기라서 그런 건데, 그렇다고 실제 일어난 일을 바꾸지는 않아요. 그것은 또한 우리 자신을 지키는 방식이기도 합니다. 어린 시절에 시달렸던 병이나 가장 친한 친구의 죽음을 이야기할 때마다 처음과 똑같은 감정을 다시 경험한다면 너무 고통스러울 테니까요. 실제 사건이 아니라 이야기에 대한 이야기를 하는 식으로 우리의 고통과 거리를 둘 수 있는 거죠. 또한 그 사건을 남들이 들어줄 이야기로 만들어낼 기회가 생기기도 하고요. 루시가 『어느 얼굴의 자서전』에 넣지 않은 일들은 아주 많습니다. 얼마나 오랫동안 얼마나 지독하게 병에 시달렸는지, 어떤 때는 몇 주, 몇 달 동안 얼마나 지루하면서도 동시에 극심하게 아팠는지, 대개 그런 내용이지요. 루시는 독자들이 어느 정도까지 책을 덮지 않고 견뎌낼 수 있을지 정확히 이해했어요. 자기가 견뎌야 했던 경험 자체가 아니라 독자들이 견딜 수 있을 법한 이야기를 썼던 거죠.

우리가 들려주는 이야기마다 그 경험을 바라보는 우리만의 독특한 관점이 담겨 있듯이, 우리가 읽는 이야기에는 다른 사람의 관점이 담겨 있습니다. 신문에 실린 이야기이건, 역사책의 한 장이건, 저자는 무엇을 담고 무엇을 뺄지 결정합니다. 그렇다고 그게 진실이 아니라는 말이 아니라, 그저 한 사건이 있는 그대로 정확히 기록될 수는 없다는 뜻이죠. 사건은 해석될 수밖에 없으니까요. 사진가조차도 대상의 한 부분만을 보여줍니다. 사각형이라는 제한된 틀이 존재하니까요. 그 초상 속에 누군가는 집어넣고 누군가는 빼야 하겠죠?

루시는 그 주제에 매료되었어요. 루시에게는 사실의 정확한 기록보다 예술 창작이 훨씬 더 중요했고, 사실의 정확한 기록이란 결코 완벽히 이룰 수 없는 것이라는 사실을 이해했기에 특히 그랬죠. 루시는 「나의 신」이라는 글에서 그런 문제를 다뤘는데, 이런 대목이 있어요.

빈센트 반 고흐는 동생 테오에게 보내는 편지에서 감각할 수 있는 것으로 가득한 삶의 윤곽을 그려 보였다. 빈센트는 주변 세상을 바라보고 만지고 냄새 맡고 맛보는 일을 무척 좋아했다. 무엇보다 바라보기를 좋아했고, 그다음엔 목탄이나 붓을 손에 쥐고 방금 본 것을 느끼기를 좋아했다. 생각과 감정의 서로 다른 결, 실재하는 것과 상상하는 것 사이의 가느다란 선, 빛과 자신이 빛을 통해 본 것 사이의 가느다란 선을 헤아리려 애쓰며 그의 양손은 마음속에서 이리저리 헤매다녔다. 빈센트는 살면서 빛의 파장이나 입자에 관한 이론을 들어본 적이 없었지만, 우리가 의자나 탁자를 그저 눈으로 '보는'게 아니라, 눈동자로 날아왔다가 튕겨나가는 빛이 우리 눈을 실제로 어루만진다는 사실을 이해했다. 나무의 색은 우리가 아는 나무의 가장 시각적인 특성이지만, 나무에서 반사되는 빛으로 만들어지는 것이기도 하다. 나무는 그 외의 다른 모든 색의 빛 파장을 흡수하고, 그 모두를 자신의 일부로 기쁘게 받아들인다. 우리 눈에 보이는 녹색은 나무가 받아들이기를 원치 않는 반사된 현실, 곧 부정이다. 나무가 스스로 내리는 정의가 끝나는 곳에서 나무에 대한 우리의 정의가 시작되는 것이다.

대학 생활에서 얻을 수 있는 교육적 경험에는 두 가지가 있습니다. 수동적인 경험과 능동적인 경험이죠. 수동적 경험에서 여러분은 부리를 크게 벌린 채 고개를 내민 둥지 속 어린 새이고, 교수는 여러분이 필요로 하는 모든 정보를 모아서 그 안에 넣어주죠. 기분좋은 일일 수 있어요. 결국 여러분은 그런 정보를 열렬히 바라고 있으니까요. 하지만 여기서 여러분의 역할은 주어진 정보를 받아들이는 것뿐입니다. 사실을 달달 외우고 나중에 시험을 볼 때 그 내용을 그대로 반복하면 좋은 점수를 받을 수는 있겠지만, 그것은 지적 호기심을 가지는 일과는 다릅니다. 두번째 종류의 경험에서 여러분은 정보를 어떻게 찾는지, 찾은 정보에 대해 어떻게 생각할지 그 방법을 스스로 배우게 되죠. 질문하고 적극적으로 가담하는 법을 배우는 거죠. 하나의 답으로는 충분하지 않고, 정보를 조합해 더 큰 그림을 만들려면 얻을 수 있는 자료는 전부 살펴봐야 한다는 사실을 깨닫습니다. 『진실과 아름다움』에 담긴 글은 제 친구의 삶에 대한 명확한 진실이 아닙니다. 그건 절대 가능하지 않을 테니까요. 저의 글은 친구의 복잡한 삶을 다룬 하나의 판본입니다. 루시 자신의 이야기는 또다른 판본이고, 루시의 가족의 이야기도 또다른 판본이고, 독자들의 이야기 역시 또다른 판본이겠죠. 다들 모자이크에 색깔 조각을 하나씩 붙이고, 그렇게 해서 더 큰 초상화가 모습을 드러내기 시작하는 거예요.

저는 고등학교를 무척 싫어했어요. 수업 시간마다 일층 교실의 창문으로 뛰쳐나가서 아무도 찾지 못할 때까지 달리고 또 달리는 상상을 하며 시간을 보냈죠. 이것은 얼마간은 남부 가톨릭계 여학교에서 적절하게 여겨졌던, 질문 하나에 답 하나만이 허용되는 토론 없는 교육 방식에 좌절감을 느꼈기 때문이었습니다. 또 얼마간은 십대 청소년이 흔히 느끼는, 제대로 이해받지 못하고 부당한 대우를 받고 있다는 막연한 느낌과 외로움 탓이었고요. 루시와 친해진 후, 젊은 시절의 불행을 논의하며 긴긴밤을 함께 보내기 시작했을 때, 나 역시 고등학교를 정말 싫어했다는 사실을 알고 루시는 아주 신나했어요. 루시에게 그것은 유대감이 형성되는 지점, 우리가 공유하는 중요한 경험이었어요. 한편 저는 루시가 겪었던 일에 비하면 내 십대 시절의 고뇌는 참 하찮다고 느꼈습니다. 사나운 조롱과 잔인한 배척으로 가득한 고등학교를 루시는 당연히 정말 싫어할 수밖에 없었죠. 점심시간에 아무도 함께 앉으려 하지 않는다고 선생님에게 불만을 털어놨을 때, 선생님은 샌드위치를 선생님 방으로 가져와서 혼자 먹으라고 말했어요. 그래서 몇 년 동안 그렇게 했답니다. 우리 둘의 상황이 무척 다르기는 했지만 정서적 결과는 상당히 비슷했어요. 제가 글쓰기를 시작했을 때 그것이 큰 도움이 되었죠. 내가 어떤 일을 직접 경험하지는 못했더라도, 삶의 어느 시점에서 그 감정을 느꼈을 수는 있으니까요.

신학기 기념 연설을 하는 일에는 거부할 수 없는 어떤 매력이 있어요. 여러분은 이 자리를 뜰 수 없는 청중이고, 아직 사회에 자리잡지 못했고, 아마도 한 달 뒤나 이번 학기가 끝났을 때보다, 사 년 뒤 이곳에서 줄지어 나갈 때보다 지금 이 특정한 시점에 누군가의 조언에 더 열린 마음으로 귀를 기울일 테니까요. 『어느 얼굴의 자서전』과 『진실과 아름다움』, 두 권의 책 모두 삶을 헤쳐나가기 위해 얼마나 많은 공감이 필요한지를 말하는 책입니다. 우정의 소중함에 대한 책이기도 하고요. 앞으로 듣게 될 강의와, 앞으로 읽을 책과, 앞으로 해야 할 과제가 전부 기억에서 사라지고 한참이 지난 후에도 친구는 기억이 날 겁니다. 여러분의 삶에서 가장 중요한 인물이 될 사람들이 지금 이곳에 함께 앉아 있을 텐데, 아직은 만나지 못했을 가능성이 크죠. 하지만 여러분에게는 시간이 있어요. 시간이란 우정에게 가장 특별한 선물이죠. 친구들과 같이 밥을 먹고 공부를 같이 하게 될 겁니다. 같은 방에서 잠을 자는 경우도 있겠죠.

함께 낭비할 시간도 충분해요. 서로 공유하는 것들을 하나도 빼놓지 않고 찾아낼 테고, 그러고도 서로 다른 점의 목록까지 만들 시간이 남아 있을 거예요. 인생에서 우정이 지니는 근본적 중요성을 과소평가하지 마세요. 나중에 시간이 많이 부족할 때 그것이 바로 여러분을 지탱해줄 존재니까요.

『진실과 아름다움』이 출간된 뒤 편지를 무척 많이 받았는데, 대충 두 부류로 나눌 수 있겠어요. 자신에게도 절친한 친구가 있는데 만약 그 친구가 없다면 어떻게 살아갈지 모르겠다면서, 절친한 친구를 잃은 내게 위로를 건네는 부류가 있었고, 역시나 연민을 표현하지만 일종의 서글픈 어리둥절함이 함께 묻어나는 부류가 있었어요. 이 두번째 부류는 지금까지 진정으로 가까운 친구를 가져본 적이 없다면서, 가장 친한 친구를 잃었어도 애초에 그만큼 사랑하는 사람이 있었던 제가 자신들보다 큰 행운을 누린 거라고 적었죠. 둘 다 맞는 말이에요.

너무 슬플 것 같아서 『진실과 아름다움』을 읽고 싶지 않다는 이들도 있었지만, 그것은 대체로 전혀 슬픈 책이 아닙니다. 루시가 세상을 떠났으니까, 그것도 그렇게 젊은 나이에 떠났으니 슬프지만, 모든 생명은 결국 끝난다는 것이 진실이죠. 삶의 질은 그 길이가 아니라 깊이로, 행동과 성취로 정의됩니다. 사랑할 수 있는 우리의 능력으로 정의되지요. 이 기준에 따르면 루시는 주어진 삶을 가지고 무척 잘해냈어요. 끔찍한 질병에 맞서 용감하게 싸워나갔죠. 두 권의 훌륭한 책을 썼습니다. 그리고 제가 아는 누구보다 더 많은 우정을, 더 오래 지속되는 깊은 우정을 누렸고요. 서른아홉 해의 인생치고는 결코 나쁘지 않은 성취죠.

저는 친구가 그리워서, 그리고 누구나 저만큼 그 친구를 그리워하고 사랑해주기를 바라는 마음으로 이 책을 썼습니다. 우정의 가치를 찬미하고 싶었어요. 우리의 특별한 우정과 더불어 보편적인 가치로서의 우정을 말입니다. 다들 질문을 던지라고 독려하고 싶었습니다. 루시라면 바로 그렇게 했을 테니까요. 오늘 이곳에 초청해주셔서 감사합니다. 여러분 모두 친구들과 함께 대학에서 성공적인 사 년을 보내시길 바랍니다.

내 인생은 판매중

이 이야기는 외판원에 관한 것이고, 앨라배마주 모빌의 한 호텔 로비 끝에 자리한 바에서 시작한다. 호텔은 하얏트호텔일 수도 있고 아닐 수도 있다. 내 기억에서 호텔은 딱 세 범주로만 나뉜다. 역겨운 호텔과 아주 근사한 호텔, 그리고 하얏트호텔일 수도 있는 호텔. 확실한 것은 남동부 서적상 연합 회의의 마지막날, 앨런 거거너스와 클라이드 에저턴과 함께 내가 그 호텔 바에 앉아 있었다는 사실이다. 우리는 술을 마시면서 북투어에 관한 대화를 나누고 있었다. 우리 모두 최근에 책을 출간했거나 출간할 예정이라 미국 전역을 돌며 책을 팔아야 할 시기였다. 이런 전망에 딱히 열정을 내보이는 사람은 아무도 없었다.

"물을 많이 마셔야 해." 클라이드가 그렇게 말하고는, 그 점을 증명하듯 가방에서 에비앙 생수병을 꺼냈다. 그는 마지막 북투어가 그토록 힘들었던 까닭은 분명 도중에 (비행기를 얼마나 오래 탔는지) 탈수에 시달려서였다고 결론을 내렸다. '북투어 이후' 절망감이 길어진 것도 물 부족 탓이라고 믿었다. 뒤이어 북투어가 진행되는 **동안의** 절망감과 뜻밖의 동반자를 이루는 북투어 **이후의** 절망감에 관한 이야기가 길게 이어졌다. 우리 중에서 자신감이 넘치는 이는 앨런뿐이었다. "북투어보다 더 나쁜 건 딱 하나인데, 그건 아예 북투어가 없는 거야." 그는 그렇게 말했다.

나는 지난주에 앨런에게 이메일을 보내서 이 대화를 기억하는지, 기억한다면 그때가 1994년이 맞는지 물었다. 앨런은 답장에 이렇게 썼다. "그건 내가 『백인들』 출간 기념으로 북투어를 다닌 1992년에 있었던 일이 확실해. 당시 전쟁이 화제였고 꽤 멀리까지 다녔었지. 난 북투어 전에 술을 마시지 않았어." 클라이드 역시 그 대화를 기억한다고 말했다. "……내가 물을 엄청나게 마시고, 엄청나게 걷고, 우울증에 빠지지 않으려고 명상을 엄청나게 했던 북투어는 1997년이나 1998년이었을 것 같기는 하지만." 사실 1992년과 1994년과 1997년(그리고 2001년, 2002년, 2007년에도)에 내 북투어가 있었으니 어느 해든 가능하다. 호텔과 마찬가지로 북투어도 전부 뒤섞이기 시작한다. 책, 도시, 상점, 공항, 많은 청중이나 적은 청중, 이 모든 것들이 '내가 여행중에 생긴 일'이라는 표제 아래 들어간다. 내 기억에 항상 명료한 것은 그때 본 다른 작가들이다. 포장마차를 타고 대초원을 달려가는 서부 개척자들이 서로 다른 각도로 키 높은 풀을 가르면서 지나쳐가는 다른 정착민의 모습을 하나하나 세세하게 기억하듯이 말이다. "그쪽은 사정이 어떱디까?" 나무 횟대 위에 올라앉은 당신이 소리쳐 묻는다.

"험난해요." 동료 정착민이 경고하듯 에비앙 병을 치켜들며 외친다. "물을 충분히 마셔야 해요."

그리고 나는 그 말대로 한다. 내가 클라이드의 조언을 무척이나 성실하게 따르고(여행중에는 늘 물을 엄청나게 많이 마신다) 앨런의 말을 머릿속에서 주문처럼 외우는(더 안 좋은 건 아예 다닐 일이 없는 것. 더 안 좋은 건 아예 다닐 일이 없는 것……) 까닭은, 내 삶에서 아주 중요한 이 일에 도움이 될 만한 지침으로 내게 주어진 것이 사실상 이것뿐이기 때문이다. 1980년대 중반에 다녔던 전문적인 아이오와 작가 워크숍에서도 북투어 기술을 가르치는 강의는 없었다. 그런 강의가 있다고 생각하면 그게 더 등골 서늘한 일이긴 하지만. 때로는 미래에 어떤 일이 벌어질지 모르는 편이 나을 수도 있다.

1992년에 첫 장편소설 『거짓말쟁이들의 수호성인』이 출간

되었을 때 나는 홍보 예산이 많지 않다는 말을 들었다. 물론 주어진 예산을 아껴 쓸 수는 있다고 했다. 그러니까 비행기를 타는 대신 차를 몰고 다니고, 값싼 숙박과 식사를 이용하고, 장거리 전화를 최소한으로 줄이고, 그러면 더 많은 서점을 찾아다닐 수 있다는 것이었다. 입대 첫날의 군인처럼 어수룩하게도, 나는 반색을 하면서 "오, 좋아요!"라고 말했다. 어쨌든 그것은 내 첫 소설, 내 모든 꿈의 물리적 현현이었으니까. 그것이 세상에 나와 성공하는 데 도움만 된다면 무엇이든 할 용의가 있었다. 호턴 미플린의 홍보 담당자가 내 일정표를 짜주었다. 도시 스물다섯 곳을 다니면서 비용을 삼천 달러에 맞춰야 했다. 나는 차 트렁크에 괜찮은 원피스 한 벌을 넣고 차를 몰고 시카고로 가서 서점에서 가장 가까운 맥도날드 매장을 찾은 뒤, 화장실(그곳 음식에 대해 뭐라고 하든, 화장실은 가장 깨끗하다)에서 옷을 갈아입고 서점으로 가서 계산대에 앉은 사람 앞에 섰다. 내게는 늘 그 순간이 가장 힘들었다. 계산대에 앉은 생판 모르는 사람에게 다가가서 내가 일곱시 행사를 위해 왔다고 말하는 일. 우리는 일말의 희망도 없이 상대를 마주보면서, 아무도 오지 않을 것임을 이해했다. 두세 사람이나 다섯 사람이 온 때도 있었고, 때로는 서점에서 일하는 사람이 전부인 경우도 있었지만, 주변에 광고해줄 친척도 없는 도시에서는 대체로 나 혼자였다. 당시 나는 『신부 가이드』에 프리랜서로 글을 쓰고 있었고, 서점 직원 가운데엔 약혼한 여성이 있는 경우가 많았다. 그러면 우리는 함께 앉아서 정해진 시간이 끝날 때까지 신부 들러리 드레스나 꽃 장식에 관한 이야기를 나누었다. 그러고 나면 그 직원은 매장에 놓인 다섯 권의 책에 사인해달라고 했다. 듣기로는 이것만 해도 대단한 성공이었는데, 서명된 책은 반품이 불가능해서 판매된 것이나 다름없기 때문이었다. (주목: 이건 사실과 다르다. 밀봉된 상자에서 겉으로는 새것처럼 보이는 내 책을 꺼낸 적이 있는데, 그 책에 내 사인이 있었다. 누군가가 내가 사인한 책을 반품한 것이다.) 하지만 북투어의 성공이 그날의 책 판매량으로 측정되는 것은 아니라고 홍보담당자가 말했으므로 그런 건 중요하지 않았다. 중요한 것은 좋은 인상을 남기는 것이었다. 그리하여 계산대의 여성, 더 낫게는 점장의 마음에 들고, 그러면 내가 떠난 뒤 내 책을 읽어볼 테고, 읽다보면 소설이 괜찮다는 걸 알게 될 테고, 결국 이후 몇 달, 몇 년 동안 내 책을 직접 권하면서 팔게 될 테니까. 난 그 말을 믿었다. 믿지 않고서야 도대체 내가 무슨 일을 하고 다니는 건지 알 수 없었기 때문이다. 나는 캄캄한 밤에 다정하게 작별인사를 하고는 서점을 나와 두 블록 너머 맥도날드 매장으로 돌아가 옷을 갈아입고, 다시 두세 시간을 달려 다음날 저녁 일곱시에 일정이 잡힌 인디애나폴리스로 갔다. 기진맥진하고 당혹스러웠지만, 내가 좋은 인상을 주었고 그렇게 기억될 테니

의미가 있었다며 혼잣말할 수 있었다.

어쩌면 결국 그것이 통했을까. 다섯번째 소설인 『달려』의 북 투어를 다닐 때는 하루에 평균 이백 명의 청중이 모였다. 그 많은 독자들이 줄을 서서 내 사인을 받으려고 인내심 있게 기다릴 때, 북투어가 사실은 단순히 호의를 보이는 행사가 아님을 처음으로 깨달았다. 그것은 판매를 위한 전략이다.

북투어 전설—출판계에서 '도시 괴담'에 해당하는—에 따르면, 저자가 책에 사인만 할 것이 아니라 직접 책을 나눠줘야 한다는 발상을 처음 실천한 인물은 재클린 수전*이다. 그녀는 『매일 밤, 조지핀!』(자기 푸들을 다룬 책)의 사인회를 하기 위해 남편인 어빙 맨스필드와 함께 전국의 서점에 나타났다. 『인형의 계곡』이 나왔을 때, 그녀는 머브 그리핀**과 함께 소파에 편히 기대앉아, 〈뉴욕 타임스〉 베스트셀러 목록에서 이십팔 주 연속 1위 자리를 차지하는 신기록을 세우게 해준 홍보 일정을 소화하고 있었다.

서점의 사인회는 그렇다 쳐도, 좀더 발전된 형태의 북투어는

---

* 미국의 배우이자 작가.

** 미국의 텔레비전 방송 사회자이자 제작자.

최근까지 하퍼콜린스(현재 내 책을 내는 출판사)의 CEO였던 제인 프리드먼의 발상이다. 그녀는 스물두 살 때 크노프 출판사의 홍보 일을 시작했고, 줄리아 차일드의『프랑스 요리의 기술: 제2권』의 홍보를 맡게 되었다. 줄리아의 요리 프로그램이 보스턴의 공영방송에서 인기가 있어서, 프리드먼은 주요 공영방송국에 전부 연락해보기로 했다. 그다음엔 대형 백화점(1970년대에는 백화점 내에 상당한 규모의 서점이 있었다)에서 행사 일정을 잡았다. "그때 나는 이렇게 말했어요. '줄리아와 함께 그곳으로 갈 테니, 지역 공영방송국과 출연을 조율해보고 신문에 기사를 내죠. 그런 다음 줄리아가 백화점에서 사인회를 하는 겁니다.'"

그 결과 미디어와 도서 판매에서 폭발적인 반응이 일어났고, 이렇게 확립된 기준을 요즘 홍보 담당자들도 따르고 있다. 상점마다 광고가 내걸렸다. 도시마다 소문이 자자했다. 그 무엇도 우연히 이루어지는 것이 아니다. 첫번째 행사장인 미니애폴리스의 호텔방에서 프리드먼이 아침 일곱시 반에 창밖을 내다보았을 때, 백화점 밖으로 천 명에 가까운 여성들이 줄을 지어선 모습이 보였다. "세실 B. 드밀*의 순간이었어요." 프리드먼

---

* 미국 영화감독으로 규모가 크고 스펙터클한 시대극 제작으로 유명하며 상업적으로 전례 없는 성공을 거두었다.

은 이렇게 회상했다. "우리가 기적을 이룬 거예요. 줄리아는 블렌더를 이용해 마요네즈를 만들었고, 우리는 책 오백 권을 팔았죠." 어느 도시를 다니건 그 공식은 성공했다. 줄리아가 그럴듯한 말을 하며 계란물을 휘젓는 동안 여성들은 줄을 서서 책을 샀다. 스티븐 킹이나 존 그리셤에 못 미치는 현대 작가라면 누구나 그 엄청난 숫자를 들으면 아랫입술이 떨릴 것이다. "오늘 당신은 〈투데이 쇼〉에서 다른 작가 여섯 명과 경쟁할 거예요." 순식간에 내 책을 내는 출판사 임원의 입장이 된 프리드먼이 이렇게 말한다. 여전히 홍보 담당자의 영혼을 지닌 CEO가 내 다음 방송을 위해 나를 지원하는 것이다. "여전히 변하지 않은 것이 있다면 저자와 독자의 관계입니다. 오히려 더 강해졌죠. 당신 사인회에 오는 사람들은 진짜 앤 패칫의 팬이에요. 그걸 내가 만들어냈다니 참 **기쁘네요**. 내 의도는 늘 그것이었으니까요."

하지만 과연 내 의도는 무엇인지 고민스럽다. 북투어에는 본질적으로 그릇된 면모가 있다거나, 작가가 자기 책을 판다는 근본 전제부터 잘못되었다는, 그런 트집 잡는 식의 생각에서 나 역시 결코 자유롭지 않다. 날마다, 해마다, 혼자 앉아서 빈 공간에 글자를 쳐 넣을 수 있는 사람이라면 대체로 정치인처럼 공적인 장소에서 사교 활동을 하는 일과는 아마 체질적으로 맞지 않을 것이다(사실 나는 공개 연설이 두렵지 않고 잘하는 편이기는 하지만). 미국은 유명 인사에 유난히 집착하는 나라라서, 작가를 소규모 린지 로언*으로 만들려는 노력은 가뜩이나 안 좋은 문화적 관습을 더 부추길 뿐이다. 북클럽에서 무슨 말을 하건 독서는 사적인 행위이고, 그 책의 저자조차 들어갈 수 없는 사적인 영역이다. 일단 소설이 나오면 저자는 이제 중심이 아니다. 이제는 독자와 책이 각자의 관계를 맺게 되니, 둘이 알아서 해나갈 수 있도록 내버려두어야 한다. "작가님의 낭독이 정말 마음에 들어요." 최근에 사인을 받으려고 기다리던 한 여성이 내게 말했다. 그녀는 수년 동안 정말 좋아했다는 어떤 작가 이야기를 했다. 어느 날 그 작가의 낭독을 들었는데, 목소리를 참을 수 없었다고 했다. "정말 형편없었어요. 그 이후로 그 작가 책에는 손도 안 댔다니까요." 나는 이 여성, 이 작가는 전혀 중요하지 않으니 잊어버리라고 꽤 격정적으로 주장했다. "책을 계속 사랑하세요." 내가 말했다. "작가를 사랑할 필요는 없어요." "알아요." 그녀가 말했다. "아는데, 도무지 그 목소리를 머릿속에서 지울 수가 없어요."

　독자를 그릇된 길로 이끄는 것은 저자의 목소리뿐만이 아니다. 내가 질의응답 시간에 내 소설의 불만족스러운 결말이나 등장인물의 모호한 동기를 설명하는 건 충분히 가능하겠

지만, 과연 누가 내 생각이 옳다고 말할 수 있을까? 일단 책이 완성되면, 그 가치는 독자가 결정할 일이지 내가 설명할 일은 아니다.

트렁크를 끌며 한 달을 보내고, 공항에서 식사를 때우고, 화장실이 어디 있는지 잊어서 한밤중에 머리를 벽에 박아대는 일(이런 적이 두 번 있었다)이 물론 북투어의 전부는 아니다. 운이 좋다면, 지겹도록 똑같이 반복되는 인터뷰도 있다. 나는 서점 행사에 가기 전에 세 번의 라디오 방송, 지역 텔레비전 방송국 정오 토크쇼의 구십 초짜리 코너, 신문사 두 곳과의 전화 인터뷰를 할 수 있다. 일정만 괜찮다면 그 사이에 팟캐스트도 구겨 넣을 수 있다. 95퍼센트가 똑같은 질문이다. 그럴 거라고 사전에 충분히 예상한다. 그래도 마이크와 헤드셋이 설치된 유리 부스 안에 앉아 있는 것이 이제 스물여덟번째인데, "그럼 이 소설의 아이디어가 어디서 나온 건지 말씀해주세요" 같은 말을 들으면 나도 모르게 자제력이 다 빠져나간다. "이 책은 **당신** 얘기예요." 이렇게 악을 쓰고 싶어진다. "수년 동안 내가 당신 메일을 훔쳐보고 있다고요." 하지만 그 대신 나는 깊은 내면의 로런스 올리비에*를 끄집어내 소설가를 연기하려 애쓴다. 결국 나를 인터뷰하겠다는 사람이 아예 없었던 긴 시

---

* 영국의 배우이자 영화감독.

간이 있었고, 그다음에는 사람들이 책을 읽지도 않고 나를 인터뷰한 긴 시간이 있었다. (인터뷰를 하러 온 사람이 책을 읽지 않았다면, 첫말은 어김없이 "정말 멋진 책표지 얘기부터 해보죠"이다.)

제인 프리드먼과 줄리아 차일드의 지속적인 성공을 예외로 하면, 책 판매는 별로 과학적이지 않다. 신작 홍보를 위한 것으로 보이지만, 북투어는 결코 방금 출간된 책을 위한 것이 아니다. 이전에 나온 책, 사람들이 읽었고 이야기를 나누고 싶어하는 책을 위해서 하는 것이다. 읽은 사람도 없고 얘기하고 싶어하는 사람도 없는 데뷔작을 가지고 북투어를 하는 게 아니라면 말이다. 최근에 내가 사는 곳의 지역 신문인 〈테네시 사람들〉의 칼럼을 읽다가 그 점을 새삼 깨달았다. 그 기자는 1992년 내슈빌에서 열린 '책과 작가와 함께 하는 저녁식사' 행사에서의 내 모습을 기억했다. 리키 밴 셸턴(아동 도서를 출간한 컨트리음악 스타)과 재닛 데일리(베스트셀러 로맨스 작가)와 지미 버핏*(설명할 필요도 없는) 등 다른 작가들 앞에 사람들이 구름처럼 몰려 있는 가운데 내가 사인용 탁자에 혼자 앉아 있었다고 했다. 그런 내 모습이 너무 딱해 보여서 신문사 편집장이 직원 스물다섯 명에게 내 책을 사서 사인을 받으라고 몰래 시

---

* 미국 싱어송라이터이자 작가.

켰다는 것이다. 그로부터 십오 년 뒤 신문에서 읽기 전까지 나는 전혀 몰랐던 일이다. 직원들은 상사의 말대로 했고 모두 나중에 양장본 도서 구입비를 돌려받았다.

정말로 『거짓말쟁이들의 수호성인』을 읽어본 몇 명의 독자(돈을 받고 했건 아니건)들이 내 두번째 소설 『태프트』의 북투어에 내 이야기를 들으러 왔다. 그리고 『거짓말쟁이들의 수호성인』과 『태프트』를 읽은 독자들이 세번째 소설인 『마법사의 조수』 북토크를 찾아왔다. 『마법사의 조수』를 읽은 독자들이 『벨칸토』 북토크를 찾아왔다. 그 북투어 때는 정말 울기도 많이 울었다. 그래서 가방에 휴지를 넉넉히 넣고 다녔다. 다들 마법사인 파르시팔의 죽음에 관해 이야기하고 싶어했고, 그의 조수인 서빈은 어떻게 되었는지 궁금해했다. 이름을 명시하지 않은 남미의 어떤 나라에 볼모로 잡힌 유명한 소프라노 가수 록산 코스의 이야기는 아무도 듣고 싶어하지 않았다. 내가 육 년 뒤 『달려』로 북투어를 다니던 때에야 그 가수의 이야기를 듣고 싶어했다.

값비싼 양장본을 한 편에, 작고 다정한 보급판은 다른 편에, 이런 식으로 내 소설을 샘플 상자에 넣어, 그걸 들고 세인트루이스의 한 동네에 가서 집집마다 찾아다니면 어떨까 하는 생각을 간혹 해본다. 보도에 서서 책을 읽어달라고 누군가가 내게 요청하면 책을 읽어주는 거다. 명절 선물로 줄 책 포장을 원하면 책을 예쁘게 포장해주고, 내 품에 안겨 울고 싶은 사람이 있으면 안아주는 거다. 풀러 브러시*와 여러 백과사전 출판사가 완성한 방문판매 방식이 출판사의 판매 전략보다 더 믿을 만한 방식으로 작용하지 않을까 싶다. 찾아오는 청중이 좀 늘어서, 열다섯에서 스물다섯 명 정도를 대체로 유지하던 『마법사의 조수』 시절에도, 대륙의 절반을 횡단해서 가보면 빈 의자만 가득한 경우도 여전히 있었다. 시카고에서 내 북토크가 열리는 날에 하필 NBA 플레이오프 경기(이것이 상당히 중요한 의미가 있던 과거 시절에)가 있거나, 텍사스 북페어에 갔는데 내 방 건너편에서 이선 호크**가 새로 나온 자기 책의 낭독회를 하게 될 줄 누가 알았겠는가? 난 세 명의 청중도 상관없었다. 그런 경험은 아주 많았으니까. 그때 비결은 전부 가까이 붙어 앉아야 한다는 것이다.

이러다보면 의문이 생긴다. 그냥 집에 있어도 되지 않나? 장담하건대, 나는 스스로에게 그 질문을 수도 없이 했다. 주로 호텔방에서 비행기 시간에 늦지 않기 위해 새벽 네시 반에 맞춰놓은 알람이 울릴 때. 그 대답은, 판매도 내 일의 일부이고, 계약에 북투어가 포함되어 있다는 것이다. 하지만 그보다 중요하

---

* 1906년 앨프리드 풀러가 설립한 청소 용품 및 위생 용품 방문판매 업체.
** 미국의 배우이자 작가, 영화감독.

게는 내가 앨런 거거너스의 말을 진심으로 믿는다는 것이다. 서고에서 먼지를 뒤집어쓴 책을 보는 것보다야, 책의 성공을 위해 전력을 다할 기회라도 갖는 편이 낫다. 시장은 거대하고 온갖 상품이 가득해서, 독자의 관심을 끌려는 소음과 광고가 요란하다. 고작 1파운드 남짓한 무게에, 연결용 잭jack도 없는 책은 도움될 만한 거라면 전부 동원해야 한다. 내가 아는 작가 중에도 출판사가 자금이 없어서든, 자신감이 없어서든 북투어를 하지 못하는 작가가 많다. 북투어 기회만 주어진다면 당장 달려가지 않을 작가는 내가 알기로 없다.

제인 프리드먼은 북투어가 작가 본인에게 성공적인 것이 자신에게는 가장 중요하다고 말한다. 기본적으로 고정 팬을 지닌 작가를 내보낸다는 뜻이다. 방금 시장에 나온 소설가를 바다 한가운데 떨어뜨리고 수영을 할 수 있는지 보던 그런 시대는 지났다. 내가 1990년대 초반에 겪었던 식의 북투어를 그대로 하기에는 비용도 너무 많이 들 뿐 아니라 정서적 폐해도 너무 크다. 그래도 나로서는 영혼이 부서지던 초기의 북투어가 없었다면 내가 어떤 인물이 되었을지, 내 자리가 지금 어디일지 모르겠다. 마치 보드빌*에서 몇 년 경험을 쌓지도 않고 곧장 브로드웨이 무대에 서는 것이나 다름없었을 것이다. 나는 말 그대

---

* 19세기 후반부터 20세기 초까지 미국에서 유행했던 통속적인 희극 공연.

로 보드빌에서 연기를 배웠고.

어느 날 늦은 밤, 워싱턴 국립 대성당에서 북토크를 하고, 뒤이은 『달려』의 사인회가 거의 끝나갈 무렵이었다. 한 여성이 딸을 데리고 다가왔다. 딸은 열여섯 살 정도로 보였다. 실제로는 더 어렸을 것 같지만. "내일 학교 가야 할 텐데 시간이 너무 늦었네." 내가 딸에게 말했다.

"게다가 잠자리에 들려면 아직도 멀었죠." 어머니가 말했다. 딸은 바닥에 시선을 떨구고 있었다. "이제 웨스트버지니아까지 네 시간을 달려가야 하거든요." 어머니는 나를 향해 환하게 웃으며 말했다. 그녀는 결국 어머니라, 자신이 자식을 위해 한 일을 무척 자랑스러워했다. "작가님이 우리 애가 들어야 할 이야기, 앞으로 평생 기억하게 될 이야기를 해주실 거라고 생각했는데, 정말 그랬어요. 우리 애가 가장 좋아하는 작가가 당신이에요. 자기도 작가가 되고 싶대요."

나는 그 아이에게 뭐라도 줬으면 하는 마음이 간절했다. 부적이든 황금 나침반이든, 그 아이가 꿈을 이루리라는 것을 내가 진심으로 믿는다는 사실을 증명할 무언가를. 아이는 내게 아무 말도 하지 않았지만, 나는 아이에게 팔을 둘렀고 어머니가 사진을 찍었다. 나는 책에 아이의 이름과 내 이름을 적어주었다. 그리고 모녀에게 와줘서 고맙다고 말했는데, 고마운 마음은 어떤 말로도 다 표현할 수 없었다. 늦은 시간이었고, 여전히 그들 뒤로 기다리는 사람들이 있었고, 두 사람은 먼길을 가야 했다.

"두 여자 간의 사랑은 정상적이지 않아요"

지난 7월 중순, 내 포르노 소식을 처음 알려준 사람은 내 언니 헤더였다. 언니는 사우스캐롤라이나의 스파튼버그에 사는데, 그곳에서 발간되는 〈그린빌 뉴스〉나 〈스파튼버그 헤럴드 저널〉 따위의 몇몇 신문에서 정보를 얻을 수 있었다. 언니는 텔레비전을 보지 않지만, 한 친구가 지역 방송의 뉴스 링크를 이메일로 보내줘서 컴퓨터로 봤다고 했다. 그런 뒤 "그냥 웃어넘겨"라는 말과 함께 그 링크를 내게 보냈다.

나는 8월 하순에야 클렘슨에 갈 예정이었으니, 웃을지 말지를 결정하기까지 오 주가 남은 셈이었다.

사연은 이러하다. 사우스캐롤라이나에 있는 아주 작은 마을

에 자리한 클렘슨대학교에서, 작가 루시 그릴리와의 우정을 다
룬 내 회고록『진실과 아름다움』을 2006년 신입생의 독서 교재
로 선정했다. 요즘 흔히 볼 수 있는 독서 프로그램이다. 친구들
과 모여 놀기 위한 핑곗거리 정도로 책을 이용하는 일이 잦은
북클럽이라는 사회 활동에서 탄생한 방안이었다. 오프라 윈프
리가 북클럽을 전국적 차원의 활동으로 끌어올린 이후, 도시마
다 읽을 책을 한 권씩 선정하고, 고등학교와 대학교마다 학생
들을 모이게 할 방법으로 한 권의 책을 고른다. 토의 그룹이 조
직되고, 에세이 과제를 내주고, 그리고 만사가 순조롭게 진행
되면 저자를 불러 북토크와 사인회, 팬미팅을 연다.

이런 절차는 나도 잘 안다. 내 소설과 회고록이 한 도시의 권
장 도서로, 신입생 권장 도서로, 라디오 북클럽 도서로 선정된
적이 있으니까. 작가에게는 좋은 일이다. 그러면 책이 엄청나
게 팔리고, 그게 아니었다면 내 책을 읽을 생각은 하지도 않았
을 청중들이 내 전작을 찾아보기 시작한다. 운영 주체가 도시
든 학교든 내가 이전에 폭넓게 경험한 '한 권의 도서' 프로그램
이 한결같이 긍정적이었던 터라, 클렘슨 교직원 자문단이『진
실과 아름다움』을 선정하고 대략 열 달 뒤인 8월 말에 행사를
계획했다고 연락했을 때, 나는 참석하겠다고 말한 뒤 달력에
표시해놓고는 잊어버렸다.

컴퓨터 앞으로 돌아가 뉴스 화면을 다시 보았다. 기자가 마

치 피 묻은 칼이라도 되는 양 내 책을 카메라에 대고 흔들었다. "이 책입니다." 그녀가 말했다. "이 책에 아름다움이라고는 없다고 생각하는 학부모가 적어도 한 명은 있습니다."

그 학부모는 클렘슨대학교 졸업생이자 변호사이고, 사우스캐롤라이나 고등 교육 위원회의 회원인 켄 윈게이트였다. 자식이 클렘슨대 신입생은 아니었지만, 세 명의 조카가 신입생이었다. 뉴스에 나온 그는 여름 독서 위원회가 선정한 도서의 문제점을 이렇게 개략적으로 설명했다. "그 책은 포르노와 페티시, 자위, 여러 명의 섹스 파트너 따위를 아주 생생하게 묘사합니다…… 지나치게 성적이고 반종교적인 언급들이 가득합니다. 이 책의 명백한 의도는 학생들로 하여금 각자 성적인 면을 탐구하도록 부추기는 것입니다."

그리고 화면이 바뀌더니 강의실에 가는 도중 붙잡혀 질문을 받는 듯한, 졸린 표정의 여학생이 나타났다. 클렘슨대 3학년인데 남동생이 신입생이라고 했다. "어린 나이에 약물을 하고 성관계를 갖는 여자들이 나온다는 말은 들었어요." 진한 사우스캐롤라이나 억양으로 그 학생이 말했다. "그런 책을 읽어야 한다니 별로 좋지 않아요."

윈게이트 씨는 그린빌 신문에서 자기 의견을 더 발전시켰다. "나는 당연히 클렘슨에 반대하지 않는다." 그는 이렇게 적었다. "사실 클렘슨을 무척 좋아한다. 그렇기 때문에 그 책을 직접 읽었고, 신입생들의 목구멍에 억지로 쑤셔넣기에 부적절한 책이니 다른 책을 고를 것을 공개적으로 주장하면서 이 시궁창에 뛰어든 것이다."

"나를 시궁창이라고 한 거야?" 내가 언니에게 물었다.

"내 생각엔 책을 시궁창이라고 한 것 같은데." 헤더가 말했다. "아니면 상황이 시궁창 같다거나. 너를 시궁창이라고 한 것 같지는 않아."

어느 쪽이건, 클렘슨의 청년들, 그리고 아마도 사우스캐롤라이나의 다른 주민들을 나로부터 보호하기 위한 싸움이 시작되었다. 켄 윈게이트는 주의회 상원의원과 주지사(2002년 주지사 예비선거에서 그의 총 득표율은 4퍼센트였다)에 도전했다가 실패했고, 그래서 이제 나를 표적으로 삼았다. 자신은 시궁창을 건너는 일을 견뎌야 했지만, 신입생 학부모와 이 일에 관심이 있는 다른 시민들은 그럴 필요가 없도록 내 책의 발췌문을 웹사이트에 올렸다. 내 책에 담긴 신성모독적 표현, 신체 부위와 그 사용에 대한 언급, 의약품과 불법 약물에 대한 언급이 하나도 빠짐없이 포함되었다. 그렇게 하면 시민들이 굳이 책을 읽지 않고도 충분히 알게 될 거라면서.

이 모든 상황에서 내게 특별히 충격적인 것은 없었다. 난 테네시에 살고 있으니까. 스코프스 원숭이 재판*이 벌어졌던 곳 아닌가. 켄 윈게이트를 직접 만난 적은 없어도, 살면서 그런 부류는 많이 만났다. 그렇더라도 그의 표적이 된 것은 짜증스러웠다. 내가 저지른 죄로 비난을 받는다면 모를까, 억울하게 비난을 받으니 특별한 당혹스러움이 밀려들었다. 억울하게 비난받는 것이라고 나는 믿었으니까.

『진실과 아름다움』에 잘못이 있다면, 솔직히 그 잘못은 오히려 너무 순하고 다정한 책이라는 데 있다. 그 책은 고등학교 여학생들이 흥미를 느낄 만한 책이다. 2005년에 미국 도서관 협회가 십대 독자에게 가장 적합한 성인용 책 열 권을 선정해서 주는 상도 탔다. 그것은 나 자신의 이야기이고, 루시와 내가 대학에서 만나고 대학원에서 친구가 되고 작가가 되기 위해 각자 노력하는 이야기이다. 아홉 살의 나이에 암에 걸려 턱 일부를 잘라낸 루시는 이후 수년간 화학요법과 방사선치료를 견뎌냈다. 살면서 재건 수술을 서른여덟 번이나 받았다. 루시는 총명하면서도 까다롭고, 요구가 많으면서도 재능이 뛰어난, 굉장히 매력적인 인물이었다. 극도의 고통을 견딜 수 있을 뿐 아니라 한없는 사랑과 다정함을 쏟을 수도 있었다. 그녀는 십칠 년 동안 나의 가장 절친한 친구였다. 루시가 서른아홉의 나이로 세상을 떠난 뒤 나는 우리 이야기를 책으로 썼다. 루시를 기억하

---

* 1925년 테네시에서, 모든 교사는 성경의 창조론만을 가르쳐야 한다는 주법을 위반하고 고등학교에서 진화론을 가르쳤다는 죄목으로 교사 존 스코프스가 기소되었던 유명한 재판.

고 애도하는 한 방법이었고, 루시가 계속 살아가게 할 수는 없을지라도 루시의 회고록인 『어느 얼굴의 자서전』이 계속 살아가도록 하는 방법이었다. 고난을 견뎌낸 초인적인 노력에 관한 이야기이자, 친구가 되는 것에 관한 이야기였다. 우리 삶이 세부적 차원에서 추잡했을 때라도, 그 내용이 시궁창에 비유할 만한 것은 아니었다.

뉴욕에서 알게 된 친구들은 내가 논쟁으로 결투를 벌여 분명 승리하리라 기대하며 사우스캐롤라이나에 함께 가겠다고 자청했다. 고향 친구들은 내 강연 원고를 읽어보고는, 신문 기사가 더 많아지겠다며 법석을 떨었다. 미시시피의 한 친구는 내게 가지 말라고 했다. "취소해." 그 친구가 말했다. "취소해, 취소해, 취소하라고." 미시시피 주민들은 최남부 지역의 지독한 편견이 지닌 위험성을 무척 심각하게 여기는 경향이 있다.

"난 취소 같은 거 해본 적 없어."

"무슨 일이든 첫번째는 있는 거야."

클렘슨에서는 내 책의 가장 선정적인 부분들을 인터넷에서 전부 읽은 걱정스러운 부모들이 신속히 조직한 단체가 강력한 항의를 이어가고 있었다. 독서 과제 자체를 취소하든지, 적어도 『앵무새 죽이기』 같은 좀더 적절한 책을 대안으로 제시하라는 요구 외에도, 그들은 내가 학교에 발을 들이지 못하게 하기를 원하는 듯했다.

"최소한," 한 졸업생이 총장에게 편지를 썼다. "현재의 과제가 즉시 철회되고 작가의 클렘슨 방문도 취소되리라 믿습니다. 그러지 않는다면, 당신도 클렘슨대도 창피한 줄 알아야 합니다."

〈앤더슨 인디펜던트 메일〉에 실린, "시위대:『진실과 아름다움』에는 아름다움이 거의 없다"라는 표제의 기사에서 기자는 이렇게 썼다. "이 책에는 패칫 씨와 그릴리 씨 사이의 동성애 관계가 암시되어 있다." 그러면서 시위에 참여한 열일곱 살짜리 클렘슨 신입생의 말을 인용했다. "이 책에 묘사된 우정과 사랑은 모범적이지 않아요." 그 학생은 말했다. "두 여자 간의 사랑은 정상적이지 않아요." 기자와 열일곱 살짜리 학생은 거기서 그치지 않고, 지금까지 누구도 차마 입에 올리지 못했던 그것을 마침내 거론했다. 루시와 내가 성관계를 가진 게 분명하다고. 서로를 향한 우리의 충성심과 사랑과 헌신을 설명할 길은 그것뿐이라고. 힘겨운 관계에 대한 보상이 성관계였고, 그게 아니라면 전부 말이 되지 않는다고 했다.

나는 클렘슨으로 가는 길에 스파튼버그에 들러서 언니를 태우고 갔다. "대학 시절에 만나서 섹스와 약물과 병을 통해 서로를 알아간 두 사람이 남자였다면 〈브라이언의 노래〉*가 되었

---

* 두 풋볼 선수의 우정을 다룬 1971년 텔레비전 영화.

을 텐데," 차 안에서 언니가 말했다. "네 이야기를 〈이 주의 영화〉*로 만들고 경기장에 네 이름을 붙였을 거야."

언니와 나는 내가 도착하기 전에 이 모든 논란이 여름날 폭풍처럼 다 지나가버리길 바랐다. 그런 행운은 없었다. 윈게이트 씨는 자신의 혐오감과 실망감을 신문마다 쏟아냈고, 그 노력은 내가 도착하기 전날 대학 교내에서 열린 기자회견에서 정점에 이르렀다. 아마존 사이트에 『진실과 아름다움』을 읽은 독자들이 올린 부정적인 평가를 전부 발췌하여 만든 전단을 행인들에게 나눠줬다. 혹시 못 받은 사람이 있을까봐, 팰머토 가족 위원회라는 종교적 단체의 웹사이트에도 "칭찬만 있는 건 아니다"라는 제목으로 같은 내용을 게재했다. 그 웹사이트에는 내 책과 관련한 성경 공부 지침도 올라와 있었다. 지역 신문의 주장에 따르면 시위에는 학부모와 조부모와 졸업생 마흔 명에 일곱 명의 재학생도 가담했다.

"그렇게 많은 수는 아니었어요." 학교에 도착한 나를 재빨리 연구실로 데리고 가며 학장이 말했다. "게다가 대부분 그 사람이 동원한 인원이었어요." 그래도 학장 사무실의 사람들은, 나를 초청하기 위해 그렇게 애썼던 그 사람들은 불안해 보였다. 정말로 불안해 보였다.

---

* 미국에서 1969년부터 1975년까지 방영했던 텔레비전 영화 시리즈.

"그 사람이 신문에 전면 광고를 냈어요." 조교가 수심 가득한 표정으로 그날 아침 자 〈그린빌 뉴스〉를 건네줬다. 전혀 들어본 적 없는 '주 북부는 살아 있다'라는 단체가 광고비를 댔다.

〈그린빌 뉴스〉의 광고에는 커다란 주황색 글씨로 이런 질문이 적혀 있었다. "클렘슨은 학생을 교육시키려는 것인가, 아니면 사회주의 사상을 주입하려는 것인가?"

클렘슨대학교의 신입생 독서 프로젝트는,

1. '필수' 독서이기에 학문과 관련한 선택의 자유 위반.
선택 사항이 아니므로 학생들의 선택권을 빼앗는 것이고, 이는 대학의 '사상의 자유 시장' 이념에 위반된다……
2. 대학교 교직원이나 학생에 의한 성적 괴롭힘을 금지한다고 명시한 이 대학의 성적 괴롭힘 정책의 위반.
신입생에게 처녀성과 포르노와 자위와 유혹 등에 관한 집단 토론에 참가할 것을 요구한다……
3. 사우스캐롤라이나와 클렘슨 지역사회의 가치와 어울리지 않음.
……최근 클렘슨대 학생의 강간 살인 범죄가 있었기에 지금 이 책을 클렘슨 학생에게 강요하는 것은 특히 부적절하다.
4. 클렘슨대 교직원 대다수의 지지를 받지 못함.

교직원 대다수의 조언이나 동의 없이 소수의 강사들이 이 책을 선정했다.

5. 대학과 납세자와 학생의 자원 낭비.

학비의 기록적인 인상으로 많은 학생이 대학을 다니기 위해 수만 달러를 대출받아야 하는 이 시기에 거의 삼천 부의 도서비와 저자 강연료와 여행 경비를 포함해 도합 오만 달러로 예상되는 금액을 지출한다는 것은 세금과 학자금의 터무니없는 남용이다.

어쩌다보니 이제 나는 강간과 살인과 성적 괴롭힘의 방조자가 되었고, 오만 달러 사취 가담죄도 뒤집어썼다. 광고에는 또한 윈게이트 씨가 처음 대학교 총장에게 보낸 편지의 사본이 실렸는데, 저자 강연을 "중단시키겠다"는 암시가 담겨 있었다. 학장 사무실에 서 있던 나는 누구라도 정말 그렇게 해줬으면 좋겠다는 심정이 되었다. 그러고 나서 나는 일흔다섯 명의 장학생을 만나러 갔다.

"훌륭한 학생들입니다." 나를 수행하는 직원이 나를 안심시켰다. "도덕적으로 불쾌하다는 이유로 책 읽기를 거부한 학생은 딱 한 명뿐이었요."

내가 학생이었을 때 같은 이유로 프랑스어나 수학 수업을 거부할 수 있었을까 궁금해졌다.

장학생들과의 시간은 수월했다. 인원이 적어서였을 수도 있고, 밝고 탁 트인 장소라서 그랬을 수도 있고, 과자를 내주어서였을 수도 있고, 아니면 그저 그들이 다른 학생들보다 똑똑해서였을 수도 있다. 모르겠다. 그들은 소설과 논픽션을 쓸 때 다른 점, 기억이란 믿을 만한지, 시위에 대해 어떻게 생각하는지 등을 단도직입적으로 물었다. 학생들은 나와 악수를 하고 책에 사인을 받으려고 문간에서 기다렸다.

결국 이 행사가 그렇게 형편없이 흘러가지는 않을지도 몰랐다. 그렇게 믿고 싶었다. 불쾌한 소수의 목소리가 무대 중앙을 차지한 것뿐이었다. 신입생의 여름 독서 프로그램이 너무 기대된다며 전면 광고를 내는 사람이 있겠는가?

붉은 벽돌 건물과 오래된 나무들이 자리한 클렘슨대학교의 캠퍼스는 아름다웠다. 남부 대학교에서 기대할 만한 딱 그 정도의 웅장함이 펼쳐져 있었다. 이 캠퍼스에서 가장 나쁜 점은 화장실 찾기가 무척 어려웠다는 것이다. 1955년에 처음으로 여학생을 받아들였지만 화장실을 그에 맞춰 더 만들지는 않았기 때문이다. 그래서 오래된 건물의 남자 화장실은 찾기 쉬운 반면 여자 화장실은 한참 찾아다녀야 했다. "남자 화장실 몇 군데에 그냥 '여자'라고 붙이면 되지 않나요?" 내가 물었다. 이런 아주 기본적인 수준에서조차 평등을 이루기가 왜 그렇게 힘이 들까?

"오, 그건 안 되죠." 직원이 내게 속삭였다. "거기엔 소변기가 있잖아요."

그래서 언니와 나는 소변기가 거슬리지 않을 장소를 찾아 삼층까지 올라가야 했다.

그다음엔 총장 사택에서 마련된 오찬에 갔다. 총장 자신은 물론, 그 자리에 참석한 교수들과 이사들은 내 방문을 전적으로 지지해주었다. 그들은 지난 육 주 동안 쏟아진 비판의 최전선에 나서서 지치지도 않고 나를 옹호했다. 얼마 전부터 클렘슨대의 교육과정을 관리하겠다는 주의회의 압력이 들어오고 있었고, 『진실과 아름다움』을 두고 몰아친 태풍으로 인해 마침내 누구에게 선택권이 있느냐는 문제가 어쩔 수 없이 표면으로 떠올랐다. 기다란 식탁에 앉은 사람들은 다들 내가 고등교육을 위해 대차게 싸워주리라는 생각에 신이 난 듯했다. 문제는 난 싸우고 싶지 않았다는 것이다. 내게 싸우라며 돈을 준 것은 아니지 않은가. 난 그저 학생들과 책 이야기를 하러 온 것이었다.

"강연 도중에 혹시 어떤 문제가 발생하면 강연대에서 물러서기만 하시면 됩니다." 총장이 말했다. "누가 올라가서 작가님을 데리고 내려올 테니까요."

"문제요?" 내가 물었다.

얇게 저민 닭고기와 통통한 베리류를 얹은 샐러드를 먹으며, 학교측은 문제 같은 건 생기지 않을 거라고 나를 안심시켰다.

학부모와 시위대는 캠퍼스 건너편의 강당에 따로 모여 동시 송출되는 내 연설을 지켜볼 것이고, 경기장에는 오직 신입생만 들어올 것이다. 그리고 혹시 문제가 생겨도 나를 지켜줄 경호원이 있다.

나로서는 캠퍼스 밖에서 시위대가 진을 치고 있다는 사실이나, 경호원이 나를 수행한다는 사실을 미리 알려줬어야 하는 게 아닌가 싶었다. 비록 입법기관의 동의 없이 책을 선정할 대학의 자유와 권리를 믿기는 하지만, 그것을 내 안전만큼, 적어도 사우스캐롤라이나주에 있는 동안이라면 내 안전만큼 믿지는 않았기 때문에, 그 사실을 미리 알았다면 강연의 진행 방식을 다시 생각해봤을 것 같았다. 테네시의 고등교육을 위해 나를 제단에 바친다면 모를까, 사우스캐롤라이나의 교육은 그들의 문제니까.

내 강연은 클렘슨 타이거스 농구팀의 홈구장인 리틀존 대경기장에서 거의 삼천 명에 이르는 신입생을 대상으로 이루어질 예정이었다. 그곳에 도착하자, 록 콘서트가 시작되기 전과 같은 팔팔한 기운이 가득했다. 경기장 중간에 긴 검은색 휘장을 걸어 반을 막은 뒤, 학생들이 어깨를 맞댄 채 가장 꼭대기인 사층 좌석까지 빽빽이 앉게 되어 있었다. 농구 코트 중앙에, 경기장 바닥에 거대한 주황색 발자국 모양이 찍힌 곳 근처에 네모난 상자 같은 무대가 있었다. 야자수 화분 몇 개로 장식하고 마이크가 있는 연설대를 놓은 임시 무대였다. 그 뒤로는 여느 교외의 복합 영화관에 있을 만한 크기의 프로젝션 스크린이 걸려 있었다. 꼭대기 층 지붕 아래 앉은 학생들과 캠퍼스 반대편의 성난 군중에게 또렷이 보이도록 확대된 내 얼굴이 영화가 상영되듯 그 스크린에 나타날 것이었다.

앞으로 사 년간 클렘슨에서 교육을 받으며 얼마나 멋진 경험을 많이 하게 될지에 대한 총장의 축사가 끝난 뒤 나는 칠흑 같은 어둠을 뚫고 나아가 계단을 오른 뒤 아크등 조명 속으로 걸어들어갔다. 힘찬 박수갈채가 나왔다. 결국 삼천 명에 이르는 학생 가운데 시위에 참여하기로 한 인원은 겨우 일곱이었다. 윈게이트와 그의 동조자들이 클렘슨을 대변한다고는 결코 생각하지 않았다. 단지 그의 목소리가 워낙 커서 주변의 다른 목소리를 다 삼켜버렸을 거라고 믿었다.

나는 강연문 작성에 터무니없이 많은 공을 들였고, 실제 강연에도 적잖은 힘을 들였다. 책을 읽을 권리를 열렬히 호소하고, 자기 의견을 정립해야 할 때 자기 대신 결정해주는 2차 자료에 의존하지 말고 1차 자료를 찾아보는 것이 중요하다고 강조했다. 이곳에 모인 학생들은 대부분 투표권이 있고 군 입대도 할 수 있는 나이였다. 그들은 케이블 텔레비전을 보고 페이스북을 하고 랩 음악을 들었다. 한 권의 책이 잠재적으로 그들을 타락시킬 수 있다는 말은 스스로 결정할 수 있는 그들의 능력을 믿지 않는다는 말이었다. 『안나 카레니나』를 읽었다고 해서 그들이 불륜을 저지르고 결국 기차에 깔려 비극적 죽음을 맞을까? 나로부터, 그리고 내 책으로부터 학생들을 보호하겠다고 말하는 사람들은 결국 학생들에게 스스로 결정할 판단력과 성숙함이 부족하다고 여기는 것이라는 이야기와 함께, 나는 그 영향으로부터 학생들을 보호해야 할 책과 작가와 강의를 열거했다. 필립 로스, 잘 가! 『롤리타』도 안녕! 제이 개츠비도 안녕. 나는 그렇게 되면 과학과 역사와 예술을 얼마나 쉽게 잃어버릴지 설명했다. 이어서 인문교육과 상식의 경이로움에 대해 이야기했고, 그러는 내내 뒤에서는 내 머리를 비추는 거대한 프로젝션이 보조를 맞췄다. 그 어둑한 경기장에서 나는 책을 읽을 권리를 소리 높여 역설했고, 그 누구도 책을 빼앗아가게 놔두지 말라고 학생들에게 호소했다. 얼마나 멍청한 얘기였는지를 서서히 깨닫기 시작한 것은 나중에, 몇 주가 지난 뒤였다. 『안나 카레니나』? 『위대한 개츠비』? 내가 하는 말을 알아들은 학생들이 얼마나 되었을까? 『진실과 아름다움』을 빼앗아가도록 두면, 그다음에는 『롤리타』 같은 위대한 책도 잃어버리게 되리라는 내 말이 그들에게 대단한 위협으로 들렸을까? 『롤리타』를 잃는 것이 얼마나 엄청난 상실인지 알려면 우선 그 책을 좋아해야 할 것 아닌가?

다시 농구장으로 되돌아와 보자면, 그때 기술적인 문제가 발생하고 있었다. 질의응답 시간이 엉망이 되고 있었다. 처음에는 마이크가 작동하지 않았고, 그래서 어둠 속에 앉은 학생들이 목청을 높여 질문했다. 그릴리 씨와의 우정에서 후회하는 것이 있나요? 다른 친구들을 향한 감정이 루시를 향한 감정과 다른 건 그들은 절대 루시의 수준에 미치지 못하기 때문인가요? 불쾌한 구석이 있는 질문도 있었다. 친구 있는 사람도 많고 암 걸린 사람도 많은데 작가님이 쓴 이야기에 우리가 왜 관심을 가져야 하죠? 실없지만 귀여운 구석이 있는 질문도 있었다. 진정한 사랑을 찾는 일에 관해 조언해주실 게 있나요?

한 학생이 제대로 작동하는 마이크를 찾았다. 그는 내게 남편을 만난 지 얼마나 되었냐고 물었다.

"십이 년이요." 내가 말했다.

"작가님 책을 읽고 지금 강연을 듣고 나니 그냥 궁금해졌는데요, 불륜을 몇 번이나 저지르셨어요?"

나는 손을 들어 눈부시게 환한 빛을 가렸다. 어디서 들려오는 목소리인지 알 수 없었다. 불이 환하게 밝혀 있다면, 내가 자신을 볼 수 있고 이름을 알 수 있다면 과연 열여덟 살짜리가 이런 질문을 할까? 나는 그 학생에게 내가 불륜을 저지를 거라고 생각한 이유가 뭐냐고 물었다.

"뭐, 이런 책을 쓰고 난 뒤라면 그런 건 다 아무렇지도 않을 것 같아서요."

나는 타인에게 공감해야 하고 섣부르게 판단해서는 안 된다는 충분히 온당한 대답을 들려줬다. 나중에 머릿속에서 수천 번 다시 쓸 그런 대답이었다. 하지만 사실 그게 도대체 무슨 질문인지 이해가 되지 않았다. 무대를 내려오는 중에도, 뒤이은 엉터리 기자회견 중에도 그랬다. 우리가 어디로 가는지 남들이 알아채기 전에 재빨리 빠져나가 캠퍼스 반대편에 있는 우리 차로 우릴 데려다줄 승합차가 대경기장 아래 서고, 경호원이 언니와 나를 승합차에 태울 때도 이해가 되지 않았다. 강연이 진행되는 사이 비가 내리기 시작했는데 이제는 억수같이 쏟아져서 우릴 차를 타러 진창길을 달려가야 했다. 세 걸음 만에 흠뻑 젖어버렸다. 빗길에서 가능한 만큼 최대한 속력을 냈는데, 그러는 중에도 이해가 되지 않았다. 언니네 손님방 침실에 다시 안전하게 들어앉은 한밤중에야 그 학생은 내가 루시의 행동을 비판하지 않아서 비도덕적이라고 말한 게 아니었다는 사실을 깨달았다. 나 자신이 한 행동들이 비도덕적이라는 뜻이었다는 것을.

클렘슨은 친절하게도 이 글을 쓰는 데 필요한 자료를 전부 제공해주었다. 내가 요청한 신문 기사를 다 복사해주었을 뿐 아니라, 총장이 받은 편지들, 내 작품과 나라는 인간은 생각만

해도 구역질이 나고 분노가 치솟는다고 아우성치는 편지도 보
내주었다.

클렘슨이 계속해서 패칫의 책 같은 포르노물을 추천한다
면 내 딸도 내 돈도 다른 곳으로 갈 겁니다. …… 클렘슨이
왜 이런 한심한 책으로 강의를 만드는지 도대체 이해할 수
가 없습니다.

그것은 부적절한 선택이고 그 이유는 당신도 충분히 알
겁니다. 난 그 책을 읽지 않았고, 읽을 생각도 없습니다.

신입생에게 생각할 거리를 던져주기 위해서였다면, 아프
리카의 에이즈 유행이나 여전히 진행중인 중동의 위기나 기
술이 전 지구적 경제에 미친 영향과 관련한 세계의 하향 평준
화 문제 등 선택할 다른 주제는 많았을 겁니다. 〔왜 아프리카
지? 난 의아했다. 이 편지는 주 상원의원이 보낸 것이었다.〕

전 대학의 자유를 믿습니다. 하지만 그것은 선한 일을 할
자유라고 믿습니다. 누구보다 당신이 잘 알겠지만, 애초에
미국 고등교육기관 창립의 근본 목적이 결국 무엇입니까?

하버드대 같은 자유주의자의 피난처나, 심지어 채플힐*이
라면 이런 식의 사례를 흔히 들어봤지만, 이제 클렘슨마저
이 지경이 되었다니 너무나 충격적입니다. 이 과제가 어떤
동기로 주어졌든, 이것은 도덕적으로 타락한 사상에 빠진
자유주의적 학자들이 어린 학생들에게 일탈적인 성과 관련
된 의제를 강요하려는 또다른 시도에 불과합니다.

나는 ACLU**에서 소송을 걸겠다고 위협해도 클렘슨대에
서 풋볼 경기 시작 전 기도를 지속하는 것을 무척 자랑스럽
게 생각합니다. 이번 여름 독서 과제에 대해서는 그런 마음
이 생기지 않습니다.

2002년, 9/11 테러 직후에, 노스캐롤라이나대학교에서는
신입생이 읽을 책으로 코란에서 발췌한 글(혹은 장)을 엮은
책을 선정했습니다. 몇 년 뒤에는 두꺼운 사회주의 서적(바
버라 에런라이크의 『노동의 배신』)을 골랐습니다. 이제 클
렘슨도 같은 흐름에 뛰어들었군요. 종교나 정치 대신 클렘
슨은 성性을 골랐지만 말입니다.

---

* 노스캐롤라이나 북부의 도시로, 노스캐롤라이나대학교가 있는 곳이다.

** American Civil Liberties Union. 미국 시민 자유 연맹.

나는 마지막 편지를 읽으며 내가 교전의 규칙을 전혀 이해하지 못했음을 깨달았다. 『노동의 배신』이 두꺼운 사회주의 서적(사실은 얇지만)이라면 『진실과 아름다움』은 포르노가 맞았다. 아름다움 자체가 그렇듯이, 포르노란 결국 보는 사람의 시각에 달린 거니까.

여전히 보관하는 편지가 딱 하나 있는데, 공책 낱장에 연필로 적은 편지다. 한 학생이 경호원에게 슬쩍 건넸고, 경호원이 내게 주었다. "패칫 선생님, 사우스캐롤라이나주 전체를 대신해서 불미스러운 일을 사과드립니다."

행사를 마친 뒤, 언니가 온라인에 올라온 『진실과 아름다움』의 성경 공부 지침을 한번 보라고 했다. 팰머토 가족 위원회와 한바탕 싸우려고 읽었는데, 결국 마음을 바꿨다면서. "생각보다 나쁘지 않아." 언니가 말했다.

그렇게 나쁘지 않을지는 몰라도, 일련의 성경 공부 질문(성경의 대목들이 친절하게 덧붙여진) 속에서 내가 등장인물이 되거나 내 친구의 고통과 죽음이 말끔히 해명되는 것을 보는 일에 비견될 경험은 내 평생 없었다.

질문 5: 앤과 루시의 우정을 어떻게 특징지을 수 있을까요? 루시를 향한 앤의 우정에 어떤 방식으로 일반 은혜common grace가 드러났나요? 친구란 무엇일까요? 그 특성을 서술하세요.

질문 6: 예수께서 '세리와 죄인의 친구'라는 비난을 받았을 때, 예수의 친구 무리에 루시가 포함되었을까요, 배제되었을까요? 그 이유는 무엇인가요? 예수께서 당대의 '루시 무리'에게 친구가 되어주셨을 경우를 생각할 수 있나요? 예수께서는 그들을 어떻게 대했을까요? 우리는 그로부터 무엇을 배울 수 있을까요?

질문 8: 독선은 은혜의 복음에 대한 배신이자 복음주의의 커다란 걸림돌로, 은밀히 퍼지는 정신적 질병입니다. 독선이란 무엇일까요? 왜 그것이 복음주의의 큰 걸림돌일까요? 어떻게 복음의 은혜는 우리로 하여금 독선을 뉘우치게 하고, 우리를 자유롭게 하여 공감으로 복음을 나눌 수 있게 할까요?

그것이 어느 만큼은 괜찮았던 것 같다. 답도 읽어봤는데, 그 답변들에서 루시는 예수와 친구가 되어 함께 걸어갔다. 독선이란 도덕적 우월감에 취해 남을 업신여기는 태도를 풍기는 것이었고, 그건 비기독교인이더라도 당연히 혐오감을 느낄 만했다. 그 정도라면 이해할 수 있었다. 그러다 질문 10에서 멈칫했다. "어떻게 하면 앤과 복음을 나눌 수 있을까요?"

나는 그 질문을 한참 바라보았고, 답을 확인하지 않고도 내 답이 정답과 다르리라는 것을 알았다.

내 상태가 좋을 때면 나는 그 일이 자유와 억압 사이의 고귀한 싸움이었다고 스스로에게 말해준다. 하지만 그렇게 고결한 일이 아니었을 가능성도 똑같이 존재한다는 것을 안다. 누군가에게는 성과 고통과 여자들의 깊은 우정이 구미에 맞지 않는 주제라서, 내 책이 자기 자식들에게 접근하는 걸 보았을 때 나서서 막아야겠다고 느꼈을 것이 분명하다. 그 일에 성공하지는 못한 건데, 나로서는 그 독서 과제를 완수했다고 해서 해를 입은 사람이 있을 거라는 생각은 전혀 하지 않는다. 만약 클렘슨 학생들이 두려워해야 할 최악의 존재가 나 정도라면, 그들의 삶은 정말이지 무척 아름다울 것이다.

읽을 권리
2006년 클렘슨대학교 신입생 환영회 연설

이 자리에 저를 초대해주시고, 그 결정을 끝까지 지켜주신 클렘슨대학교에 감사의 마음을 전하고 싶습니다. 이 자리에 서게 되어 무척 기쁩니다. 저를 지지해주시는 분들의 친절함과 저를 비난하는 분들의 인내심에 감사드리고 싶습니다. 우리 공교육과 보건 의료 체계의 상태, 그리고 우리 삶에 만연한 빈곤과 전쟁을 고려하면, 시위대가 그 열정을 더 나은 대의에 쏟았으면 하는 바람이지만, 제게는 그에 대한 결정권이 없으니 어쩔 수 없겠죠.

학교에서 쉬는 시간에 배구공에 머리를 세게 맞은 아홉 살짜리 여자아이를 한번 상상해봅시다. 병원에 갔더니 턱이 부러졌다는 진단을 받습니다. 하지만 도대체 낫지를 않아서 부모님이 몇 번이고 병원에 데리고 가는데, 몇 달 뒤에야 결국 그 턱에 암세포가 가득하다는 사실을 알게 됩니다. 병명은 유잉육종*으로 생존률이 5퍼센트입니다. 너무 어린데다 어차피 살 수 없으리라 여겨 아무도 루시에게 이 말을 해주지 않습니다. 수술실에 들어갈 때에도, 수술이 끝난 뒤 붕대를 감고 있을 때에도 턱 반쪽을 잘라냈다는 말을 하지 않습니다. 그러다 마침내 퇴원했지만, 화학요법 치료가 시작됩니다. 루시는 처음으로 항암화학요법을 받은 소수의 아동 중 하나입니다. 당시 화학요법은 지금보다 훨씬 강하고 거친 치료법이라, 루시는 그때 산 채로 불에 타는 것 같았다고 표현했습니다. 일주일에 닷새, 화학요법과 방사선치료를 받았고, 그런 식으로 총 이 년 반을 지냈습니다. 치아는 다 빠지고 여섯 개만 남았습니다. 그리고 내내 민머리로 살았습니다. 드디어 다시 학교에 다니게 되었는데, 점심시간이 되면 아무도 루시와 함께 앉으려 하지 않았습니다. 남자아이들은 일부러 계단에서 기다리다가 소리를 지르며 루시를 쫓아갔습니다. 루시는 평생 재건 수술을 서른여덟 번 받았습니다. 얼굴을 복원하려고 온몸에서 근육, 뼈, 조직, 혈관을 떼어냈지만, 방사선을 너무 많이 쐬서 이식은 모두 실패했습니다. 그런데 이 모든 일에도 불구하고, 혹은 이 모든 일로 인해

---

* Ewing's sarcoma. 뼈나 연조직에 생기는 익성종양의 한 유형.

루시는 누구나 만나고 싶어하는 가장 총명한 사람, 가장 폭넓은 독서를 하고, 가장 지적 호기심이 강하고, 가장 재미있는 사람, 정말 춤을 잘 추는 사람이 되었습니다.

빤히 쳐다보는 남들의 시선에 신물이 난 루시는 『어느 얼굴의 자서전』이라는 책을 썼습니다. 자신이 겪은 일을 적은 책입니다. 우리 중 진정 자신이 충분히 선하고, 충분히 아름답고, 충분히 사랑받고 받아들여진다고 여기는 사람은 아무도 없다는 루시의 믿음을 적은 책입니다. 한동안 루시는 유명 인사가 되었습니다. CNN과 〈오프라 윈프리 쇼〉와 〈투데이 쇼〉에 등장했죠. 루시는 카메라를 똑바로 바라보며 자신과 사랑에 빠질 사람이 어딘가에 있기를 바랐습니다. 여러분이 살면서 알게 될 그 누구도 그렇게 용감하지는 못할 겁니다. 두려움이 없었다는 말이 아닙니다. 루시는 워낙 똑똑하고 경험도 많아서 삶이 얼마나 무시무시한지 이해했으니까요. 그러면서도 그에 맞섰습니다. 제가 루시를 얼마나 사랑하고 흠모했는지는 말로 다 표현할 수 없습니다. 누군가를 사랑하면, 정말로 사랑하면, 그의 곁을 지키지 않는다는 건 상상도 할 수 없을 겁니다.

저는 루시가 세상을 떠난 뒤에도 그 곁을 지켰습니다. 루시의 삶이 그랬듯이 루시의 죽음에도 엄청난 소문이 들끓었습니다. 루시가 암으로 죽었다는 말도 들렸고, 책 계약이 취소된 뒤 약물 남용으로 죽었다는 말도 들렸습니다. 과거에 살았던 아파트 지붕에서 뛰어내렸다는 말도 있었죠. 정보를 바로잡고 실제 일어난 일을 사실대로 말하고 싶긴 했지만, 그건 이 책을 쓰게 된 동기 중 작은 일부일 뿐입니다. 루시는 자신이 좋아하던 육중한 철학서만큼이나 복잡했습니다. 그래서 있는 그대로의 실제 모습을 정확히 내 머릿속에 담아두지 못하리라는 것을 알았죠. 해가 갈수록 기억이 단순해지리라는 것을요. 결국 더 편안하고 사랑스러운 인물이 될 텐데, 전 그렇게 되기를 바라지 않았습니다. 제가 열렬히 사랑했던 것은 결국 루시의 객기와 사나움이었으니까요. 그 모든 걸 전부 글로 적으면, 우리 둘의 이야기, 우리가 함께 했던 일과 우정의 이야기를 전부 적으면 단풍나무 잎처럼 책장 사이에 납작하게 눌러 간직할 수 있으리라 생각했습니다.

아주 제한된 지적 배경을 가진 사람이라도 이 책보다 훨씬 외설스러운 책들이 많이 출간되고 널리 읽힌다는 사실은 확실히 알 겁니다. 문제는 루시와 제가 이런저런 선택을 했다는 것이 아닙니다. 다시 말하지만, 사회를 조금만 알아도 그보다 나쁜 선택을 하는 사람들은 얼마든지 있다는 것을 알게 될 테니까요. 심지어 여러분이 제 책을 읽었다는 것도 문제가 아닙니다. 아마 다들 한때는 '자동차 절도Grand Theft Auto' 게임을 한 번이라도 해봤을 테니까요. 페이스북을 하고 HBO를 보고 뉴스를 봤을 테니까요. 여러분이 아무리 순수한 마음을 가졌다

해도, 섹스, 약물, 우울증, 혹은 변치 않는 우정을 이 책에서 처음 접했다고 생각하는 사람은 아무도 없을 겁니다. 누군가는 이런 일들이 계속 일어난다는 사실이, 또는 제가 그것을 책으로 썼다는 사실이, 또는 여러분이 그 책을 읽었다는 사실이 마음에 들지 않을 수는 있지만, 그렇다고 그게 시위를 벌이거나 뉴스거리가 될 만한 일은 아니죠. 여기서 문제는 여러분이 선택한 고등교육기관이 이 책을 과제로 내주었다는 것입니다. 클렘슨대의 이 신입생 강의에 들어오려면 이 책을 읽어야 하는 것은 사실이고요.

『진실과 아름다움』을 과제로 선정한 것에 반대하고 제가 오늘 이 학교에 오는 것을 반대하는 사람들은 본인을 위해서 그러는 것이 아닙니다. 결국 책을 읽어야 할 사람은 그들이 아니니까요. 여러분을 대신해서 그러는 겁니다. '자동차 절도' 게임에서 지켜주지는 못했을지라도, 저에게서라도 여러분을 지켜주려는 거죠. 이제 막 대학 생활을 시작할 참이니, 여러분을 또무엇으로부터 지켜줘야 할지 잠깐 생각해봅시다. 대학 사 년을 다 아우를 수도 있지만, 일단은 최대한 자제해서 만든 목록임을 알려드립니다. 괜히 돈을 들여 부도덕한 행동을 다룬 책을 읽을 필요는 없을 테니, 『안나 카레니나』는 탈락입니다. 이 책은 불륜 이야기, 다른 남자와 관계를 맺는 기혼 여성이 결국 자

살하는 이야기이거든요. 문란할 뿐 아니라 길기도 무척 깁니다. 『위대한 개츠비』에도 알코올중독과 살인, 그리고 마찬가지로 불륜이 나오니 이것도 탈락입니다. 짧은 책이라 빼버리기가 더 어렵고, 어쩌면 고등학교 때 이미 읽었을 수도 있지만요. 『백년의 고독』은 어떤가요? 안타깝게도 근친상간이 나오네요. 정말 독특하고 흥미진진한 소설인데 말이죠. 제 생각에는 이론의 여지 없는 20세기 최고의 소설은 블라디미르 나보코프의 『롤리타』인데, 여기서 『롤리타』 이야기를 꺼내면 분명 주 방위군이 나타나 저를 이 연단에서 끌어내리겠죠. 포크너도 탈락입니다. 헤밍웨이도 탈락입니다. 토니 모리슨, 존 업다이크, 필립 로스 등 생존하는 위대한 미국 작가들은 전부 접근 금지입니다. 그들 작품에 섹스와 상스러운 말이 얼마나 자주 등장하는지, 어쩌면 이름도 꺼내지 말아야 할지 모르겠습니다.

하지만 그런 작품들은 전부 허구이고, 그래서 문제가 되지 않을지도 모르겠네요. 제 책이 불쾌한 까닭은 그것이 사실을 다루어서일지도 모르겠습니다. 그러면 불쾌할 수 있는 논픽션은 읽지 않기로 협약을 맺읍시다. 암으로 흉한 몰골을 지니게 되어 남들에게서 모욕을 받은 젊은 여성이 그 엄청난 고통에서 도망치기 위해 섹스와 약물에 빠진 이야기가 지나치게 혐오스럽고 음란하다면, 홀로코스트도 논의 금지라고 말해야겠네요. 러시아혁명, 캄보디아의 킬링필드, 베트남전쟁, 십자군, 이런 사건들 모두 인간의 타락과 도착성을 믿기 어려울 만큼 충격적으로 보여주니, 그쪽으로는 아예 눈길도 주지 않는 것이 미덕일 겁니다.

하지만 이게 다가 아니예요. 예술, 경제, 철학 등, 여러분이 떠올릴 수 있는 거의 모든 분야에 논란의 역사가 있습니다. 신은 죽었다고 말했으니 니체를 읽지 말아야 할까요? 그런 식이라면 과학 전체가 탈락입니다. 과학도 신앙과 갈등을 빚으니 말이죠. 수학은 괜찮아요. 미적분학, 물리학, 화학도. 시간표를 짤 때 이런 강의를 많이 들으세요.

저와 같은 부류에게서 여러분을 보호하려는 노력에 함축된 가정은, 여러분에게는 걸러내는 능력도, 인생 경험도, 판단력도 없고 지성도 매우 부족하다는 것입니다. 외적 영향에 쉽게 휘둘리기 때문에 과제로 주어진 책, 약물과 섹스를 다루는 책을 읽으면 그런 행위를 직접 해보고 싶은 마음에 읽던 책을 집어던지고 뛰쳐나가리라는 것입니다. 제 생각에 그럴 가능성은 『안나 카레니나』를 읽은 뒤 달리는 기차에 몸을 던질 가능성만큼이나 희박한데 말이죠. 또 그러한 가정은 톨스토이의 책은 다른 무엇보다 삶의 내적 아름다움을 이야기하는 책이고, 제 책은 신의의 심오한 가치를 이야기하는 책이라는 사실을 부정합니다.

이 주가 학기 첫 주이므로 여러분이 왜 이곳에 왔는지 생각해볼 좋은 시기입니다. 지금까지 거쳐온 열두 해의 학교생활과 달리 이 교육은 의무적이지 않습니다. 그 말은 여러분이 선택해서 왔다는 뜻입니다. 어느 누구도, 여러분의 부모님조차도 여러분을 대학에 가게 만들 수는 없습니다. 이 교육은 어마어마한 특권이라서, 이 나라 국민 대부분은 물론 대다수의 세상 사람들과 여러분을 구별 지을 것입니다. 여러분의 연령대에서 대학 교육을 받는 인원은 25퍼센트가 약간 넘습니다. 네 명 중 한 명이죠. 제가 강조하고 싶은 점은, 고등교육은 특권이자 선택이라는 것입니다. 성인이 된 뒤 처음 하는 진정한 선택일 겁니다. 여러분 가운데 많은 수가 대출을 받고, 일자리를 얻고, 이 선택의 비용 중 일부나 전부를 떠맡을 겁니다. 그러지 않아도 되는 나머지 분들은 이런 교육을 가능하게 해준 사람들과 기관에 감사하리라 믿습니다. 여러분이 클렘슨에서 시간을 보내는 제1의 목적은 각자 지성의 범위를 확장하고 심화하는 것입니다. 그 외 나머지 전부─스포츠, 사교 생활, 남학생 사교클럽, 여학생 사교클럽, 교내 정치 등 나머지 전부─는 학문 다음입니다. 여러분은 배우러 온 겁니다. 전통적인 배움의 방식은 수습생이 되는 겁니다. 유리공예를 배우고 싶으면 유리공예 장인을 찾아가 공부하는 거죠. 장인의 움직임을 따라 하면서 그의 지식을 흡수하려 노력할 겁니다. 기본적으로 대학이란 수학이나 문학이나 경제학에서 걸출한 업적을 쌓은 인물들 밑

에서 수습할 기회를 여러분에게 제공하기 위해 각 분야의 전문
가들을 모아놓은 거대한 협력단입니다. 광범위한 분야의 지적
활동을 맛볼 수 있고, 그렇게 해서 나는 어떤 사람이고 어떤 일
을 가장 잘하는지 알아낼 수 있는 거죠.

물론 불쾌하거나 기분 나쁠 수 있는 것들을 누군가가 대신
막아주길 기대하지 않을 때, 여러분이 무엇을 배울 수 있고 무
엇은 배워서 안 되는지를 다른 사람이 결정하게 내버려두지 않
을 때만 그렇습니다. 이와 관련해 제가 찾아낸 최고의 답은 시
인 에이드리언 리치가 신입생 환영회에서 했던 연설입니다.
"교육의 권리 주장"이라는 제목을 붙인 그 연설문에서 시인은
이렇게 말합니다.

자신에 대한 책임이란, 사고하고 말하고 이름 짓는 일을
누군가가 여러분 대신 하지 못하게 하는 것입니다. 각자의
두뇌와 직관을 믿고 사용하는 법을 배우는 일을 뜻합니
다…… 자신에 대한 책임이란 얄팍하고 손쉬운 해결책—축
약해서 해설한 책이나 사상…… 노력을 들여야 하는 강의
대신 점수 따기 쉬운 강의를 듣는 일, 내실을 다지기보다 강
의와 인생을 두고 허세를 부리는 일—에 넘어가지 않는 것
입니다…… 그것은 비평적 자세를 추구하는 일이고, 타인이
여러분에게 해줄 수 있는 가장 긍정적인 일은 더욱 밀고 나

318

가라고, 할 수 있는 최대치를 보여달라고 요구하는 일이라는 사실을 깨닫는 것을 뜻합니다.

여러분은 대학에 들어가겠다고 결정했습니다. 여러분은 운전하고 투표하고 세금을 내고 전쟁에 나갈 수 있는 나이입니다. 이제 아이가 아닙니다. 간혹 여전히 그런 기분이 들기도 하겠지만 말이죠. 부모님과 선생님들이 여러분을 성인으로 대하기를 바란다면, 가장 좋은 방법은 성인처럼 행동하는 것입니다. 여러분의 삶과 정신에 책임을 지고, 다른 사람들에게는 여러분의 진실성을 존중해달라고 요청하세요. 여러분을 성인으로 대하는 대학, 여러분의 배울 권리를 존중하고 지켜주는 대학, 여러분이 스스로 결정할 능력이 되지 않는다고 주장하는 세력에게 굴복하지 않는 대학에 입학한 것에 자부심을 가지세요.

이제 여러분의 정신을 활짝 열 순간입니다. 대학 교육은 확장입니다. 서로 다른 많은 견해를 접하고, 서로 다른 많은 목소리를 듣는 일입니다. 더 많이 배울수록 상황은 더 복잡해진다는 사실을 알게 될 겁니다. 단 하나의 사상에도 여러 면모가 있다는 것을 깨달을 지성이 생길 테니 말이죠. 운동선수가 몸을 쓰듯 여러분은 정신을 쓰는 법을 배울 겁니다. 잡아 늘이고, 강해지고, 성장하도록 하는 거죠. 바로 이런 연유로 많은 사람이 고등교육을 두려워하는 겁니다. 옳고 그름이라는 이분법으로 세상을 바라보는 것이 훨씬 쉬우니까요. 만사에 단 하나의 명확한 답을 내린 뒤 그것을 고수하는 거죠. 하지만 이제 주어진 것을 기꺼이 탐험하기만 한다면, 여러분에게는 용맹스럽게 그 너머로 나아갈 기회가 있습니다.

저는 늘 소설가였지만, 생계비를 마련하려고 수년 동안 저널리스트로 잡지에 글을 썼는데, 잡지에 글을 쓸 때 무엇보다 먼저 이해해야 할 점은 1차 자료와 2차 자료의 차이입니다. 이런 개념을 받아들인다면 앞으로 대학에서 할 많은 일이 수월해질 겁니다. 1차 자료는 사건 자체이고, 2차 자료는 그것의 해석이나 보고입니다. 가령 『위대한 개츠비』에 관한 과제물을 쓴다고 합시다. 그 소설이 1차 자료입니다. 그에 관한 논문이나 책은 2차 자료입니다. 클리프스노트*도 2차 자료이고, 그런 건 절대 건들지도 말길 바랍니다. 사우스캐롤라이나 주지사를 주제로 한 과제물을 쓰고 싶다고 합시다. 가장 좋은 1차 자료는 주지사 본인과의 인터뷰겠죠. 다른 1차 자료는 그의 조수나 수석 보좌관이나 아내처럼 그를 실제로 아는 사람들일 겁니다. 신문 기사에서 정보를 구한다면, 그것은 2차 자료를 이용하는 겁니다. 어떤 선생님이든, 어떤 기자든, 2차 자료가 극히 중요하다고 말할 겁니다. 다른 사람의 의견을 살펴보면 여러분의 논지를

---

* 문학작품의 요약과 학습 가이드 등을 제공하는 웹사이트.

구성하는 데도 도움이 되고, 여러분이 고려하지 않았을 다른 측면도 알게 될 거라고 말이죠. 하지만 가능하다면 언제든 1차 자료에 기반하여 결정을 내려야 합니다. 학생이든 아니든, 남의 의견에 의존하는 것으로는 충분치 않습니다. 논의되는 대상 자체를 직접 보고 결정을 내려야 하는 거죠. 공부하고 배운다는 것은 바로 그런 의미입니다. 2차 자료 중에는 자기 관점을 얼마나 열정적으로 요란하게 떠드는지, 그 말을 그대로 받아들이고 싶은 유혹이 드는 것도 있을 겁니다. 직접 알아보는 일을 건너뛰고 싶은 유혹이 들 겁니다. 하지만 순종과 게으름은 백지 한 장 차이이고, 여러분이 옳고 그름의 문제에서 남의 말을 순종적으로 따르기만 한다면 결국 여러분이 가는 길은 아주 컴컴한 길이 될 겁니다.

대학 생활에서 배움의 기회 다음으로 좋은 점은 학교에서 사귀게 될 수많은 친구입니다. 지금은 다소 외로움을 느낄 수도 있겠지만, 곧 달라질 겁니다. 여러분이 한 번도 만나지 못했지만 여러분 인생의 가장 중요한 인물이 될 사람들이 이 자리에 있습니다. 그 친구들은 여러분이 무슨 과제물을 썼고 어떤 점수를 받았는지 잊어버린 뒤에도 오랫동안 함께할 겁니다. 오늘 여러분에게 하고 싶은 이야기를 정리할 때 제가 도움을 구한 것도 친구들이었어요. 루시에게 전화를 할 수 없어서 특히 애석했지요. 온갖 일들이 생기는 바람에, 나의 절친한 친구, 스캔들을 몰고 다니는 사랑스럽고 다정한 루시를 다룬 책 이야기를 하라고 이 자리에 초청받았다는 사실을 잊고 말았습니다. 루시는 이런 상황이 전부 무척이나 우습고 재밌다고 생각했을 거예요. 루시는 자신에 대한 비판을 마음에 담아두지 않았습니다. 워낙 매섭고 악의적인 비판에 단련되었으니 지금 제가 부딪힌 상황쯤은 식은 죽 먹기로 여겼을 테죠.

친구를 사귀고 친구가 되어줄 수 있는 능력은 배우는 능력과 다르지 않습니다. 둘 다 수고를 마다하지 않으면서 무엇이든 받아들이는 열린 마음에 뿌리를 두고 있으니까요. 기꺼이 전력을 다하고 위험을 감수하고자 한다면, 둘 중 하나가 죽을 때까지 내게 중요한 사람을 기꺼이 사랑하고 존경하고 소중히 여기고자 한다면, 그러면 당연히 무척 가슴 아픈 일도 있겠지만 그보다 더한 보상이 있을 겁니다.

이런 논란이 생긴 덕에 참 많은 생각을 할 수 있어서 기쁘고, 지금 나오는 반대의 목소리가 내 친구의 행동이 아니라 내 책을 과제로 선정한 결정에 대한 것이라는 결론에 이르러 기쁩니다. 루시를 쉽게 재단하고 싶어진다면, 바라건대 오늘밤 잠자리에 들 때 루시에게 일어난 일이 나와 내가 사랑하는 이들에게 절대 일어나지 않기를 기도하세요. 루시는 평생 수없이 재단당했습니다. 문밖을 나설 때마다 매번 재단당했죠. 그러니 이제 충분하다고 봐요.

스캔들의 중심이었던 고전인 『위대한 개츠비』의 첫 부분에서 화자인 닉 캐러웨이는 이렇게 말합니다. "외부의 영향에 취약하던 젊은 시절의 내게 아버지는 조언 한마디를 했는데, 이후로 내내 그것이 마음속에서 떠나지 않는다. '누군가를 비판하고 싶어질 때면, 이 세상 사람들이 모두 너와 같은 혜택을 받지는 않았다는 사실을 기억해라.'"

제가 그 책을 처음 읽은 것은 열두 살 때였습니다. 걸스카우트 캠프에 가지고 갔던 기억이 나요. 그 소설은 남들과 어울리고 싶어하는 젊은이를 다룬 성인 소설이었죠. 물론 어려서 이해하지 못한 부분이 있었겠지만, 대체로는 이해했어요. 방금 인용한 대목의 의미가 무엇인지, 그건 분명히 이해했죠. 이후 그 책을 아마 여남은 번은 더 읽었는데, 그때마다 더 와닿았어요. 저는 닉 캐러웨이가 아버지에게 들었던 조언을 종종 되새겼고, 그러면 내 안에 없는 줄 알았던 공감과 연민을 되찾는 데 도움이 되었습니다. 오늘 특히 큰 도움을 받았는데, 신랄하게 비판하고 싶은 마음이 들었지만 누군가는 저와 같은 혜택을 받지 못했을 거라는 사실을 상기하며 그냥 접어두었기 때문이죠. 루시에게서, 루시의 실패와 성공, 사랑하고 사랑받을 수 있는 엄청난 능력에서 배울 기회가 제게는 있었으니까요. 누구도 제 책을 여러분에게서 빼앗지 않아서 다행입니다. 여러분에게도 루시에게서 배울 기회가 생긴 것이니까요. 긴 시간 주의깊게

들어주셔서 감사하고, 누가 뭐래도 책 읽기를 그만두지 말길
바랍니다.

들어주셔서 감사하고, 누가 뭐래도 책 읽기를 그만두지 말길

방해하지 마시오

어린 시절 나는 몸이 가냘팠고, 꼼짝 않고 있는 놀라운 능력이 있었다. 이 두 특성에 활달한 상상력이 더해지면, 그것은 곧 내가 술래잡기에서 무적이라는 뜻이 된다. 베개를 옷장에 넣어 두고, 침대 위 베개가 있던 자리로 들어가 웅크린 채 이불을 말끔하게 덮은 다음, 다른 아이들이 내 이름을 부르는 동안 몇 시간이고 베개인 척 꼼짝 않고 있기만 하면 됐다. 그로부터 오랜 세월이 흐른 지금, 내 환상 속 삶이 숨는 것과 얼마나 큰 연관을 가지는지 생각하면 오싹할 정도다. 증인 보호 프로그램은 분명 끔찍한 일이겠지만, 삶이 나를 집어삼킬 듯한 시기가 오면 나는 위조 신분을 받는 대가로 어느 조직폭력배의 정보를 캐낼 수는 없을까 상상하곤 한다. 교도소도 마찬가지다. 당연히 무시무시하고 참혹하겠지만, 전화벨이 울릴 일은 없을 테니 엄청나게 많은 책을 읽을 수 있지 않을까? 그렇다고 내가 내 삶을 사랑하지 않는다는 뜻은 아니다. 정말 사랑한다. 하지만 온갖 멋진 손님들이 우리집에 저녁식사를 하러 오고, 그다음에 다시 와서는 아예 오래 머무는 일이 많다보니(그들은 날 사랑하고 나도 그들을 사랑하니까) 내 삶은 사람들이 바글바글한 러시아 소설처럼 되어버렸다. 수많은 친구와 일가친척과 애인이 함께하는 이 삶은 무척 신나는 삶이긴 하지만, 때로는 비명을 지르며 산속으로 달아나고 싶어지기도 한다.

바로 이 지점에서 내 마음은 정확하게 반으로 갈린다. 한편으로는, 내 집에 사람들이 가득차는 즐거움을 누리니 얼마나 풍요로운지! 그런 마음으로 대단히 기뻐하지만, 다른 한편으로는, 뭐라도 해내려면 당장 짐을 싸서 떠나는 게 낫겠어, 이렇게 한탄한다.

그래서 나는 감당할 수 없는 한계가 다가오는 것을 느끼며, 손님들 탓에, 빨랫감 탓에, 우편이나 이메일 탓에, 그리고 『파이와 페이스트리 바이블』을 보고 사과파이를 구워야 한다는 멍청하고도 강박적인 내 욕구—상상 이상으로 손이 많이 가는데다 결국 그로 인해 집에 찾아온 손님들이 또 찾아오게 될 뿐인데도—탓에 결국 쫓겨나듯 집을 나서게 된다. 전화 몇 통을 돌린 뒤, 지하실에서 트렁크를 끌고 올라와 남편에게 몇 마디로 간단히 설명한다. 남편은 나를 워낙 잘 알아서 이제 내가 떠날 때가 왔고, 그러면 가만히 길을 비켜주는 게 좋다는 것을 잘 안다.

그런 다음 나는 로스앤젤레스로 날아가 벨에어호텔로 들어간다.

이건 여러 측면에서 최선의 선택은 아니다. 로스앤젤레스에는 지인들이 많고, 그중에는 친척도 많은데, 내가 그 동네에 와 있으면서도 숨어서 찾아오지 않는다는 사실에 기분좋을 사람은 하나도 없기 때문이다. 당장은 그들이 이 글을 읽을 일은 절대 없으리라 나 자신을 속이며 알리지 않기로 한다. 이 우아한 은신처에 들이는 돈의 몇 할만 가지고도, 나 때문에 마음 상할 사람이라고는 단 한 명도 없는 도시인 오마하나 톨레도의 베스트 웨스턴 호텔에 어렵지 않게 묵을 수 있을 것이다. 고요함에 푹 젖은 채 일만 잔뜩 하는 것이 내 목표이니, 무슨 차이가 있겠는가?

베스트 웨스턴? 벨에어호텔? 난 바보가 아니다. 대개 살면서 도망갈 기회란 별로 없고, 그래서 이왕 할 바에야 제대로 하고 싶다. 게다가 난 로스앤젤레스를 사랑한다. 그곳에서 자라진 않았지만 내가 태어난 곳이니까. 야자수와 부겐빌레아와 늦은 오후의 환하고 푸른 빛을 사랑한다. 이국적인 그 모습이 내게는 익숙하고 위안이 된다. 게다가 최근에 조앤 디디온의 책을 전부 다시 읽고 있는데, 그녀의 책을 읽으면 항상 서부로 가고 싶어진다. 너무 많은 손님에 시달릴 때면 그녀도 벨에어호텔에서 한동안 묵는, 바로 그 일을 했을 것 같다.

어딘가를 돌아다닐 계획이 없으니 차도 빌리지 않는다. 관광이든 쇼핑이든 할 마음이 없다. 게티미술관을 다시 찾으면 좋겠다는 생각을 잠깐 해보지만, 바로 머릿속에서 지워버린다. 나는 올해『올해의 미국 단편선』객원 편집위원이라, 내가 들고 온 트렁크에는 읽어야 할 원고가 잔뜩 들어 있고, 노트북컴퓨터 안에는 지금쯤 완성되었어야 마땅하지만 반밖에 쓰지 못한 소설이 들어 있다. 내가 생각하는 휴가는 혼자서 조용히 일하는 것이지 여기저기 차를 몰고 돌아다니는 것이 아니다. 내게 필요한 기분전환은 객실 바깥의 파티오에서 자라는 미국풍 나무로 충분하다.

캘리포니아 사람들은 이동 수단이 없는 상황을 절대 마음 편히 받아들이지 못한다. 체크인을 할 때 호텔 직원이 말하길, 덜덜 떠는 치와와를 무릎에 앉힌 영화배우들이 라떼를 마시는 윌셔나 로데오 드라이브를 비롯해 어디든 호텔 차를 이용해서 공짜로 다닐 수 있다고 한다. 나는 고개를 저으며 말한다. "밖에 나가고 싶지 않아요. 일하러 온 거예요."

"일은 우리 벨에어호텔에서는 쓰지 않는 말인데요." 직원이 말한다.

나는 그 단어를 다시는 입 밖에 내지 않겠다고 속으로 잘 새겨둔다.

내가 벨에어에 온 까닭은 예전에 묵은 적이 있어서가 아니라, 아버지가 어린 언니와 나를 데리고 이곳에 와서 점심을 먹은 적이 한 번 있어서다. 가파른 골짜기 아래로 물이 흐르고, 타고 올라갈 수 있는 곳마다 덩굴이 뒤덮고 있는 풍경이 정말이지 무성한 정글 같았다는 인상을 아직도 간직하고 있다. 식사를 하던 테이블에서 건너다본, 목이 희고 가느다란 백조도 기억한다. 물위에 둥둥 떠다니는 모습이 커다란 발 받침대 같았다. 이 호텔은 매릴린 먼로가, 나중엔 낸시 레이건*이 자주 찾던 곳이고, 그사이에도 혼자 있고 싶은 많은 사람들이 찾았던 곳이다.

내가 도착하자, 벨에어호텔은 찻주전자와 먹음직스러운 과일 접시를 방으로 보내준다. 십오 년 전에 여기서 한 번 머문 적이 있는 내 친구 지넷이 말해준 바로는, 저녁마다 잠자리에 들 시간에 손님용 쿠키와 우유 한 잔을 보내주었다고 했다. 쿠키가 어찌나 예쁜지 사진을 찍어두었다고. 하지만 시대가 달라졌다. 이제 벨에어호텔에서 쿠키를 먹는 사람은 없다.

첫날 아침은 성공적이다. 그러니까 침대에서 뒹굴뒹굴하며

---

* 대통령 로널드 레이건의 배우자이자 영화배우.

곧바로 소설 원고를 쌓아놓고 읽기 시작한다는 뜻이다. 과일과 식은 차로 아침을 대신하는데, 그래도 괜찮다. 방안의 정적에 너무 취해서 이곳을 떠날 수가 없을 것 같다. 정오에는 사려깊게 물 온도를 28도에 맞춘 수영장에서 수영을 한다. 눈에 보이는 사람은 하나도 없고, 그래서 나는 벽에 붙은 경고문이 말하듯 위험해도 도와줄 사람 하나 없는 상태로 수영을 한다.

짐을 풀고 나니, 소설 원고가 가방 속 공간을 너무 많이 차지해서 챙겨 온 옷이 별로 없다는 사실을 깨닫는다. 충분히 봐줄 만한 깔끔한 모습이긴 하지만 전혀 세련되지는 않은 차림으로 점심을 먹으러 호텔 식당에 나타나자 지배인이 예약을 했느냐고 묻는데, 나는 예약을 하지 않았다. 점심을 먹기에는 늦은 시간인데, 이보다 더 늦게 오는 사람들은 정말 힙한 차림이어야 하나보다. 테라스에 빈 테이블이 대여섯 개 있는데도, 지배인은 나 말고는 아무도 없는 실내로 나를 안내한다. 불만을 제기할 수도 있지만, 혼자 있을 시간이 필요해서 왔으니 혼자 있는 편이 낫겠다 싶다. 바깥에 앉아 점심으로 블루치즈도 드레싱도 없이 건강식 콥샐러드를 먹는 화려한 여성들을 실내의 테이블에서 바라본다. 빵이 담긴 바구니를 든 남자가 구름 조각처럼 외롭게 테이블 사이를 오간다. 내게 다가온 그의 바구니에는 가지런히 놓인 빵이 가득하다. 사워도우 롤빵과 치즈스틱 두 개를 달라고 하자 그가 진심으로 기뻐하는 듯한 환한 미소를 짓는다.

익명성을 찾아 이 특정한 호텔로 온 것이 나조차 몰랐던 나의 천재성을 보여준다는 사실을 알게 된 것은 그리 오래 지나지 않아서다. 이 호텔은 은신을 원하는 이들의 요구에 맞춰 지어진 것으로 명성이 자자하다. 비록 그들의 은신 방식은 나보다 훨씬 현란하지만. 그들은 붙임 머리와 엄청나게 큰 샤넬 선글라스 뒤에서 은신한다. 재규어 차창은 짙은 선팅이 되어 있다. 방안에 틀어박혀 객실 청소 직원을 곤란하게 하는 게 기본인 내 방식의 은신과는 대조적으로 굉장히 시선을 끌고 시선을 받는 은신이다. 식당 지배인이 다음날도 여기서 식사를 하려거든 예약을 꼭 해야 한다고 해서 예약을 했지만, 다음날이 되자 식당에 내려갈 기운이 없다. 수영장에 머물며 수영도 하고 단편소설도 읽는다. 수건을 가져다준 남자는 에비앙 물병 옆에 놓인 화려한 바구니에 담긴 과일을 전부 먹어도 된다고 한다. 여전히 배가 고프지만, 몸을 일으켜야 할 정도는 아니다. 한참 뒤, 오십대 후반으로 보이는 금발 여성이 내 옆자리의 긴 의자에 자리를 잡는다. 수영장을 빙 둘러 놓인 빈 의자가 아마 마흔 개는 되겠지만, 희미한 햇빛이나마 받을 수 있는 곳은 여기 두 개뿐이다. 벨에어호텔은 나무고사리와 거대한 야자수, 우뚝 솟은 동백과 치자나무 등 초목이 얼마나 무성한지 어디나 그늘에 잠겨 있다. 내 옆에 앉은 여자는 무척 아름답다. 나이든 엘케 조머*나 존 데릭**의 아내 중 한 사람을 연상시킨다. 늘씬한 다리와 부드러운 허리선을 가졌고, 따닥따닥 붙은 분홍색 카네이션처럼 보이는 장식이 가장자리에 달린 손바닥만한 분홍색 비키니를 입었다. 최대한 햇빛을 따라가려고 우리는 십오 분마다 수건을 들고 의자를 옮긴다. "춥네요." 여자가 러시아 억양이 섞인 말투로 내게 말하고는 다시 스도쿠 퍼즐에 열중한다. 이것이 내가 직원이 아닌 사람에게 유일하게 들은 말이다. 나는 우리 두 사람이 신선한 공기로 쇠약한 신경을 치료할 요량으로 벨에어호텔에 왔거나, 『마의 산』에 나오는 결핵 환자 요양원에서 털 담요를 둘둘 감은 채 누가 와서 체온을 재기를 기다리는 중이라고 잠깐 상상해본다.

벨에어호텔에는 두 측면이 있다. 한편에는 잘 차려입은 사람들이 무척 진지한 태도로 텔레비전 쇼에 관해 시끌벅적하게 의견을 나누는 붐비는 식당이 있다. 이곳에 붙박여 며칠 동안 관찰한 것을 토대로 포괄적인 일반화를 하자면, 남자들의 모임은 아침에 있고 여자들의 모임은 점심때 있는데, 모두가 골든글로브와 레이 로마노***와 〈로스트〉와 〈CSI〉에 관해 이야기한다.

---

* 1960년대와 1970년대에 활동한 독일 배우.

** 미국의 배우, 감독, 사진가.

*** 미국의 스탠드업 코미디언이자 배우.

적어도 내가 토스트("토스트는 됐어요"나 "토스트는 말고 계란 흰자만요" 식으로 '토스트'도 여기서 무척 자주 오가는 또 다른 단어다)에 버터를 바르는 동안 끊임없이 반복해 들리는 단어는 그런 것들이다. 내 의지와 상관없이 며칠 동안 주연 배우를 자처하는 타인들의 수동적 청중 역할만 하다가 나도 약간의 관심을 받아보기로 한다. 내가 스스로 주장하듯이 고독함을 오롯이 끌어안기로 했다면 채소 프리타타를 주문해야겠지만, 나는 워낙 어디로 튈지 모르는 즉흥적이고 어리숙한 인간이라 거의 트레비 분수로 뛰어드는 아니타 에크베리*에 버금가는 행동을 한다. 종업원에게 팬케이크를 주문한 것이다. 팬케이크는 벽돌처럼 딱딱하고 약간 시큼한 맛도 나니 결국 실수였다. 아무도 먹으려 하지 않는 음식을 주문하는 건 결코 현명한 일이 아니다. 그래도 벨에어호텔에는 근사한 먹을거리가 아주 풍부하다. 가장 격식이 있고 양도 많은 식사인 저녁 음식이 가장 훌륭하다. 가리비 퐁뒤와 메인주 랍스터찜은 비싼 만큼 맛도 좋다. 지나치게 고급스러운 음식이 내키지 않으면 바에 가면 되는데, 바의 종업원은 상냥하고 피아노 연주자는 매력적이고 음식은 형편없다. 뜻하지 않은 실수로 닭고기 파이를 주문했다

---

* 스웨덴 출신으로 미국에서 활동한 배우. 트레비 분수로 뛰어드는 장면은 아니타 에크베리가 주연한 영화 〈달콤한 인생〉에 등장한다.

면, 무슨 일이 있더라도 먹지는 말길.

벨에어호텔의 다른 편—"여기서부터는 객실 손님만 출입 가능합니다"라는 안내문을 보면 알 수 있다—은 객실이다. 그 쪽으로 넘어가면 쥐죽은듯 고요하다. 얼마나 고요한지 간혹 호텔의 숙박 손님이 나 혼자인가 싶기도 하다. (분홍색 비키니를 입은 친구는 그 이후로 다시 보지 못했다.) 어느 밤에 혼자 저녁을 먹고 방으로 돌아오는데, 양복을 입은 남자가 이 경계에 다다른 나를 쫓아 급히 달려온다. "제가 뭐 도와드릴 일이 있을까요?" 그가 이렇게 날선 말투로 묻는다. 나는 약간 기분이 나빠진다. 저녁을 먹으러 내려갈 때 나로서는 최대한 신경써서 차려입었고, 그래서 이 정도면 객실 손님으로도 손색이 없겠다 싶었는데, 결국 내 생각이 틀렸던 것이다. 내가 호텔에 묵고 있다고, 그것도 며칠 되었다고 해명하자, 그는 완전히 믿지는 않는 눈치이지만 나를 보내준다. 이곳의 자목련 향기 속에는 보글거리는 분수에서 풍기는 염소 소독약 냄새가 약간 섞여 있다. 내가 남부 캘리포니아와 늘 연관 짓던 냄새이고, 무척이나 사랑하는 냄새다.

휴가를 통해 무엇을 원하는지는 나이가 들면서 바뀐다. 휴가를 다닐 때마다 달라진다. 내게 휴가는 문화생활이 전부인 적도 있었다. 진정한 휴식이란 다리가 아플 때까지 박물관에서 돌아다니다가 오페라나 연극 표를 사려고 줄을 서는 것이었다.

그러다 나중에는 느긋이 쉬는 일을 신봉하게 되었고, 계획을 짤 때 해변이나 마사지 같은 단어를 검색하게 되었다. 그때는 럼 칵테일 잔 한구석에 잘 꽂아놓은 자그마한 종이 우산이 그렇게 어여쁠 수가 없었다. 지금은 초월적으로 남들 눈에 띄지 않으면서 집에서 못한 일을 해낼 기회를 가지려 애쓴다. 하지만 벨에어호텔에서 다시 짐을 싸다보니, 최고의 휴가란 잠시 나를 내 삶에서 해방시켜주고 그런 뒤에 다시 그 삶을 원하게 만드는 것이 아닐까 싶다. 이제 나는 다시 남들 눈에 띌 준비를 마쳤고, 사랑하는 문명으로 돌아갈 생각에 짜릿한 기분이 든다. 한 달이 걸릴 일을 닷새 만에 해냈다. 고독을 한껏 즐겼다. 집으로 돌아갈 생각에 미치도록 감사한 마음이다.

『2006년 올해의 미국 단편선』 서문

단편소설은 스캔들이 필요하다.

단편소설이 해야 할 일이란, 자신이 실제 사건에 근거를 두고 있다고 주장한 다음, 대중으로부터 맹렬한 부정의 폭격을 맞은 뒤 칸에서 기자회견을 열어 머뭇거리면서도 담대하게 이렇게 고백하는 것이다. 사실 실제로 일어난 일은 아무것도 없습니다. 전부 허구입니다. 네, 온갖 소문이 무성했지만, 항상 허구였고 허구라서 **자랑스럽습니다**. 혹은 스스로 유괴 자작극을 벌인 후 삼 주 뒤에 『뉴요커』에 등장하여 무슨 일이 있기는 했지만 공개적으로 밝힐 수는 없다고 발표하는 것도 고려해볼 만하다. 아니면 누구도 예상하지 못한 유명 인사의 지지를 받아낼 방법을 찾아보든가. 가령 타이거 우즈가 자기는 9번 홀에 나갈 때 무조건 뒷주머니에 단편소설 한 편을 넣고 나간다고 말한다든가. 한 라운드가 끝나고 다음 라운드가 시작되기 전에 읽기에 딱 알맞은 길이니까. 무엇을 하기로 하든 그것은 중요하지 않지만, 무엇이든 해야 한다. 어쨌든 단편소설은 대대적인 광고가 필요하다. 홍보 전문가가 필요하다. 그것도 당장.

나는 최근에 상당히 많은 단편소설을 읽었는데, 거의 대부분이 놀랍도록 훌륭했기에 이 문제를 논의할 상당한 권한이 있다. 내가 최근에 읽은 그 어떤 장편소설보다 더 낫다. 더 대담하고, 기교도 더 뛰어나고, 더 독창적이다. 그런데도 함께 장편소설을 논의할 수 있는 지인은 많지만 단편소설에 관해 이야기하며 함께 넋을 놓을 사람은 카트리나 케니슨 루어스(그녀에 관해서는 뒤에서 더 얘기하겠다)와 내 친구 케빈 윌슨, 딱 둘뿐이다. 케빈은 남들이 통속적인 첩보 소설을 읽듯 문학잡지를 읽는 젊은 작가로, 한밤중에 다짜고짜 전화를 걸어 "『틴 하우스』 최신호 읽어봤어?"라고 물을 수 있는 친구다. 이 두 친구와의 우정이 내게 더없이 소중하긴 하지만, 유감스럽게도 둘만으로는 충분치 않다고 말해야겠다. 최근 들어 단편소설에 빠져 있다보니, 독자가 둘 이상 필요하다. 지금 나는 종교적 개종자의 열의로 가득차 있다. 공항에 서서 『원 스토리』나 『아그니 리뷰』를 나눠주고 싶다. 생판 모르는 사람에게 플롯과 등장인물과 문체를 설명해주고 싶다. 나로서는 이런 메시지를 대중에게 설파할 마음이 차고 넘치지만, 단편소설이 나와 같이 노력해줘야 한다. 얌전함을 좀 버릴 필요가 있는 것이다.

단편소설이 첫번째로 고려해야 할 일은, '장편의 소소한 보조 역할', 습작이나 준비운동의 역할을 벗어던지는 것이다. 최근 나는 주요 출판사의 편집자 친구에게 이디스 펄먼의 특출한 단편소설 한 편을 거론하며 그 장점을 입에 침이 마르도록 칭찬한 적이 있는데, 그 친구는 내 말을 중간에서 끊고는 더 듣고 싶지 않다고 했다. "읽으면 홀딱 반할 텐데, 그걸 살 수는 없어." 그녀가 비통하게 말했다. "설사 산다 해도 팔 수가 없고." 출판계에서 단편소설은 이루어질 수 없는 사랑인 듯하다. 출판사가 결국 마음이 약해져서 단편집을 사기로 결정하는 아주 드문 경우라도, 보통 다음 작품은 장편, 즉 팔릴 책이어야 한다는 조건을 내건다. 하지만 나중에 사정이 어떻게 될지를 미리부터 생각해야 하는 걸까? 단편소설을 그 자체로, 내가 원한다는 사실조차 몰랐던 어떤 곳으로 날 데려가는 작품으로, 분량은 몇 장 안 되지만 눈부시게 아름다운 작품으로 사랑하면 안 될까? 단편소설은 작품집을 내달라고 요구하지도 않고, 잠재적 장편소설인 척 행세할 생각도 당연히 없다. 단편소설 작가가 내면에 장편소설을 담고 있다고 누가 말할 수 있나? 자기 팀에 단거리 주자를 받아들이면서 마라톤도 뛰어야 한다는 조건을 다는 경우가 있나? 물론 둘 다 하는 작가가 많고, 둘 다 잘하는 작가도 있지만, 장편을 쓰는 작가가 단편을 내거나 단편을 늘여 장편을 만드는 경우, 내게는 항상 그 사실이 선명하게 드러난다. 양쪽에 균등한 재능이 있는, 몇 안 되는 작가들의 리스트가 머릿속에 떠오르는데, 그중 첫번째는 존 업다이크다. 하지만 존 업다이크는 애초에 크로스컨트리와 100미터 달리기를 둘 다 수월하게 우승할 수 있는 작가다.

백이십 편이 넘는 작품을 받아서 딱 스무 편만 추려내는 일은 대단히 어려웠다. 워낙 훌륭한 작품이 많아서 서른 편이나 마흔 편을 추려내야 했더라도 기쁘게 할 수 있었겠지만, 원래 스무 편인 『2006년 올해의 미국 단편선』을 내 마음대로 할 수 없다는 것을 잘 안다. 그렇다면 뛰어난 단편이 이렇게 많이 나오는 상황을 어떻게 설명할 수 있을까? (이 단편선이 실제로 미국에서 가장 뛰어난 단편소설의 모음은 아니라는 사실을 당연히 기억해야 한다. 여기 엮은 단편은 내가 가장 좋아하는 단편이고, 내게는 편견과 확고한 의견이 있으니까. 이 기획의 천재성—분명 이 시리즈가 장수하는 이유이기도 할 텐데—은 매년 탁월한 단편을 판가름하는 기준에 대한 자기만의 철학으로 충만한 객원 편집위원에게 편집을 맡긴다는 것이다. 그들이 '최고의' 단편을 결정하는 역할에 익숙해지자마자 그들과 똑같이 본인의 취향을 확신하는 다른 작가가 그 자리를 차지한다.

작가를 두고 말할 수 있는 한 가지가 바로 그것이다. 글쓰기라는 문제에 관해서라면, 본인이 무엇을 좋아하는지 명확히 안다는 것.) 단편이 장편보다 쓰기 쉬워서일 수도 있지만, 둘 다 시도해본 경험으로 말하자면 그래서는 아닌 것 같다. 그보다는 단편이 쓰고 버리기 쉽다는 점이 더 사실에 부합한다고 본다. 길이가 짧으니, 쓰면서 실수를 통해 교훈을 얻고 형편없는 작품과 그럭저럭 괜찮은 작품까지도 더 수월하게 버릴 수 있는 것이다. 잘 안 되면 버리면 된다고 생각하면 좀더 위험을 감수할 수도 있고, 그러다보면 더 나은 글쓰기로 이어진다. 형편없는 단편을 던져버릴 때는 애석하기는 해도, 종국에는 늘 안도감으로 다가온다. 반면에 형편없는 장편소설을 쓰레기통에 처박으려면 진정한 고결함이 요구된다. 장편이란 엄청난 시간과 노력을 뜻하는 것이라, 좋은 교훈으로 삼고 포기하는 편이 누구에게나 좋은 일인 경우에도 그것을 출간하려고 용맹하게 고군분투하는 경우가 종종 있다. 내가 아는 사람 중에 맨 처음 쓴 장편소설을 출간한 이들은 많다. 하지만 맨 처음 쓴 단편을 출간했다는 사람은 알지 못한다.

그렇다면 어째서, 그러니까 지금 하는 말이 사실이라면—이 서문을 위해 사실이라고 가정해보자—어째서 밖으로 뛰어나가 『하퍼스 매거진』을 사서 그 목차를 훑어본 뒤 곧바로 단편을 읽는 사람이 많지 않은 걸까? 단편은 돈도 적게 들고, 더 좋은 작품일 경우가 많고, 시간도 덜 잡아먹는다. 그런데 왜 단편에 푹 빠지지 않는 걸까? 내 생각에 단편소설은 파문을 일으키지 못한다는 사실과 관련이 있지 않나 싶다. 나는 소설가라서 매년 읽는 장편소설의 권수는 평균(평균이 얼마이든)을 훨씬 상회한다고 말할 수 있다. 내가 신간을 읽을 마음을 먹는 일은 그리 어렵지 않다. 인상적인 서평이나 친구의 추천으로, 심지어 표지가 특히 시선을 끄는 책을 고른다. 내 교육에 존재하는 구멍을 메우기 위해 서점의 여름휴가용 도서를 뒤적인다. 늘 꼭 읽어봐야지 하던 책들(『제노의 의식』이 지금 침대 옆 협탁에서 날 기다리고 있고, 읽어야 할 디킨스 소설도 여전히 많다)도 계속 집어들게 된다. 하지만 내가 읽으려 한 장편소설, 그리고 실제 읽었던 거의 모든 장편소설은 아무리 유명하지 않은 책이라도 어쨌든 처음에 어떤 식으로든 내 주의를 끌었다. 그와 달리 단편집이 아닌 잡지나 문학지에 실리는 단편은 작가의 이름과 이따금 독자의 시선을 붙잡는 흥미로운 제목밖에 가진 게 없다. 단편에 삽화 하나라도 넣어주는 것은 소수의 대형 출판물밖에 없다. 단편은 직접 나가서 독자를 붙잡지 않는다. 그저 독자를 기다린다. 기다리고 기다리고 또 기다린다.

물론 당신이 어느 해에 『올해의 미국 단편선』의 편집자로 선정되는 행운이 생기지 않는다면 말이다. 한 편의 단편소설로는 문명의 온갖 소음을 뚫고 독자에게 들릴 만한 소리를 내기는 힘들겠지만, 하나로 묶인 단편들은 벌떼의 효과가 있어서 태양빛을 가리고 다른 소리를 차단하며 당신이 그것만 생각하도록 만들 수 있기 때문이다. 그래서 내가 남들보다 운이 좋다며 자랑하는 일이 내 본성에 반하기는 하지만, 이 경우엔 내가 더 운이 좋다고 말해야겠다. 나처럼 단편소설을 우편으로 집에서 직접 받아볼 수 있는 사람이 아니라면 말이다. 그리고 설령 그렇다고 해도 카트리나 케니슨 루어스에게서 직접 받지는 못할 텐데, 내 진짜 이점은 바로 그것이다. 내가 받는 작품들은 그냥 아무 단편, 좋은 면과 나쁜 면이 교차하는 평범한 단편이 아니기 때문이다. 이 분야에 정통한 지식과 애정을 지닌 이들이 지난해 『올해의 미국 단편선』 이후에 발표된 방대한 양의 작품 중에서 골라낸 것이다. 보석 같은 작품을 찾아내 내게 보내주기 위해 카트리나는 따분하고 변변찮은 작품들을 전부 헤치고 다녀야 하는, 이 프로젝트의 힘든 부분을 담당한다. 내가 좋은 작품을 읽을 수 있도록 먼저 모든 글을 읽고, 나는 내가 생각하는 최고의 작품을 고르기 위해 내가 받은 좋은 작품을 전부 읽는다. 그리하여 충전재를 넣은 봉투에 담긴 단편들이 우리집 문 앞에 도착했다. 나는 그렇게 꾸준히 배달되는 단편들을 침대와 욕조와 뒷문 근처의 전략적 위치마다 쌓아두었다. 집안 여기저기에 원고가 충분히 흩어져 있으면 가속도가 붙는다. 읽으면 읽을수록 더 읽고 싶어졌고, 더 추천하고 싶어졌고, 그렇게나 많고 다양하고 뛰어나다는 사실만으로도 소설들은 자체 광고 효과를 발휘했다. 그 작품들은 내게 동반자가 되어주었고, 제한된 범위 안에서도 각각의 경험은 완전했다. 어디를 가든 내 수중에 단편소설이 많으니, 기다리는 일도 개의치 않았다. 일요일 아침에는 끝이 안 보이게 이어지는 자동 세차장의 긴 줄에 차를 세우고, 글러브박스에서 단편 하나를 꺼내 읽기 시작했다. 단편소설만 읽을 수 있다면 만사를 제쳐놓았는데, 이 당시에는 단편소설이 내 일이었기 때문이다. 그것을 읽느라 며칠 내내 소파에 누워만 있어도 양심의 가책은 손톱만큼도 들지 않았다. 그보다 더 좋은 것이 과연 있을까? 나는 한 해를 완전 몰입 언어 캠프에서 보낸 기분이었고, 그 기간이 끝나자 단편소설이라는 언어에 유창해졌다.

물론 나는 초보자는 아니었다. 나와 단편소설의 관계를 되짚어보자면 내가 독자였던 가장 어린 나이까지 거슬러올라갈 수도 있겠지만, 진정한 관계가 형성된 건 유도라 웰티의 「자선 방문」을 읽었던 열두 살 때였다. 그전에도 좋아했던 단편소설—모든 중학교 국어 시간의 핵심이었던 전형적 읽기 과제물인 모파상의 「목걸이」나 오헨리의 「크리스마스 선물」 따위—은 있었지만, 「자선 방문」은 비록 어린 여자아이를 다루는 이야기라도 내게는 한없이 어른스러운 작품으로 느껴졌다. 그 작품은 결말의 반전으로 독자에게 보상을 주거나 명료한 도덕적 의무를 제시하지 않았다. 더 놀라웠던 건 작품 앞에 사진과 함께 실린 저자 약력에서 작가의 이름 뒤에 날짜가 딱 하나, 1909년만 있고 그다음은 줄표였다는 것이다. 나는 작가의 사진으로 거듭 돌아가 상냥해 보이는 기름한 얼굴을 들여다보았다. 생존한 작가가 교과서에 실려 있다니, 그런 조합은 여태껏 본 적이 없었다. 열두 살 때쯤이면 내가 이미 작가가 되고 싶다고 확신했던 시점이지만, 작가라는 것이 살아 있는 사람이 하는 일인지에 대해서는 전혀 확신이 없었다. 단편소설 시장은 고인이 된 작가들이 장악했고, 유도라 웰티라는 이 인물은 내가 아는 한 그런 대세를 거스른 최초의 작가였다. 7학년이 시작될 때 나는 생존 작가에게 내 운명을 걸기로 결심하면서 유도라 웰티를 가장 좋아하는 작가로 정했다. 사 년 뒤, 내가 열여섯 살 때 유도라 웰티의 낭독회가 밴더빌트에서 있었다. 나는 행사장에 일찌감치 가서, 그해에 어머니가 생일 선물로 사준 커다란 『유도라 웰티 단편소설 전집』 양장본을 끌어안고 앞줄에 앉았다. 내가 처음으로 참석한 낭독회였고, 낭독회가 끝난 뒤 내 책에 사인을 받았다. 잘못된 책장을 펼쳐 책을 내밀자 그녀는 나를 바라보면서 말했다. "아냐, 아냐, 얘야. 사인은 제목이 있는 장에 받는 거란다." 그러면서 내 책을 끌어다가 제대로 된 페이지로 넘겨 사인을 했다. 인생을 바꿔놓은, 심장이 터질 듯한 순전한 경이감을 맛보았다는 점에서 나는 이 경험을 비틀스를 실제로 만난 이들의 경험에 견줄 것이다.

우리 정신이 아직 외적 영향에 열려 있고 젖은 스펀지처럼 폭신폭신한 어린 시절에 받은 인상들은 가장 오랫동안 우리 기억 속에 남아 있다. 건강하게 살아 있는 유도라 웰티의 사진을 7학년 교재에서 본 이래로 단편소설 작가는 유명 인사이고 단편소설은 인생을 바꿔놓는 것이라는 생각은 내게서 떠난 적이 없다. 우리가 가장 열정적으로 견지하는 믿음이 진실이라고 다른 사람들을 설득해서, 그런 확신에서 나오는 기쁨을 그들도 누리게 해주고 싶은 것이 인간의 본성이라고 나는 믿는다. 유도라 웰티의 사망 소식이 라디오에서 흘러나왔던 아침, 나는 주방에서 아침 준비를 하고 있었다. 2001년 7월이었고, 내 기억에 주방 안은 환한 햇살이 가득했다. 『도둑 신랑』의 가장 인상적인 판본을 웰티와 함께 작업했던 삽화가이자 내 좋은 친구인 배리 모저에게 전화를 걸어서 나도 장례식에 가겠다고 말했다. 장례식에서 만나자고 그가 말했다.

장례식 전날 밤을 미시시피주 머리디언에 있는 시어머니 댁에서 보내고, 아침에 잭슨까지 얼마 안 되는 거리를 차를 몰고 갔다. 거의 다 가서 폭풍우가 몰아치는 바람에 지독히 고생했지만, 잭슨에 도착하자 하늘도 개고 날도 시원해졌다. 도중에 배리와 그의 아내 에밀리를 태워서 셋이서 함께 교회로 갔다.

장례식이 시작되기 두 시간 전이었다. 그렇게 일찍 간 까닭은 안 그러면 자리에 앉지 못하리라 믿었기 때문이었다. 거리까지 조문객이 줄을 지어 서 있으리라 예상했다. 거리에 서서 기다려야 해도 마다하지 않을 작정이었는데, 도착해보니 우리밖에 없었다. 결국 좌석은 다 찼지만 가장자리에 빈 좌석도 몇 있었다. 내 눈에는 관이 너무 작아 보였는데, 유도라 웰티는 원래 키가 크지 않았던데다 나이가 들며 더 왜소해졌다. 자주 회자되는 이야기에 따르면 차 운전대 위쪽으로 앞유리 밖을 겨우 내다볼 정도였다고 한다.

7월에 미시시피에 가본 사람이라면 뜨거운 열기에서 잠시도 벗어날 수 없다는 것을 알 텐데, 그날엔 비가 내렸고, 비가 오면 보통 상황이 더 안 좋지만 어쩐지 그때는 덕분에 상황이 더 나았다. 장지에 도착했을 때 24도를 넘지 않았으니, 내가 경험한 일 중에서 신의 도움이라 할 만한 것에 가장 가까웠다. 내 삶의 영웅이 땅에 묻힐 때 나는 묘지에 둘러선 친구들 사이에서 남몰래 눈물을 훔쳤다. 한 여성이 다가와 자신을 메리 앨리스 웰티 화이트라고 소개했다. 당연히 그녀가 누군지 알았다. 내가 아끼는 『유도라 웰티 단편소설 전집』은 그녀와 그녀의 여동생 엘리자베스 웰티 톰프슨에게 헌정되었으니까. 책을 펼칠 때마다 그 이름을 보았다. 메리 앨리스 웰티 화이트가 내 이름을 물었다. 그러곤 고모의 친구냐고 물어서 나는 아니라고 했다. 그분을 무척 존경해서 조의를 표하러 왔다고 했다. 그녀는 내게 어디서 왔냐고 묻더니 내 팔을 잡아끌었다. "당신이 만났으면 하는 사람이 있어요."

우리는 잔걸음으로 걸었다. 땅이 질척거리고 우리 둘 다 하이힐을 신고 있어서였다. 차들이 줄지어 서 있는 쪽으로, 그리고 그 차에 기대어 선 한 무리의 십대 남자아이들 쪽으로 날 데려갔다. 다들 재킷은 벗고 넥타이는 느슨하게 푼 채였다. 당장이라도 그곳에서 벗어나고 싶은 눈치였다.

그녀가 한 아이에게 나를 소개했다. 그 아이는 누구를 만나든 별 관심은 없어 보였다. "이분은 앤 패칫이야." 메리 앨리스 웰티 화이트가 그에게 말했다. "도도 고모의 장례식에 참석하려고 내슈빌에서 여기까지 차를 몰고 오셨어. 개인적으로 알지도 못하는데 그 먼길을 오신 거지. 도도 고모가 얼마나 중요한 분인지 알겠지."

아이와 나는 만나서 반갑다는 식의 인사를 어색하게 나누며 악수를 했다. 메리 앨리스가 내게 와줘서 고맙다고 말했다.

우리 시대의 가장 위대한 단편소설 작가조차, 장례식에서 누군가가 그 가족 구성원에게 작가의 지위를 상기해줘야 했다. 지금까지 단편소설이 대단한 주목을 받는 장르인 적은 한 번도 없었지만, 이제는 우리가 그 찬란함에 경의를 표해야 할 때라고 생각한다.

『올해의 미국 단편선』은 단편소설 올림픽이다. 단편소설이 주목을 받는 순간이다. 적어도 일 년에 한 번은 단편소설이 원래 자리인 맨 앞줄 한가운데에 놓일 수 있도록 해준 호턴미플린 출판사와 카트리나 케니슨 루어스에게 감사의 마음을 전한다. 작품의 순서와 관련해서는, 나는 민주적인 알파벳 순서를 선호한다. 무엇이든 줄을 세울 때는 그게 가장 공정한 방식인 것 같다. 그런데 올해는 알파벳 순서로 하면 앤 비티가 맨 처음에 오게 되는데, 작가로서야 당연히 첫 자리에 놓일 만하지만, 그녀의 작품은 엄밀히 말하면 단편이라기보다는 일종의 중편소설이나 소규모 공연 같기도 한, 창의성과 관행에 얽매이지 않는 천재성이 돋보이는 엄청난 작품이라 비중 면에서 마지막에 놓여야 마땅할 듯했다. 알파벳 순서를 뒤집으니, 폴 윤의 아름다운 단편인 「한때는 해안」―그가 쓴 첫번째 단편이고 내가 이 선집에서 첫번째로 고른 작품이다―이 전혀 무리 없이 맨 앞에 자리를 잡았다. 내가 가톨릭계 중고등학교를 다니던 시절에 수녀님들이 늘 하던 방식이었다. 전체를 줄 세운 뒤에 그 줄을 뒤집어서 맨 앞이 맨 뒤가 되고 맨 뒤가 맨 앞이 되도록 했다. 단편소설에게 줄 만한 좋은 교훈이지 않나 싶다. 겸손은 그만하면 되었으니 이제 맨 앞으로 나서라는.

오래 유지되는 사랑

할머니와 그렇게 많은 시간을 함께 보낼 수 있으니 참 운이 좋다고, 사람들은 굳이 날 붙잡고 늘 그렇게 말했다. 내가 할머니를 모시고 쇼핑도 가고 병원에도 가야 한다거나, 할머니가 기다리고 계셔서 서둘러야 한다고 하면 상대는 어김없이 내 행운이라는 주제를 두고 긴 몽상에 빠진다. "우리 할머니는 피오리아에…… 터코마에…… 뉴브런즈윅에 사셔요." 그런 말로 이야기를 시작한다. "일 년에 한 번 겨우 가는데 그나마 최근 삼 년 동안은 뵙지 못했어요. 지난 크리스마스 때도 못 갔는데, 그래도 할머니 생각은 늘 하죠." 그런 뒤 한숨을 내쉬며 한참 동안 슬픔에 젖는다. 시간과 지리적 여건 탓에, 쿠키를 굽던 그분, 행복한 어린 시절의 추억의 보고인 그분을 만나지 못하다니 얼마나 애석한 일인가! 그들은 내 어깨에 손을 올리기도 한다. 내게 하려는 말의 핵심을 내가 놓치지 않도록. "순간순간을 오롯이 누려. 그분의 지혜로움을 흠뻑 빨아들이고. 나도 그럴 수 있으면 좋겠네."

그러고는 그들은 점심 약속이나 테니스장으로 가버리고, 나는 차를 몰고 할머니를 모시러 간다.

거의 모든 사람들(할머니를 여읜 이들은 더하면 더했지 덜하진 않다)이 내게 그런 충고를 건넬 때마다 한없이 짜증이 일었다. 마치 내가 추수감사절 요리를 하고 있는데 누군가가 주방 문간에 기대서서 오븐 속 칠면조와 씨름하는 내 모습이 정말 보기 좋다고 말하면 짜증이 나는 것처럼 말이다. 힘든 일은 어쨌든 힘든 일이고, 그것이 궁극적으로 보람 있는 일일지 여부는 당장은 고려의 대상이 아니니까. 사실 원래는 내가 그런 사람 중 하나가 될 계획이었으니 더욱 난감한 일이었다. 가족에게서 멀리 떨어져 살면서 끔찍이 그리워만 할 계획이었다. 할머니가 노쇠해가는 시기에 함께 있지 못하는 안타까움을 기꺼이 절감할 생각이었다. 나는 할머니를 진정으로 **사랑했고** 그 누구보다 사랑했기 때문이다. 할머니가 그런 나를 더 사랑했던 것처럼. 어떤 막연한 필요성 때문에 어쩔 수 없이 계속 머나먼 도시에서 살다가, 연로한 가족을 늘 다정하게 보살피는 낯선 사람들을 만나면 문득 부러움에 가슴이 저려오면서 나도 모르게 이런 말을 건네리라 생각했던 것이다. "지금 그렇게 할 수 있는 것에 감사하세요! 앞으로 영원히 곁에 계시진 못할 테니까요. 나도 당신 같은 행운을 누릴 수 있으면 좋겠네요."

1994년에 나는 서른 살이었고 래드클리프대학 연구생 과정을 거의 마쳐가고 있었다. 당시 할머니는 여든다섯으로 어머니 집 옆에 딸린 작은 공간에서 살고 계셨다. 그곳에서 팔 년인가 구 년째 지내는 중이었다. 멀리 떠나서 사는 내내 나는 정기적으로 할머니에게 편지를 쓰고 전화를 걸었다. 할머니를 보러 집에 가기도 했다. 할머니가 생각나면 선물이나 책도 보냈다. 멀리 떨어져 사는 할머니와 주고받는 연락과 관계의 평균치라는 게 있다면 난 충분히 중간 이상은 된다고 보았다. 잘하고 있다고 스스로를 칭찬했다. 그러다 일이 생겼다. 로스앤젤레스 경찰국에 관한 책을 쓰려고 로스앤젤레스로 가는 길에 내슈빌에 들렀는데, 평소보다 오래 머무르게 되었다. 고향에 있는 동안 나는 칼이라는 남자와 사귀었다. 내가 자란 곳, 따라서 절대 다시 돌아와 살지 않을 곳에서 사는 남자였지만, 나는 그가 좋았다. 서부로 가려는 계획을 결국 미루기로 한 것은 칼 때문이기도 했고, 한동안 재밌게 즐길 만한 일이 있어서이기도 했다(시작했던 책 작업 또한 어그러지고 있었다). 잠시만 유보하는 거라고 생각했다. 나는 작은 원룸에 육 개월짜리 세를 들었고, 어머니 집 지하실에 있던 낡은 침대와 책상을 가져다 놓고 다른 소설을 쓰기 시작했다. 언제든 다시 떠날 수 있으리라 여기며 타르 갱에 발을 집어넣었던 것이다.

내슈빌에 돌아와서 가장 좋았던 것이 할머니와 보낸 시간이었다. 할머니가 점심으로 즐겨 드시던, 널빤지처럼 생긴 형편없는 '캡틴 D' 식당의 생선 튀김을 사 가서 할머니가 챙겨 보는 일일 드라마를 함께 보고, 동네를 1마일 정도 산책하곤 했다. 아니면 산책 대신 카트를 밀며 타깃 매장을 한 시간 동안 돌아다녔다. "헤더는 늘 월마트에 갔는데." 타깃보다 덜 깨끗하고 더 멀다는 이유만으로 월마트가 더 값이 쌀 거라고 믿는 할머니는 애석하다는 투로 말하곤 했다.

"하지만 헤더 언니는 이제 미네소타에서 살잖아요." 내가 말했다. 여기서 영원히 살 것처럼 보였던 언니는 자기가 멀리 떠나는 쪽이 되는 방법을 불현듯 깨달았다. "할머니는 이제 저밖에 없어요."

할머니는 당신이 좋아하는 얇은 수건에 잠시 시선을 두었다가 다시 걷기 시작했다. "헤더는 이런저런 물건 구경하는 걸 정말 좋아했어. 포목상에 가서 종일 옷감 구경을 하곤 했지. 넌 안 그래. 넌 사고 싶은 게 있으면 그것만 사서 가지."

"포목상에 가도 돼요." 내가 말했다.

하지만 할머니는 내 말을 듣고 있지 않았다. 언니와 나 둘 다

가질 수 없으리라는 사실을 잘 아는 터라, 나랑 지내는 것과 언니랑 지내는 것의 장단점을 여전히 저울질하고 있었다. 할머니는 좋은 쪽으로 생각하기로 했다. "넌 시간을 잘 지켜. 헤더는 열시에 온다고 하고는 정오가 되도록 나타나질 않았지. 아주 미쳐버린다니까."

"맞아요."

"우린 항상 집에 가다가 아이스크림을 사 먹었는데. 넌 절대 그러지 않지." 사실 할머니가 정말로 하고 싶었던 말은 바로 이것이었다. 할머니는 아이스크림을 무척 좋아했으니까. "하지만 안 먹는 게 낫지. 너나 나나 열량을 더 얹을 필요는 없으니까."

1994년에 할머니는 타깃에서 쇼핑을 할 수 있었다. 한참 꼬드기면 일 년에 한 번은 못 이기는 척 백화점에도 끌려가 옷을 입어봤다. 1마일은 걸을 수 있었다. 찾아보는 텔레비전 프로그램이 있었고, 점심으로 뭘 원하는지 의견을 표명할 수 있었다. 고향인 캔자스에 사는 조카딸들을 생각해내고, 주소록에서 전화번호를 찾아 전화를 걸어서 통화도 할 수 있었다. 스스로 빨래도 하고 치간 칫솔도 사용할 수 있었고, 종교적인 분은 아니었지만 이웃의 차를 타고 한 달에 한 번 성경 공부 모임에도 나갔다. 지금의 내게는 이 모든 일이 전부 불가해하기만 해서, 할머니가 여든다섯이던 해에 공중에서 줄타기를 했다거나 거실에 앉아 수학 증명식을 썼다는 말과 다를 바 없어 보인다. 타깃에서 평온한 나날을 보내던 그때는 할머니도 나도 알지 못했지만, 당시는 정산이 막 시작되는 시기였다. 할머니가 지닌 모든 능력과 즐거움을 하나씩 하나씩 빼앗기는 시기 말이다.

모든 인생이 그렇듯이, 가파른 하강의 시기 이전에 언덕 꼭대기까지 한참을 느릿느릿 올라가던 시기가 할머니에게도 있었다. 할머니는 캔자스 오그던에서, 아홉 형제 가운데 여덟째인 이바 메이 넬슨으로 삶을 시작했다. 할머니 가족은 버려진 호텔에서 살았고, 바닥이 허물어진 다른 방들은 문 여는 것조차 허락되지 않았다. 어린아이들은 과거에 무도회장이었던 호텔 꼭대기 층에서 오후 내내 놀았다. 아무데도 망가지지 않아 예전 그대로인 그곳에서 아이들은 원하는 건 뭐든지 할 수 있었다. 밖에서 상자에 흙과 돌을 담은 다음 긴 줄을 달아 끌어올리거나 벽에 낙서를 했다. 이바가 아홉 살이 되었을 때, 이바의 어머니는 캔자스시티에 사는 오빠 로이와 그 아내 세라와 함께 몇 년 동안 지내라며 이바를 보냈다. 로이와 세라는 자식이 없었고, 로이가 제1차대전에 징집되지 않으려면 자식이 필요했던 것이다.

이바 넬슨은 어여쁜 아이였다. 그때 사진을 본 적이 있다. 라일리 기지의 병사들이 토요일 밤마다 이바와 이바의 동생 헬렌과 춤을 추려고 줄을 섰다. 두 사람은 언니인 메리와 애니와 데이지와 함께 집에서 가져온 빨래를 했다. 커다란 통에 물을 끓이고 젖어서 무거운 침대보를 빨랫줄에 널면서 서로 농을 건넸다. 이바는 시내의 '커피컵'에 취직해서, 처음엔 종업원으로, 그다음엔 야간 매니저로 일했다. 할머니는 한 의사가 애플파이에 체다치즈를 올려달라고 주문했는데, 캔자스주에서는 파이와 치즈 조합은 해롭다고 여겨서 판매가 불법이라 그 주문을 거절했던 이야기를 내게 즐겨 들려줬다. 그후에는 후아니타라는 이름의 아기를 돌보는, 훨씬 더 나은 일을 얻었다. 후아니타의 부모는 캘리포니아로 이주했고, 이바는 나중에 아기를 기차로 데려다주는 일을 맡았다. 할머니가 할아버지를 만난 곳이 캘리포니아였다. 당시 할아버지는 아이가 둘 딸린 홀아비로, 자식을 보살필 착하고 믿을 만한 캔자스 여자를 찾고 있었다.

매일 어머니가 일하러 나가면 나는 할머니와 점심을 먹으러 갔다. 가는 도중에 큰 샌드위치를 하나 사서 둘이 나눠 먹곤 했다. 할머니는 샌드위치에 쓸데없이 큰돈을 쓰면 안 되다고 매일같이 말했다. 나는 할머니를 모시고 식료품점에 가서 구석구석 돌아다니며 쉼 없이 대화를 나눴다. "참치 필요하세요? 오트밀은? 사과 필요해요?" 하지만 할머니는 아무것도 필요하지 않다고 해서 그런 일은 곧 중단되었다. 무엇에도 구미가 당기지 않는다고 했다. 시력이 점점 나빠져서, 내가 한두 걸음 떨어진 땅콩버터를 집으러 가려 해도 겁을 먹었다. "제가 할머니와 함께 왔다는 걸 잊어버릴까봐 그래요?" 나는 그렇게 반문하곤 했다. "설마 할머니를 여기 두고 가겠어요?" 처음엔 내가 할머니 수표에 금액 등을 적고 할머니에게 서명만 하라고 했는데, 나중에는 그것조차 힘들어졌다. 줄에 맞춰 쓰지 못하거나 공간을 너무 잡아먹어서 성을 쓸 자리가 없게 되면 수치스러워했기 때문이다. 그래서 점점 더 현금을 쓰는 일이 많아졌다.

"내 손녀딸이야." 할머니는 계산대에 서 있는 따분한 표정의 십대 여자아이에게 말하곤 했다. "얘가 없으면 내가 어떻게 살까 몰라." 나는 미소를 지으며 잔돈을 세어주곤 했다. "앞으로도 몰라도 돼요." 나는 그렇게 말했다. 몇 달이 지나자 할머니는 식료품점에 더는 가지 않겠다고 했다. 다 지겹다고 했다. 그러더니 필요한 물건도 말해주지 않아서 나는 할머니가 관심을 보일 만한 음식을 샀다. 로스앤젤레스는 점점 더 멀어졌다. 나는 반려견도 한 마리 들이고, 더 나은 아파트로 이사했다. 아무 데도 가지 않으리라는 사실이 갈수록 확실해지고 있었다.

칼 때문은 아니었다. 사실 칼과는 헤어졌으니까. 할머니에게 이제 점심 먹으러 못 온다고 말하는 것을 상상할 수 없었기 때문이다. 할머니를 돌보는 일에서 가장 큰 부담—진료 예약을 하고 보험 서류를 작성하고 저녁을 차리는—을 지는 어머니에게 떠나겠다고 말하는 것을 상상할 수 없었기 때문이다. 사실 나는 소설가라 장소에 구애받지 않는 마당에, 이제 두 분이 알아서 하시라는 말을 할머니와 어머니에게 할 수는 없었다. 그래서 눌러앉았다. 칼과 나는 다시 말을 섞는 사이가 되었고 얼마 뒤 다시 사귀기로 했다. 할머니에게 감사해야 한다고 나는 틈만 나면 그에게 말했다. 할머니가 아니었으면 절대 머물지 않았을 테니까.

할머니는 내가 칼과 결혼해서 아이를 가질까봐 걱정이 태산이었다. 내가 생선 튀김을 먹고 나서 두통이나 소화불량을 호소하면 늘 할머니는 곧장 그 결론에 도달했다.

"임신한 거 아니에요." 나는 그렇게 말했다. "지금도 안 했고, 앞으로도 안 해요."

"아이 가지지 마." 할머니는 내게 경고했다. "넌 아이 없어도 돼." 할머니의 말은, 할머니가 내 아기이니 다른 아기는 필요 없다는 뜻이었다. 할머니는 자기 아기인 내 어머니를 사랑했다. 내 언니와 언니의 아이들을 사랑했고, 그걸로 충분했다. 내 관심은 혼자 오롯이 차지해야 했다. 할머니는 이제 시력이 너무 나빠져서 책도 못 읽고 텔레비전 프로그램도 볼 수 없었다. 한동안은 오디오북이 쓸 만했다. 나는 매주 도서관에 가서 할머니가 좋아할 만한 오디오북을 빌려 왔는데, 곧 그것마저 서서히 하지 않게 되었다. 할머니가 카세트 플레이어 작동법을 기억하지 못해서였다. 대바늘뜨기도 코바늘뜨기도 안 하겠다고 했다. 더 굵은 실과 바늘을 사다 줬는데도 소용이 없었다. 뜻대로 안 되면 벌컥 화를 내며 바늘을 부러뜨리려 했고, 그러곤 몽땅 쓰레기통 깊숙이 넣어버렸다. 나는 오후에 점심을 먹고 나서 할머니에게 책을 읽어주기 시작했다. 어렸을 때 할머니가 내게 읽어주었던 『저 메추라기, 로버트』를 읽어주었다. 결말에서 로버트가 죽었을 때 우리는 너무 울어서 진이 빠지고 몸이 아플 정도였다. 할머니는 남들을 돌보고, 음식을 만들어주고, 그들의 집을 청소하며 평생을 보냈다. 그것이 당신의 존재 가치를 증명했다. 이제 내가 할머니 방을 청소할 때마다 할머니는 상처를 받았다. 내가 아무리 조용하게 청소를 해도 내가 청소를 한다는 건 할머니를 향한 비난이었던 것이다.

이전까지 할머니는 언제나 느긋한 사람이었는데, 갈수록 불안해하기 시작했다. 입출금 내역서와 진료 고지서만 보면 공포에 사로잡혔다. 저녁마다 뒷문에서 어머니가 돌아오기를 기다렸다가, 어머니가 나타나면 눈물이 그렁한 채 그 문서들을 흔들며 끔찍한 실수가 있다고, 도저히 이해가 안 된다고 말했다. 어떤 때는 할머니를 진정시키는 데 몇 시간이 걸리기도 했다. 나는 오후에 우편함으로 갈 때마다 우편물을 정리하기 시작했다. 공짜 신용카드를 만들어주겠다거나 뭔가에 당첨되었다거나 하는 광고 편지와 어머니가 처리해야 할 고지서를 미리 빼놓았다. 숫자만 보면 할머니가 너무 흥분했으므로 숫자가 적힌 것은 전부 내 주머니에 집어넣었다.

괜찮은 날과 안 괜찮은 날이 할머니의 머리 스타일로 자주 구분된다는 사실을 알아낸 것은 어머니였다. 절망감에 푹 빠진 날의 할머니는 머리카락이 머리핀에서 다 빠져나와 정신 사납게 사방으로 뻗쳐 있었다. 어머니는 이제 할머니 저녁을 차려서 쟁반에 담아 가져가야 할 뿐 아니라, 아침마다 일하러 가기 전에 할머니 머리를 정돈해주기 위해 일찍 일어나야 했다. 어깨에 닿는 백발을 단정하게 뒤쪽에 말아 넣고 나면 할머니는 뭐든 스스로 알아서 할 수 있을 기분인 듯했다. 헝클어진 머리는 곧 옷자락에 음식을 흘리거나, 가스레인지에 냄비를 올려놓고 잊어서 내용물이 다 졸아 연기가 나거나, 이유도 없이 겁에 질려 우는 것을 의미했다.

이 난리통에서 난 전혀 도움이 못 되었다. 나는 할머니 머리칼은 건드리고 싶지 않았다. 요리나 청소나 장보기는 할 수 있었다. 할머니를 달래기 위해 진료 예약 한 시간 전에 모시고 가는 것도 할 수 있었다. 할머니가 내게 전화해서, 라디오를 못 찾겠다거나 주방 타일 바닥에 당밀 병을 떨어뜨렸으니 네가 와줘야겠다고 하면 하던 일을 중단하고 갈 수 있었다. 할머니에게 입맞춤을 하고 안아줄 수도 있었고, 두 주에 한 번씩 무릎을 꿇고 앉아 할머니 발을 물에 불리고 발톱을 깎는 것도 할 수 있었다. 머리카락 만지는 일만 아니면 뭐든지 할 수 있었다.

할머니 머리칼이 스스로 감당할 수 없는 것이 되어버린 그 시기에, 할머니는 죽고 싶다는 말을 진지하게 하기 시작했다. 할머니의 마지막 남은 형제인 남동생 루가 먼저 세상을 떠나서 넬슨 형제 중에 할머니만 남게 되자 상황은 더 심각해졌다. 만약 기차가 와서 할머니를 데려가는 거라면, 이제 할머니는 짐을 싸서 플랫폼에서 기다리는 모습으로, 이미 작별인사도 다 끝내고 여행 가방 위에 앉아 매일 기다리는 모습으로 내 눈앞에 그려졌다. 식사량이 점점 줄었다. 소파에 누워 울었다. 죽음에 관해 이야기하고 싶다고 내게 말했다면 나는 할머니와 대화를 나눴을 것이다. 마음이 아프다고, 다 이해한다고 말했을 것이다. 물론 이해하지 못했지만. 나도 어머니도 할머니 자신도 정말 할머니가 죽어가고 있다고, 금방이라도 눈을 감고 영원한 안식에 들 거라고 생각했다. 때로 나는 칼과 저녁 식탁에 앉아 울었다. 칼은 의사였다. 그는 할머니가 오래 버티지 못할 거라고 생각했다. 할머니는 심장 부정맥이 있었다. 뇌졸중을 방지하려고 혈액 희석제를 복용중이었다. 할머니의 생명이 세 가닥 명주실에 매달려 있는 셈이라고 했다. 하지만 할머니는 돌아가시지 않았다. 다만 계속 악화되었다. 아흔둘의 연세에 몸무게가 46킬로그램이 되었을 때 의사는 할머니에게 항우울증제를 처방했고, 우리는 할머니를 노인 정신의학 병동에 입원시켰다.

할머니와 할아버지는 1975년에 캘리포니아에서 테네시로 오셨는데, 어머니가 할아버지를 함께 돌봐야 했기 때문이었다. 할아버지는 혈액순환 문제로 이미 한 다리를 잃은 상태라, 할머니가 혼자 돌보기엔 무리였다. 나는 할머니가 할아버지를 사랑했다고 믿지 않는다. 내가 삼십대가 돼서야 문득 그런 생각이 들었다. 할아버지가 돌아가신 뒤 할머니가 할아버지를 두고 불평한 적은 없었지만, 할머니가 들려준 이야기에서 할아버지가 할머니에게 다정했다는 증거는 찾을 수 없었다. 할머니는 남편의 자식을 자기 자식처럼 키웠고, 결혼 뒤 낳은 자식은 내 어머니 딱 한 명이었다. 할머니의 행복한 추억은 친구와 자식과 자매에 관한 것들, 특히 헬렌과 둘이서 무도회에 가려고 서로 머리를 만져주고 드레스를 손봐주던 날들에 관한 것이었다. 간혹 할아버지 생각이 났다면, 그것은 할아버지가 남들 앞에서 할머니에게 언성을 높여서 민망하고 창피했던 기억이었다. 살면서 알게 된 사람들이 할머니의 기억에서 사라지기 시작했을 때 가장 먼저 사라진 인물이 할아버지였다.

어머니는 할머니를 십육 년 동안 모시고 살았다. 돌아가실 때까지 집에서 모시려 했다. 하지만 죽음의 본질은 언제 닥칠

지 전혀 모른다는 것이다. 내가 늘 하던 생각은 이러했다. 할머니가 언제 돌아가실지 알 수만 있다면 내 생활의 속도를 조절할 수 있을 텐데. 할머니는 아흔둘이셨다. 이 일을 매일같이 앞으로 다섯 달 더 할 수 있을까? 물론이지. 앞으로 오 년이라면? 그건 확신할 수 없었다. 어머니와 나는 매일 두 번씩 병원에 갔다. 내가 할머니 머리를 매만지는 법을 배운 것도 그때였다.

우리는 병원에서 퇴원한 할머니를 요양원으로 보냈다. 할머니는 자신에게 벌어지는 상황을 오롯이 인지했는데, 나는 차라리 안 그랬으면 싶었다. 내가 기억하는 한 우리 셋에게 그때보다 나빴던 시기는 없었다. 각자의 지붕 아래, 각자의 침대에서, 세 사람 모두 절망감에 젖어 잠에서 깼다. 2001년 9월 10일, 나는 친구의 장례식에 추도사를 하러 뉴욕에 갔다가 세계 무역 센터 테러로 인해 그곳에 발이 묶였다. 할머니는 이 나라에서 벌어진 일을 걱정할 수는 없었다. 단지 내가 왜 할머니 곁에 없는지 알고 싶어했을 뿐. "앤 어디 있어?" 할머니는 그렇게 울부짖곤 했다.

할머니는 상황에 어느 정도는 적응했지만, 그것이 오래간 적은 없었다. 새로운 정상 상태가 자리를 잡고 우리 모두 각자 적응하는가 싶으면 다시 모든 게 달라지곤 했다. 그에 따라 나도 달라졌다. 내가 해낼 수 없으리라 여겼던 일도 결국엔 그럭저럭 해낼 수 있었다. 치과의사가 할머니 치아를 뽑을 때 할머니 곁에서 손을 붙잡고 있었다. 낫지 않는 감염증을 치료하려고 눈꺼풀을 뒤집기도 했다. 면봉으로 귀를 닦아냈다. 관장하는 법도 배웠다. 오후에 우리집으로 할머니를 모시고 와서 점심을 차려드렸다. 할머니를 욕조에 앉히고 문질러 닦은 뒤, 다시 밖으로 끌어내 몸을 말리고 로션과 파우더를 발라드렸다. 화요일마다 내 주방 개수대에서 머리를 감겨드리고, 젖은 머리를 말린 뒤 핀을 꽂아드렸다. 손톱을 깎고, 목을 주무르고, 그리고 다시 요양원에 모셔다드렸다.

"현관 앞에 그냥 두고 가지 마." 할머니는 늘 그렇게 말했다. "길을 못 찾겠으니까."

"제가 언제 할머니를 현관에 두고 갔어요?" 그러다가도 내가 하고 있는 일이 딱 그것이 아닐까 싶었다. 할머니가 캔자스를 떠나지 않았다면, 여기저기 허물어지긴 했지만 자매와 조카들이 가득한 낡은 호텔에서 살았다면 어떻게 되었을까? 내가 그곳에 할머니와 함께 있다면? 할머니는 화장실이 어디 있는지 기억할까? 치아가 전부 반으로 쪼개질까? 걸어다닐 때 눈을 뜰까?

어느 날 점심식사 뒤 할머니를 다시 요양원에 모셔다드렸는데, 처음 와보는 곳이라고 할머니가 말했다. "네가 착각한 것 같아." 할머니는 양손으로 내 손목을 붙들고 말했다. "다시 가

자. 여긴 내가 사는 곳이 아니야."

나는 요양원에서 일하는 여성 몇 명을 데려왔고, 우리는 함께 할머니 방 안의 물건을 보여주고 상냥하게 설명했지만, 그 무엇도 할머니를 진정시키지 못했다. 그후로 나는 요양원 식당에 가서 할머니와 함께 점심을 먹었다. 몇 달 뒤 하루 날을 잡아 어머니가 집에서 할머니와 함께 있는 동안, 사우스캐롤라이나에서 차를 몰고 온 언니와 언니 아들까지 셋이서 함께 요양원 삼층의 할머니 방 물건을 똑같이 생긴 일층의 폐쇄형 치매 병동인 '이웃 동네'로 옮겼다. 할머니 방에 있던 사진의 자리를 표시해서 모두 똑같은 자리에 다시 걸었다. 방만 바뀌었을 뿐 물건들은 전부 똑같은 자리에 있었고, 그래서 할머니를 다시 모시고 왔을 때 할머니는 방이 바뀐 것을 알지 못했다.

누구나 문이 잠긴 장소를 불안해하듯 어머니와 나는 '이웃 동네'가 불안했다. 우리는 할머니가 그곳에 들어가는 일만은 없기를 바랐었다. 처음에는 정신병원처럼 느껴졌는데, 며칠 지나자 훨씬 마음이 편해졌다. 워낙 규모가 작아서 할머니가 혼자 점심을 먹으러 가야 하는 일은 전혀 없었다. 어머니와 나는 로라 잉걸스 와일더의 『초원의 집』 시리즈를 소리 내어 읽어주었고, 다음날 누구든 이어서 읽어줄 수 있도록 그날 마친 부분의 책장을 접었다. 주인공인 잉걸스 가족 덕에 우리는 불안감을 다른 곳으로 돌릴 수 있었다. 할머니 걱정 대신, 난데없이

눈보라가 닥쳐와 ‘아빠’를 산 채로 묻어버리지는 않을지 걱정
할 수 있었다. 아메리카 원주민의 위협이나, 나중에 사슬에 묶
이게 되는 불쌍한 강아지 잭을 걱정할 수 있었다. 내 생각을 돌
릴 다른 고난들이 그렇게 많아 다행이었다. 그 시리즈 중에서
는 『기나긴 겨울』이 가장 잔혹하다. 잉걸스 가족은 오두막에
갇혀, 먹을 것도 점점 떨어지고 땔감도 바닥나서 잔가지를 때
야 했다. 우리도 어려움을 겪고 있었지만 그들의 고난은 압도
적이었다. 그러다가 어느 날 할머니를 보러 갔는데, 그 책이 갈
기갈기 찢겨 있었다. 까닭은 모르겠지만 할머니가 다른 책은
다 놔두고 굳이 이 책만 책장을 하나하나 다 뜯어내고 뜯어낸
책장을 다시 단어 단위로 찢어서, 방안 가득 자그마한 글자들
이 풀썩거리고 있었다. 난 감탄하지 않을 수 없었다. 나도 그
겨울에 대해서는 더는 듣고 싶지 않았다.

　나는 치매 병동에서 지내는 할머니와 내가 몇 년 전에 알던
할머니를 연관시키려 애써본 적이 없었다. 지금 내 곁에 있는
사람을 사랑하기로 마음먹었으니까. 북부 캘리포니아에 살던
할머니가 뒷마당에서 메추라기에게 먹이를 주던 기억은 다 없
애버렸다. 할머니의 벚나무도, 저녁마다 놀러와 진토닉을 마시
던 할머니 친구들도 잊기로 했다. 그 사람, 인형 옷을 조심스레
꿰매주고 S&H 녹색 우표를 너그럽게 나눠주던 사람, 스튜를
끓이고 반려견을 사랑하고 주방 개수대에서 내 머리를 감겨주

던 사람, 그 사람은 이제 없었다. 하지만 그 대신 지금 내 옆에 있는 사람도 여전히 바나나를 아주 좋아했고 무척 사랑스러운 기분을 내보일 수 있었다. 할머니는 하루 대부분을 잠으로 보냈고, 난 이따금 할머니를 깨워서 할머니가 좋아할 것 같은 망고 무스케이크 조각을 먹였다. 할머니는 입안의 케이크를 다 삼키기도 전에 다시 곯아떨어졌다. 할머니가 잠을 자다 침대에서 떨어져 고관절이 부러졌을 때, 나는 응급실에서 할머니를 이바라고 부르는 법을 배웠다. 이바라고 부르면 내 쪽으로 시선을 돌렸고 때로는 "응"이라고 대답도 했다. 나는 할머니가 다시 이바가 되었으면 했고, 잠에 빠져 살던 기나긴 나날 동안 할머니의 꿈이 무도회장과 대장간과 낡은 호텔의 주방으로 가득했기를 바랐다.

당시 할머니는 연세가 아흔다섯이었지만 고관절치환술 때문에 돌아가시는 일은 없었다. 두렵던 요양 시설에서 한 달 동안 계셨지만 역시 돌아가시지는 않았다. 그때 엄마와 나는 재활 치료가 끝난 오후에 교대로 할머니 곁을 지키며 애플소스를 한 숟갈씩 할머니에게 떠먹였다. 할머니는 휠체어를 타고 '이웃 동네'로 돌아갔고, 다들 입맞춤을 하며 할머니의 귀환을 축하했다. 그때쯤 할머니는 말을 거의 하지 못했지만, 고맙다는 말과 부탁한다는 말은 늘 입에 달고 살았다. 할머니를 다정하게 대해주면 누구에게나 사랑한다고 말했고, 그래서 다들 할머니를 무척 사랑했다. 이후 침대에서 두 번 더 떨어져서 응급실(의사들은 나를 보면 "앤, 또 왔군요!"라고 말하곤 했다)로 실려 갔지만 두 번 다 멍만 심하게 들었다. 할머니는 이제 혼자 걷지 못한다는 사실을 잊어버리고는 자꾸 일어나려 했다.

결국 할머니가 돌아가신 것은 패혈증으로 인한 고열 때문이었다. 패혈증의 원인은 아무리 몸을 돌려 눕혀도 어떻게 해볼 도리가 없던 욕창이었다. 할머니는 나흘 동안 땀을 흘리고 몸을 떨며 아무 말도 하지 않았고, 그사이 언니가 사우스캐롤라이나에서 차를 몰고 왔다. 헤더와 어머니와 나는 낮에는 함께 할머니 곁을 지켰고, 밤에는 집으로 돌아가 기다렸다. 마지막 날 아침에 내가 일찍 도착해서 그때 나는 할머니와 단둘이 있었다. 항상 할머니에게 말해주고 싶었지만, 너무 바보 같고 감상적이라 그때까지 입 밖에 내지 못했던 말이 있었다. 하지만 모든 것에는 때가 있는 법. 나는 헬렌 할머니 이야기를 했다. 할머니와 헬렌 할머니가 다시 젊어졌다고, 얼마나 아름다운지 모른다고. "이제 할머니랑 헬렌 할머니는 함께 춤을 출 거예요. 이제부터는 항상 함께 있을 거예요." 헬렌 할머니는 오십 년 전에 세상을 떠났다. 한 영혼이 다른 영혼을 기다리는 일이 가능하다면, 헬렌은 이바를 기다렸을 거라고 나는 확신했다. 다른 건 그 무엇도 확신하지 못했지만, 할머니와의 사랑이 내 삶에서 가장 커다란 사랑 중 하나였음은 확신했고, 그래서 침대로 기어 올라가 할머니를 끌어안고 그렇게 말했다. 할머니가 눈을 뜨더니 손가락을 자신의 입술에 갖다댔다. 난 울음이 터졌고, 그것으로 끝이었다. 나는 일어나서 어머니에게 전화를 걸었다. 간호사가 들어왔다.

나는 할머니가 돌아가시기 몇 달 전에 칼과 결혼했다. 실현되기까지 거의 십일 년이 걸린 결정이었다. 그가 아니었다면 나는 절대 테네시로 돌아오지 않았을 테고, 할머니가 아니었다면 결혼할 마음을 먹을 만큼 오래 머물지 않았을 테니, 두 사람은 나에게나 서로에게나 큰일을 해준 셈이었다. 우리가 마침내 결혼했을 즈음, 낭만이 그 일부임을 내가 이해하긴 했어도 사랑은 더이상 그리 낭만적인 것으로 느껴지지 않았다. 나는 할머니가 돌아가신 뒤 밤마다 할머니 꿈을 꾼다. 꿈에서 나는 '이웃 동네'로 되돌아가고 그곳에는 할머니가 계신다. 할머니의 죽음은 그저 착오였다. 이제 많이 나아지셔서 걷기도 하고 웃기도 하고 내게 이야기도 들려주신다. 더는 내가 돌봐드릴 필요가 없고 할머니도 나를 돌봐주러 온 것이 아니다. 우리는 그저 함께 있고 함께 있어서 기쁘다. 사랑하는 사람들과 함께하는 그런 완벽한 시간, 나중에 우리를 지탱해주는 즐거움과 동등함의 순간은 언제나 존재한다. 나는 지금 남편과 그런 시간을 살고 있다. 혹시라도 미래에 무슨 일이 일어나 필요해질 수도 있으니, 그때 기억할 수 있도록 지금 우리의 행복을 탐구하려고 한다. 이런 순간은 말년에 우리의 안식처가 될 집을 지을 토대이다. 그래서 "나를 위해 어디까지 갈 수 있겠소?"라고 사랑이 소리쳐 물으면, 그 눈을 들여다보며 "당신이 가능하리라 생각했던 것보다 더 멀리요"라고 진실하게 대답할 수 있도록 말이다.

서점의 반격

2012년 2월 말, 나는 지하실에 있다. 그곳은 사실 '지하실'이라는 이름이 부당하게 여겨질 만큼 우리집에서 아주 근사한 장소이다. 이 글에서는 편의상 그곳을 '파르나서스* 완수 센터'라고 부르기로 하자. 나는 최근에 출간된 내 소설 『경이의 땅』 양장본 오백서른세 권이 든 상자들을 내가 공동 소유한 서점 파르나서스에서 내 차로 옮겨 실은 뒤 시내를 가로질러 집으로 와서(이렇게 세 번 왕복했다) 여기 파르나서스 완수 센터에 내려다 놓았다. 양장본 말고도 이전에 출간된 소설의 보급판도

____

* 그리스신화에서 아폴로와 뮤즈가 머물렀다는 그리스의 산 '파르나소스'의 영어식 표기로, 문학과 예술의 높은 경지를 상징한다.

잔뜩 갖다놓았다. 이제 그 모든 책에 사인을 한 뒤 아주 튼튼하고 거대한 탁자 위에 차곡차곡 쌓는다. 그런 다음 지원군을 부른다. 서점 직원인 패트릭과 니키, 그리고 내 친구 주디와 어머니. 다 같이 작업 라인을 이루어, 서점 웹사이트에 올라온 주문을 확인해서 운송장에 주소를 적고, 사인한 책 안에 자그마한 감사 쪽지를 끼운 뒤 뽁뽁이로 싸서 발송용 상자에 넣고 테이프를 붙인다. 우리 작업은 체계적이고 리듬에 맞춰 꽤 순조롭게 진행된다. 서점 웹사이트의 주문을 없애는 일만 빼면. 도대체 이해할 수 없는 점은, 아무리 주문 목록에서 주문을 지워도 목록이 줄어들지 않는다는 것이다. 다들 쉬지 않고 일하는데 진전이 없다니, 뭔가 단단히 잘못되었다는 생각이 든다. 사실 이 웹사이트를 만든 것이 겨우 일주일 전이니, 뭐가 어떻게 되어가는지 알 수가 있나? "뭐가 어떻게 되어가는지 잘 알아요." 니키는 그렇게 말하고, 웹사이트를 만든 장본인인 패트릭도 그렇다고 확인해준다. 목록이 줄어들지 않는 까닭은 주문이 계속 들어오기 때문이라고 설명한다.

독립 서점이 죽었다는 소식, 책이 죽었고 어쩌면 책 읽기마저 죽었다는 소식을 들었을지 모르겠는데, 그에 대해 나는 이렇게 말하겠다. 의자를 당겨 앉게나, 친구. 내가 해줄 이야기가 있으니.

내가 지하실에서 책에 사인하고 포장을 하는 까닭은 서점에서 감당할 수 없을 만큼 주문이 밀려들어서이고, 그렇게 주문이 밀려드는 까닭은 며칠 전에 내가 〈콜베어 리포트〉*에 출연했기 때문이다. 서점과 아마존을 두고 건전한 갑론을박이 오고 간 뒤 콜베어는 카메라 앞에 내 소설을 들이대며 이 책을 아마존에서 사라고 말했다. 그에 나는 미처 생각할 겨를도 없이(요즘 이렇게 생각할 겨를 없이 사는 터라) 소리쳤다. "아녜요, 아녜요! 아마존에서 사지 마세요. parnassusbooks.net에서 주문하시면 제가 책에 사인해드릴게요." 그래서 미국이 내 제안을 얼씨구나 받아들였고, 그렇게 '콜베어 효과'가 진짜임을 단번에 확증했다. 그런 연유로 내가 지하실에 박혀 있게 된 것인데, 더 큰 의문은 여전히 해소되지 않는다. '신간'이 나온 지 열 달이나 지난 소설가가 애초에 〈콜베어 리포트〉에는 뭐하러 나갔단 말인가? 잠깐, 바로 여기서 상황이 기묘해진다. 난 작가가 아니라 유명한 독립 서점 운영자로 출연했으니까.

이 이야기의 맨 처음으로 돌아가보자.

일 년 전, 내슈빌에는 서점이 두 곳 있었다. 하나는 '데이비스-키드'로 원래는 우리가 무척 사랑하던 지역 기반의 독립 서점이었는데, 십 년 전에 오하이오에 기반을 둔 체인인 조지프-

---

372

베스 서점에 팔렸다. 조지프-베스는 데이비스-키드를 3만 제곱피트의 소매업 공간을 가진 쇼핑몰로 바꾸었고, 진열된 서적 앞쪽에 풍경과 머그잔과 향초를 놓았다. 더는 그것이 사실이 아님을 알면서도 우리는 여전히 그곳을 '지역 독립 서점'이라고 불렀다. 내슈빌에는 '보더스' 체인도 하나 있었는데, 데이비스-키드와 비슷한 크기였고 밴더빌트대학교 교정 끄트머리에 있었다. (공평을 기하기 위해 내슈빌에는 특색 있는 곳부터 압도적인 곳까지, 진정 경이로운 헌책방이 많다는 이야기를 덧붙여야겠다. 하지만 이들이 도시의 문화 구조에서 중요한 역할을 담당하기는 해도 그건 별개의 역할이다. 어쩌면 이건 동시대 독자를 대상으로 글쓰는 사람의 시각에 불과할 수도 있지만. 또한 길이 막히지 않으면 차로 이십 분 만에 갈 수 있는 거리에 반스앤드노블도 있고, 도시 서쪽 끄트머리, 코스트코 근처에 북스어밀리언도 있고, 타깃에서도 책을 판다. 이런 것도 다 포함되나? 아니, 내게는 아니고, 내가 알고 지내는, 책을 사보는 다른 내슈빌 주민에게도 그렇지 않다.)

2010년 12월에 데이비스-키드가 문을 닫았다. 오하이오의 소유주가 체인점의 문을 닫으며 주장하기를, 수익성이 있었지만 충분한 수익성은 아니었다고 했다. 그리고 2011년 3월에 내슈빌의 보더스—역시 수익성이 있던—도 다른 모든 보더스 매장과 같은 길을 걸었다. 어느 날 아침 눈을 떠보니 이제 서점은 하나도 없었다.

어쩌다 이렇게 되었을까? 전자책 때문에 잘못된 길로 들어섰나? 아마존의 저가 공급이라는 세이렌의 노래에 홀려 다들 그쪽으로 몰렸나? 우리가 무관심해서, 아이들의 독서 프로그램을 운영하고 작가를 초청하고 여름 도서목록을 전시하던 장소를 지켜주지 못했던 걸까? 우리 도시 전체가 이를 갈고 옷을 잡아 찢을 만큼 괴로웠지만, 여기서 내슈빌의 책임은 얼마나 될까? 문을 닫은 서점 두 곳 다 수익성이 있었다는데. 두 서점은 작은 백화점 규모에 임대료도 어마어마했지만, 매달 판매 목표치는 달성했다. 기록에 따르면 내슈빌 주민은 계속 책을 샀으니까.

내슈빌시립도서관은 관심 있는 주민들이 모여 어떻게 하면 서점이 다시 생길 수 있을지 논의하기 위한 주민 토론회를 주최했다. 우리 도서관(늘 축복이 있기를!)은 서점의 빈자리를 채우는 일에 곧장 착수해서, 내슈빌이 포함된 순회 북토크 일정이 이미 잡혀 있어서 공중에 뜬 작가들(나도 그중 하나였다)의 북토크를 대신 개최하는 등, 서점이 없는 도시가 당면한 문제들을 모든 면에서 책임감 있게 처리하려 애썼다. 도서관 안에 작은 서점을 만들자는 의견까지 있었는데, 무료로 책을 빌릴 수 있는 건물 안에서 책을 판다는 것이 내게는 좋은 계획으로 여겨지지 않았다. 확실히 누군가는 서점을 열어야 한다고 생각했다.

　사실 쇼핑몰 크기의 그 거인이 사라진 게 전혀 아쉽지 않다는 것이 내 비밀스러운 속내였다. 내가 진심으로 아쉬워하던 서점은 이미 한참 전에 사라졌다. 내 어린 시절의 서점은 '밀스'였다. 언니와 나는 방과후에 매일 그 서점으로 걸어갔는데, 우선 건너편의 반려동물 가게에 들러 강아지들을 살펴보고, 그런 뒤에 『라브란스의 딸 크리스틴』* 시리즈의 반짝거리는 표지를 감탄하며 바라보았다. 그 시리즈는 『트와일라잇』 시리즈가 나오기 전인 그 시절에 여자아이들이 『초원의 집』 시리즈를 끝내면 읽는 책이었다. 밀스는 기껏해야 700제곱피트 정도일 작은 서점이라 직원들은 손님을 다 알고 무슨 책을 읽는지도 알았다. 열 살짜리 손님이라도 그랬다. 머핀과 어여쁜 플라스틱 물뿌리개보다 책과 독자를 더 소중히 여기는 서점, 손님들이 찾을 만한 책을 전부 갖춰놓을 수는 없으니 직원들이 읽고 좋았던 책, 추천할 수 있는 책을 갖춰놓는 그런 서점이 내게 있다면, 책에 빠져 있던 어린 시절의 행복을 재창조할 수 있다면, 어쩌면 그 일을 해야 할 사람은 바로 나인 것 같았다. 아닐 수도 있지만. 장사라는 건 군 입대 만큼이나 하고 싶지 않은 일이었으니까.

---

* 노르웨이 작가 시그리드 운세트의 역사소설.

"요리를 아주 잘하니까 식당을 차려야겠다고 생각하는 사람 같아." 내 친구 스티브 터너는 함께 저녁을 먹다가 내게 그렇게 말했다. 스티브는 창업에 특별한 재주가 있고, 그래서 돈 버는 재주도 있는 인물이라 조언을 구할 겸 찾아간 터였다. 스티브는 그런 일은 하지 말라고 나를 설득하려 했다. "어쨌든 따로 하는 일도 있잖아."

"서점에서 일할 생각은 아니야." 내가 말했다.

그가 고개를 절레절레 흔들었다. "가게를 차려놓고 운영을 딴사람에게 맡길 생각은 절대 하지 마. 그렇게 해서 될 일이 아니야."

사실을 말하자면, 저녁식사를 끝내고 나오면서 나는 안도했다. 신탁을 받으러 갔더니 내 생각을 접으라고 신탁이 말했고, 분명 그것이 내가 듣고 싶은 말이었을 것이라 그랬다.

사실, 내가 그다음주에 캐런 헤이스를 만나면서 생각한 것이 바로 스티브 터너의 충고였다. 캐런과 나는 우리가 함께 아는 친구인 메리 그레이 제임스의 소개로 만났다. 당시 캐런은 랜덤하우스의 영업 담당이었고, 메리 그레이는 하코트의 영업 담당이었다. 두 사람 다 내슈빌 외곽의 큰 서적 도매상인 잉그럼에서 일한 적이 있었다. 캐런은 키가 크고 창백한, 그리고 미국의 초기 정착민이나 서부 개척민, 혹은 지칠 줄 모르고 일하는 다른 부류의 사람들을 떠올리게 하는 아주 진지한 사람이었고, 서점을 열고 싶어했다. 직장을 그만두고 그 일에 전념할 계획이었다. 다만 자금이 부족했다. 도서 사업에 투자할 생각은 해본 적이 없고 그런 제안도 받은 적이 없던 나지만, 내가 서점의 자금을 대고 홍보도 할 수 있다고 말했다. 캐런과 내가 공동 소유자가 되고 메리 그레이는 총지배인이 되는 것이다. 그러면 내가 실제로 서점에서 일하지 않고도 서점을 소유할 방법이 없을까 하는 문제가 해결된다. 우리는 샌드위치를 먹으면서 함께 잠정적인 계획을 세웠다. 캐런이 가방에서 사업 설명서를 꺼내 내게 건넸다.

"책방 이름은 파르나서스예요." 그녀가 말했다.

그 단어를 보자마자, 쓰기도 어렵고 기억하기도 어려운 단어라는 생각이 들었다. 나는 고개를 저었다. "별로예요." 내가 말했다. 그 뜻을 아는 사람이 몇 명이나 되겠는가? (그리스신화에서 파르나소스산은 문학과 학식과 음악, 그리고 아마 다른 몇몇 소중한 것들의 발상지이다.) 나는 아이슬란드와 양이 나오는 위대한 할도르 락스네스의 소설 제목을 따서 '독립적인 사람'으로 하기를 원했다. 아니면 단순한 이름, 특히 색깔이 들어간 이름이 기억하기 쉬우니 '붉은 새 책방' 같은 것이나.

"전 항상 파르나서스라는 이름의 책방을 갖고 싶었어요." 캐런이 말했다.

나는 오늘 처음 만난, 나의 잠재적 동업자인 여성을 바라보았다. 난 그저 내슈빌에 서점이 생기기를 바랄 뿐이었다. 굳이 내가 이름을 지을 필요가 있을까? "서점에서 일할 사람은 당신이니까요." 내가 말했다.

그날 밤, 나는 남편과 상의도 하고 메리 그레이에게서 캐런에 관한 좀더 자세한 정보를 얻은 뒤 그녀에게 전화했다. 캐런의 계산에 따르면 2500제곱피트 규모의 책방을 열려면 삼십만 달러 정도의 돈이 필요하다고 했다. 나는 좋다고 말했다. 그때가 2011년 4월 30일이었고, 나는 두 주 뒤 『경이의 땅』 북투어를 위해 영국으로 떠나야 했다. 미국의 북투어는 6월 7일에 시작이었다. 캐런은 6월 10일에 랜덤하우스를 그만둘 예정이었다. "북투어 기간에 이 사실을 알려야 할까요?" 내가 물었다. 분명 6월 내내 종일 인터뷰가 있을 것이었다. 우리가 점심을 먹으면서 이 계획을 세웠다고 알려야 할까요? 나로서는 서점 이름이 딱히 마음에 들지는 않지만, 자금은 마련되었고, 우리는 처음 만난 사이라는 걸?

"그럼요." 캐런이 약간 주저하더니 말했다. "아마도."

지금 그때를 돌아보면 어떤 종류의 사업 감각도 부재하던 자리에 들어선 태평한 즐거움과, 룰렛 판으로 저벅저벅 걸어가 숫자 단 하나에 가진 돈을 몽땅 거는 대담함에 어지럼증이 일

정도다. 누구나 이 계획을 듣자마자 책의 시대는 끝났다고 내게 상기시켰다. 이 년 후면—그 '이 년'이 어디서 나온 건지는 모르겠지만 한결같이 내게 던져진 숫자는 그것이었다—서점은 물론 책도 전부 사라질 테니 차라리 8트랙 녹음테이프나 타자기를 파는 게 더 나을 거라고 말했다. 하지만 어쩐 일인지 어떤 반대의 목소리도 내게 각인되지 않았다. 서점이 잘되어가는 모습이, 내가 언니와 밀스에 서 있던 모습만큼이나 눈앞에 또렷이 보였다. 어쨌든 난 작가였고 내 책은 꽤 잘 팔렸으니까. 나는 전국을 다니며 열정적인 독자 대중을 놓고 강연했고, 그 독자들이 내 증거였다. 그보다 중요한 건, 땅을 말끔히 개간해서 직접 나무를 심을 수 있는 강철 같은 투지를 지닌 여성인 캐런 헤이스가 내 동업자라는 사실이었다. 그리고 예전에 서점 운영을 해봤던 사랑하는 친구 메리 그레이도 있었다. 게다가 폐점한 거대한 서점 두 곳은 매달 수익을 냈었다. 룰렛 공은 거듭 튀고 튀다가 내가 베팅한 숫자에 내려앉았다.

나는 미국 북투어를 위해 곧 떠나야 했지만, 짬을 내어 캐런과 서점 후보지를 보러 다녔다. 우리는 중매로 만나 결혼하여 신혼집을 찾는 신혼부부 같았다. 서로의 취향을 몰랐고, 어색한 대화는 곧 어색하고 긴 침묵으로 이어졌다. 벽에 2×4인치 목재만 붙어 있고, 어두운 방 한가운데에 변기 하나가 쓸쓸하게 쓰러져 있는 장소가 하나 있었다. 캐런은 그 공간의 잠재성을 알아보았다. (곧 분명해졌지만, 캐런은 잠재성을 알아보는 능력이 나보다 훨씬 뛰어나다.) 그녀는 사 년 동안 비어 있던 식당 공간에서도 잠재성을 보았다. 우리는 기름때로 덮인 냉장고와 가스레인지를 손전등으로 비추며 조심스럽게 주방으로 다가갔다. 어릴 적에 여기서 식사를 한 적이 있었는데, 그때도 더러워서 기겁을 했었다. 또한 너무 넓기도 했다. "요리 강좌를 열고 싶은 사람과 동업을 할 수는 있겠네요." 거대한 주방 기기들을 바라보며 캐런이 말했다. 우리는 모든 가능성을 열어 두었다. 이 공간을 우리에게 보여준 남자들 중에는 〈소프라노스〉*나 〈글렌게리 글렌 로스〉**의 단역을 얻으려다 실패했지만 여전히 그 역을 연습하고 있는 사람도 분명 있는 듯했다. 전기가 안 들어와 차라리 다행이다 싶을 때가 많았는데, 분명 보고 싶지 않은 면까지 보게 될 것이라 그랬다. 내가 원한 장소는 먼지 하나 없이 깨끗하고 당장 들어올 수 있는 곳이었다. 벚나무 목재 책장이 붙박이로 들어가 있으면 더 좋고. 하지만 캐런은 값이 싼 곳을 찾았다. 우리 둘 다 마음에 든 장소는 예전에 초밥 식당이었고 지금은 유치권 행사중인 곳이었다. 관리자로부터 어렵사리 답변을 받았을 때, 그것은 서점은 죽었으니 임대

---

* 뉴저지 마피아의 이야기를 다룬 범죄 드라마 시리즈.
** 위기에 처한 부동산 중개업자들의 이야기를 다룬 범죄 스릴러 영화.

료를 얼마를 내든 우리에게 세를 주지 않겠다는 선언이었다.

그래서 장소도, 개업 날짜도 못 정한 채 나는 북투어를 떠났고, 첫날 〈다이앤 림 쇼〉에서 동업자 캐런 헤이스와 함께 곧 내슈빌에 독립 서점을 열 계획이라고 공표했다. 세세한 부분은 전부 얼버무리고 넘어가다가, 서점 이름을 물었을 때 겨우 "파르나서스"라고 대답했다.

북투어를 시작하고 얼마 지나지 않았을 때, 나와 오래 거래해온 내슈빌의 액자 가게인 '경사진 모서리'에서 전화를 걸어 매장에서 내 새 책을 팔면 어떻겠냐고 물었다. 내가 다니던 수선 가게인 '꿰매요'에서도 마찬가지 문의를 했다. 내 고향 사람들에게 어디 가면 내 책을 살 수 있는지 말해줄 수 있어 무척 감사했지만, 그 일로 서점다운 서점이 없는 아쉬움을 더욱 통감했다. 파르나서스는 당연히 내슈빌에 좋은 일이었지만, 책 판매는 내게 가장 이득이기도 했다.

『경이의 땅』은 내 여섯번째 소설이자 여덟번째 책이었는데, 지금까지 수없이 북투어를 다녔지만, 이번 북투어에는 완전히 새로운 목적의식이 있었다. 당연히 낭독과 사인회를 위해 서점에 간 것이었지만 배우려는 마음도 있었다. 각 매장의 크기가 얼마나 되는지, 시간제 직원은 몇 명이나 되는지, 멋진 인사말 카드는 어디서 구한 건지 알고 싶었다. 책방지기들은 소중한 정보라도 비밀을 잘 지키지 못한다. 워낙 너그러운 종족이라

금방 나를 자기네 우리 안으로 들여서 조언을 들려주었다. 손님들은 무엇이 되었건 사다리를 타고 올라가 가지고 내려와야 하는 상품을 무척 좋아하니, 할 수 있을 때마다 물품을 천장에 매달아놓으라는 말을 들었다. 아동 도서는 항상 매장 맨 안쪽에 배치해서, 부모들이 자연스레 이리저리 돌아다니며 책을 보는 중에 아이가 가게를 뛰쳐나가려 하면 바로 붙잡을 수 있도록 하라고 했다. 장부 작성과 보너스와 직원 추천과 웹사이트와 관련된 조언도 들었다.

내가 비행기로 이 도시 저 도시를 날아다니는 동안 캐런은 남부에서 이사용 렌터카를 타고 재고 정리를 하는 보더스 매장을 찾아다니며 최저가로 책장을 사들이고 있었다. 나는 떠나기 전에 십오만 달러짜리 수표를 써주면서 더 필요하냐고 거듭 물었다. 캐런은 더 필요하지 않다고 했다.

여름이 끝날 무렵 캐런과 나는 마침내 매장을 결정했는데, 예전에 태닝숍이었던 곳으로 몇 집 너머에 도넛 매장과 네일숍이 있었다. 이곳의 관리자는 사업 수완이 좋은 불교 신자로, 지금까지 매장을 보러 다니며 만났던 부동산 관리자들과 달리 자신의 길쭉한 L자 모양 쇼핑몰에 서점이 들어오면 품격이 생기리라 여겼다. 그래서 바닥 타일을 뜯어내는 비용을 자기가 기꺼이 부담하겠다고 했다. 이 공간은 안쪽으로 깊고, 무엇이든 천장에 매다는 건 꿈도 꿀 수 없을 만큼 층고가 높았다. 태닝

기구는 다 빼낸 상태였지만, '탠 2000'이라는 문 위쪽의 간판은 터무니없이 오래도록 붙어 있었다. 나는 모든 일을 캐런이 알아서 하도록 맡긴 채, 아직 남은 북투어 일정을 소화하러 호주로 떠났다.

소식은 이미 남반구까지 퍼져 있었다. 호주에서 다들 궁금해하는 것은 서점이었다. 독일과 인도에서 기자들이 전화를 걸어 서점에 관해 알고 싶어했다. 인터뷰마다 첫마디는 똑같았다. 그런 말 못 들으셨어요? 아무도 그런 얘기를 안 해줬어요? 서점의 시대는 이제 끝났어요. 그래놓고는 하나같이 자기들이 가장 좋아하는 서점을 자세히 설명했고, 나는 그들의 이야기를 들었다. 내게 따로 은밀하게 말하길, 어쩌면 서점이 성공할 수도 있을 거라고 했다.

나는 그 성공을 위해 인터뷰가 어떤 역할을 할 수 있을지 깨닫기 시작했다. 삼십대 때 나는 패션잡지에 글을 써서 집세를 냈다. 최신 유행을 알아낼 것을 고집했던 『엘르』가 나로선 가장 당혹스러웠다. 패션잡지의 경우 대체로 가판대에 오르기 석 달 전에 '마감'(원고가 인쇄소에 넘어가는 시점을 가리키는 그 분야의 용어)되기 때문에 유행을, 그것도 내슈빌 같은 곳에서 알아내기란 거의 신통력이 요구되는 일이었다. 마침내 나는 패션업계 사람들이라면 모두가 아는 사실을 깨달았다. 유행이라고 부르면 그게 유행이 된다는 것. 올봄 파리에서 패셔니스타들은 머리에 어항을 쓸 겁니다. 호주의 호텔방에서, 기억이라기보다 계시처럼 이런 통찰력이 내게 다시 찾아왔다. "작은 독립 서점이 다시 돌아오고 있어요." 나는 베를린과 방글라데시에서 기자들에게 말했다. "일종의 유행이죠."

내 연기는 길 위에서 펼쳐졌고, 나는 전혀 모르는 사람들에게 나의 주장을 공표하는 와중에 세세한 사항을 새로 만들어내는 식으로 매 공연마다 원고를 수정했다. 이런 식의 설명이었다. 만사는 돌고 돌아요. 작은 서점들이 장사가 잘되어 점점 규모를 키워갔죠. 거기서 돈이 생길 전망을 알아보고 대형 체인점이 생겨나서 독립 서점들을 짓밟았고, 그다음엔 아마존이 나타나 대형 체인점을 짓밟았죠. 이제 모니터 앞을 떠나지 않고도 무슨 책이든 언제든지 주문할 수 있게 된 지금, 우리는 우리가 상실한 것이 무엇인지 깨닫게 된 겁니다. 지역 문화 센터, 인간적 교류, 그리고 남들이 무엇을 샀는지 알려주는 컴퓨터 알고리즘이 아닌 책을 잘 아는 독자의 추천 같은 것들 말이죠. 그 잿더미에서 작은 독립 서점이 다시 일어날 거라고, 나는 내 말을 들으러 온 사람이라면 누구에게나 말했다.

전자책은요? 기자들이 물었다. 전자책이 있는데도 서점이 살아남을 수 있을까요?

그래서 난 이렇게 말했다. 전 책을 읽는 것에 관심이 있지, 어떻게 읽는지에는 관심이 없어요. 독립 서점들도 대부분 웹사이트에서 전자책을 판매할 수 있어요. 반스앤드노블도 당연히 그렇고요. 그리고 거기서 내려받은 전자책은 아마존 킨들을 제외한 다른 모든 전자책 단말기로 읽을 수 있습니다. 킨들은 아마존에서 구입한 책만을 위한 거니까요. 그렇게 동네 서점에 힘도 보태고, 아이패드로 책도 읽을 수 있는 거죠.

무엇이든 반복해서 말하면 사실이 된다.

일단 세워라, 그러면 다들 올 것이다.[*]

멜버른에서 나는 조너선 프랜즌과 함께 낭독회에 참석했다. 그에게 내 서점에 와주겠냐고 물었다. 그럼요, 가보고 싶어요. 그가 말했다. 나는 지구 반대편에서 마음속으로 롤로덱스[**]를 돌리기 시작했다. 내가 아는 작가는 많았다.

그사이 내슈빌에서는 캐런과 메리 그레이가 직원 한 명을 고용했고, 페인트가 마르고 주문한 바닥재가 오기를 기다리는 동안 셋이서 함께 보더스 창고에 쌓여 있던 책장을 닦고 또 닦았다. 낙관적인 마음이 가득해진 우리는 10월 1일에 개업할 수 있기를 바랐다. 실제로는 11월 15일에야 문을 열 수 있었는데, 그때도 조명은 아직 설치되지 못한 상태였다. 금전등록기에 담

---

[*] 1989년 영화 〈꿈의 구장〉에 나오는 말로, 일단 노력해 무언가를 만들면 사람들이 찾아온다는 뜻이다.

[**] 연락처 목록을 넣어두는 회전식 명함꽂이.

아들 현금을 미리 찾아놓는 걸 잊어서 나는 수표책을 들고 은행으로 달려갔다. 그날 아침 〈뉴욕 타임스〉는 내 사진과 함께 파르나서스의 개업 소식을 1면에 실었다.

내 책을 출판하는 하퍼콜린스 사무실로 고연봉의 컨설턴트들이 줄지어 찾아오는 광경을 상상해보라. 어떻게 일개 소설가(가령 나 같은)의 사진을 〈뉴욕 타임스〉 1면에 실리게 할 수 있을지 알아내는 것이 그들의 임무다. "누군가를 죽이게 하면 어떨까." 한 컨설턴트가 말한다. 다른 컨설턴트가 고개를 젓는다. "그러려면 아주 유명한 인물이어야 돼." 다른 이가 그렇게 말한다. "혹시 아이들이 가득한 스쿨버스를 납치하거나 뉴욕 공립학교 체계를 완전히 뒤집어놓아야 할까?" 다 같이 한숨을 쉰다. 그런 것들로는 충분하지 않다. 범죄, 대중의 이목을 끌 만한 일, 영웅적인 선행의 목록을 다 뒤져보지만, 어느 것도 1면에 나올 만하지는 않다. 난 이것만은 장담할 수 있다. 그들이 죽을 때까지 그 방에 틀어박혀 있어도, 내슈빌에서 2500제곱피트 규모의 서점을 개업하는 게 그 일을 해내리라는 사실은 절대 생각해내지 못할 것이다.

내슈빌에서 실제로 문을 연 그 서점이 얼마나 아름답던지 믿을 수 없을 정도였다. 내가 북토크를 하며 여름을 보내는 사이 캐런은 자신의 꿈을 실현했다. 상상만 하던 이상적인 서점을 실제로 사람들이 와서 책을 사는 공간으로 만들어낸 것이다.

나는 내 동업자가 일종의 소설가라는 사실을 이제는 알 수 있었다. 아주 지루하고 자잘한 일을 처리하면서 결국에는 예술작품을 만들어낸 것이다. 색의 선택이며 수납장이며 여기저기 매달린 반짝이 별 장식으로 그녀는 눈부신 부분들의 총합보다 말할 수 없이 더 값진 세계를, 아이들이 어른이 되어서도 잊지 않을 그런 서점을 마술처럼 만들어냈다. 그녀가 늘 알았던 것처럼, 결국 파르나서스는 완벽한 이름이었음을 나 역시 마침내 깨달았다. 서점에 들어설 때마다 이런 생각이 든다. 지금까지 수많은 사람을 만났지만 서점을 열고 싶다는 사람은 캐런이 유일했는데, 나는 어떻게 그녀를 보자마자 평생을 함께할 사람임을 알아볼 수 있었을까?

개업식 날 내셔널 퍼블릭 라디오NPR가 매장에서 인터뷰를 하고 싶다고 했다. 매장 소음을 함께 담으려 했던 건데, 너무 많은 사람이 너무 많은 소음을 내는 바람에 우리는 창고 구석으로 대피해야 했다. 그날 오후 네시에 〈CBS 디스 모닝〉에서 전화가 왔다. 다음날 아침에 CBS 방송에 나가려면 두 시간 안에 비행기를 타야 했다. 개업 축하 행사가 열린 그 주 토요일에는 이른 아침의 인형극부터 밤늦은 시간의 와인과 치즈까지 온종일 이어지는 화려한 오락이 준비되어 있었고, 추정컨대 삼천 명 가량의 내슈빌 주민들이 몰려와 여름날 밀밭을 휩쓰는 메뚜기떼처럼 책을 싹쓸이해 갔다. 서점에서 일하는 우리(대개 나는 여기에 나 자신을 포함시키지 않지만, 이때는 나도 들어갔다)는 손님이 오기를 얼마나 고대했던지, 마침내 손님이 오자 우리가 좋아하는 책을 끝없이 추천했다. 그전에 미처 생각하지 못했던 또하나의 기쁨이 그것이었다. 모르는 사람에게 내가 정말 좋아하는 책을 읽으라고 권할 수 있다는 것. 책장을 열심히 닦아서 말린 뒤 책을 가득 꽂아둔 지 얼마 되지도 않았는데 놀랍게도 금세 텅텅 비었다. 내가 또 의자 위에 올라서서 몇 마디 말을 하는 사이, 캐런은 거듭 사무실로 뛰어가 책을 더 주문했다. 온갖 지역 뉴스 프로그램과 온갖 지역 신문과 함께 『피플』도 찾아왔다. 인터뷰를 얼마나 많이 했는지, 누군가가 '도넛 덴'으로 가는 길에 서점 창문을 들여다봤다면 우리가 경마에서 우승했거나, 암을 완치했거나, 남극으로 가는 포털을 발견했다고 생각했을 것이다.

"있잖아요." 나는 일찌감치 캐런에게 이렇게 말했다. "결국 일은 전부 당신이 하면서 공은 내가 다 차지할 거예요. 정말 짜증나는 일일 텐데요."

하지만 캐런은 추상적인 관념으로든, 나중에 불가피해진 편재하는 현실로든 그런 건 별로 개의치 않는 듯했다. "당신은 당신 일을 하세요." 그녀가 말했다. "난 내 일을 할 테니까."

전혀 상상하지 못했던 어떤 것이 내 일이 되었고, 그것이 분명 파르나서스에 이득이 되긴 하지만 여기서 핵심은 파르나서스가 아니다. 독립 서점의 대변자라는 지위를 누군가가 차지할 수 있는지는 고사하고, 그런 지위가 존재하는지조차 몰랐는데, 어쩌다보니 내가 바로 그런 인물이 되어 있었다. 대중은 여전히 책을 원한다. 그 사실을 증명할 통계도 가지고 있다. 내가 어린 시절의 책방을 기억하듯이 다들 그런 푸근한 마음으로 각자의 책방을 기억할 것이다. 우리 서점이 아침에 문을 열 때마다 다들 밖에 줄을 서 있는 까닭은, 우리가 함께했던 이 여정을 통해 최저가가 항상 최고의 가치는 아니라는 사실을 모두가 깨달았기 때문인 것 같다. 파르나서스 서점은 우리 지역사회에 일자리를 창출하고 세입에도 도움이 된다. 우리는 아이들이 배우고 놀 수 있는 장소, 그 둘을 하나의 것으로 생각할 수 있는 장소를 마련했다. 여기에는 피아노도 있고 닥스훈트도 있다. 작가들의 낭독회가 열리면 찾아와 질문도 하고 책에 사인도 받을 수 있다. 이것이 한물간 사업 모델인지는 모르겠지만, 내가 좋아하는 방식이고 지금까지는 잘되어가고 있다.

어쩌면 서점이 잘되는 건 내가 작가라서일 수도 있고, 캐런이 이 서점에 생사가 걸린 양 일해서일 수도 있다. 우리 직원이 특히 총명해서일 수도 있고, 내슈빌이 독립적인 것들에 특히 공감을 보내는 도시라서일 수도 있다. 어쩌면 그저 우리가 운이 좋았을 수도 있고. 하지만 이 행운을 통해 나는 기업이 주도하는 세상의 흐름을 바꾸는 일이 가능하다고 믿게 되었다. 아마존이 모든 결정을 내리게 되지는 않을 것이다. 자기 돈을 어디서 어떻게 쓸지는 대중 스스로 결정할 것이다. 서점에서 얻을 수 있는 것이 당신에게 중요하다면, 서점에서 책을 사시라. 독서의 경험이 소중하다면, 책을 읽으시라. 그렇게 우리는 세상을 바꾼다. 세상을 휘어잡고, 우리 자신을 바꾸는 것이다.

이것은 행복한 결혼 이야기입니다

내 할머니는 스크래블*을 무척 잘하셨을 뿐 아니라 끈기도 있었다. 내가 열 살, 열한 살, 열두 살 때, 학교를 마치고 돌아오면 할머니는 나와 스크래블 게임을 하곤 했다. 나는 늘 철자를 틀렸고, 할머니는 내가 나아질 수 있게 애썼다.

"DRAIN." 나는 그렇게 말하며 타일을 내려놓았다.

할머니는 잠깐 생각하더니 이렇게 말했다. "'드레인'이라는 단어는 마음에 들지 않아. 몇 점이지?" 어쨌든 스크래블은 간단한 산수 공부도 되었다.

"'드레인'이 왜 마음에 안 들어요?" 이미 머릿속으로는 치약

---

*알파벳이 적힌 타일로 단어를 만드는 보드게임.

덩어리나 머리카락 따위로 막힌 하수관을 떠올리면서도 내가
물었다.*

"예전에 내 이름이었어." 할머니가 말했다. "옛날에 결혼했
을 때."

아이들은 옛날에라고 지칭되는 시기에 어른들이 뭔가 흥미
로운 일을, 아니 무슨 일이라도 했다는 사실을 상상조차 하지
못한다. 할머니는 열한 살짜리의 감수성에 맞게 적당히 잘라내
며 내게 그때 이야기를 들려주었다. 할머니는 존 드레인과 열
달 동안 결혼생활을 했다. 두 사람은 캔자스에 살았다. 할머니
가 병든 모친의 병시중을 들러 두 주 동안 오그던의 집에 가 있
는 동안 존 드레인은 그저 놀고 있지는 않았다. "당신은 나와
여기서 살 만큼 날 사랑하지는 않는군." 그는 그렇게 말했고,
얼마 후에 이혼 청구서를 제출했다.

"내가 변호사 사무실에 들어갔을 때는 변호사가 악수를 청
하며 '안녕하세요, 드레인 부인' 그랬는데, 사무실을 나올 때는
다시 악수하며 '안녕히 가세요, 미스 넬슨' 그러더라." 할머니
가 말했다.

나는 그날 저녁 집에 돌아가 어머니에게 그 사실을 알렸다.
할머니가 결혼을 두 번 하셨다고. 어머니는 이미 아는 일이라

---

* 'drain'은 보통명사로 하수관이나 배수관을 뜻한다.

고 했다.

할머니의 첫번째 결혼에 대해서는 아는 바가 없었지만, 할머니 부친의 첫번째 결혼 이야기는 거의 외울 정도였다. 할머니의 부친인 라스무스 넬슨은 덴마크에서 결혼하여 두 아들을 두었다. 그후 미국으로 건너와 캔자스에 정착한 뒤 대장장이로 일했다. 가족을 데려올 돈을 모을 때까지 수년간 열심히 일했고, 마침내 그만한 돈이 모이자 아내에게 편지를 써서 미국으로 오라고 했다. 아내는 캔자스로 가고 싶은 마음은 굴뚝같지만, 아들이 하나 더 생겼다는 말을 먼저 해야겠다고 편지에 적었다.

초청은 취소되었다.

그것만으로도 슬픈 이야기였지만 내가 밤잠을 설친 것은 그 때문이 아니었다. 할머니가 기억하기로 한번은 금발에 파란 눈을 가진 젊은 남자가 아버지를 찾아 캔자스 오그던까지 왔는데, 아버지—내 증조부—는 아들을 만나지 않았다고 한다. 아무 잘못도 없는 파리한 젊은이가 덴마크에서부터 아버지를 찾아 오그던까지 그 먼길을 왔는데 아버지 얼굴도 보지 못한 것이다. "이름이 뭐였어요?" 내가 물었다(한 번 듣고 말았던 존 드레인에 관한 이야기와 달리, 난 이 이야기는 몇 번이고 다시 들려달라고 졸랐다). 하지만 할머니는 당시 너무 어려서 오빠의 이름을 물어볼 생각도 못했다고 했다.

　이런 이야기를 꺼내는 까닭은, 잠깐 족보를 찾아보는 수고를 들이지 않고도 우리 가문에서 최소 네 세대가 결혼에 실패했다는 사실을 쉽게 알 수 있다는 말을 하고 싶어서다. 아버지 쪽으로는 패칫가의 일곱 형제자매 중에서 여섯이 결혼했다가 다섯이 이혼했다. 언니와 나도 이혼했다. 부모님은 내가 네 살 때 이혼했다. 내게는 아주 어릴 적 기억이 많이 남아 있는데, 그중에 부모님이 둘 다 등장하는 장면이 많기는 하지만 당시 나는 두 사람을 부부로 이해하기엔 너무 어렸다. 그저 한집에 살면서 우리를 돌봐준다고 여겼다. 결혼이라는 게 무엇이고, 그것이 이제 끝났다는 설명은 어느 날 오후에 한꺼번에 다 들을 수 있었다.

　"결혼생활에 관해 써봐요." 나의 젊은 친구인 니키가 내게 말한다. "어떻게 하면 그렇게 행복한 결혼이 가능한지 써봐요." 하지만 내 삶의 대단한 기쁨이자 놀라움인 내 결혼은 너무 동화 같다. 디즈니라는 당의糖衣를 아직 입지 않은 독일식 동화. 몇 년 동안 잠에 빠지는 형벌을 초래할 사건이 기다리는 어둑한 숲에서, 뾰족한 이빨과 노란 눈을 가진 어둠 속 동물들을 지나치며 아이들끼리 헤매고 다니는 이야기 말이다. 사랑으로 충만한 결말로 끝나는 이야기라도 과정은 유쾌하지 않다. 이제 행복한 결혼, 내 결혼 이야기를 하려 하는데, 그 이야기는 이혼으로 끝나지는 않지만 그와 관련된 모든 것은 하나같이 거기서 시작한다. 이혼은 역사 수업, 똑같이 반복하지 않기 위해 기억되어야만 하는 바로 그것이다. 이혼은 이 교회가 세워진 반석이다.[*]

부모님이 이혼한 뒤, 언니와 나는 어머니를 따라 캘리포니아를 떠나 테네시로 갔다. 우리가 이해한 바로는 어머니가 사귀던 마이크를 따라서 테네시로 간다는 것이었는데, 막상 도착해보니 그 관계는 평탄하지 않았다. 몇 번이나 거처를 옮긴 뒤에야 우리는 내슈빌 외곽의 머프리즈버러라는 볼품없는 마을의 규격화된 작은 주택에 안착할 수 있었다. 어느 날 밤에 어머니와 마이크가 저녁을 먹고 집에 들어오더니, 두 사람이 결혼했다고 발표했다. 그 말은 마이크가 이제 자기 집에 가지 않는다는 뜻으로 여겨져 우린 공포에 질렸다. 몇 달 뒤 밖에서 놀다 집에 와보니 나보다 몇 살 더 많은 남자아이가 주방에 있었다. 내가 우리집에서 나가라고 했더니, 그애도 여기는 자기 집이니 나가라고 내게 말했다. 그렇게 해서 나는 나에게 의붓형제가 넷 있다는 사실을 알게 되었다. 그리고 그렇게 해서 양아버지

---

[*] 「마태복음」 16장 18절에 나오는 "내가 이 반석 위에 내 교회를 세우리니"라는 구절을 인용한 표현.

의 아들인 마이키도 자기 아버지가 결혼했다는 사실을 알게 되었다. 아마 그때는 이혼과 재혼에 대해 자식들에게 이야기하는 방법을 설명하는 책이 아직 나오지 않았거나, 아니면 이제 딸린 자식이 여섯에, 시간에 쪼들리고 돈에 쪼들리는 이 가족 구성원 중 누구도 서점에 갈 여유가 없었던 모양이다.

친아버지와 친아버지의 두번째 아내인 제리는 자식 없이 캘리포니아에서 행복한 결혼생활을 하고 있는 듯했지만, 언니와 내가 그 두 사람과 함께하는 시간은 일 년에 딱 일주일이었다. 언니와 나는 제리와 제리의 모친인 도로시를 무척 좋아했다. 그들이 함께 살던 그 집은 가장 행복한 내 어린 시절의 추억이 깃든 장소였다. 아버지가 제리와 결혼하기 전, 여느 해처럼 아버지를 찾아가 그 집에서 지내던 어느 날, 나는 거실에 자기 재봉틀을 놓고 드레스를 만들고 있는 제리를 발견했다. 드레스 옷본 앞에 붙은 그림으로 보건대, 아주 멋진 드레스였다. "무슨 드레스예요?" 내가 물었다.

"웨딩드레스." 제리가 말했다.

"누가 결혼해요?" 제리는 내게 시선을 돌리지 않은 채 얇고 고운 천을 재봉틀로 밀어넣었다.

"내가." 그녀가 말했다.

그 말을 듣자마자 난 울음을 터뜨리면서, 결혼하지 말라고, 곧 아버지가 아줌마랑 결혼할 테니까 제발 그때까지 기다려달라고 애원했다. 사실 아버지는 그렇게 할 예정이었다. 우리에게 말을 안 해줬을 뿐이지.

아버지와 제리의 결혼이 아무리 근사했어도 내게 중요한 건 그게 아니었다. 내가 성장한 건 어머니와 양아버지의 결혼생활 속에서였으니까. 내가 다섯 살 때부터 스물다섯 살 때까지, 두 사람은 항상 부부는 아니더라도 어떤 식으로든 함께 살았다. 마이크도 초혼이 아니었는데, 그는 첫번째 부인인 조앤과 여덟 살, 여섯 살, 네 살, 열여덟 달 된 네 아이(앞에서 언급한 마이키가 맏이였다)를 두고 로스앤젤레스를 떠났다. 한번은 내가 조앤과 왜 이혼했느냐고 마이크에게 물은 적이 있는데, 그가 말하길 집안 살림이 엉망이었다고 했다. 아내와 헤어진 이유로 아이에게 해줄 수 있는 말로는 그나마 그게 제일 나을지도 모르겠다. 진실은 부적절한 것이었을 수도 있고, 내가 별로 깔끔한 아이는 아니었으므로 그런 핑계가 일종의 경고성 교훈의 역할도 할 수 있었으니까. 그렇더라도, **잠깐만! 아이가 넷이었는데 집안이 엉망이었다고 불평한 거야?** 하는 생각이 잠에서 깬 내 머릿속에 불현듯 떠오른 것이 아주 오랜 세월이 지난 뒤였다는 게 나는 여전히 부끄럽다.

다시 우리 가족 이야기로 돌아오면, 집안에서는 이혼 수당과 보내야 할 양육비를 두고 불평이 끊이지 않았고, 그런 대화 탓에 마이크의 첫번째 가족은 일상 속에 우리와 함께 있었다. 여름휴가와 크리스마스, 일 년에 그렇게 두 번 서부 해안에서 우리집으로 오는 마이크의 자식들은 공립학교에 다녔고 샌퍼낸도밸리의 낡아빠진 작은 집에서 살았으며 유복함의 측면에서 누리는 것이 거의 없었다. 언니와 나는 가톨릭계 학교에 다녔고 더 좋은 옷을 입었고 이따금 함께 휴가도 갔다. 시골로 이사했을 때는 언니에게는 언니 말이, 내게는 돼지 한 마리가 있었다. 하지만 우리 역시 내내 재혼의 벽 안에 갇혀 살아야 했으니, 패칫 자식 둘과 글래스콕 자식 넷, 그렇게 여섯 명을 지금 한자리에 앉혀놔도 어느 쪽이 진짜로 더 불운한지는 누구도 확실하게 말하지 못할 듯싶다.

어머니의 두번째 결혼이 성공적이리라 여긴 사람은 아무도 없었던 것 같다. 심지어 두 당사자마저도. 시작부터 이것은 정신 나간 짓이라는 냄새가 진동했다. 다툼과 불화, 화해, 만성적 우울이 있었고, 비축해둔 무기도 상당했다. 신의 같은 건 찾아볼 수 없었다. 어머니는 온갖 것을 기꺼이 참을 수 있었지만 두 번 이혼은 원하지 않았다. 나중에 내게 말한 바로는 그것이 어머니가 스스로 정한 한계선이었다. 결국 두 사람은 이혼에 이르게 되었지만, 얼마 후 다시 만나기 시작했고, 그런 뒤 다이아몬드 반지까지 갖추어진 약혼을 했다. 사실 두 사람의 약혼이 내 약혼과 같은 시기였어서 내 결혼식 때 그들은 함께 서 있었다. 비록 몇 달 뒤 영원히 관계를 끝내긴 했지만 말이다.

어머니와 결혼한 남자가 당장 이혼을 해야 마땅한 미친놈이라면 좀더 깔끔한 설득력을 지닌 이야기가 되겠지만, 세상에 그렇게 간단한 일은 없다. 당시에 양아버지는 미친놈이긴 했고, 누구보다 본인이 그 사실을 인정하겠지만, 그 미친 사람 같은 면과 그의 매력이 동전의 양면이라는 것이 문제였다. 또한 그는 아주 성공한 외과의사라서, 자식 여섯에 부인 둘을 감당하면서도 빈곤에 오래 시달린 적이 없었다. 헬리콥터도 가지고 있어서 앞마당에 격납고를 지어 보관했다. 경주마를 사고 석유 시추도 했는데, 거기에 산더미 같은 돈을 쏟아부었고 다 날렸다. 소설 쓰기, 조각, 철 공예, 테니스, 펜싱에도 손을 댔다. 선상 가옥도 지었다. 그렇게 수많은 관심사와 여러 자식 가운데 그가 가장 좋아했던 것은 나였다. 그는 나를 대학에 보내줬다. 내가 대학원에 들어가고 싶다고 말했을 때도 돈 걱정을 왜 하냐며 불같이 화를 냈다. 어머니와 그의 관계가 완전히 끝난 지 이십 년이 지났지만 난 여전히 양아버지와 무척 가깝다. "이 멋진 남자는 누구야?" 양아버지의 딸인 티나는 이렇게 즐겨 말한다. "아버지를 어떻게 한 거야?"

어머니는 어머니대로 지나치게 아름다웠다. 지나친 아름다움이 뭐가 문제냐 싶다면, 그런 사람과 잠깐이라도 살아봐야 한다. 식료품점에서 물건을 담아주는 젊은 남자들은 차까지 따라와 어머니와 입을 맞추려 했다. 어머니는 수표에 전화번호를 적을 수가 없었다. 식당에 있으면 다들 다가와서 어머니의 아름다움을 두고 한마디씩 했다. 은행에 가면 줄 맨 앞에 세워줬다. 어머니의 미모와 짝을 이룬 것이 지나치게 예민한 성격이라, 다들 어머니를 보호해주거나 함께 도망치고 싶어했다. 어머니가 가는 곳마다 수없이 불길이 타올랐지만, 어머니는 그런 불을 끄려는 노력은 거의 하지 않았다. 내가 고등학교에서 처음으로 『일리아스』를 읽었을 때 나는 내 삶을 더 잘 이해하게 되었다. 어머니는 트로이의 헬렌이었다.

나는 이혼했다는 이유로 부모님을 탓하지 않고, 어머니와 양아버지를 탓하지도 않는다. 하지만 행복한 결합을 이루는 방법에 관해서라면 방울뱀만큼이나 아는 바가 없었다. 중고등학교 시절에 내가 가장 친하게 지낸 친구가 둘 있었다. 둘 다 부모님이 이혼하셔서 아버지와 함께 살고 있었다. 두 이혼이 1970년대에 일어난 일임을 감안한다면 집안 사정이 얼마나 나빴을지 능히 짐작이 가고도 남는다. 우리는 부모님의 행복한 결혼의 산물이 아니라 이혼의 표류물이었다. 어머니와 양아버지의 집에서 언니와 나는 전리품이었다. 나는 고등학교 시절에 이미 아이를 낳지 않겠다고 결심했다. 내가 내세운 약간 삐딱한 이유는 누구에게도, 내가 사랑하는 이에게는 더더욱, 어린 시절이라는 괴로움을 안기지 않겠다는 것이었다. 그 결심은 절대 흔들리지 않았다.

이혼의 기술을 완성한 부모의 모습을 지켜보며 자란 사람들은 반드시 이혼하게 된다는 뜻이 아니다: 행복한 결혼에서 나온 자식이 반드시 행복한 결혼에 이르게 되지 않는 것처럼. 그 증거로, 한 쌍을 이루는 놀라운 책인 제프리 울프의 회고록(『기만 공작』)과 그의 남동생인 토바이어스 울프의 회고록(『이 소년의 삶』)을 읽어보라. 부모가 이혼하면서 제프리는 아버지와, 토비는 어머니와 살게 되었다. 두 소년은 매우 다르지만 처참하다는 점에서는 똑같은 재혼 가정에서 자랐는데, 그래도 둘 다 잘 자랐고 결혼도 잘 했다. 딱히 본받을 만한 선례가 없었어도 울프 형제는 훌륭한 남편이자 아버지가 되었다. 품위와 헌신의 기술을 각자 알아서 습득했다. 확실히 이혼 가정의 자녀들이 전부 망가지는 것은 아니고, 만약 망가졌다면 어느 시점 이후에는 우리 자신의 책임이다.

이렇게 내 첫번째 결혼 이야기를 꺼낼 수 있겠다. 이 글에서 논의하고자 하는 행복한 결혼이 아니라 다른 결혼. 이 서사에서 억지로라도 빼내고 싶지만, 어쨌든 꿈쩍하지 않을 것이다. 이것이 결혼 피로연이고 동화의 결말이어야 할 것처럼 보여도 사실 이제 시작일 뿐이다. 여전히 우리는 노란 눈이 깜박거리는 숲에 혼자 있다.

데니스와 나는 대학원에서 만났다. 내가 그에게 반해서 브런치를 먹으러 우리집에 오라고 했다. 데이트 신청으로 보이기는 싫어서 머리를 쓴답시고 개강 첫날 만난 똑똑하고 예쁜 줄리도 불렀다. 브런치를 먹고 나갈 때 데니스는 줄리와 이미 눈이 맞았고, 두 사람은 한동안 행복했다. 몇 달 뒤 그 행복이 사라지자 그는 나와 사귀기 시작했다. 대학원 이 년 차에 난 그의 자그마한 차고 위 셋방으로 들어갔다. 십이 년 동안 가톨릭계 여학교를 다니고 사실상 여학교나 다름없는 대학에서 사 년을 더 보낸 덕에, 남녀 문제에 관한 내 불안과 두려움 덕에, 평생 처음으로 진지한 연애를 시작했을 때 연애와 관련된 내 경험은 전무하다시피했다. 만약 이 글이 증언 녹취록이라면, 내가 아무것도 모르는 멍청이였고, 내가 안다고 생각했던 것들도 그저 처참하게 잘못된 것이었음을 기록으로 남기고 싶을 정도다. 예를 들어 내 눈에 보인 데니스의 장점은 무궁무진했다. 하지만 그 자신의 눈에는 보이지 않았다. 벌컥 화를 내는 일이 종종 있기는 해도, 내가 아는 그는 재미있고 똑똑하고 재능도 있었다. 자기가 얼마나 멋진 인물인지 그에게 보여줄 수만 있다면 그가 가진 훌륭한 자질을 세상 사람들에게 알려줄 수 있을 것 같았다. 그는 그저 약간의 수리가 필요할 뿐이었고, 내가 바로 그 일의 적임자였다.

나는 마치 프로이트가 등장하기 이전 시대의 사람 같았다. 난 심리학이 아직 태어나지 않은 세상에서 살고 있었던 건데, 여기서 심리학이란 심리 치료나 심리 분석(둘 다 어머니의 재혼 생활에서 큰 자리를 차지했지만 집안의 아이들에게까지 제공되지는 않았다)을 말하는 게 아니다. 〈오프라 쇼〉를 한 번이라도 보거나 여성잡지의 글 몇 편만 읽어도 얻을 수 있는 아주 단순한 차원의 자기 인식을 말하는 것이다. 세상에는 누군가(커다란 백마를 탄 왕자님)가 자신을 구원해주길 바라는 여성이 있고, 자기가 남자를 구원해주고 싶어하는(미녀와 야수) 여성이 있다. 이런 원형이 최초의 동화 나라까지 거슬러올라간다면, 나의 경우 역시 딱히 새로울 게 없다고 말해도 무리는 아닐 것이다. 내게 남자는 마치 주택과도 같았다. 잠재성 있는 물건을 값싸게 사서 고치면 되고, 내가 원하는 대로 고칠 수 있으니까 애초에 좋은 집을 사는 것보다 고쳐 쓰는 편이 오히려 더 낫다고 생각했다. 한마디로 나는 멍청이였고, 또한 겨우 스물두 살이었다. 나는 예쁘고 성격도 좋았다. 무슨 일이든 열심히 했다. 그것만으로도 귀한 대접을 받아 마땅했지만 현실은 그렇지 않았다. 나는 귀한 대접을 받지 못했다, 전혀.

내가 시작부터 불행했다고 말한다고 해서 그걸 수정주의적이라고 할 수는 없을 것이다. 하지만 나는 불행한 관계에 매달리는 능력은 타고났다. 적기에 그만두는 일의 품위를 조금이라도 알았다면, 나 자신과 데니스는 물론 아주 많은 사람이 더 행복했을 것이다. 그를 떠나지 못하고 하루 더, 한 주 더 질질 끌면서 내 실수는 점점 커져만 갔다. 있을 만한 탈출구를 아무리 열심히 찾아도 보이지 않았다. 이때도 역시, 가령 『코스모폴리탄』의 과월호를 슬쩍 들춰보기만 했더라도, 내가 짐을 싸서 이 집에서 나간다 한들 세상이 무너지지 않으리라는 사실을 알았을 것이다. 하지만 데니스는 너무 슬퍼 보였고, 슬픔에 잠긴 사람을 어떻게 떠날 수 있었겠나? 그것도 그를 행복하게 해주는 것이 내 일이라고 생각하는 내가.

그러던 어느 여름밤, 아이오와강 변을 함께 산책하던 중에, 데니스가 한쪽 무릎을 꿇으며 다이아몬드 반지를 내밀더니 내게 결혼해달라고 했다. 내게는 그가 꺼낸 게 칼이나 다를 바 없었다. 그의 말이 끝나기도 전에 "안 돼"라는 말이 내 입에서 튀어나왔다. 다음 순간 방금 무슨 일이 벌어졌는지가 한꺼번에 엄습하면서 이번에는 내가 겁에 질려 두 무릎을 꿇었다. 차라리 강물로 걸어들어가 가라앉아버리고 싶었다. 나는 미안하다고 거듭 말했지만, 내가 내보인 적나라한 본능적 반응은 되돌릴 수 없었다. 그 상황은 우리 둘 다에게 재앙이었고, 각자의 이유로 우리는 땅을 내려다보며 몸을 떨었다. 나는 스물셋, 그는 서른이었다. 그때까지 우리는 결혼을 언급한 적이 전혀 없었는데, 분명 앞으로도 그럴 것이었다. 반지는 잠깐 반짝했다가 바로 모습을 감춰서, 난 그것을 제대로 보지도 못했다.

수개월이 지난 뒤에도 우리는 전보다 훨씬 더 불행했지만 여전히 함께 살았다. 장소를 바꾸면 달라질까 싶어 내슈빌로 이사했다. 나아지는 것은 없었다. 데니스는 날 용서하지 않았다. 그러던 어느 날 밤, 지독한 괴로움에 시달리던 나는 마침내 상황을 호전시킬 방법을 찾아냈다. "좋아." 거실에 함께 앉아 있을 때 내가 말했다. "좋아, 하자." 그러자 그는 서랍에 넣어두었던 반지를 꺼내 내게 주었다.

우리는 1988년 6월에 결혼했다. 결혼식 날 나는 웨딩 슈즈를 잃어버렸고 이후에도 영영 찾지 못했다. 야외 결혼식을 했는데, 결혼 서약을 하는 동안 내 머리에 꽂은 꽃 주위에서 벌떼가 맴돌았다. 날이 얼마나 뜨거운지 웨딩케이크가 녹아 흘러내렸고, 새로 케이크를 만들 시간이 없었으므로 언니는 사진을 찍기 위해 빈 케이크 팬에 당의만 입혔고, 우리는 케이크를 자르는 척만 했다. 도시를 벗어나는 중에 차의 엔진이 고장나서 우리는 KKK단의 탄생지인 테네시 펄래스키의 한 걸프 주유소에서 첫날밤을 보내고 신혼여행을 위해 모은 돈도 다 써버렸다. 열네 달 동안 지속된 그 결혼은 완전한 실패였다.

우리는 펜실베이니아의 미드빌로 이사했고, 작은 문과 대학에서 강의를 나눠 맡았다. 그곳에 아는 사람이라고는 없었으므로, 우리는 공적으로는 행복한 부부의 모습을 내보일 수 있었다. 희한하게도 당시 내가 의지했던 것은 고등학교 가정 시간에 배운 것들이었다. 음식으로 가정의 안정을 유지하리라 마음먹었다. 일주일 내내 야채를 곁들인 닭이나 생선 요리와 탄수

화물 요리(쌀, 감자, 파스타)로 저녁을 차렸다. 디저트도 만들었다. 우리는 우유를 어마어마하게 많이 마셨다. 결혼을 하고 아내가 된다는 것이 저녁 준비와 빨래와 청소와 다림질 외에 달리 무엇인지 나는 전혀 알지 못했다. 그러니까 소꿉놀이를 하고 있었던 것이다. 그때를 되돌아보면, 성질을 부리며 문을 쾅 닫고는 며칠이고 내게 말을 하지 않던, 글자 그대로 며칠 동안 한마디도 하지 않던 데니스도 아마 나와 똑같이 겁에 질려 있었을 것이다. 우리 둘 다 각자 아는 것에만 의존했고 상대를 도울 능력은 전혀 없었다. 이듬해 여름에, 아무것도 되는 일이 없어 진이 빠진 우리는 각자 따로 예술가 마을—성인용 여름 캠프—로 들어갔다. 데니스가 없는 그곳에서 두 달을 보낸 뒤에야 마침내 나는 어둠 속에서 반짝이는 빨간색 출구 표시를 찾을 수 있었다.

괜히 김칫국부터 마시지 않도록, 사실 그 표시는 행복으로 나가는 출구가 아니라 내 불행 중에서도 가장 암울한 시기로 들어가는 문이었고, 그 이후에야 어둠이 조금씩 걷히기 시작했다는 말을 먼저 해야겠다.

"행복한 결혼 이야기를 쓰라니까요." 니키가 말한다.

"애쓰는 중이야." 내가 말한다.

그 일은 8월 초, 뉴욕 새러토가스프링스의 예술인 마을인 야도에 도착한 첫날이 저물 무렵에 일어났다. 밤늦게 휴게실을 지나가다보니, 한 무리의 여성들이 이야기를 나누고 있었고, 젊은 남성 하나가 구석에 앉아 공책에 뭔가를 적고 있었다. 내 뒤로 또다른 여성이 들어왔는데, 울고 있었다. 유산이 된 것 같다고, 병원에 데려다줄 사람이 필요하다고 했다. 혹시 차 가진 사람이 있느냐고 그녀가 물었다. 공책에 뭘 쓰고 있던 남자에게 차가 있었다. "여자도 한 명 따라가야 할까요?" 상황이 잘못되면 누군가가 손을 잡아줘야 하지 않을까 싶어 내가 물었다. 다른 여성들은 무표정하게 나를 바라봤고, 그래서 나는 두 사람 다 초면이었지만 내가 가겠다고 말했다. 우리 세 사람은 차를 타고 병원으로 갔다. 병원에서 의료진들이 임신부를 서둘러 데려갈 때, 남자와 나는 여기서 기다리겠다고 그녀에게 약속했다. 우리는 처음엔 대기실에 앉아 있다가 나중에는 병원 밖 벤치에 앉아 날이 밝을 때까지 담배를 피우며 이야기를 나눴다.

차를 가지고 있던 그 남자의 이름은 데이비드였고, 그는 심리 파악 능력이 뛰어났다. 나이가 나보다 한 살 반 많을 뿐인데 이미 정신과 병동에 두 번 들어간 경력이 있었다. 심리치료사와 많은 시간을 보냈다. 또한 내가 그전까지 만난 그 누구보다 훨씬 똑똑했다. 나는 내 문제를 남과 논의하는 사람이 아니었고, 아마 그것이 내가 문제투성이가 된 하나의 이유였을 텐데, 그럼에도 그는 적절한 질문을 할 줄 알았고 그래서 결국 함께 아주 많은 이야기를 나눴다. 자정 무렵에 이미 그는 내 불행한 결혼생활에 대해 상세히 알게 되었다. 새벽 세시쯤에는 지금 나는 전혀 삶다운 삶을 살고 있지 않다는 점을 조심스럽게 내비쳤다. 우리가 데려온 여자는 여섯시쯤 다시 나타났는데, 여전히 기다리는 우리를 보고 깜짝 놀라면서 감동했다. 태아는 괜찮다고 말했고, 그 기쁜 소식에 우리는 그녀가 쉴 수 있도록 야도로 다시 데려다줬다. 데이비드와 나는 배가 고팠으므로 아침을 먹으러 나갔다가 점심시간이 한참 지나도록 함께 있었다. 그러고도 여전히 나눌 이야기가 많아서 우리는 야도로 돌아간 뒤에도 밤늦게까지 대화를 이어가다가 동트는 것을 보았다. 그때 그가 내 방으로 왔고 대화는 중단되었다.

내 어린 시절이나 불행한 결혼생활이 이 일을 묵인해줄 핑계가 될 수 있다고는 전혀 생각하지 않고, 정말이지 후회스러운 것은 내 부정不貞이 아니라 내가 피해자의 지위를 상실했다는 사실이었다. 짓밟히고 억압당하면서 **동시에** 불륜을 저지르는 일은 있을 수 없으므로 나는 그 일을 비밀로 하기로 했다. 이십년 이상 지나고 나니 이런 생각이 든다. 집에 불이 났는데 내가 현관문으로 나가지 않고 창문에서 뛰어내렸구나. 어떤 식으로 집에서 나갔는지는 이제 더는 중요하지 않다. 어쨌든 벗어났으니까.

이후 야도에 머무는 삼 주 동안 나는 이리저리 방황하며 울었다. 담배를 피우고 술을 마시고 경마를 보러 새러토가스프링스 경마장에 갔다. 데이비드 옆에 꼭 붙어 지냈고, 불타는 집이 내뿜을 법한 환하고 왕성한 에너지를 모두 쏟아 그를 사랑했다. 나는 예술가 마을에 머무는 데니스에게 전화해서, 다 끝났다고, 집에 돌아가지 않을 테니 이혼하자고 말했다. 그는 그런 얘기는 하고 싶지 않으니, 괜히 자기 시간 뺏지 말고 확실하게 결정이나 하라고 했다. 나는 자주 수영장에 갔다. 절대 소리 내어 흐느끼지는 않아도 한없이 흐르는 눈물을 막을 수 없을 때 수영장이 많은 문제를 해결해주기 때문이다. 그 수영장에서 눈에 띄게 새까만 머리칼을 가진 이드라라는 여자를 만났다. 이드라는 내게 무슨 일이 있는지 알았다. 아마 다들 알았을 것이다. 이드라는 내게 이혼할 생각이냐고 물었다. 자기도 이혼했다고 말했다. 나는 모르겠다고 했다.

야도의 수영장에서 허리까지 물에 잠긴 채 나는 선물을 받았다. 이십오 년을 살면서 결혼에 관한 괜찮은 가르침을 처음으로 받은 것이었다. "남편과 있으면 당신이 더 나은 사람이 되나요?" 이드라가 물었다.

파란 하늘 아래, 하늘색 물에 몸을 담근 채 물위로 떨어지는 빛을 손가락으로 흐트러뜨리고 있던 나는 그게 무슨 말인지 알 수가 없었다.

"더 똑똑하고, 더 상냥하고, 더 관대하고, 더 공감하는 사람, 더 나은 작가가 되나요?" 자기 목록을 죽 훑으며 그녀가 물었다. "더 나은 사람이 돼요?"

"그런 문제가 아니에요." 내가 말했다. "그보다 훨씬 복잡해요."

"그것보다 더 복잡한 건 없어요." 그녀가 말했다. "중요한 건 그것뿐이에요. 함께 살면서 당신이 더 나은 사람이 되거나 남편이 더 나은 사람이 되나요?"

뉴욕주 북부의 아름다운 날에 두 여자가 수영장에 들어가 있는 이 순간을 꼼꼼히 들여다보기를. 여기서 이야기의 전환이 시작되니까. 그 변화는 한참 동안은 감지할 수 없지만, 난 지금도 여전히 역사의 지도 위에 핀을 꽂으며 **여기야**, 라고 말할 수 있다. 그것은 절대적 진실이었고, 그때의 나는 그것이 매우 복잡한 스물다섯 살의 내 상황에 적용되지 않는다고 무시하면서도 잊지는 않았다. 그 진실은 뇌리로 파고들어 문틈에 발을 집어넣었고, 그 사이로 다른 지혜로움이 조금씩 따라 들어왔다. 그 당시의 나는 그저 물속으로 쑥 들어가 헤엄쳐 가버렸을지라도.

데이비드의 야도 일정은 나보다 사흘 먼저 끝났고, 그가 떠날 때 우리 사이에 엄숙한 서약이 오갔다. 데니스가 나를 데리러 왔을 때 나는 집으로 돌아가지 않겠다고 말했는데, 그가 돌연 무너지는 바람에 난 마음을 바꿨다. 우리는 펜실베이니아로, 결혼생활로 다시 돌아왔다. 당시 우리는 여름 내내 집을 비웠고, 개강은 일주일도 남지 않았다. 집에는 먹을 것이라곤 하나도 없었다. 내가 떠나든 말든 관심도 없는 듯하던 데니스는 이제 절박하게 날 붙들었다. 이제부터는 자기가 소매를 걷어붙이겠다고 했다. 우리 결혼생활을 바로잡기 위해 무슨 일이든 하겠다고 했다. 나는 우리 결혼생활이 바로잡힐 일은 없음을 알았다. 구부러진 것과 아예 부러진 것이 어떻게 다른지 알았고, 이건 아예 부러진 것이었다. 그래도 아직은 때가 아닌 듯했다. 나는 밤새 잠을 못 이룬 채 천장을 뚫어지게 보다가 옆에서 잠든 남편을 뚫어지게 보기를 반복했고, 이러다가는 산산이 부서져서 인간 형체의 유리 파편 덩어리가 될 수도 있겠다 싶었다. 다음날 아침 학교 연구실로 가서 데이비드에게 전화를 걸었다. 시간이 좀더 필요하다고 말했다. 완전히 진이 빠졌고 생각이란 걸 할 수가 없다고. 일단 식료품점에 가야 한다고. 오늘은 아니라도 어쩌면 내일은 떠날 수 있을 거라고. 다음주엔 떠날 수 있을 거라고.

바로 그때 나는 두번째 선물을 받았다. 데이비드는 쉽지 않은 일임을 이해한다고 말했고, 내가 남편을 떠나지 않을 수도 있지만 나 스스로에게 솔직한 것이 중요하다고 말했다. 데이비드도 그 나름대로 술과 약물 문제가 있었고, 그래서 해야 할 어려운 일을 자꾸 다른 날로 미루는 습성을 잘 알았다. "그 옛날 '벅스 버니' 만화 같은 거지." 그가 조용히 말했다. "벅스가 쇼호스트를 맡고 있는데, 대피가 무대에 올라와서 이렇게 말해. '어제 네가 내일은 내가 쇼호스트를 맡을 수 있다고 했잖아.' 그러자 벅스는 이렇게 대답해. '내일 맡을 수 있다고. 하지만 지금은 내일이 아니잖아, 오늘이지.' 내 말이 무슨 말인지 알겠어, 앤? 대피는 어제의 내일은 바로 오늘이라는 상식적 주장을 이어가지만 벅스는 계속 그 말의 꼬투리를 잡고, 결국 벅스가 이기지. 내일은 언제나 내일일 뿐이니까. 결코 오늘이 될 수 없어."

나는 전화를 끊고 연구실에 가만히 앉아 있었다. 1989년 8월 마지막날의 이른아침이었다. 오늘이 되지 못하면 늘 내일일 뿐이겠지. 나는 집으로 걸어가서 데니스에게 떠나겠다고 말했다. 상황은 순조롭지 않았지만, 당연히 순조로울 리가 없었다. 나는 전날 밤에 싸둔 채 풀지 않은 여행 가방과 지갑을 챙겨서 집을 나섰다. 막 달렸다. 영문과에서 아는 사람을 찾아 피츠버그의 공항까지 태워달라고 했고, 현금으로 내슈빌까지 가는 편도 비행기표를 샀다. 비행기에서 내린 뒤 어머니에게 전화를 걸어서 데니스와 헤어졌다고, 집으로 들어가고 싶다고 말했다.

"뭐하느라 이렇게 오래 끌었니?" 어머니가 말했다.

그로부터 일 년 전쯤 결혼반지를 사러 다닐 때, 나는 할머니 반지 같은 얇은 금가락지면 좋겠다고 할머니에게 말했다. 할머니가 반지를 빼서 내밀었다. "자, 오십 년 동안 끼고 살았으니 이제 됐다." 내가 집으로 들어가니 할머니가 어머니 집 주방에서 있었다. 당시는 어머니와 함께 살 때였다. "할머니 반지까지 받았는데 이렇게 되었네요." 내가 말했다.

할머니가 고개를 저었다. "네가 나보다 낫다." 할머니가 말했다. "난 첫번째 결혼에서 겨우 열 달 만에 나왔는걸." 그러더니 사실 데니스를 처음 만났을 때 존 드레인이 떠올랐다고 말했다.

데이비드와 나는 이듬해 봄까지 관계를 지속했다. 나는 돈이 모일 때마다 그가 다니는 케임브리지로 비행기를 타고 갔다. 결혼하는 일도 논의는 했지만, 우선 그가 술을 끊어야 했다. 그는 중독 치료 클리닉에 들어가면서, 내가 '알어넌'*에 참석하는 것을 우리 관계의 조건으로 내걸었다. 알어넌이라니! 자기들도 남들과 같은 문제를 겪고 있다는 사실을 전혀 모르는 사람들을 위해 교회 지하실에서 제공하는 무료 집단치료! 완전히 상식적인 차원의 모임이라 운영하는 전문가도 따로 없는 그것이야말로 내게 부족한, 유용하고 일상적인 심리학이었다. 그곳

---

* 알코올중독을 겪는 친지나 가족을 둔 사람들의 모임.

에 가면 내 삶의 방식에 얼마나 심각한 오류가 있는지 깨달을 수 있을 거야. 거기서 나 자신을 개선하면 만사가 나아질 거야. 데이비드도 이겨내고 나도 이겨내서 우리는 함께 잘 살아갈 거야. 그런데 내가 최종 이혼 서류를 받기 일주일 전에 데이비드는 사회 복귀 시설에서 만난 여자와 사랑에 빠졌고, 그걸로 끝이었다.

"오, 저런." 알어넌 모임에서 한 여자가 말했다. "사람이 그러면 안 되죠."

그렇죠, 안 되겠죠, 나는 생각했다. 하지만 그 사람은 그랬다. 우리가 결혼한 뒤에도 그랬을 것이다. 눈보라가 몰아치던 보스턴의 어느 날 밤이 떠올랐다. 함께 저녁을 먹고 집으로 돌아오는 길이었다. 데이비드가 운전을 하고 있었는데, 반대편에서 차 한 대가 얼음을 밟고 미끄러졌고 그 순간 우리도 같은 얼음을 밟고 미끄러졌다. 두 차량은 빙빙 돌면서 아무 탈 없이 각자 반대편으로 미끄러져갔다. 마침내 차가 멈췄을 때 우리는 너무 겁에 질려 숨도 못 쉬는 채로 서로를 빤히 쳐다봤다. "아슬아슬하게 죽음을 면했네." 그가 말했다.

"섹스를 하면 결혼해야 한다는 그런 생각을 버려야 해." 어머니가 내게 말했다. 어머니는 내 관계가 또다시 금방 결딴났다는 사실에 유감스러워했지만, 미친 천재이자 알코올중독자

414

와 끝낸 것은 전혀 유감스럽지 않은 듯했다. "내 말 들어봐." 어머니가 말했다. "뭐든지 끝이 있는 법이야. 네가 앞으로 맺을 관계는 어차피 결국 다 끝나게 되어 있어."

"별로 도움이 되는 얘기는 아닌데요."

어머니는 그래서 어쩌라고, 이렇게 말하듯 어깨를 으쓱했다. "나도 죽고, 너도 죽고, 그 남자도 죽고, 결국 서로 지겨워질 거야. 방식이야 어떻든 늘 일어나는 일이지. 그러니까 뭐든 영원히 지속하겠다고 애쓰지 마. 안 되는 일이야. 엄마는 그냥 네가 평생을 함께 보낼 생각은 없는 좋은 남자를 만났으면 좋겠어. 결혼해서 살지 않을 사람이라면 함께 아주아주 행복할 수 있다고."

아름다운 내 어머니는 굴곡진 삶의 경험에서 배운 것이 참 많았으므로 이제 그것을 내게 전해주고 있었다. 당시에 나는 누군가의 지침이 절박하게 필요했기에 어머니의 조언을 명심하자고 마음먹었다. 어머니 집의 계단 맨 꼭대기에 앉아서, 내 안에서 또다시 뭔가가 망가지는 일은 없어야 한다는 생각을 했던 기억이 난다. 난 이미 몸도 너무 여위었고 너무 슬펐다. 이 친구 저 친구에게 전화해서 우는 일을 다시 할 수는 없었다. 이후 오 년 동안 받아야 할 동정을 이미 다 받아버린 터였다. 이번 일은 그냥 단념할 것이었다. 데이비드를 사랑하기는 했지만, 내 목숨을 구해준 사람을 사랑하듯 그를 사랑했지만, 나는 또 한번 아슬아슬하게 참사를 면했음을 이해했다. 그는 내가 평생 누구에게도 받은 적 없는 커다란 친절을 두 번 베풀었다. 나를 빼내주었고, 그러고 나서 나를 보내주었다.

앞으로 두 번 다시 이혼하지 않겠다고 결심한 것이 바로 그날, 그 층계 위에서였다. 이혼은 내게 목숨을 구한 것만큼이나 감사한 일이었지만, 그로 인해 완전히 탈진해버렸다. 나는 두 번 이혼하지 않겠다는 어머니의 굳센 결심을 이해했고, 두번째 결혼에 매달려 있으려는 어머니의 노력이 마치 불이 붙어 날뛰는 야생마에 매달려 있는 일과 매한가지였다는 사실을 이해할 수 있었다. 오로지 단념하지 않겠다고 맹세했기에, 그 지옥 같은 결혼생활을 단념하지 않았던 것이다. 하지만 데이비드가 떠난 지금 내 눈에 보이는 길은 훨씬 단순했다. 절대 결혼하지 않으면 이혼할 일도 없겠지. 한마디로 나는 시스템을 이길 방법을 찾았던 것이다. 난 자유로웠다.

백설공주는 일곱 난쟁이와 함께 행복을 찾는다. 어느 하나에 안주하지 않는다. 아주아주 행복하다.

인기를 얻을 수 있는, 절대 실패하지 않을 방법은 이러하다. 스물여섯의 나이에 쾌활하게 지내면서도 결혼 생각은 완전히 접는 것. 내숭을 떨거나 누군가가 나를 설득해주기를 내심 바라는 그런 식 말고. 결혼 생각을 완전히 접은 채, 주위에 몰려드는 남자들을 보라. 내 또래 여자들이 남자친구에게 우리 관계가 진지한 관계냐고 묻기 시작하는 그 시기에, 나는 남자친구에게 인생은 짧고 이런 생활이 재미있으니 그러면 된 거라고 말했다. 음, 전적으로 그런 건 아니었다. 사랑에 대해서는 여전히 진지했으니까. 단지 사랑이 불가피하게 결혼으로 이어져야 한다는 생각을 버렸을 뿐이었다. 나는 어머니의 조언을 그대로 받아들여서, 내가 한껏 누리는 멋진 관계들을 오래 지속하면서도 결혼하고 싶은 마음은 한순간도 갖지 않으려 했다. 함께 지내고 싶을 만큼 누군가가 좋아지면 더는 판단을 하지 않았다. 옷을 벗어서 허물처럼 바닥에 내버려둔다? 상관없어, 내가 치울 거 아니니까. 항상 약속 시간에 늦는다? 무슨 약속이든? 그런 일이 평생 이어지면 진력이 나겠지만, 일이 년이라면 큰 문제가 되지 않았다. 남자친구의 아버지가 참을 수 없이 신경에 거슬린다? 그렇긴 한데, 무슨 상관이람? 죽을 때까지 함께 명절을 보낼 것도 아닌데. 비로소 나는 생전 처음으로 데이트를 즐겼을 뿐 아니라, '영원히'라는 말에서 비롯하는 끝없는 성격 평가도 치워버릴 수 있었다. 그 대신 훌륭한 유머 감각, 월러스 스티븐스에 공감하는 마음, 이탈리아어 실력이나 커피 탁자 위에서 춤을 추는 능력을 보고 사랑에 빠지기로 했다.

어머니도 행복했다. 어머니는 대럴과 결혼했는데, 그는 느긋한 성격인데다 어머니를 받들어 모셨고 자기가 먹을 파스타는 직접 만들었다. 세 가지 모두 지금까지 우리 집안에서 볼 수 없던 특성이었다. 물론 대럴도 이혼남이고 장성한 자녀가 셋 있었지만, 다들 총명하고 교양 있는 인물들로, 자기 가족의 복잡한 관계망과 우리 가족의 복잡한 관계망을 서로 이어붙일 때도 별 거리낌이 없었다. 어머니의 세번째 결혼은 진정한 학습곡선을 보여주었다.

어머니에게는 좋은 남편만이 아니라 좋은 직장도 생겼다. 마지막으로 마이크와 결별한 뒤 어머니는 칼 밴더벤더라는 이름의 내과 전문의 진료실에서 간호사로 다시 일하게 되었다. 두 사람은 잘 지냈다. 모두가 칼과 잘 지내는 듯했다. 그는 상냥한 사람이자 좋은 의사로, 인기 많은 부류의 남자였다. 하지만 그런 인기남에게도 문제는 있었다. 어느 날 밤, 어머니가 내게 전화해 칼이 아내와 결별했다고 말했다.

내가 결혼과 이혼의 순환 주기에서 벗어나자 남들의 결혼과 이혼에 대한 관심도 줄어들었다. 결혼과 이혼은 극히 사적인 문제다. 성공이든 실패든 외부자는 접근할 수 없는 불가해한 화학 반응과 역사에 기반을 두니까. 그 주제에 관해 전해들은 이야기들은 언제나 전적으로 진실은 아니고, 진실이 무엇이든 내가 상관할 바도 아니라는 것을 경험을 통해 깨달았다. 모든 결혼이 잘되기를 바라고, 이혼한 사람들을 보며 잠깐 슬퍼하기는 했지만, 그게 다였다. 소문에 따르면 칼의 아내가 갑작스럽게 떠났는데, 둘 사이에 불화도 없었고, 그가 어머니에게 말하기로는 전부 전혀 예상치 못한 일이었다고 했다. 사실이 그랬다면, 글쎄, 어쩌면 그것이 배우자가 떠나는 이유가 될 수도 있겠다.

몇 년 동안 몇 차례, 어머니에게 뭔가를 전해주려고 진료실에 들렀다가 칼을 만난 적이 있었다. 복도에서 마주치면 친근한 인사(안녕하세요, 잘 지내죠? 네, 잘 지내요, 선생님도요?)를 짧게 나눴다. 내 첫 책이 출간되었을 때, 그는 어머니와 나를 불러 점심을 사주면서, 작가가 되다니 엄청난 행운이라는 말을 끊임없이 했다. 그 말을 너무 반복해서 결국 나는, 내가 그에게 의사가 되다니 엄청난 행운이라고 반복해서 말하면 이상하지 않겠냐고 했다. 그러니 더 얘기할 것 없다고. 칼은 내가 좋아하는 책의 목록을 메일로 보내달라고 했다. 자기가 대학에서 영문학을 전공했다면서, 무슨 책을 읽어야 할지 알고 싶다고 했다.

칼이 아내와 문제가 생겼던 그 당시 난 서른 살이었고, 래드클리프대학의 연구생으로 케임브리지에 살고 있었다. 어머니는 내게 전화할 때마다 최근 정보를 알려주었다. 칼의 상황이 어머니의 직장생활을 전부 차지한 듯했다. 칼이 어머니에게 개인사를 다 털어놓았을 뿐 아니라 병원에서도 다들 그 얘기뿐인 듯했다. 의사와 간호사가 전부 밴더벤더 의사의 운명을 논의하느라 바쁜 와중에 죽어나간 환자가 없었다니 놀라울 따름이다. 그는 이혼을 원하지 않았지만, 아내가 돌아오지 않으려 했으므로 최대한 빨리 재혼하기로 마음먹었다. 열정적인 후보자들이 병원 앞에 줄을 섰다. 어머니는 병원에 걸려오는 전화가 열 배는 늘었다고 주장했다. 전화를 거는 사람은 남녀가 따로 없었는데, 다들 칼이 자기 어머니, 자매, 딸, 테니스 파트너와 결혼했으면 한다고 말했다. 데이트를 원하는 여자들이 직접 전화를 하기도 했다. 그는 마흔여섯 살이었고 미남이었다. 수입이 좋았고 매너는 그보다 더 좋았다. 그때는 봄이었고, 이혼이 최종적으로 마무리될 때까지 얼마나 걸릴지는 알 수 없었으나, 아마 크리스마스 즈음에는 밴더벤더 의사 선생님이 결혼할 사람을 찾지 않을까 싶었다.

케임브리지에 살던 내가 칼에게 느낀 안타까움은 긴 화학요법과 방사선치료를 막 시작하려는 사람을 향한 안타까움과 비슷했다. 그는 내가 완전히 끝낸 것을 막 시작하려는 참이었고, 누구든, 심지어 내가 잘 모르는 사람이라도, 그런 일에 직면한다고 생각하니 속이 울렁거렸다.

"칼이 지금 데이트하고 싶은 사람이 누군지 넌 상상도 못할 거야." 어느 날 어머니가 내게 전화해서 말했다. 그가 데이트한 여자는 이미 여럿이었고, 그중엔 함께 발리에 간 사람도 있었다.

나더러 알아맞혀보라는 뜻인 것 같았지만 난 그냥 말해보라고 했다.

"너." 어머니가 말했다.

그는 나보다 열여섯 살 연상인데다 1000마일 떨어진 곳에 사는 사람이고 어머니의 상사였다. "그런 일은 절대 없을 거예요." 내가 말했다.

몇 달 뒤 내가 고향을 방문했을 때, 칼은 내게 전화해서 함께 저녁식사를 하자고 했다. 확실한 걸 좋아하는 나는 우선 내 입장을 설명했다. "힘든 일을 겪으셨다니 저도 안타까운 마음이고, 이야기를 나누는 건 언제든 좋은데 데이트는 하지 않을 거예요. 이거 데이트는 아니죠?"

"데이트 아니에요. 그냥 식사." 그가 말했다.

우리가 저녁식사를 한 레스토랑의 여자 사장은 우리가 메인 요리를 끝내기도 전에 종업원을 세 번이나 우리 테이블로 보냈다. "사장님께서 잠깐 뒤쪽에서 이야기를 나누고 싶다고 하십니다." 종업원이 말했다. 칼은 예의바르게 세 번 다 원하는 대로 해줬다. 사장은 심장 두근거림이 있다면서 그에게 심장 소리를 한번 들어봐달라고 했다.

"와우." 그가 테이블로 돌아왔을 때 내가 말했다.

마침내 사장은 괜한 평계를 때려치우고 두근거리는 가슴을

안은 채 우리가 앉은 칸막이 자리에 직접 와서 칼 옆에 딱 붙어 앉았다. 파란 눈과 눈처럼 하얀 백금발에 고통스러워 보일 만큼 도드라진 광대뼈를 지닌 굉장히 아름다운 여성이었다. 그녀는 칼의 손목에 손을 얹으며 자신에게 언제 전화해줄 거냐고 물었다.

"상황이 아주 심각하네요." 차에 타면서 내가 말했다. 그는 워낙 예의바른 사람이라 누가 부르면 거절하지 못하면서도, 그렇게 오랫동안 거듭 자리를 비우는 일이 무례임을 의식하지 못했다. 그 주에 그는 나에게 여러 번 전화를 했다. 전 아내든 누구든 결혼하고 싶다고, 이런 상태로는 살 수가 없다고 말했다.

가우타마가 깨달음을 얻어 부처가 되었을 때 브라흐마 신은 너무 감격한 나머지 지상으로 내려와 그 앞에 무릎을 꿇었다. 그리고 끔찍한 고통 속에서 사는 사람이 이 세상에 너무 많고 부처의 진정한 길이 많은 이의 고통을 덜어줄 수 있으니 그들에게 진리를 설파하라고 요청했다. 자신의 지혜가 쉽게 전달될 것이 아니라고 여긴 부처는 처음에는 선뜻 내키지 않았다. 진리는 누구나 각자 깨달아야 한다고 보았다. 하지만 부처는 연민을 연마했으므로 마음이 움직였다. 자신이 찾아낸 앎으로 최대한 많은 사람을 돕겠다고 했다.

아, 죄송, 지금 내가 스스로를 부처에 비교하는 건가? 하지만 이 사소한 경우에 한해서는 그렇다. 나는 내 앎과 경험을 전부 동원해 나 자신을 구했고, 이제 행복한 자기 보전의 삶을 넘어 다른 누군가를 구할 기회가 생긴 것이었다. 부처가 그랬듯 나도 망설였다. 굉장히 복잡한 일을 떠맡게 되리라는 것을 알았다. 물론 나의 동기가 딱히 박애주의는 아니었다. 칼은 워낙 잘생기고 매력적인데다 길을 잃고 헤매는 중이라, 거부할 수 없는 무언가가 있었다. 하지만 그는 내가 좋아하는 유형이 아니었다. 나는 대낮에 소파에 앉아 프루스트를 읽는 남자, 소년 티가 나고 빈털터리인 남자, 낡아빠진 학생증을 여전히 간직하고 자전거를 타면서 담배를 피울 수 있는 남자를 좋아했다. 칼은 자신의 삶에 의미가 있는지를 묻는 존재론적 고뇌가 없었다. 매일 아침 멋들어진 양복을 입고 중요한 업무를 하러 나갔다. 서평을 쓰는 대신 인간의 생명을 구했다(그러면서도 그런 서평에서 흔히 목격되는 호들갑은 떨지 않았다) 내 타고난 성향과 접점이라고는 없는 인물과의 데이트는 어머니의 금언에 완벽히 들어맞는 듯했다. 내가 좋아하는 이 남자는 재혼을 향해 무턱대고 돌진해서 그 결과 다시 이혼할 공산이 컸다. 내가 잘 구슬려서 당장이라도 저지를 법한 실수를 미리 막거나, 아니면 적어도 그가 냉정을 되찾을 때까지 내가 얼마간의 안전망이 되어줄 수 있겠다 싶었다. 십대인 그의 두 자녀도 잘 살펴볼 수 있을 것이다. 내 풍부한 경험으로 미루어 보건대, 무분별한 재혼으로 잃는 것이 가장 많을 이들은 자녀들일 테니까. 세번째 데이트에서 나는 그에게 키스했다. 내가 도와주겠다고 말했다. 그는 정말 도움이 필요하다면서 내게 청혼했다.

나는 고개를 저었다. "그게 바로 요점이에요." 내가 말했다. "난 당신과 결혼하지 않을 유일한 사람이라는 것."

정말 그랬다. 십일 년 동안.

어떻게 그렇게 되었는지는 모르겠다. 초기에 우리는 딱히 행복하지 않았다. 이혼을 겪은 사람을 만난다는 것은 늘 그 사람의 좋은 면만 보게 되지는 않는다는 뜻이다. 우리는 헤어졌다가 일종의 보이지 않는 끈에 연결된 것처럼 빙 돌아서 되돌아오기를 두세 번 반복했다. 9월에 처음 데이트를 시작했는데, 매년 9월만 되면, 이렇게 일 년 더 함께해야 하는지 서로에게 묻곤 했다. 우리는 확신하지 못한 채 처음 몇 년을 보냈고, 그 뒤로는 확신할 수 있었다. 난 내슈빌에 머물고 싶지 않았지만 어쩐지 떠날 수가 없었다. 그때 난데없이 데이비드에게서 연락이 왔다. 수년 동안 소식을 듣지 못하던 차였다. "의사와 결혼한다는 소식을 들었어." 그가 말했다. "그래서 축하해주려고."

"소식통이 별로네." 내가 말했다. 그는 내가 그립다고 했다. "내가 결혼한다니까 그리운 거야? 왜냐하면 나 결혼 안 하거든. 진짜야."

그뒤로는 그에게서 소식을 듣지 못했다.

시간이 흐르면서 칼이 어째서 내가 좋아하는 유형이 아니었는지 기억이 가물가물해졌다. 혹은 내가 좋아하는 유형이 무엇이었는지 가물가물해졌다. 우리는 마치 서로에게 스며들어간 듯했다. 그는 똑똑하고 상냥했다. 우리 가족은 그를 사랑했고 나도 그랬다. 그는 내가 하는 일이라면 전부 지지하고 독려했다. 뭘 물어봐도 그러라고 했다. 나를 자랑스러워했고, 내 성공을 깎아내리거나 행복한 순간을 망치는 일이 절대 없었다(내가 장담하는데, 좀처럼 보기 힘든 자질이다). 그리고 그 오랜 시간 동안 나와 결혼하고 싶은 마음을 접은 적이 한순간도 없었다.

"우린 지금 결혼한 부부보다 행복하잖아." 내가 말했다. "왜 그런 부부가 되고 싶어?"

게다가 결혼을 하지 않은 것이 우리를 구했다. 칼이 처음 청혼했을 때, 아니 그 이후로도 청혼이 계속되었을 때, 언제라도 내가 청혼을 받아들였다면 오히려 우리 결혼은 성공하지 못했을 것 같다. 우리는 함께 살지 않았기에 다툰 뒤에도 거리를 두고 감정을 가라앉힐 수 있었다. **어쨌든 결혼한 건 아니잖아**, 난 이런 생각을 하곤 했고, 그것은 **이 결혼생활은 더이상 못하겠어**, 같은 생각보다 훨씬 나았다. 또한 이런 상태가 그의 자녀들에게도 좋다고 보았다. 그들은 이제 다 성인이 되기는 했지만 그래도 이미 변화는 겪을 만큼 겪었으니까. 나는 그의 집에서 금방 걸어갈 거리인 세 블록 떨어진 곳에 작은 집을 샀고, 우리는 매일 함께 저녁을 먹었다. 이런 방식을 두고 주변에서 한없이 우리를 들쑤셨지만, 적어도 내 입장에서는 우리 삶이 어딘가 고장나서 수리가 필요한 상태는 아니었다.

칼은 내내 확신하지 못했다. 함께 휴가를 보낸 뒤 나를 내 집 앞에 내려줄 때 특히 그랬다. 휴가가 끝날 무렵이면 내게 종종 화를 냈다. "더는 이런 식으로 살고 싶지 않아." 그렇게 말하곤 했다.

하지만 덴마크 시절부터 시작해서 이후로 내내 이혼 유전자가 핏속에 흐르는 집안 출신인 내가 어떻게 이번에는 그런 일이 없으리라 자신할 수 있었겠나? 이제 와서 내 입장을 바꾸려면 나로서는 의도적인 순진함을 향한 도약이라는 불가능한 일을 해야 했는데, 아무리 칼을 사랑했다 한들 난 순진하지는 않았다. 그래서 결혼은 하지 않았다.

어느 해인가, 크리스마스 직전에 칼은 자신이 진찰하는 동네 수녀원의 수녀 몇 명이 만들어준 쿠키 바구니를 들고 집으로 왔다. 서로 다른 여남은 종류의 사탕과 과자가 각각 말끔하게 따로 포장되어 담겨 있었다. 칼은 내게 전부 풀어보라고 했고, 나는 그중 하나에서 다이아몬드 반지를 발견했다. "걱정 마."

내 얼굴에 걱정스러운 표정이 떠오르는 것을 보고 그가 말했다. "약혼반지 아니니까. 그건 '정말 오래도록 나와 함께했으니 결혼을 안 해도 멋진 반지를 받을 자격은 있어' 반지야."

그래서 그 반지는 내가 살면서 본 가장 아름다운 것이 되었다.

몇 달 뒤 뉴욕에서 함께 저녁식사를 하던 친구 베벌리가 그 반지는 뭐냐고 물었다. 테이블이 워낙 가까이 붙어 있어서 우리 일행이라고 해도 무리가 없을 옆 테이블의 두 여자가 자기들도 반지를 보여달라고 해서 나는 오른손을 내밀었다. "언제 결혼하세요?" 한 여자가 물었다.

결혼하는 건 아니고, 이 반지는 그냥 사랑하는 사람이 준 것이라고 나는 설명했다.

옆 테이블의 다른 여자가 내 손을 잡았다. "그 사람은 결혼하고 싶대요?"

나는 그렇다고 말했다.

"그러니까, 그 남자가 좋은 사람이고 당신을 사랑하고 이 반지도 줬고 당신과 결혼하고 싶다는데, 당신은 결혼을 안 한다고요?"

"게다가 잘생기기도 했어요." 베벌리가 한술 더 떴다. "그리고 의사죠."

"저는 그냥 결혼을 하고 싶지 않아요." 내가 말했다.

나를 바라보는 두 여자의 얼굴에 적나라한 혐오가 떠올랐다. "그럼 그 사람을 돌려줘야죠." 한 여자가 그렇게 말했고, 두 여자는 다시 식사를 시작했다.

돌려주라니, 누구에게? 나는 의아했다. 자기들에게?

몇 년 동안 아무 문제 없는 순조로운 나날이 흘러간다. 백설 공주가 사과를 한입 베어 물고 바닥에 쓰러지기 전까지는. 부처는 보리수나무 아래 자리를 잡고 깨달음을 얻을 때까지 움직이지 않겠다고 맹세한다. 모든 것이 멈추는데, 그때가 변화의 순간이다. 이것은 행복한 결혼 이야기다.

칼은 건강검진을 받으러 메이오 클리닉에 가기로 했다. 그전까지 한 번도 없었던 일이었다. 사실 건강검진도 받은 적이 없었다. 동료 의사를 만나기로 약속해놓고 결국 가지 않았고, 간다 해도 그저 함께 앉아서 대화만 나누다 오곤 했다. 하룻밤만 자고 올 거라고, 아니, 같이 갈 필요 없다고 그가 말했다.

"아무 문제 없는 거야?" 내가 물었다. "어디 안 좋은 거 아니지?"

칼은 괜찮다고 말했다.

그때가 3월 초였다. 나는 아침 일찍 그를 공항에 데려다줬다. 그는 밤늦게야 전화를 했다.

"음, 시험에 떨어졌어." 그가 말했다.

나는 거실 유리창 앞에 서서 칠흑 같은 어둠을 뚫어져라 내다보고 있었다. "무슨 시험?"

운동 부하 검사에서 이상 소견이 있었고, 초음파 심장 진단 결과도 심장박동이 정상 심장의 절반밖에 되지 않는다고 했다. 좌심실 박출률이 25퍼센트라고 했다. 정상은 50퍼센트였다. 이튿날 아침에 동맥조영술이 예정되어 있다고 했다.

"내가 갈게." 내가 말했다.

"오지 마." 그가 말했다. "검사를 하면 자세히 알게 될 거야. 아마 별문제 없을 거야. 그리고 눈 폭풍이 온다잖아."

나는 집안을 몇 바퀴씩 돌아다녔다. 거실, 주방, 식당, 거실, 주방, 식당. 한없이 걷다보니 개도 내 뒤를 따라다니고 있었다. 걸음을 멈출 수가 없었다. 칼이나 나나 천성적으로 괜히 불안해하는 성격이 아니었지만 그 순간 나는 확실히 불안했다. 다음날 아침 일찍 공항으로 갔다.

"비행기가 미니애폴리스까지는 갈 수도 있어요." 매표원이 말했다. "장담할 수는 없지만요. 혹시 그쪽 공항이 닫히면 항로를 변경하게 될 거예요. 하지만 설사 거기까지 간다 해도 로체스터로 가는 비행기편은 구할 수 없을 겁니다. 완전히 눈으로 덮였어요."

어쨌든 해보겠다고 내가 말했다.

지금까지 살면서 내가 두려워했던 잠재적 결말은 딱 하나였다. 그래서 칼과 결혼하지 않으면 이혼할 일도 없다고 보았다. 결혼만 안 하면 그를 잃을 일도 없을 거라고. 이제 내 상상력이 부족했음을 깨달았다. 내가 두려워할 만큼 충분히 잘 알았던 상실에만 대처해왔던 것이다. 나는 탑승 구역에 앉아 있었다. 악천후로 인해 미니애폴리스행 비행기는 한없이 지연되었다. "해당 지역의 기상 상황으로 인해 언제 출발할 수 있을지 알 수 없습니다." 그런 안내 방송이 나왔는데, 이 분 뒤에 다시 방송이 나왔다. "지금 출발합니다."

확실히 이 비행기에 들어찬 승객은 북쪽으로 가는 내슈빌 주민들이 아니라 집으로 돌아가는 미네소타 주민들이었다. 다들 눈도 깜박하지 않고 천천히 비행기에 올랐고 비행기는 이륙했다. "그쪽에 눈이 엄청나게 왔습니다." 기장이 말했다.

미니애폴리스에 도착하자 상황은 훨씬 더 나빴다. 스무 명 정도가 로체스터로 가는 통근용 경비행기를 기다리는 동안 눈발이 거세게 창문을 때렸다. 최근 십 년 사이 최악의 눈 폭풍이 로체스터를 휩쓸고 있었다. 나는 손목시계를 보았다. 동맥조영술이 시행될 시간이었다. 나는 온갖 상황을 미리 따져보았지만, 그가 없이 어떻게 살아야 하는지는 알지 못했다.

조종사가 와서 매표구 뒤에 섰다. "그쪽 상황이 너무 안 좋습니다." 그가 말했다. 외투와 모자와 목도리에 파묻혀 눈만 내놓은 우리가 그를 빤히 바라보았다. "그래도 한번 해볼까요?" 우리는 모두 한마음으로 일어섰다. 되든 안 되든 해보고 싶었다.

물론 짐작하다시피 눈 폭풍 속에서 비행기가 추락하는 일은 없었다. 이건 실화이고 나는 지금 살아서 이 이야기를 들려주고 있지만, 내가 칼에게 가려다가 죽는다면 그의 남은 삶에 아이러니의 짐을 안기리라는 생각이 비행시간 오십 분 내내 머릿속을 떠나지 않았다. 난 일인용 좌석에 앉았고, 내 뒷자리의 남자는 통로 건너편에 앉은 두 아들에게 쉴 새 없이 협박 투로 소리를 질렀다. 열 살과 열두 살 정도로 보이는 두 아들은 맞붙은 자리에 묶인 한 쌍의 울버린처럼 서로를 패고 때리고 꼬집으며 비명을 질러댔다. 비행기에서 보았던 부자간의 행동으로는 가히 최악이었다. 그러다가 한순간 모두 조용해졌다. 비행 상황이 그만큼 안 좋았던 것이다. 비행기는 눈 폭풍에 휩쓸려 급강하와 급상승을 거듭했고, 그 순간 그들은 무릎에 두 손을 모으고 더는 아무런 소리도 내지 않았다.

조종사가 어떻게 활주로를, 아니 그 무엇이든 분간할 수 있었는지 나는 영영 알지 못할 것이다. 허공을 날고 있었는데 어느 순간 활주로를 미끄러지다가 멈췄고, 승객들은 손뼉을 치며 울었다. 공항 건물도, 관제탑도, 비행기도 보이지 않았다. 마치

온 창문에 두꺼운 흰 종이를 붙여놓은 것 같았다. "도착했습니다." 조종사가 말했다. "우리가 마지막이에요. 공항은 폐쇄되었습니다." 우리는 예정 시간보다 일찍 로체스터에 도착했다.

내가 칼의 병실에 도착하자마자 삼십 초도 안 되어 간호사가 그가 탄 휠체어를 밀고 들어왔다. "봤죠?" 병실에 있는 나를 보고 그가 간호사에게 말했다. 마취가 덜 풀려 목소리가 명확하지 않았다. "내가 올 거라고 하지 않았던가요?" 칼이 내 손을 잡았다. "다들 안 된다고, 못 올거라고 했거든. 전부 다 폐쇄되었다고. 그래서 내가 그건 앤을 몰라서 하는 소리예요, 그랬지." 그러고는 잠에 빠져들었다.

의심이 과연 무엇인지 내게 설명해주길. 그때의 나는 더이상 그것을 이해할 수 없었으니까. 대신 나는 사랑에 관해 아는 것을 전부 말해주겠다.

심혈관 폐색이나 동맥경화는 발견되지 않았다. 파보바이러스였고, 심근증이 있었다. 심장 전문의가 내게 설명하길, 심장 근육조직의 거의 절반이 죽었다고 했다. 의사는 코레그라는 베타차단제를 처방했다. 평생 그 약을 먹어야 할 것이었다. 심장이 뿜어내는 혈액량인 박출량이 더 떨어지면—가령 20퍼센트로—심장이식수술 대기자 명단에 올라갈 수 있다고 했다.

상태가 저절로 나아질 가능성, 시간이 지나면서 증상이 호전될 가능성은 없냐고 내가 물었다.

"심장 근육조직은 재생되지 않습니다." 의사가 말했다.

이틀 동안 몇몇 검사를 더 받은 뒤, 우리는 내슈빌로 돌아가기 위해 로체스터의 공항으로 갔다. 눈은 그쳤고, 길에서 치운 눈이 산더미처럼 쌓여 있었다. 칼이 내 어깨를 팔로 안은 채, 우리는 함께 창가에 서서 하얀 눈밭을 내다보았다. "집에 도착하면 결혼해야겠어." 내가 말했다.

칼이 고개를 끄덕였다. "그래야겠지."

"내 집은 내놓을게."

"그래." 그가 말했다.

그게 다였다. 십일 년 동안 논의했던 일이니 더 할 말도 없었다. "네가 앞으로 맺을 관계는 어차피 결국 다 끝나게 되어 있어." 어머니는 그렇게 말했었다. 칼이 내 도움을 필요로 할 때, 병원에서 어떤 결정을 해야 할 때, 여자친구로서 내가 할 수 있는 일은 아무것도 없었다. 그에게는 아내가 필요했다. 어쩌면 늘 아내가 필요했는지도 몰랐다.

몸에 문제가 있을지도 모른다는 생각으로 메이오에 갔다고 나중에 칼은 인정했다. 피로감이 심해졌다. 노화도 가속되었다. 이전에 그에게 무슨 문제가 있었는지 몰라도, 내가 알아채지 못한 어떤 것이 있었는지 몰라도, 코레그로 인해 상황은 악화되었다. 그 약이 그의 생명을 연장시켜주는 거라면, 그건 그의 건강을 대가로 한 것이었다. 그는 호흡에 어려움이 있었고,

계단을 올라가기도 힘들었고, 물건을 드는 일은 전혀 하지 못했다. 말 그대로 백발이 되었다. 내가 원하는 건 오로지 결혼뿐이었다.

칼이 아픈 덕에, 우리는 결혼과 관련해 엄청난 '감옥 탈출 카드'*를 얻었다. 우리는 결혼할 예정이지만 결혼식은 없다고 양가에 알렸다. 내 이사도 있었고, 칼의 건강도 걱정되었으니까. 파티는 가뜩이나 적은 우리 에너지를 불필요하게 지출하는 일이 될 터였다. 청첩장도, 결혼 예복도, 이런저런 목록도, 대여나 선물도 없고, 따라서 다행스럽게도 감사 편지도 없을 예정이었다. 우리에게 일어날 일은 아주 내밀한 일이 될 것이었다. 내 의붓 여동생 마시가 내 집을 매물로 내놓았고, 집은 네 시간 만에 팔렸다. 나는 내 물건을 상자 네 개에 담아 옮겼다. 상자에 짐을 넣은 다음 차에 싣고 칼의 집으로 가서 짐을 풀었다. 이제 주말마다 찾아오는 손님이 아닌 이 집에 사는 사람으로서 칼의 집을 둘러보았다. 텅 빈 방이나 빈 옷장을 비롯해 집안에 빈 공간이 무척 많다는 사실이 처음으로 눈에 띄었다. 그림은 서랍장에 대충 기대놓았거나 원래 박혀 있던 못에 걸어 높이가 맞지 않았다. "마치 이삿짐 정리를 끝내지 않은 것 같네." 나는

---

* 모노폴리 보드게임에서 유래한 표현으로, 원하지 않는 상황을 대가 없이 벗어날 수 있는 기회를 의미한다.

이 집에 산 지 거의 십 년이 되어가는 그에게 그렇게 말했다.

"당신이 들어오기 전에 너무 많은 걸 하고 싶지 않아서." 그가 말했다.

우리는 노숙자 쉼터를 운영하는 가톨릭 신부인 친구에게 주례를 맡아줄 수 있느냐고 물었다. 그는 주례는 서지 않는다고 말했다.

"딱 좋아요." 내가 말했다. "그럼 그냥 우리집에 잠깐 들러서 결혼 서류에 서명만 해줘요. 아니면 우리가 서류를 가지고 가도 되고요."

우리는 결혼 허가증을 받았고, 테네시주에서 허가증의 유효 기간은 한 달이다. 한 주쯤 지나 그 친구가 전화해서 우리집 인근에서 열리는 켄터키 더비* 파티에 갈 거라고 하기에 가는 길에 우리집에 들르라고 했다. 그는 거실에서 우리와 함께 잠깐 앉아서 사랑에 관한 근사한 말을 해주고 크랜베리주스를 한 잔 마시면서 우리 결혼 허가증에 서명을 한 다음 파티에 갔다. 나중에 어머니에게 증인 서명을 받은 뒤 서류를 우편으로 접수했다. 그렇게 우리는 어엿한 부부가 되었다.

우리는 그날 오후 늦게 외출해서 잔디깎이를 새로 샀다.

불안에 내어줄 시간이 더는 없을 때 불안이 사라지는 일이

---

* 켄터키에서 매년 5월 첫째 주 토요일에 열리는 경마 대회.

가능한 걸까? 나는 칼이 곧 죽을 거라는 생각이 들 때까지 기다렸다가 그와 결혼했다. 밤에 어둠 속에서 우리는 손을 잡고 누웠다. "나는 정말 멍청이야." 내가 말했다. "한참 전에 했어야 했는데."

"지금이 딱 해야 할 때야." 칼이 말했다.

결혼과 관련해서 두 가지가 뜻밖에 날 놀라게 했다. 첫번째는 지금까지 칼이 나에 대한 마음을 전부 드러내지 않았다는 것이었다. 사실 그의 사랑은 그전까지 그가 내비쳤던 것 이상이었다. 그렇다고 지난 십일 년 동안 나를 사랑하지 않았다는 뜻이 아니라, 사랑했지만 내가 결혼해주지 않아 아마 언젠가는 떠나리라는 생각에 일부는 혼자 간직했다는 뜻이다. 그것은 마치 수년 동안 행복하게 살던 집에 또하나의 부속 건물이 딸려 있다는 사실을 알게 된 것과 같았다. 정말이지 내가 상상했던 것 이상으로 큰 사랑이었다.

결혼으로 달라진 두번째는 우리 일상에 어마어마한 여유 시간이 생겨났다는 것이었다. 이제는 우리가 결혼하지 않는 이유를 두고 우리끼리 논의할 필요도 없었고, 우리의 관계를 끊임없이 궁금해하는 세상 사람들에게 설명할 필요도 없었다. 이 주제가 홀연 목록에서 사라지고 나서야 나는 우리가 그 일에 얼마나 많은 시간을 들였는지를 깨달았다. 이제 남는 시간에 우리는 정치나 책에 관해서, 뒷마당 정원을 어떻게 할 것인지에 관해서 이야기를 나눌 수 있었다. 정다운 침묵의 시간을 길게 누릴 수도 있었다. 우리가 너무 오랫동안 결혼하지 않아서 진심으로 마음을 쓴 사람이 있었다고는 믿지 않는다. 그저 한가로운 대화 주제였을 뿐. 하지만 십일 년 만에 그런 일이 끝나니 무척 다행스러웠다.

그 외에는? 대체로 전과 다를 바 없었다.

코레그 탓에 칼은 초콜릿을 향한 욕구가 강해졌다. 식료품 저장실에는 초콜릿 바를, 냉장고에는 초콜릿 칩을 쌓아두었다. 주머니에는 늘 반쯤 먹은 M&M 봉지가 들어 있었다. 예전에는 이러나저러나 초콜릿에 아무 관심도 없었는데 이제는 거의 초콜릿 생각뿐이었다. 아침에 팬케이크에도 넣어달라고 했다. 그러다가 우리가 혼인신고를 하고 넉 달 쯤 지났을 때, 나는 내가 사놓은 초콜릿이 그대로라는 것을 알아차렸다.

칼이 코레그 복용을 중단한 것이다.

"그 약은 평생 먹어야 하잖아." 나는 해안가에 서서 저멀리 밀려오는 파도를 바라보듯, 그것이 현실로 들이닥치면 우리가 사는 도시를 휩쓸고도 남을 만큼 커다란 파도를 바라보듯, 물밀듯 밀려드는 공포를 느끼며 말했다.

칼은 어깨를 으쓱했다. "도대체 마음에 들지 않았어."

"그런 식이면 투석도 마음에 들지 않을 텐데, 그렇다고 투석을 그만둘 수는 없잖아."

"글쎄, 난 코레그를 그만 먹기로 한 거야." 그가 말했다. 전혀 아무렇지도 않게. 마치 초콜릿을 지나치게 많이 먹는 일을 그만둘 방법을 드디어 찾았다는 식이었다.

나는 아연실색하여 칼과 함께 일하는 심장 전문의를 찾아갔다. 그는 마치 전우처럼 칼의 입장을 지지했다. "메이오가 옳다고 생각한 적은 한 번도 없었어요." 그가 말했다.

메이오가 옳지 않다고? 그런 선택지가 있기나 했던 건가? 칼은 로체스터에서 후속 진료를 받아야 했지만 그럴 생각이 전혀 없는 듯했다. 내가 수도 없이 애원하고 발을 구르고 숨이 넘어가는 척을 한 끝에 결국 칼은 내슈빌에서 운동부하검사와 초음파 심장 진단을 다시 받아보기로 했다. 결과는 정상이었다. 박출률도 정상이었고 심장도 정상이었다. "아무 문제 없어." 그가 말했다. 저녁 차려놨어. 전화 받아봐. 다 정상이야.

나는 눈을 깜박였다. "절대적 사실이 셋 있어." 내가 시각적 효과를 위해 세 손가락을 들어올리며 말했다. "절대적 사실 하나: 당신 심장의 근육조직 절반이 죽었다. 절대적 사실 둘: 심장 근육조직은 재생되지 않는다. 절대적 사실 셋: 당신 심장에 죽은 근육조직은 없다."

"맞아." 그가 말했다.

"맞을 수가 없잖아." 난 의사는 아니었지만 이건 복잡한 문제도 아니었다. "셋 중 하나는 사실일 수가 없고, 난 그게 어떤 건지 알고 싶다고. 세번째가 사실이 아니라면 심장에 정말 문제가 있는데도 당신은 그저 무시하는 거라는 말인데, 그거야말로 심각한 문제니까."

"문제 아니야." 그가 말했다. "아무 문제 없다고."

우리는 이런 식의 대화를 수도 없이 했지만 매번 결과는 비슷했다. 여하튼 칼의 입장에서는 좋은 소식이었고 그는 그 이유에는 관심이 없었다.

하지만 내 집은 이미 팔았고 우리는 결혼한 부부였다. 칼은 혈색이 좋아졌다. 계단을 오르내리는 데도 어려움이 없었다. 자기 짐은 다시 직접 들기 시작했다. 마치 그전에 일어난 일은 전혀 기억에 없는 듯했다. "당신이 결국 마음을 바꿔서 결혼을 결심한 이유가 뭐라고 생각해?" 처방약이 든 병을 휴지통에 버리고 몇 달이 지난 어느 날 그가 내게 물었다.

난 그를 쳐다보며 말했다. "당신이 곧 죽을 것 같아서였지."

"내가 곧 죽을 것 같아서 나와 결혼한 거라고?"

"기억 안 나? 로체스터의 공항에 있었을 때? 심장 이식 이야기 했던 거?"

"날 사랑해서가 아니었어?"

"당연히 당신을 사랑했지. 늘 사랑했어. 하지만 지금 질문은 왜 결혼했냐는 거였잖아."

칼의 건강이 불가사의하게 호전되는 동안에도, 사실 나는 여전히 밤이면 그가 죽을지도 모른다는 걱정에 뜬눈으로 누워 있었다. 칼 덕분에 내가 더 나은 사람이 되었을지는 모르지만, 더 나은 불교 신자가 되지는 못한 것이다. 그러쥐고 소유하고 싶었으니까. '이대로 있어줘.' 잠든 그를 바라보며 이렇게 생각하곤 했다. '바로 이 순간, 여기에 이대로 머물러줘.' 나는 지금 이 순간에 감사하며 현재를 즐기는 대신 미래에 일어날지 모를 끔찍한 일로 나 자신을 괴롭혔다. 칼과 결혼하지 않음으로써, 그와 이혼을 하거나 이혼당할 수 있을 가능성을 애초에 차단함으로써 내가 운명을 속였다고 믿었다. 하지만 그런 결심을 한 뒤에도 내가 통제할 수 없을 것들에 대한 생각이 물밀듯이 밀려들었다. 열반에 이르는 길을 찾기 위해 가우타마가 왜 아내와 자식을 버렸는지 이해할 수 있었다. 인간의 사랑은 우리를 이 지상에 붙박아놓는 것이었다.

칼의 심장 문제가 제대로 된 해결에 이르렀다고 말하고 싶지만 그런 일은 없었다. 어떤 의사에게 그의 사례를 들려준 적이 있었는데, 그 의사는 검사 당시 파보바이러스가 여전히 활동중이었다면 그 영향으로 심장 근육조직이 죽은 것까지는 아니고 일시적으로 마비되었을 수도 있다고 설명했다. 유대교 성인식이 끝난 뒤 식사 자리에서 내 옆에 앉았던 또다른 의사는 칼이 나와 결혼하고 싶은데 청혼할 방법이 달리 더는 없었나보다고 했다.

"꾸며낸 게 아니에요." 내가 말했다. "내가 직접 미네소타에 갔고, 가서 사진을 봤으니까요."

"꾸며냈다고는 안 했어요." 의사가 말했다. "하지만 심장은 스스로 원하는 걸 안다는 거죠."

내 결혼이 동화라면, 아마 난 이쯤에서 성문을 닫을 것이다. 이야기는 갈등에 기반하고, 갈등이 해소되면 이야기도 끝난다. 행복은 대부분 무정형이고 무언이며, 대체로 재미없는 것이기 때문이다. 그래도 니키에게 약속을 했으니 조금만 더 밀고 나가보려 한다.

성사되기까지 오래 걸렸고 이혼이라는 잔해 위에 세워지기도 했지만, 내 결혼은 초보자용이다. 우리는 둘 다 놀랍게도 건강하다. 결혼할 당시 둘 다 돈이 있었고, 이 년 뒤 각자의 돈을 전부, 일 센트도 남기지 않고 하나의 계좌에 넣었다. (대부분의 결혼 서약에서는 이런 부분이 언급되지 않지만, 이것이야말로 신뢰와 헌신의 순간이라고 말하고 싶다. 마찬가지로 우리는 혼전 합의서 같은 건 말도 꺼내지 않았다. 십일 년 동안 이리저리 다 따져본 마당에, 죽음이 갈라놓을 때까지 전심으로 함께하겠지만 혹시 잘 안 될 경우 일어날 법한 일에 미리 대비하고 싶다, 이런 말을 어떻게 하겠는가? "혹시 나를 두고 떠나려거든 차의 백미러를 한번 쳐다봐." 나는 칼에게 이런 말을 즐겨 한다. "내가 쫓아가고 있을 테니까.") 우리는 각자에게 의미 있는 일을 하고 있고, 그 일로 둘 다 얼마나 큰 인정을 받고 긍정적인 힘을 얻는지 거의 우스울 정도다. 우리에겐 어린 자식이 없다. 세면대가 두 개인 커다란 화장실이 있다. 우리가 여생을 함께 보낼 최고의 배우자를 골랐다고 생각하는, 지원과 사랑을 아끼지 않는 각자의 가족이 있다. 그리고—이건 사소한 점이 아니다—칼의 첫번째 아내는 세상 모든 첫번째 아내를 통틀어 가장 상냥하고 수준 높은 사람이다. 그녀의 두번째 남편, 그리고 그녀와 칼이 낳은 훌륭하게 장성한 두 자식과 이제 손주들까지 모두 모여 얼마나 편안하게 저녁식사를 할 수 있는지, 난 너무 감사해서 엎드려 절이라도 하고 싶은 심정이다. 누군가가 내 행복한 결혼생활에 대해 이야기한다면 난 이렇게 말하고 싶다. 세상에, 우리 상황을 봐요. 이런 각본을 가지고도 공연에 성공하지 못하면 그건 바보죠.

그렇지만 성장한 환경이 다르다는 사실에서 주로 비롯한 차이점이 우리에게는 수도 없이 많다. 칼은 1947년 미시시피주 머리디언에서 태어났다. 그의 부모님은 이혼하지 않았고, 그의 주위에는 이혼한 부모를 둔 친구들도 없었다. 그의 어머니는 칼이 한 살 되던 해에 이사해 들어간 집에서 아직도 사신다. 그는 걸어서 학교에 다녔다. 나는 1963년에 로스앤젤레스에서 태어났다. 내가 대학에 들어갈 때까지 우리집은 이사를 열다섯 번 했다. 우리는 각자 본 영화도 달랐고 읽은 책도 달랐다. 나는 고등학교에서 데이트는 단 한 번도 해본 적이 없는데, 칼의 동창 모임에 함께 갔을 때 밤새도록 여자들이 줄줄이 내게 다가와 예전에 내 남편을 사랑했었다고 말했다. 그걸 듣고 나는 그저 그가 나를 찾아냈으니 난 얼마나 운이 좋은가, 하는 생각뿐이었다. 나는 칼에게 이렇게 말한다. "매일 밤 똑같은 집에 와서 똑같은 개를 데리고 똑같은 침대에서 자는데, 세상 모든 집과 침대와 개 중에서 우리가 하필 이 조합을 만났다는 걸 생각해봐." 이걸 전부 놓칠 뻔했다는 사실, 그것도 내게 있던 실패의 두려움 때문에 그럴 뻔했다는 사실을 떠올리면, 마치 치명적 교통사고를 아슬아슬하게 모면한 것 같다는 생각이 든다. 이 지상의 우리는, 아득한 역사와 바글바글한 세상 속 우리는 너무나도 작은 존재, 점도 못 되는 사실상 보이지도 않는 존재이지만, 그래도 우리에게는 의지할 수 있는 서로가 있다.

어떤 일을 할 때 서로 방식이 다른 경우가 있고, 그런 일은 자주 일어나는데, 그때마다 나는 이것이 옳고 그름의 문제가 아니라는 것을 다시금 상기한다. 그저 우리는 멀리 떨어진 다른 가정에서 자란 두 성인일 따름이라고.

결혼에 올바른 방식이 따로 있다고는 상상할 수 없다. 내가 떠올릴 수 있는 행복의 핵심 조건―헌신, 수용, 사랑―도 이 런저런 성공적인 결혼에 의해 반박될 수 있다. 가장 최악의 결혼관, 그러니까 내가 개인적으로 최악으로 여기는 결혼이 누군가에게는 참을 만한 상황일 수도 있다. 내가 어떻게 행복한 결혼에 이르게 되었는지 말해줄 수는 있어도, 내 결론이 그대로 재생산될 수 있는지는 잘 모르겠다. 아는 사람들이 모두 이혼하기를 기다렸다가 당신도 이혼을 하고, 이혼남을 찾고, 그 남자와 십일 년 동안 교제하면서 그가 시한부 선고를 받았다는 생각이 들 때까지 기다렸다가 결혼하기. 알고 보니 시한부는 아니고.

화창한 여름날, 수영장에 서 있던 이드라가 문득문득 떠오른다. "그 사람 덕에 당신이 더 나은 사람이 되나요?" 그녀가 내게 했던 질문은 그것이었고, 난 그렇다고 대답하고 싶다. 그는 자기 삶의 온 힘을 다해, 상냥함과 끊임없는 보살핌으로, 분별력과 침착함으로 나를 더 나은 사람으로 만든다고. 그리고 더 나은 사람이 되는 일이야말로 내가 열망하는 것이고, 그러니 결국 그보다 복잡한 문제는 아닌 것이다.

우리의 폭우가, 방울방울

내가 기억하는 첫번째 큰 홍수는 우리 가족이 내슈빌에서 반 시간 거리에 있는 컴벌랜드강 변의 애슐랜드시티에 살던 1974년의 홍수다. 어머니는 농장에서 혼자 고립되었고, 나와 언니는 학교에 있었고, 양아버지는 일터에 있었다. 아주 길게 뻗은 도로 아래쪽으로 움푹하게 들어간 지역에 있던 우리집에는 이른 오후부터 이미 물이 들어차기 시작했다. 헤엄칠 줄 모르는 어머니가 물이 상당히 차올랐음을 깨달았을 즈음엔 이미 차를 몰고 나올 수 없는 상황이었다. 어머니 차였던 연녹색의 1971년식 재규어 XK-E는 차체가 바닥에서 6인치 높이밖에 되지 않았다. 어머니는 '선피시' 요트에 짐을 실은 뒤, 쏟아지는 빗속에서 끈을 잡고 보트를 끌며 도로로 내려갔다. 그리고 가슴까지 차오른 물속을 걸어 훨씬 고지대인 (그리고 이름도 적절한) 리버로드에 닿았고, 그때 우리 농장에서 일하는 남자가 엄마를 구해줬다.

내슈빌에서 칠십오 년 만의 최악의 홍수를 초래했던 비가 지난 일요일 밤에 그쳤을 때 난 문득 궁금해졌다. 사람들은 왜 물이 차오르는 것을 바라보며 기다리는 걸까? 어째서 짐은 보트에 실어놓고 자신은 틀림없이 뱀들이 득시글거릴 밀크커피 색깔의 물에 몸을 담그고 있는 걸까? 인간 본성 중에서 우리가 절대 이해하지 못할 것들이야 많겠지만, 홍수는 적어도 시작될 때는 그저 쏟아지는 비고, 비는 지진처럼 갑작스럽지 않고 화재처럼 절박하지 않다는 사실로 얼마간은 설명될 수 있을 듯하다. 비는 시시때때로 내리니까.

나는 지금 내슈빌에 살고 있고, 이곳에 산 지도 오래되었다. 토요일 아침부터 비가 오는 것을 보았다. 얼마나 세차게 내리던지 빗줄기가 하얗게 보였다. 남편과 나는 노쇠한 우리 개와 함께 현관문 앞에 서 있다가, 산책을 하려면 상황이 나아질 때까지 기다려야겠다고 결정했다. 하지만 상황은 나아지지 않았다. 우리는 그날의 계획을 취소했다. 결국 나는 플립플롭을 신고 반바지와 비옷을 입고 개를 데리고 나갔다. 거리를 내려가 어머니 개를, 그다음엔 바로 앞 언덕에 사는 친구의 개를 데리고 나왔다. 물이 발목까지 차올랐지만, 내리는 비와 천둥 번개를 보고 있으니 최면에 걸리듯 멍해지는 기분이었다. 한 블록 너머에 있는 개울 상태를 보러 갔다. 성난 강물처럼 요동치고 있었다.

밤새도록 토네이도 경고 사이렌이 울렸다. 남부에서는 매미 울음소리처럼 익숙한 소리다. (사이렌이 울릴 때마다 지하실로 내려간다면, 인생의 상당 부분을 지하실에서 보내게 될 것이다.) 다음날 아침 어머니 개를 산책시키러 나갔을 때는, 물이 무릎까지 차오르는 곳이 여기저기 있었고 빗줄기 때문에 앞을 분간하기 힘들었다. 남편은 친구의 개를 산책시키러 나갔지만 걸어서는 그 집까지 가지 못했다. 남편이 차를 몰고 와서 나를 태웠고, 친구 집까지는 한 블록 거리였지만 지대가 높은 도로를 따라 돌아가다보니 십오 분이 걸렸다. 그때 우리는 어제의 개울이 이제는 급류가 되어 도로 위로 넘치고 길가의 집들 안으로 들어가는 것을 보았다. 교외에서는 아주 사소한 판단 착오로도 급류에 휩쓸릴 수 있다. 배변을 해야 하는 작은 반려견들을 높은 지대로 데려가기 위해 불어난 물을 건너가는 일 자체를 판단 착오라고 할 수도 있겠지만 말이다.

삼 년 전에 남편과 나는 컴벌랜드에 조그만 땅을 샀다. 내가 어릴 적에 살았던 애슐랜드시티로 가는 길에 있고, 리버로드와 가까운 위치다. 조용하게 주말을 보낼 수 있는, 방 하나에 넓은 포치가 딸린 작은 집을 지을 생각이었는데, 여태껏 실행에 옮기지 못했다. 이따금 저녁나절에 그곳으로 소풍을 가거나 강에서 카누를 타곤 한다. 이웃들도 즐겨 데리고 간다.

월요일 아침에 남편은 우리 땅 왼쪽에 사는 몬티에게 전화를 걸었다. 그는 자기 집 이층에 있었다. 전부 쓸려갔다고 했다. 차도 물에 휩쓸려가고 집들도 전부 망가졌다고 했다. 그때 전화가 끊겼다. 나는 다시 전화를 걸어서 시내의 우리집으로 오라고 했다. "여동생네 가려고요." 그가 말했다. 그러고는 전화를 끊어야겠다고 했다. "헬리콥터가 왔어요."

그날 오후, 햇빛이 쏟아지는 집 앞 거리에 나와 피해 상황을 살펴보았다. 배출 펌프에서 쏟아지는 물로 집집마다 진입로는 물바다가 되었는데, 한 여성이 자기네 지하실은 물이 엉덩이 높이까지 차올랐다고 말했다. 또 누구는 어깨까지 차올랐다고 했다. 우리집은 굴뚝에 누수가 생겨서 거실 천장을 다 뜯어내야 하는 상태였지만 그건 아무것도 아니었다. 우리 지하실엔 물 한 방울 없었으니까. 한 블록 너머의 어떤 집은 가구란 가구가 몽땅 앞마당에 나와 있었다.

비는 그쳤다. 우리에게 남은 것은 뒤이은 삶이다. 나보다 용감무쌍한 친구들이 밖으로 나와 모르는 사람의 카펫을 널고 그 집 거실을 청소하는 동안, 나는 그들이 가져오는 빨랫감을 집에서 세탁한다. 진흙과 나뭇잎과 나뭇조각으로 범벅이다. 매일 밤 일을 끝내면 세탁실까지 이르는 복도를 물걸레로 닦고 내

몸에 붙은 여남은 마리 진드기를 떼어낸다. 몇 상자씩 들어오는 진흙투성이 그릇을 물로 씻고 말린 뒤 이름표를 붙인 깔끔한 상자에 넣어, 그릇 주인들이 대충 집 정리를 마치고 찾으러 올 때까지 내 깨끗한 지하실에 보관한다. 우리는 정수 처리장이 폐쇄될지 소식을 기다리고 있다.

내 일천한 경험으로도, 이번 일은 1974년 홍수의 여파에 비하면 아무것도 아니다. 그때는 두 집 건너에 있는 농장의 암소가 떠내려와 우리집 앞마당에서 익사했다. 며칠이 지나 물이 다 빠진 뒤 집에 돌아와서야 그 사실을 알았다. 알고 보니 암소 사체 처리는 소유주의 책임이 아니라 암소가 마지막에 자리잡은 곳에 사는 사람들의 책임이었다. 진드기와 진흙이 그랬듯이, 쏟아붓는 비가 그랬듯이, 죽은 암소 역시 아무리 우리 삶이 문명화되었더라도 한순간에 그렇지 않게 될 수 있다는 사실을 상기시킨다. 그리고 우리가 악천후를 겪고도 어떻게든 의기양양하게 일어서는 드문 경우에도, 날씨가 우리 사정을 봐줬을 뿐임을 깨닫는다. 우리가 여전히 굳건히 서 있다면, 그것은 그저 날씨가 그날은 우리를 데려갈 마음이 없었기 때문이라는 것을. 내가 운이 좋은 거라고 다시 한번 생각한다.

나의 개, 끝이 없는

내 반려견 로즈가 세상을 떠나기 이틀 전, 나는 로즈를 반려견 유아차에 태워 인도를 따라 내려갔다. 11월 말이었지만 날씨는 포근하고 화창했다. 인조 양털 패드 위에 앉은 로즈가 잠깐 몸을 일으켜 킁킁 공기 냄새를 맡고는 다시 누웠다. 전해 여름에 내 친구 노마가 사 온 반려견 유아차를 보고 난 마뜩지 않았지만, 좋아하는 로즈를 보니 그걸 미는 내 모습이 우스꽝스러울 거라는 걱정은 금방 사라졌다. 로즈는 유아차를 타고 울퉁불퉁한 인도를 덜컹거리며 굴러가는 것을 좋아했고, 기회가 생기면 다람쥐를 눈으로 쫓거나 다른 개를 보고 짖는 것도 좋아했다. 오후가 저물어가도록 산책을 나가지 않으면 로즈는 소파 위 내 옆자리에서 낑낑거리며 불평했고, 결국 난 로즈를 데리고 나가 이리저리 돌아다녔다. 그런 내 행동이 입길에 오르내릴 일이라 여기는 이웃이 있더라도 상관없었다. 로즈가 행복해했으니까.

로즈는 세상을 뜨기 일 년 전부터 걷지 못했고, 청력을 잃은 건 더 오래되었다. 게다가 만성적인 방광염으로 점점 강한 항생제를 맞다보니 마지막 두 주 동안은 시야도 흐려졌다. 눈이 안 보이니 코를 허공에 대고 8자를 그리면서, 내가 자리를 뜰 때마다 처연하게 짖었다. 식욕도 떨어졌다. 가장 좋아했던 미트로프를 아주 작게 잘라 검은 주둥이에 대주어도 고개를 돌렸다. 당시에 나는 빈 자루처럼 가죽만 남은 로즈를 내 곁에 붙잡아두려고 애쓰면서, 하루가 멀다 하고 동물병원에 데리고 갔다. 알약, 물약, 연고를 처방받고 피하주사로 수액을 맞혔다. 그러다 11월 말, 이 특정한 날의 아침에 병원에 갔을 때 의사는 내가 이미 알고 있는 사실을 말해주었다. 이제 다 끝났다. 날짜를 결정할 일만 남았다.

로즈와 나는 일상적인 경로를 따라 웨스트엔드 쪽으로 세 블록을 가다가 크레이그헤드에서 오른쪽으로 꺾었다. 긴 언덕길을 올랐다가 내려온 다음 도로가 작은 골목길로 이어지는 곳에 이르렀다. 한낮이라 동네는 조용했다. 우리 뒤에서 나이 지긋한 남자가 뒷좌석에 남자아이 둘을 태운 골프 카트를 몰고 오고 있었다. 남자는 나를 지나쳐 몇 피트 가다가 나와 함께 있는 것이 아기가 아니라는 것을 알고 카트를 멈췄다.

"얘들아, 저것 봐." 그가 말했고, 세 사람은 함께 우리를 똑바로 바라봤다. "저기 멍멍이가 타고 있네."

이름은 몰라도 얼굴은 아는 남자였다. 동네에서 골프 카트를 몰고 다니는 남자를 알고, 반려견 유아차를 밀고 다니는 여자를 아는 식으로. "걷지를 못해요." 내가 말했다.

그는 선글라스를 낀 채 그 위로 야구 모자를 푹 눌러쓰고 있었다. "음, 반려견을 그렇게 데리고 나오다니 참 다정하시네요. 얘들아, 그렇지 않니?"

자기들 경험으로는 지금까지 오직 인간의 아기만 차지했던 자리에 개가 들어앉아 있는 뜻밖의 광경에, 적어도 잠깐은 진심으로 관심이 생긴 아이들이 사려 깊은 동의의 뜻으로 고개를 끄덕였다.

"나이가 많군요." 남자가 내게 말했다.

"열여섯 살이에요." 내가 말했다. 최근 몇 주 동안 급격히 건강이 나빠져서 그렇지 그전까지 로즈는 항상 자기 나이보다 어려 보였다. 한쪽 귀가 연한 적갈색이고 견갑골 사이에 연한 적갈색 부분이 있을 뿐, 온몸이 하얗고 토끼처럼 부드러웠다. 하얀 개는 대체로 실제 나이보다 어려 보인다.

"내 반려견도 열여섯 살이었어요." 남자가 말했다. "뭐, 우리 딸들의 반려견이었지만, 그 개가 건강이 많이 나빠졌을 때

452

는 둘 다 대학에 다니느라 집에 없었죠."

나는 지난 십육 년의 대부분을 로즈와 둘이서 살았다. 로즈가 공을 쫓아다니고 뼈를 물어뜯는 동안, 그리고 나중에는 대체로 잠을 자는 동안, 나는 책을 썼다. 어머니나 남편과 함께했던 시간보다 로즈와 함께했던 시간이 더 많았고, 그래서 내가 골프 카트를 탄 남자에게 손을 들어 보였을 때 그건 자기 보호의 몸짓이었다. "그런 얘기 하지 마세요."

남자는 이해한다는 듯 고개를 끄덕였지만, 이미 머릿속에 자기 개가 떠오르고 있었다. 이미 시작된 생각을 멈추지 못했다. "마지막엔 정신이 온전하지 않았어요." 그가 말했다. "문 뒤쪽 구석으로 들어가면 어떻게 뒷걸음질로 빠져나와야 할지 몰랐죠. 거기서 꼼짝 못하고 짖어댔어요."

"진심으로 하는 말이에요. 저에게 그런 얘기 하지 마세요." 잠시 서 있는 동안 나는 유아차를 앞뒤로 움직였다.

"마지막날 나 혼자 집에 있었어요. 딸들에게 전화해서 얘기했죠. 어렸을 때부터 키우던 개였으니까. 늘 함께였죠."

카트 뒷좌석의 아이들은 여섯 살과 여덟 살 정도로 보였다. 확실하진 않다. 남자애들의 나이는 도통 모르겠다. "제발 그만하시라고요." 내가 말했다.

"다가가서 개를 안았을 때, 그 개를 데리고 동물병원에 가서 의사가 안락사를 시켰을 때, 나는 울었어요." 그때를 생각하며, 그 가슴 아픈 상황을 떠올리며 그가 고개를 절레절레 흔들었다. "끝까지 곁을 지켰죠. 장담하는데, 평생 그렇게 울어본 적이 없어요."

"제발요." 내가 웃다시피 하며 애원했다. 유아차를 밀고 그 자리에서 도망치는 일은 하고 싶지 않았지만 여차하면 그럴 마음이었다. "그만하세요."

그러자 당연히 그는 말을 멈췄다. 문득 제정신이 돌아온 것이었다. 그는 우리에게 인사한 뒤 전기차의 시동을 걸었다. 아이들은 멀어지며 손을 흔들었고, 난 로즈에게 손을 뻗어 귀를 문질렀다. 내 손목냄새를 맡게 했다. 로즈가 좀 진정되자 나는 유아차를 밀고 골목길을 내려간 뒤, 집으로 향하는 다음 블록을 올라갔다. 남자나 그의 반려견 생각, 마지막날이 왔다는 사실을 그가 어떻게 알았는지 같은 생각은 하지 않으려 했다. 오직 로즈와 로즈 머리 위로 내려앉는 햇볕, 그리고 로즈가 그 따스함을 얼마나 기분좋게 느낄지 그것만 생각하려 했다. 거리를 반쯤 올라갔는데 되돌아오는 골프 카트가 보였다. 남자는 나를 지나쳐 얼마간 가다가 멈춰 서더니, 경계석 쪽으로 차를 몰았다. 이번에 두 남자아이는 우리를 보지도 않았다.

"아까 하지 않은 말이 있는데, 우리 개는 상태가 끔찍하게 안 좋았어요." 우리가 줄곧 대화를 하고 있었던 것처럼 남자가 말했다. "당신 개와는 전혀 달랐어요. 저것 좀 봐요." 그가 로즈를 향해 고개를 끄덕였다. "똑바로 앉아서 허공에 대고 코를 킁킁거리고 있잖아요. 내 개보다 다섯 살은 더 어려 보여요. 당신 곁에 오래 있겠네요."

"고맙습니다." 내가 말했다.

"진심이에요." 그가 말했다. "둘은 전혀 달라요." 그러고는 모자를 손으로 살짝 기울이더니 카트를 몰고 떠났다.

다음날, 내 친구 케빈 윌슨이 찾아왔다. 케빈은 대학을 졸업한 직후에 내가 여행중일 때면 우리집에 와서 로즈와 지내곤 했다. 이제 그는 결혼해서 아들을 하나 두었다. 책을 여러 권 출간했고 자기가 기르는 개도 몇 마리 있었다. 그가 로즈 곁에 쭈그리고 앉아 한 손으로 로즈의 머리를 감쌌다. 한참을 그러고 있었는데, 아마 옛날 생각을 했을 것이다. "네 개는 불멸의 개라고 늘 생각했는데." 그가 내게 말했다.

그게 문제였다. 그렇게 말로 표현할 줄은 몰랐어도 나도 같은 생각이었으니까.

로즈는 이튿날 동물병원에서 내 품에 안긴 채 세상을 떠났다. 더는 물도 넘기지 못했고, 화학물질이 타는 듯한 독하고 알싸한 냄새를 풍기기 시작했는데도, 이 세상살이를 끝내기 위해 주사를 한번 더 맞아야 했다. 나는 어느 면에서나 이제 로즈가 가야 할 시간임을, 우리 둘 다 십육 년 동안 참 운이 좋았음을 이해했다. 내게는 감당할 수 없는 똑같은 상실을 겪은 친구들이 있어서, 내가 앞으로 벌어질 일에 마음을 단단히 먹을 수 있도록 실제로나 마음으로나 내 곁을 지켜주었다. 그럼에도 수의사가 와서 내 품안의 로즈를 들어 자기 어깨에 기대게 했을 때, 내 안에서 무언가가 툭 끊어졌다. 골프 카트를 몰던 그 남자가 자기 개가 세상을 뜬 뒤 오랜 세월이 지난 지금까지도 여전히 잠겨 있는 그 강물 속으로 나 역시 걸어들어갔고, 깊이 가라앉았다.

로즈는 특출한 개였다는 말을 하고 싶다. 대장 노릇을 좋아하고 관심을 요구했지만, 존재하는 것만으로도 위안이 되었다. 유명하기도 해서, 십오 년 전 『보그』에 처음 등장했다. 표지 사진에서 내 어깨 위에 앉아 있었다. 달리기를 한 뒤 너무 지저분해진 로즈에게 욕조로 들어가라고 하면 알아서 들어갔다. 한번은 주차된 칼의 차 안에 있다가 좌석의 머리 받침대를 밟고 날쌔게 수직으로 뛰어올라 열린 선루프를 통해 차를 빠져나온 뒤, 주차장을 가로질러 식료품점 안으로 뛰어들어와서는 우리를 찾아 온 매장을 뛰어다녔다. 충직하고, 용맹하고, 떼 지어 앉은 올빼미들만큼이나 똑똑했다. 하지만 로즈의 재능과 미덕을 아무리 설명해봐야 내가 정말 하고 싶은 말은 전달되지 못할 것이다. 로즈의 죽음은 내가 지금껏 알았던 많은 사람들의 죽음보다 더 큰 충격이었는데, 그건 로즈가 정말 훌륭한 개였다는 말로는 설명할 수 없기 때문이다. 로즈는 훌륭한 개였다. 하지만 내가 느낀 것은 완전히 다른 무엇이었다.

로즈가 죽고 몇 달이 지난 뒤에야, 나 스스로 수렁에 빠져 있었다고 표현하는 몇 달의 시간이 흐른 뒤에야, 난 내가 사랑했던 모든 사람과 나 사이에는 분리라는 요소가 있었고, 지금까지는 그 사실을 알지 못했다는 것을 깨닫게 되었다. 그저 상황이 여의치 않아서, 나는 내가 사랑했던 이런저런 사람들과 오랜 기간 떨어져 살았다. 언쟁과 실망이 생겼고, 그중 대부분은 사소하고 쉽게 화해할 수 있는 것들이었지만, 서로를 향한 사랑이 아무리 대단하더라도 시간이 흐르면서 사람들은 멀어지기 마련이다. 우리가 자신의 정체성을 찾고 타인과의 관계를 정의하는 것은 바로 갈라섬과 화해를 통해서, 사랑과 사랑에 대한 의심을 통해서, 섣부른 판단과 재회를 통해서인 것이다.

다만 나와 로즈는 갈라선 적이 한 번도 없었다. 나는 한 번도 로즈를 섣불리 판단하거나 로즈가 지금과 달랐으면 하고 바란 적이 없고, 로즈에게서 벗어나고 싶다고 느낀 적이 단 하루도 없었다. 내가 가장 좋아하는 속옷을 물어뜯었을 때나 카펫에 실수를 했을 때나 조카를 물었을 때(아주 살짝이라 아무 문제 없었다)도 난 로즈 편을 들었다. 노스캐롤라이나 아우터뱅크스의 오크러코크섬에 처음으로 함께 휴가를 갔을 때, 칼과 나는 로즈를 해안에 두고 수영하러 바닷물에 들어갔다. 그때 로즈는 헤엄은 질색이지만 혼자 있는 건 그보다 더 싫다고 마음을 정했다. 그곳이 허리케인이 지나가는 길목에 있어서 다음날 아침 섬에서 대피해야 했으므로 결국 그 휴가는 하루로 끝났다. 동부 캐롤라이나 주민들이 전부 차에 짐을 싣고 내륙으로 피했다. 마침내 우리가 채플힐의 유서 깊은 '캐롤라이나 인Inn'에 도착했을 때는 자정이 넘었고, 방을 구하는 사람들이 길게 늘어서 있었다. 나는 로즈를 안고 들어가 데스크 직원에게 개와 함께 숙박할 수 있는지 물었다. "캐롤라이나 인은 개를 들이지 않습니다." 그가 딱딱하게 말했다. 그러더니 이렇게 덧붙였다. "다행히 제 눈에 개는 보이지 않는군요." 그래서 칼과 로즈와 나는 킹사이즈 침대에서 함께 자고, 쟁반에 담긴 룸서비스 음식으로 저녁을 먹고, 태풍이 지나가기를 기다렸다. 하지만 만약 호텔에서 우리를 받지 않았다면 우리는 차에서 함께 잤을 것이다. 전날 파도 위로 자그마한 머리를 쑥 내밀고 우리에게 헤엄쳐 오는 로즈를 보았을 때, 나는 로즈를 떼어놓는 것은 있을 수 없는 일임을 깨달았다. 적어도 내가 느끼기에는 우리 사이에 공간이란 없었다. 로즈에게는 어떠했을지, 그건 내가 말할 수 있는 부분이 아니다. 내가 너무 들이댔을지는 모르지만, 설사 그랬더라도 로즈는 그런 내색은 전혀 하지 않았다.

　내가 수렁에 빠져 있을 때, 내 친구 수전은 내게 젊고 건강하던 로즈의 옛날 사진을 찾아보라고 했다. 한동안은 슬픔이 더

하겠지만, 그러고 나면 기분이 나아질 거라고 했다. 그 말이 맞았다. 나는 사진 찍기를 즐기는 편이 아니지만 내 친구들은 나와 달라서, 칼과 내가 로즈를 처음 만났던 날부터 마지막날까지 찍은 로즈의 사진을 내게 보내줬다. 로즈가 세상을 떠나기 한 시간 전에 내 친구 데비가 와서 사진을 찍어주었던 것이다. 난 앨범을 사서 그 사진들로 로즈의 생애를 재구성했다. 상상도 못했는데, 그것은 내 삶이기도 했다. 앨범을 넘기다보면 우리가 함께 늙어가는 모습이 보인다. 언제나 우리 둘이다. 내 무릎에 앉은 로즈, 내 곁의 로즈, 시간이 흐르며 이런저런 사람들이 사진 속으로 들어왔다가 사라지지만, 내 손은 영원히 로즈 위에 놓여 있다.

2011년 가을에는 우리 동네에 힘든 일이 많았다. 길 건너에 살던 캐벌리에 킹 찰스 스패니얼인 주니어가 울혈성 심부전으로 갑자기 죽었다. 눈이 먼 페르시아고양이인 블루는 모두의 예상보다 오래 살았지만, 세상을 뜬 뒤에는 다들 지독히 그리워했다. 세 집 건너에 사는 검은 래브라도인 타힐은 노환으로 세상을 떠났는데, 그날 오후 주인이 우리집 문을 두드리고는 이렇게 말했다. "로즈를 봐야겠어요."

나는 로즈를 수건으로 감싸 데리고 나왔고, 린다는 우리집 포치의 흔들의자에 로즈와 함께 앉아 울었다.

"저 바깥에 복권에 당첨된 강아지가 있을 텐데, 정작 본인은 아직 모르는 거야." 이제 새로 반려견을 들일 때가 된 것 같다는 생각을 언니에게 말했을 때 언니는 이렇게 말했다. 새로운 개를 찾기 전에 여섯 달을 기다렸는데, 그 정도 시간이면 바라건대 로즈를 다시 찾으려 하지는 않을 것 같아서였다. 그래도 비슷한 방식으로 새로운 반려견을 만날 수 있으리라는 희망을 떨치기 힘들다. 밤늦게 남편과 나는 온라인에서 개를 찾아본다. 우리는 그것을 인터넷 반려견 데이트라고 부르는데, 다른 인터넷 데이트와 마찬가지로 주로 외모를 보고 판단을 내릴 수밖에 없다. 평생 함께할 동반자를 바라는 사람이라면 다들 알겠지만, 외모는 가장 덜 중요한 부분인데 말이다.

칼과 내가 로즈를 만나게 된 사정은 우리가 평소 했던 이야기보다 더 복잡하고, 내가 처음 『보그』에 실었던 그럴듯하게 포장한 이야기보다도 확실히 더 복잡하다. 이야기는 세월이 흐르면서 점점 압축되어서 '우리는 로즈를 공원에서 발견했다'가 되었는데, 그것은 아주 넓은 의미에서는 맞는 말이다. 하지만 그보다 몇 주 전, 눈보라가 치는 날 주차장에 버려진 로즈를 다른 여자아이가 발견했다. 그 여자애는 작고 하얀 그 개를 언니에게 주었고, 언니는 매년 열리는 '테리어 데이즈' 애견 축제에서 원하는 사람에게 주면 되겠다고 생각했다(로즈가 잭러셀테리어와 치와와의 혈통을 이어받은 것처럼 보였기 때문이다). 칼과 나는 하이킹을 하고 주차장으로 돌아오던 길이었고, 축제가 시작되기 전에 그곳을 잠깐 지나가던 중이었다. 그 아이의 강아지를 본 우리는 강아지가 무척 마음에 들어서 입양할 생각이 있기는 한데, 우선 다른 곳에서 온 친구들과 점심 약속이 있어서 빨리 다녀오겠다고 말했다. 여자애와 강아지를 그렇게 두고 공원을 나섰을 때, 나는 뭔가 옳은 일이 아니라는 기분이 들었고, 식사하는 내내 그런 불안감에 시달렸다. 난 그 개를, 내가 알지도 못하고 일부러 찾지도 않은 그 특정한 개를 원했고, 결국 친구들이 느긋하게 식사를 마치자마자 원하는 것을 확보하러 서둘러 공원으로 돌아갔다.

하지만 공원은 이제 군중과 개들로 넘쳐났고, 잭러셀테리어들이 울타리를 뛰어넘어 건초더미 사이로 뛰어가는 광경을 다들 줄을 서서 구경했다. 여자아이를 아무리 찾아도 보이지 않았는데, 얼마 후 강아지는 찾아냈다. 발레 치마를 입은 어린 금발머리 아이의 품에 안겨 있었다. 아이 옆에는 검은 래브라도가 역시 발레 치마를 입고 서 있었다. 나는 아이에게 안고 있는 강아지에 대해 물었지만 아이는 대답하지 않았다. 나는 아이의 어머니를 찾아서, 딸아이가 내 강아지를 가지고 있다고 말했다.

"어떤 여자애가 우리에게 줬어요." 아이 엄마가 내게 말했다. "관심을 보인 사람이 있었지만 그냥 갔다면서요."

"뭔가 오해가 있었던 거예요." 내가 말했다. "우리가 강아지를 데려가겠다고 분명히 말했거든요."

여자는 내게 뭐라고 항변하려다가 자기 딸을 건너다보며 머뭇거렸다. 결정을 내리기까지 여자의 머릿속에서 이어지는 세세한 사고의 흐름이 다 보였다. 카펫에 얼룩이 지고 신발이 없어지겠지. 어딜 보나 완벽한 개가 이미 있는데. "어차피 저는 개를 한 마리 더 키울 생각은 없었어요." 마침내 그녀가 말했다. "제 딸이 원했던 거예요." 그녀는 내 말이 거짓말이라는 걸 알았을지도 모르지만 개의치 않는 듯했다. "제 딸은 청각장애인이에요." 아이 엄마가 말했다.

"그냥 그 아이에게 주자." 칼이 그렇게 말했지만 나는 고개를 저었다. 개를 한 마리 더 키울 생각이 없다잖아. 칼은 체념한 듯 나를 보고는, 차에서 기다리겠다고 말했다.

여자와 나는 옷을 맞춰 입은—슈퍼맨 티셔츠, 배트맨 망토—수많은 아이와 개의 무리를 뚫고 나아가 발레 치마를 입은 한 쌍을 찾았다. 래브라도는 아주 순한 개인 듯했다. 여자가 아이의 품에서 강아지를 빼냈고 아이는 울기 시작했다. 분명 위로가 될 만한 말이나 행동을 해줘야 마땅했겠지만, 무슨 말을 해야 위로가 될지 알 수 없었다. 이제 나는 세상 모든 개 중에서 나의 개가 된 로즈를 얻었다. 누구든 마음이 바뀌기 전에 나는 서둘러 무리에서 빠져나왔다. 칼을 찾아내서 차에 탄 뒤 문을 잠갔다. 그에게 빨리 출발하라고 했다.

사랑의 시작은 때때로 그리 고결하지 않고, 사랑의 끝은, 그 끝은 당신을 두 동강 낸다. 우리가 살아가는 이유는 전부 그 둘 사이에 있다.

자비들

　언제 어디로 옮길지 결정이 내려지기 한참 전부터 니나 수녀님은 상자를 구하려고 매일 아침 일찍 주류 판매점을 샅샅이 뒤지기 시작한다. 자신의 대단찮은 삶의 내용물을 세 범주로 나눈다. 간직할 것, 버릴 것, 가톨릭 자선회에 기부할 것. 멜라니 수녀님도 마찬가지다.

　"왜 그렇게 서두르세요?" 전부 딱지를 붙이고 봉한 뒤 깔끔하게 쌓아둔 상자가 이미 앞쪽 복도에 한 줄로 길게 늘어선 사이로 조심스레 발을 디디며 내가 묻는다. 때는 8월이라 열기와 습기로 공기는 마치 뜨거운 수프 같아 견디기 힘들다. 난 수녀님들이 너무 미리부터 서두른다는 생각이고, 그래서 그렇게 말한다. 상황을 파악한 뒤 그들이 언제 어디로 갈지 결정할 책임을 맡은 캐시 수녀님이 노스캐롤라이나의 수녀원 본부에서 나오려면 아직 몇 주는 더 있어야 하니까.

"준비는 해놓아야지." 니나 수녀님이 말한다. 일하는 손을 멈추지 않는다. 니나 수녀님은 끊임없는 행동, 영원한 움직임의 상태에 있다. 그녀의 목에는 다른 수녀님이라면 십자가가 걸려 있을 자리에 자그마한 테니스 라켓 금장식이 달랑거린다. "주방 짐은 마지막까지 놔둘 거야."

주방이 문제가 아니다. 신이 세심히 지켜보는 참새*와 누가 더 작은지를 다툴 만큼 왜소한 수녀님들은 더 많이 드셔야 할 것 같고, 내가 저녁식사를 챙겨 온 것도 그래서다. 멜라니 수녀님은 수녀 양로원인 '자비원'으로 갈 예정이지만 그것이 언제일지는 모른다. 그녀는 어느 날은 떠나기를 고대하다가 또다른 날에는 확신하지 못한다. 수녀님이 멈춰 서서 내가 가져온 저녁식사가 들어 있는 봉투 속을 들여다보고는, 나를 한 번 끌어안더니 다시 천천히 걸어서 사라진다.

니나 수녀님은 확실히 자비원에는 가고 싶지 않다고 한다. 그건 정말 마지막 단계라면서. 혼자 지내거나 다른 수녀와 함께 지낼 작은 아파트를 구할 수 있기를 바라고 있다. 일흔다섯

---

* 「마태복음」 10장 29절~31절에 등장하는, 하느님께서는 참새 같은 미물도 주의깊게 돌보고 계신다는 예수의 말에서 유래한 표현.

의 나이에 같이 살 사람을 구하기는 결코 쉽지 않겠지만. "하느님이 알아서 해주시겠지." 사무적인 말투로 그렇게 말하고는 다시 상자에 짐을 싼다.

일반화하자면, 수녀들은 대체로 이사 경험이 별로 없다.

니나 수녀님은 내슈빌에서 태어났다. 지금 수녀님과 내가 사는 도시다. 그녀는 열여덟 살에 수녀원에 들어갔다. 육십 년이 지난 뒤 그 수녀원은 사라졌고, 이 도시에 남아 있던 얼마 안 되는 '자비의 성모회' 수녀들은 뿔뿔이 흩어졌다. 니나 수녀님과 멜라니 수녀님은 지금 사는 아파트에서 거의 스무 해 동안 살았다. 한때는 헬렌 수녀님도 함께 지냈다. 쇼핑몰에서 걸어갈 수 있는 거리에 있는 그 아파트는 그린힐스라는 고급스러운 교외 동네에 있다. 딱히 수녀님들의 주거지로 떠올릴 만한 장소는 아니지만, 요즘 나는 니나 수녀님과의 친분을 통해 수녀의 삶이 어떤 것인지 다시 생각하게 되었다.

"그 책*과 비슷해." 수녀님이 내게 설명한다. "나는 기도 먼저 하고, 그리고 먹지."

"그럼 사랑이 남는데요." 내가 말한다.

"당연히 그것도 있지. 내가 사랑하는 사람은 아주 많아. 기

---

* 엘리자베스 길버트의 책 『먹고 기도하고 사랑하라』를 말한다.

도하고, 먹고, 사랑하고, 테니스 치고. 틀에 박힌 생활이지. 남들을 위해 할 만한 다른 일을 찾아야겠어."

틀에 박힌 생활이 수녀의 삶의 일부라는 생각은 아마 늘 내게 있었을 것이다. 종교적 삶을 대단한 모험과 연관 짓기는 어려우니까. 하지만 이제 변화가 질주해 오고 있으니, 니나 수녀님은 차라리 빨리 왔으면 하는 마음에 들썽인다. 매일같이 변화를 맞이하려고 굳건히 일어서는데, 그걸 보니 수녀님은 늘 모험에 재능이 있었다는 걸 알겠다. 열여덟 살에 수녀원에 들어온 것 자체가 무척이나 대담한 행동이라는 생각이 든다.

"항상 수녀가 되고 싶었던 건 아니었어." 니나 수녀님이 말한다. "젊었을 땐 안 그랬지. 테니스 선수가 되고 싶었어. 나랑 오빠들이 알고 지내던 어떤 아저씨가 우리에게 자기 테니스코트 관리를 맡기면서 대신 거기서 놀 수 있게 해줬어. 흙이 깔린 코트라서 오빠들이 커다란 롤러로 바닥을 밀고 난 선을 새로 그렸지. 거기서 매일 테니스를 쳤어." 세 남매 중 막내인 니나. 여름이면 매일 아침 손에 라켓을 든 채 자전거를 타고 오빠들을 따라 코트로 갔던 하나뿐인 딸 니나.

수녀원에 들어가겠다고 했을 때 오빠들이 어떻게 생각했느냐고 물었더니, 미쳤다고 생각했더란다. 의학적 진단명을 뜻하듯 **미쳤다고.** "아버지도 그랬어. 결혼해서 아이 낳는 일을 포기한다는 건 끔찍한 실수라고 생각하셨지. 내가 아이들을 좋아했거든." 그녀가 말한다. "어렸을 때 아기 보는 일을 많이 했어. 그땐 참 행복했지. 남자친구도 있었고. 남자친구의 집안이 육가공 일을 해서 아버지는 그를 '햄보이'라고 불렀어. 다 좋았는데, 그런데도 뭔가 아닌 것 같다는 느낌이 있었어. 편하지가 않았지. 내가 살아야 할 삶을 살고 있다는 느낌이 전혀 안 들더라고."

어머니는 어떠셨냐고 내가 묻는다. 뭐라고 하셨는지?

니나 수녀님의 얼굴에 번지는 미소는, 누구보다 사랑하는 어머니를 기쁘게 해드린 딸이 지을 법한 미소다. "자랑스럽다고 하셨지."

니나 수녀님에게 궁금한 것들이 워낙 많아서 몇 날 며칠이라도 부족할 판인데, 그래도 수녀님은 내게 한결같은 인내심을 보여준다. 이제는 자신에게도 또렷이 보인다고 한다. 평범한 삶이 아니었다는 것이. 내 질문 중에는 어린 시절에 품었던 호기심의 잔재, 겉으로 표현하지는 않았지만 수녀는 우리와는 다른 사람이라는 의심에서 비롯한 것도 분명 있다. 하지만 달리 보면 내 질문은 나 자신의 삶을 위해 중요한 정보를 얻으려는 시도로 느껴지기도 한다. 요가나 명상, 아슈람*에 들어가겠다는 막연한 꿈은 치워라. 니나 수녀님은 테네시에 머물며 신에

---

* 힌두교도들이 수행하며 거주하는 공동체.

게 일생을 바쳤다. 얼마나 오랫동안 그런 소명을 지키며 살았는지, 종교적 사명이라기보다 차라리 일종의 결혼, 상호 이해의 잘 다져진 길처럼 보이기도 한다. 니나 수녀님과 신은 서로를 이해한다. 평생 그렇게 살아간다.

'자비의 수녀회'는 캐서린 매콜리가 더블린에서 창립했다. 빈곤한 성인 여성들과 여자아이들에게 필요한 것이 무엇인지 깨달은 매콜리는 1831년에 수녀가 되기로 서약하고, 자신이 물려받은 상당한 유산으로 '자비의 집'이라는 이름의 쉼터를 열었다. 신에게 평생을 바친다는 결심과는 별개로, 수녀회를 고르는 건 군대를 어느 쪽으로 갈지 정하는 것과 비슷하지 않을까 싶다. 육군? 해군? 도미니크회? 멀찍이서 보면 똑같은 복무이지만 일상은 아주 다른 방식으로 펼쳐질 것이다. "학교 다닐 때 자비의 수녀회에서 배웠어." 니나 수녀님이 말한다.

나는 고개를 끄덕인다. 나 역시 자비의 수녀회에서 배웠다. 니나 수녀님에게 배웠으니까.

"그분들이 나를 종용한 적은 전혀 없었어." 수녀님이 그들을 변호하며 말한다. "하지만 나는 수녀님들을 존경했어. 그 선함을."

나는 자비의 수녀회 학교에서 열두 해를 보냈지만, 그동안 나도 그렇고 내 급우들도 그렇고 수녀회에 들어올 것을 제안받은 사람은 단 한 명도 없었다고 확신한다. 수녀들은 모집 활동을 전혀 하지 않았고, 갈수록 지위가 떨어진 것도 얼마간은 그 때문일 것이다. 그들이 우리에게 거듭 했던 말은 **잘 들으라**는 것이었다. 하느님은 우리 각자가 할 일을 정해놓으셨으니, 세심히 주의를 기울이고 우리 자신에게 충실하면 그분의 의도를 알 수 있다고 했다. 때로 하느님의 말씀이 마음에 들지 않을 수도 있다. 너무 많은 것을 요구한다는 생각이 들 수도 있다. 하지만 거기까지 왔다면 이제 벗어날 길은 없다. 하느님이 내 삶에서 원하는 것이 무엇인지 일단 깨달으면, 온갖 바보를 합쳐놓은 인물이 아닌 다음에야 다른 방향으로 시선을 돌릴 수는 없는 것이다. 내가 가톨릭 학교를 다니는 동안 내게는 수녀가 되든 어머니나 아내가 되든 모든 가능성이 열려 있었다. 하지만 눈을 감고 귀를 기울이면(소식은 언제든 올 수 있다고 했으므로 귀를 기울일 시간―예배 시간, 수학 수업, 농구 경기― 은 많았다) 그때마다 내게 들린 소리는 한결같았다. **작가가 되거라.** 우리에게 주어진 선택지에 '작가'가 포함된 적은 없었지만 상관없었다. 내게는 그것이 진리임을 알았고, 그 목적을 이루는 데 있어서 수녀님들이 소중한 모범임을 깨달았다. 결국 나를 교육한 이들은 자신에게 주어진 분명한 지시를 따르기 위해 아버지와 형제의 경고를 무시하고 본질적으로 배에서 뛰어내린 것과 다름없는 일을 한 여성들이었으니까. 내가 삶을 나

470

의 믿음에 바치려 했던 것처럼, 그들도 삶의 모든 것을 자신의 믿음에 바친 일하는 여성이었다. 수녀의 존재 방식은 내가 나 자신의 삶으로 상상했던 특유한 삶과 그리 멀지 않았다. 비록 내 헌신의 대상이 신이 아니었더라도 말이다.

청원자로, 그후에는 수련 수녀로 지내던 시절에 니나 수녀님은 멤피스와 신시내티, 녹스빌 등 여러 곳을 돌아다니며 교육을 마치고 성직을 받았다. 언제부터 수녀복을 입지 않게 되었느냐고 물으니, 수녀님은 기억을 더듬는다. "1970년?" 수녀님은 이제 숱 많고 구불거리는 백발을 짧게 잘랐다. "수녀복을 좋아했었어. 내일 당장 다시 입으라고 해도 상관없을 거야. 얼굴에 둘러싸는 그것만 빼고. 얼마나 풀을 많이 먹였는지 살에 닿으면 아팠다니까." 그때 기억이 나는지 수녀님은 뺨을 만진다. "여름에 그걸 다 갖춰 입으면 얼마나 더운지 상상도 못할 거야. 근데 난 너무 더우면 그냥 치마를 걷어올렸지."

니나 수녀님이 세인트버나드 아카데미에서 가르치기 위해 내슈빌로 돌아온 것은 1969년 무렵이었고, 나도 그때쯤 캘리포니아에서 이곳으로 와 그해 11월 말에 1학년으로 입학했다. 우리 둘의 삶이 처음으로 교차한 것이 이때다. 서른다섯 살의 니나 수녀님과 여섯 살도 채 안 된 앤.

우리가 만난 수녀원은 상상할 수 있는 가장 칙칙한 붉은 벽돌로 지어진, 아무 장식도 없는 위압적인 건물이었다. 언덕 꼭대기에 자리잡은 채, 조각상들이 점점이 박힌 길게 뻗은 잔디밭을 내려다보고 있었다. 나는 그곳에서 롤러스케이트 타는 법을 배우고 운동회 날 트루디 코빈과 이인삼각 달리기를 했다. 일 년에 한 번, "오, 성모마리아님, 오늘 당신의 머리에 화관을 씌워드립니다"라고 노래하며 성모마리아상 위에 장미 화관을 씌우는 어린이 행진에 참여했다. 행진이 끝난 뒤에는 다시 줄지어 안으로 들어가 종이봉투에서 점심 도시락을 꺼내 먹었다. 식당은 수녀원 지하에 있었고, 교실은 일층이었다. 이층에는 밝은 파란색으로 칠해진 화려한 예배당이 있었다. 이탈리아 대리석으로 만든 제단과 역시 대리석으로 된 무릎 꿇는 가로대와 함께 반질반질하게 닦인 신도석이 줄지어 놓여 있었는데, 나는 아침에 그 자리에 앉아 묵주기도를 한 뒤 제2차 바티칸공의회 이후 널리 퍼진 개별적 소통 방식으로 신과 이야기를 나눴다. 내가 어렸을 때 어머니는 간호사로 장시간 근무했기에, 언니와 나를 일찍 수녀원에 내려주고 늦게 데리러 오곤 했다. 수녀님들은 우리에게 주방에 들어와서 은식기를 정리하라고 했다. 돌이켜보면 우리에게 할일을 주느라 일부러 뒤섞었을 것 같다. 언니와 나는 우리가 그곳에서 특권을 누린다는 사실을 잘 알았다. 주방이나 식당에 드나들고, 아주 드물게는 이층의 응접실에도 드나들었으니까. 응접실에는 텔레비전과 벽난로가 있었는데, 벽난로는 입을 크게 벌리고 미친듯이 웃는 악마 머리 위에 십자가에 못박힌 예수님이 놓여 있는 모양이었다. 하지만 그 시절에도 삼층이나 사층에 발을 들인 적은 한 번도 없었다. 그곳은 수녀님들의 침실, 니나 수녀님의 침실이었고, 바로 머리 위에 있었지만 아이들에게는 달만큼이나 먼 곳이었다.

"우리가 어떻게 다시 만나게 되었지?" 함께 식료품점에 있을 때 니나 수녀님이 묻는다.

"제게 전화하셨잖아요." 내가 말한다. "몇 년 전에요. 기금을 모으고 계셨죠."

수녀님은 통로 중간에서 갑자기 멈춰 선다. "잊고 있었네. 세인트빈센트 학교를 위한 기금이었는데, 오, 끔찍하네. 그런 일로 내가 전화를 했다니 끔찍해."

수녀님이 다시 카트를 밀자 나는 그녀의 어깨를 팔로 감싼다. 수녀님은 카트를 직접 몰기를 좋아한다. "어쨌든 수녀님이 제게 전화해주신 거잖아요."

니나 수녀님은 예순 살까지 세인트버나드의 수녀원에서 살았다. 그러다 수녀회에서 수녀원 건물을 팔았다. 힐스보로빌리지라는 이름의, 번잡한 최신식 동네 한가운데에 자리한 그 넓은 땅은 상당히 가치가 있었다. 우리가 뛰어놀던 앞마당에는 대규모 아파트 단지가 들어섰다. 공사를 위해서는 우선 거대한 가짜 오렌지 나무들을 다 들어내야 했다. 퀴퀴한 냄새가 나는 그 녹색 열매들, 소름 끼치도록 인간의 뇌를 닮은 가짜 오렌지를 따는 일은 모든 학생들이 피하고 싶어하는 벌이었다. 막상 그 나무가 다 사라지는 것을 보니 얼마나 아쉽던지 나로서도 놀라웠다.

몸이 허약해서 아래층까지 내려올 수 없는 수녀님들이 휠체어에 앉아 미사를 들을 수 있도록, 예배당 문 위쪽의 실내 창문은 삼층에서 열리게 되어 있었다. 어렸을 때 나는 눈에 띄지 않게 그 위를 올려다보려 애쓰곤 했다. 아래층 신도석의 잘 보이는 자리에서 보면 긴 흰색 옷을 입은 그들은 너무나 작아 보였는데, 그 옷은 연로한 수녀들의 수녀복이었을 수도 있고 그냥 잠옷이었을 수도 있다. 수녀원이 팔린 뒤 은퇴했거나 돌봄이 필요한 수녀님들은 당시 시내에서 20마일 떨어진 외곽에 새로 지은 시설인 '자비원'으로 갔다. 초등학교 학생들은 예전에 중등학교(초등학교만큼 잘된 적이 없던 고등학교는 이제 사라졌다)였던 옆 건물로 옮겨갔고, 수녀원 건물은 사무실 공간으로 바뀌었다. 교실과 수녀 침실은 심리 치료 진료실이나 변호사 사무실이나 필라테스 수련실처럼 다른 용도로 쓰이게 되었다. 제단은 조지아주 스톤마운틴의 교구로 보냈는데, 크레인을 이용해 뒷문으로 꺼내야 했다. 신도석은 팔았다. 이제 텅 빈 예배당은 대여 파티룸이 되었다.

"힘겨웠지." 힘겨운 일을 가볍게 해치우는 말투로 니나 수녀님이 말한다. "거기서 얼마나 재밌게 지냈는데. 특히 학생들이 집으로 돌아간 여름에 말이야. 다른 도시에서 가르치던 수녀들도 다 돌아왔지. 밤늦게까지 둘러앉아 와인을 마시며 신나게 웃고 떠들었어."

나는 수년이 지난 뒤 세인트버나드를 한 번 찾아간 적이 있었다. 뒤쪽 계단으로 사층까지 올라가 텅 빈 침실 겸 사무실에 서서 창밖을 내다보았다. 달에서 내려다보는 기분이었다.

자비의 수녀회 수녀들은 가난과 순결과 순종의 서약을 한다. 그리고 죽는 날까지 가난하고 병들고 못 배운 자들에게 한결같이 봉사할 것을 서약한다. 순종이란 수녀회에서 내가 살던 집을 팔아버려도 불평하지 않는다는 말의 다른 표현이다. 그런 일에 의사표시를 할 수 없다. 때때로 난 그것이 터무니없이 부당하게 느껴진다. ("안 된다고 그쪽에 말을 해야죠." '그쪽'이 어디인지도 모르는 채 그런 말이 목구멍까지 올라온다.) 그렇지 않은 때, 내 삶의 한계 너머를 어렵사리 바라볼 수 있을 때는 그렇게 삶의 터전을 옮겨야 했던 일이 니나 수녀님에게 어떤 의미였을지 살짝 들여다볼 수 있다. 그건 하느님에게는 계획이 있고 나를 돌보신다고 믿는 또다른 신앙의 행위였을 것이다. 신에게 내 삶을 넘겨주었으니 그것은 옳은 일일 수밖에 없고, 그 거래의 복잡한 내막을 다 이해하지는 못해도 신이 실수를 저지르는 법은 없다.

수녀원이 매각된 뒤, 여전히 학생들을 가르치던 젊은 수녀들은 출퇴근이 용이하도록 시내 주변에 임대한 아파트로 거처를 옮겼다. "괜찮았어." 니나 수녀님이 말한다. "여전히 주말이면 모여서 함께 저녁을 먹었거든." 1학년에서 3학년까지 읽기 수업을 맡았던 니나 수녀님과 그 학년에서 수학을 가르친 헬렌 수녀님은 방 세 개가 위층 복도를 따라 나란히 있는 아파트에 함께 들어갔다. 그곳에서 행복하게 지냈다. 일이 줄어드는 시기가 올 때까지 계속 일했다. 결국에는 비상근으로 일하다가 완전히 은퇴했고, 그후에는 개인 교습이 필요한 아이들을 가르치고 가톨릭 자선회에서 자원봉사를 했다. 니나 수녀님은 세인트버나드를 떠난 뒤 제대로 교육받지 못하는 노스내슈빌의 가난한 아이들을 위한 학교인 세인트빈센트 드 폴에서 자원봉사를 했는데, 그 학교는 내내 재정적 위기에 시달리다가 결국 문을 닫았다.

그러다 2004년에 헬렌 수녀님이 뇌졸중으로 쓰러졌다. 그녀는 병원에서 퇴원한 후에 자비원으로 들어갔다. 멜라니 수녀님과 니나 수녀님은 언젠가 헬렌 수녀님이 돌아와서 다시 자기 방을 차지하리라는 생각을 오랫동안 버리지 않았지만, 헬렌 수녀님의 상태는 오히려 악화되었다. 니나 수녀님은 친구를 보러 매일같이 차로 20마일을 달려 자비원에 갔고, 친구가 오랫동안 썼던 초등 수학 문제집의 퍼즐을 풀게 하려고 했다. 헬렌 수녀님은 이따금 시키는 대로 했지만, 대체로 앉아서 텔레비전만 봤다. 시간이 갈수록 니나 수녀님을 잘 못 알아보더니 결국에는 아예 못 알아보게 되었다. 내가 니나 수녀님을 만나기 시작한 것은 헬렌 수녀님의 뇌졸중 때문이었다. 수녀님이 테니스를 치고 나면 우리는 함께 점심을 먹거나 오후에 커피를 마셨다. 수녀님은 친구 이야기를 하면서 때로 약간 울기도 했다. 아주 오랫동안 함께 지낸 사이였으니까. 그러던 중 헬렌 수녀님의 성이 케인이라는 이야기가 나왔고, 난 어떻게 지금까지 그걸 몰랐는지 의아했다.

니나 수녀님과 멜라니 수녀님은 계속 그린힐에서 지냈지만 2010년 무렵 멜라니 수녀님은 갈수록 몸이 허약해지고 건망증도 심해졌다. 자비원으로 갈 때가 되었다는 것이 다른 수녀들의 의견이었고 멜라니 수녀님 자신도 동의했다.

그래서 남은 문제는, 니나 수녀님은 어떻게 할 것인가였다. 수녀님은 윌리엄스 자매*처럼 여전히 일주일에 세 번 테니스를 쳤고, 딱히 요양 시설에 들어갈 사람으로 보이지는 않았다. 그렇지만 아파트의 한 달 월세가 천사백 달러인데다 새로 들어올

---

* 미국의 유명 테니스 선수인 비너스와 세리나 윌리엄스 자매.

수녀도 없는 마당에 빈방이 하나라면 몰라도 이젠 둘이었다. 니나 수녀님은 자비원에 가지 않아도 되지만 월세가 훨씬 싼 다른 아파트를 찾아야 한다는 결정이 내려졌다. 살면서 처음으로 그녀는 혼자가 되었다.

나는 니나 수녀님을 데리고 홀푸드마켓에 가는 걸 좋아한다. 가난의 서약을 한 사람에게 그곳은 진정 퇴폐와 경이의 놀이동산이다. 수녀님의 요리 실력은 기껏해야 기초적인 수준이고 장 보기를 즐기지도 않아서 나는 간편식을 추천한다. 식료품점을 무척 좋아했던 멜라니 수녀님은 일요일마다 크로거 마트에 가곤 했다. 그런 습관을 들일 계획이 없는 니나 수녀님은, 파스타 면과 병에 든 소스만 있으면 굶어죽지는 않는다며 이탈리아 혈통이 자신을 구할 거라고 주장한다. 나는 이제 수녀님이 뭘 좋아하는지 알아서, 내가 몇 가지를 사다 드리겠다고 설득한다. 수녀님은 올리브 절임 판매대라면 사족을 못 쓴다. 캐시 수녀님이 다녀가고 모두의 미래가 결정되었을 때, 나는 니나 수녀님을 가게에 데리고 간다. 우리는 커피를 사서 창가의 작은 탁자에 앉아 세세한 사항을 논의한다. 시내 반대쪽, 웨스턴힐스라는 대단지에 집을 구했다고 수녀님은 말한다. 나로선 탐탁지 않은 소식이다. 나도 아는 동네인데, 번잡한 길에 패스트푸드점과 수표 현금화 업소와 보석 보증인 광고가 늘어선 곳이다.

수녀님은 컴퓨터와 의자를 놓고 아침기도를 할 수 있는 방이 있으면 해서 방 두 개짜리 아파트를 구할 계획이다. 나는 지금 사는 동네에서 좀더 작은 아파트를 구하라고 주장하지만, 평생 처음 스스로 무언가를 결정할 기회를 얻은 니나 수녀님은 자신이 원하는 바를 얻을 작정이다. "다 잘될 거야." 나를, 혹은 자신을 안심시키듯 수녀님이 말한다. "지닌 수녀도 거기 살아. 그 동네를 좋아하지. 내가 다 알아봤어. 멜라니 수녀가 예산 짜는 걸 도와주고 있어. 입출금 계좌도 만들고 신용카드랑 체크카드도 받았어."

홀푸드마켓의 카페에서, 유아차를 미는 엄마들과 백팩을 맨 젊은 남자들의 소용돌이 속에서도 운동복을 입은 왜소한 이탈리아 태생의 여성인 내 친구는 이곳과 썩 동떨어진 모습은 아니다. 방금 한 말이 무슨 뜻인지 나는 이해가 되지 않는다.

"입출금 계좌를 만들었다고." 수녀님이 다시 말한다.

"지금까지 계좌가 없었다는 거예요?"

수녀님이 고개를 젓는다. "돈 관리는 멜라니가 다 했거든. 공과금 남부도 그렇고." 그러더니 니나 수녀님은 커피잔을 옆으로 치우며 몸을 가까이 들이민다. "신용카드와 체크카드가 정확히 뭐가 다른 거야?"

열여덟 살에 부모님 집을 떠나 수녀원으로 들어갔다가 예순 살에 수녀원을 나와 두 친구와 함께 아파트에서 사는 것, 그리고 일흔여덟의 나이에 평생 처음으로 혼자 살기 위해 그 아파트를 떠난다는 게 어떤 건지 나로서는 헤아리기 어렵다. 입출금 계좌나 신용카드를 가져본 적이 없다는 말을 들으니 헨리 제임스 소설에서 막 튀어나온 인물과 커피를 마시는 기분이다.

"나도 알아." 내 뜻을 충분히 이해한 수녀님이 말한다. "내 삶이 어떤 면에서는 평범하지만 다른 면에서는 전혀 아니지."

나는 신용카드와 체크카드의 세세한 차이를 최대한 분명하게 알려주려 한다. 각각이 어떻게 다른 방식으로 말썽을 일으킬 수 있는지 설명한다. "체크카드를 쓰면 수표를 쓸 때처럼 지출 내역서를 작성해야 해요. 매번 지출한 액수를 적고 그 액수를 빼야 잔액이 얼마인지 알 수 있어요."

수녀님이 커피 한 모금을 홀짝인다. "그런 건 할 수 있어. 나도 그 정도 머리는 있으니까."

"머리는 아주 훌륭하시죠." 내가 말한다. "하지만 이런 걸 이미 다 아시는지는 모르겠네요. 한 달에 한 번 은행에서 명세서가 올 거예요. 그러면 수녀님의 지출 내역서와 명세서를 비교해봐야 해요." 나는 종교 강의와 체육 수업이 과도한 자리를 차지했던 중등교육에서 배운 지식들을 대단히 여긴 적이 없다. 하지만 수녀님들은 셰익스피어와 관련한 지식은 부족했을지언정 실용적인 분야에서는 아는 게 많았다. 고등학교에 다닐 즈음에 우리는 스튜와 소스와 케이크를 만드는 법을 모두 익힌

480

상태였다. 크레페도 만들 줄 알았다. 옷의 얼룩을 지우고 세탁기를 돌릴 수 있었다. 기본 바느질을 배웠을 뿐 아니라, 예산을 짜고, 수표책을 관리하고, 간단한 세금 신고서를 작성하는 법도 배웠다. 니나 수녀님은 초등학생을 맡았기에 이런 교육의 혜택을 전혀 받지 못했다.

수녀님은 은행 명세서에 관해 한참 떠드는 내 말을 들으며 머리를 쥐어짠다. 지급이 완료된 수표를 받으면 조그만 칸에 체크 표시를 해야한다는 부분에 이르자, 수녀님은 문제의 답을 찾은 양 갑자기 기운을 차린다. 그러더니 깔깔 웃기 시작한다. "날 그렇게 놀리면 안 되지." 가슴에 손을 얹으며 수녀님이 말한다. "겁이 나서 죽는 줄 알았잖아. 수녀님 놀리는 거 아냐."

"놀리는 거 아니에요." 내가 말한다.

순간 얼굴에 겁먹은 표정이 스치는 것으로 보아 내 말을 믿는 모양이다. 그래도 여전히 자기주장을 굽히지 않는다. "그런 거 안 해도 돼. 멜라니 수녀가 그런 거 하는 건 본 적이 없어."

각자의 아파트에 사는 자비의 수녀회 수녀들은 다들 전기세와 전화세, 식료품비와 집세를 추정한 예산을 수녀원 본부에 제출한다. 그들이 한 달 봉급으로 제시하는 액수는 기껏해야 얼마 되지 않는다. 수녀회에서는 그 비용들과 함께 의료비와 보험료까지 전부 지불한다. 이 년 전, 신호를 무시하고 달린 차가 니나 수녀님의 차를 들이받아 차를 폐차했을 때, 수녀회는 새 차를 사주겠다고 했다. 내가 수녀님을 토요타 판매장으로 모시고 갔다. 수녀님은 서류에 서명하고 차 열쇠만 받으면 되었다. "빨간색만 아니면 좋겠다." 가는 길에 수녀님이 말했다. "빨간색 차는 별로거든."

새 차는 빨간색 코롤라였다. 판매원이 지켜보는 가운데 니나 수녀님은 차를 살펴보며 한 바퀴 빙 돌았다. 차를 보지도 않고 전화로 구입하는 건 흔한 일이 아니다. "그 말 취소해야겠다." 마침내 수녀님이 말했다. "빨간색도 좋네."

니나 수녀님이 세인트버나드에서 아이들을 가르치던 젊은 수녀였을 때, 그러니까 내가 그곳의 학생이었을 즈음, 수녀님이 수녀회에서 받는 봉급은 한 달에 이십 달러였다. 신발, 의류, 라이프세이버스 사탕 같은 모든 개인 물품 구입 비용을 그 돈으로 충당해야 했다. 수녀님의 부모님이 생일 카드 안에 접어 넣어준 돈이나, 학부모가 크리스마스카드 안에 넣어 보낸 현금도 전부 내놓아야 했다. 수녀회에서 선물을 갈취하는 것이 아니라, 서약을 이행하는 것이었다. 약간의 여윳돈이 생겼을 때조차 수녀들은 여전히 가난해야 했다. 생일 카드에 들어 있던 십 달러짜리 지폐를 가지고 싶은 작은 유혹이 전혀 없었는지 궁금증이 들지 않을 수 없지만, 그건 무례한 질문 같다. "어머니께서 스웨터를 보내면 어떻게 되는 거예요?" 대신 그렇게 묻는다. 일부러 무식한 질문을 하는 게 아니라 어떤 규칙이 적용되는지 알아보려는 것이다.

"아, 그건 상관없었지. 스웨터는 가져도 되었어."

이런 것이 내게 어느 정도나마 이해된다면 그것은 오직 내가 어렸을 때 그렇게 배웠기 때문일 수도 있겠다. 그때는 부자와 낙타와 바늘구멍과 관련된 관념*이 얼마나 무시무시하게 느껴졌는지(우리 가족은 재산이 없지 않았으니까) 그 때문에 밤에 잠을 이루지 못하곤 했다. 당시 나는 물질적 세계에 등을 돌리는 것이 자유의 본질이라고 믿었고, 내 안의 깊숙한 어느 부분은, 햇빛을 거의 보지 못하는 그 부분은 여전히 그렇게 믿고 있다. 가난이라는 교의를 육십 년 동안 끌어안고 산 사람이라면, 이백 달러짜리 향수가 있으면 좋겠다, 라는 생각은 혼잣속으로도 하지 않을 것이다. 그렇더라도 우리는 커피를 마시며 입출금 계좌에 관해 위태로운 대화를 나눈 뒤 장을 보러 홀푸드마켓에 들어간다. 수녀님들끼리 매주 갖는 저녁식사가 그날 저녁에는 니나 수녀님 집에서 열릴 예정이고 자기가 돼지갈비 요리를 해주기로 했다면서, 수녀님은 몇 블록 떨어진, 물건값이 좀더 싼 매장인 크로거에 가고 싶다고 단호하게 주장한다. 나는 아니라

---

* 「마태복음」 19장 24절에 나오는 "부자가 하느님의 나라에 들어가는 것보다 낙타가 바늘귀로 빠져나가는 것이 더 쉬울 것"이라는 구절을 가리킨다.

고, 여기서 돼지갈비를 살 거라고 말한다. 돼지갈비는 싼 곳을 찾아다닐 그런 품목이 아니라고 생각하니까.

"언제부터 이렇게 대장 행세를 하게 되었지?" 수녀님이 묻는다.

"수녀님에게 대장 행세를 하려고 평생을 기다렸는걸요." 내가 말한다. 내가 돈을 너무 많이 쓴다며 수녀님이 괴로워하거나 말거나 난 샐러드와 빵과 좋은 독일 맥주를 카트 가득 담는다.

계산대에서도 나는 여전히 이십 달러의 월급을 생각하고 있다. 나중에는 백 달러로 올랐다고 수녀님이 말한다. "거의 오십 년을 일했어도 월급 수표는 본 적이 없어." 수녀님은 그렇게 말하더니 별로 아쉽진 않다는 듯 어깨를 으쓱한다.

홀푸드마켓은 건물 내부를 소호의 로프트*처럼 만들어서, 창문이 높고 천장에는 파이프가 그대로 드러나 있다. 시리얼 구역에서 참새 한 마리가 날아다니는 것이 보인다. "어렸을 때 저는요," 내가 니나 수녀님에게 말한다. "수녀가 되어야 하나 말아야 하나 고민이 될 때마다 거대한 담장으로 둘러싸인, 찾는 이라고는 없는 격리된 수녀회에서 과연 살고 싶은지 생각했어요." 미래를 살고 있는 지금의 유리한 입장에서 보자면 당연

---

* 공장이나 창고를 주거 시설로 전환한 건물로 층고가 높고 창문이 크고 장식이 거의 없는 것이 특징이다.

히 나는 격리된 장소를 골랐으리라 생각한다. 전화도 없고, 집에 찾아오는 사람도 없고, 살면서 신경써야 할 수천 가지 자질구레한 일도 없고, 갈 곳도 없으니 글쓰기에는 최고의 장소일 것이라 그렇다. 묵상하는 좋은 수녀가 되었을 것이다. 묵언 서약을 지키기도 수월했을 것이다. 가난과 순결과 순종도 잘 지켰을지 모른다. 대신 조용히 일만 할 수 있게 해준다면 말이다. 니나 수녀님과 나는 여전히 계산대에 물건을 얹고 있다. 흰옷을 입고 묵언 수행을 하는 내 모습이 잠깐 눈앞에 떠오른다. "제가 수녀가 되었다면 전 가난한 클라라*가 되었을 거예요." 내가 그렇게 선언한다.

이에 니나 수녀님이 배를 잡고 웃다가 내 팔을 붙든다. "네가?" 그녀는 숨이 넘어갈 듯한 소리로 반문한다. "가난한 클라라라고?"

니나 수녀님은 새 아파트로 이사하는 일을 도울 인원을 상당히 많이 구해놓았다. 지난주에 자비원으로 들어간 멜라니 수녀님도 힘을 보태려고 나왔다. 여든 살인 니나 수녀님의 오빠 버드도 앤디와 팸, 두 아들을 데리고 왔고 니나 수녀님의 친구 노

---

* 13세기에 이탈리아 아시시의 성녀 클라라가 창립한 세인트클라라 수녀회 소속의 수녀를 가리키는 명칭으로, 청빈한 생활을 중시하는 교리를 따른다.

라도 와서, 우리는 수녀님이 두 명의 이삿짐 센터 일꾼에게 맡겨두기를 원하지 않는 것들을 전부 우리 차에 싣는다. 아침 여섯시 반인데 빗방울이 떨어지기 시작한다.

"상자를 전부 차에 실을 수도 있겠다." 수녀님이 말한다. "그러면 일꾼들이 신경쓰지 않아도 될 텐데."

"이삿짐을 옮기는 게 그 사람들 일인걸요." 대학원을 다니던 때 이후로 친구 이사를 도와준 적이 있던가 기억을 더듬으며 내가 말한다. 나는 수녀님의 컴퓨터를 분해하러 간다. 뒤쪽에 여남은 개의 케이블 선이 뱀처럼 매달린 일련의 거대한 검은 금속 상자들이다. 1970년대 나사NASA에서나 찾아볼 수 있을 법한 컴퓨터다. 난 그것을 아주 조심스럽게 내 차에 싣는다.

알고 보니 웨스턴힐스 단지는 내 생각보다는 번잡한 거리에서 멀찍이 떨어진 안쪽에 자리해 있고, 규모가 워낙 커서 담장을 두른 작은 도시 같은 격리된 느낌을 준다. 이삿짐 차가 도착하고 우리 차에 실었던 물건이 아파트의 작은 거실로 옮겨지자 다른 인원들은 모두 할일을 하러 돌아가고, 니나 수녀님과 멜라니 수녀님, 그리고 웨스턴힐스에 사는 지닌 수녀님과 나만 남아서 일꾼들이 가구와 나머지 상자를 옮기는 동안 음식을 냉장고에 넣고 옷을 옷장에 걸기 시작한다. 다들 칠십대인 세 명의 수녀님은 힘든 일을 계속 꾸준히 해나가고, 나는 방금 자리에 놓인 소파에 잠깐 앉아서 쉬고 싶은 마음이 들다가도 수녀님들이 그러지 않아서 마음을 접는다. 나는 일꾼들에게 텔레비전 놓을 장소를 알려준다.

"죄송합니다." 젊은 남자가 내게 말한다. "아까 이름을 말해주셨는데 기억이 안 나네요."

"앤이에요." 내가 말한다.

"앤 수녀님?" 그가 묻는다.

세 명의 수녀와 함께 있으니 내가 네번째 수녀로 보이는 것도 당연하겠지. 우리 모두 청바지에 운동복 상의를 입었고 마스카라는 아무도 하지 않았다. "그냥 앤이에요." 내가 말한다. 수녀님들처럼 이제 칠십대인 어머니를 떠올린다. 어머니는 예나 지금이나 빼어난 미모를 자랑한다. 서랍에는 실크 캐미솔이, 옷장에는 하이힐이 가득하고, 강아지 산책을 시킬 때는 물론 어디를 가든 맨얼굴로 집밖에 나가는 적이 없다. 언니와 나는 어머니의 그 남다른 우아함과 세심한 것에 대한 관심이 어떻게 우리를 그냥 건너뛰어버렸는지, 아름다움에 관해서라면 어머니에게 물려받은 재주가 얼마나 없는지 생각하며 종종 신기해한다. 하지만 손목 안쪽에 토끼풀* 문신을 한 가톨릭교도인 그 일꾼에게 이야기를 하는 내 머릿속에는, 어린 시절 우리가 아침 일찍 수녀원에 갔던 일이나 때로는 어두워진 뒤에도

---

* 삼위일체의 상징이자 가톨릭 국가인 아일랜드의 상징이기도 하다.

그곳에서 기다렸던 일이 떠오른다. 어쩌면 세월이 지나며 물든 것이 믿음만은 아닌가보다. 어쩌면 내가 니나 수녀님과 다른 수녀님을 그렇게 편안하게 대하는 것은 어린 시절에 깨어 있던 시간 대부분을 그들과 함께 보내서였을 수도 있다. 영향력에 있어서는 타이밍이 무엇보다 중요하다.

니나 수녀님이 수년 전에 처음 내게 전화를 걸었을 때, 세인트빈센트 드 폴 학교의 아이들이 쓸 학용품 구입에 도움을 줄 사람을 찾고 있었을 때, 수녀님은 전화기를 들기 전에 한참 기도를 했다고 내게 말했다. 돈 달라는 말을 하기는 싫지만, 아이들이 종이나 크레용이나 풀이 없다면서, 내가 최근에 잘나간다는 사실을 안다고 했다. 내 책도 몇 권 읽어봤다고. "읽고 쓰는 걸 내가 네게 가르쳤잖니." 수녀님은 말했다.

"그러셨죠." 나는 그렇게 대답했는데, 사실 수녀님이 해준 일은 그것만이 아니라 훨씬 더 많다는 말은 하지 않았다. 니나 수녀님은 내가 당시 겪고 있다고 생각했던 모든 고난의 중심점, 어릴 적 내 분노의 저장소였다. 수녀님이 나를 뭐든지 더디고 게으른 아이, 버터나이프처럼 뭉툭한 아이로 여긴다는 것을 알았다. 나는 교실 뒤쪽에 앉아 다른 아이들이 손을 번쩍번쩍 드는 모습을 바라보면서 질문이 무슨 뜻인지 이해하려 애썼다. 당시 내게 달리 반박할 증거는 없었지만, 난 내가 수녀님이 판단한 것보다 더 똑똑하다고 확신했고 그 사실을 증명할 수 있으리라 믿었다. 니나 수녀님이 나를 과소평가했다는 사실을 깨닫도록 작가가 되기를 꿈꾸며 자랐다. 복수하고픈 열망이 삶의 강렬한 동기라는 것이 나의 한결같은 믿음이니, 내 성공은 니나 수녀님을 향한 복수에서 비롯했을 것이다. 어릴 적에 나는 언젠가 수녀님이 내게서 뭔가를 원하는 날이 오고, 그러면 오로지 자비심으로 그것을 해주기를 꿈꿨다. 수녀님이 내게 읽고 쓰는 법을 가르친 것은 사실이지만, 그날 수녀님이 전화 통화를 하면서 언급하지 않은 것, 거의 오십 년 동안 아이들을 가르쳤으니 당연히 기억하지 못했을 사실은, 내가 그것을 배우기까지 얼마나 고통스럽도록 오랜 시간이 걸렸는지였다.

나는 로스앤젤레스의 인카네이션 대성당에서 1학년을 시작했는데, 그때 부모님이 이혼을 했다. 그해 11월 말, 어머니는 테네시에 사는 아는 남자를 만나려고 삼 주짜리 휴가 계획을 짜서 나와 언니를 데리고 그곳으로 갔다. 그뒤로 영영 돌아오지 못했다. 캘리포니아에 있을 적에 나는 아직 글자를 배우지 못했고, 마침내 세이트버나드에 입학했을 때 내가 안착한 곳은 니나 수녀님의 문간이었다. 그때 수녀님의 모습을 생생히 기억한다. 아이처럼 왜소한 몸에, 뒤쪽에 지퍼가 달린 민무늬 파란색 폴리에스터 원피스를 입고 있었다. 짧은 검은 머리에 웬만한 날씨라면 매일 테니스를 치는 사람답게 늘 햇빛에 그을린 피부였다. 목적의식과 에너지가 펄펄 넘치는 모습으로 교실을 누비고 다녔지만, 내게는 수녀님이 어디를 가든 그 뒤를 졸졸 따라가는 뭔지 모를 알파벳 글자만 보일 뿐이었다. 나는 그렇게 기나긴 수업 시간 내내 위태롭게 헤매면서도 아직은 내가 진짜 곤경에 빠졌다는 판단은 내리지 않았다. 캘리포니아의 집으로 다시 돌아가면 내가 아는 친구들과 수녀님들 사이에서 전부 따라잡을 수 있으리라 여전히 믿던 시기였다. 내슈빌에서 우리는 어머니가 사귀는 남자의 친구들인 낯선 가족의 손님방에서 지냈다. 이 해리스네 가족에게는 나처럼 세인트버나드에 다니는 딸들이 있었는데, 그 딸들은 학교에 가고 싶은 마음이 별로 없었고, 부모도 굳이 강요하지 않았다. 그래서 우리는 함께 집에 있는 날이 많았다. 때는 1969년이라 땡땡이치기 좋은 해였다.

첫해에 제공된 수업에서 거의 배운 것이 없는 채로, 나의 2학년도 세인트버나드에서 시작되었다. 학생 수가 워낙 적어서 그곳에서는 1학년부터 3학년까지 선생님이 같았다. 다시 헬렌 수녀님이 내가 이해하지 못하는 수학을 들고 교실에 계셨다. 다시 니나 수녀님이 소매를 걷어붙였지만 나는 여전히 글자가 어떻게 만들어지는지 알 수 없었다. 우리는 해리스네 집을 나와서 우리가 살 아파트를 구했고, 그후 또다시 이사했다. 크리스마스가 지난 뒤, 내슈빌에서 차로 삼십 분 정도 떨어진 덜 비싼 동네인 머프리스보로로 이사하면서 난 그곳의 공립학교에 들어갔지만, 그곳에서도 오래 머물지 않았다. 3학년을 시작하고 몇 달 지난 뒤 우리는 다시 내슈빌로 돌아왔고, 나는 다시 니나 수녀님을 만났다. 그때까지도 나는 문장 전체를 이해하지 못했고, 글을 쓸 때도 모든 글자를 제대로 된 방향으로 쓰지 못했다. 단어는 좀 알아서, 그걸로 대충 아는 척을 하려 안간힘을 썼다. 삼 년을 연달아 반 년만 학교에 다니러 다시 나타난 나를 본 니나 수녀님은 더는 참아주지 못했다. 쉬는 시간에도, 방과 후에도, 날 붙잡아 앉히고는 학습용 카드를 들이대고 칸이 넓은 종이를 주면서 반복해서 글자를 똑바로 쓰는 연습을 시켰다. 난 좁은 틈새에 빠져 낙오된 아이었고, 수녀님은 필요하다면 머리끄덩이를 잡아서라도 나를 끌어올릴 작정이었다. 또한 내가 글을 읽고 쓰는 법도 정확히 모른 채 앞으로의 삶을 살아가는 일이 없도록 할 작정이었다. 수녀님은 4학년에 들어가면 곧바로 필기체를 써야 한다고 내게 경고했다. 그러니까 속도를 내는 게 좋을 거라고. 4학년이 되면 기대치가 높아질 테고 나를 억지로 끌고 갈 사람도 없을 거라고. (내게 그 말은 4학년이 되면 수업시간에 불어를 쓸 거라는 말과 진배없었다. 언니가 가지고 있던 '바바' 책*으로 인한 착각이었는데, 그 책이 프랑

---

* '바바'라는 코끼리를 주인공으로 한 프랑스 동화책 시리즈.

스어 필기체로 쓰여 있어서 나는 필기체와 프랑스어가 같은 것
인 줄 알았다.) 해야 할 일이 얼마나 많은지, 내가 얼마나 뒤처
졌는지를 깨닫고 난 겁에 질렸는데, 어쩌다보니 니나 수녀님에
게 겁을 먹은 거라고 믿게 되었다. 수녀님만 아니면 내가 글을
읽지 못한다는 사실을 알 사람은 내 인생에서 아무도 없을 테
니 아무 문제도 없으리라 여겼던 것이다.

니나 수녀님을 향한 분노와 비난에서 딱 하나 흥미로운 점이
있다면, 그후로도 삼십대가 될 때까지 더 따져보지도 않고 그
생각을 고수했다는 사실이다. 일곱 살짜리 나, 여덟 살짜리 나
의 주장을 곧이곧대로 받아들였다. 아예 아무것도 배우지 않았
다면 얼마나 더 행복했을까! 수녀님에게 학용품 비용을 보내
고 나서야 비로소 그 삼 년 동안 내가 수녀님의 수업을 얼마나
자주 들었는지, 내가 교실에 들어갈 때마다 수녀님에게는 얼마
나 많은 일거리가 있었는지 새삼 떠올리게 되었다. 나의 과거
가 전화기를 들고 내게 전화해서 개인사를 되돌아볼 기회를 제
공하는 것, 그리하여 심리 치료를 받으려 했다면 거기 들었을
수천 달러를 아끼게 해주는 것은 자주 있는 일이 아니다. 덕분
에 나는 어린 시절과 내가 받은 교육을 되돌아보게 되었다. 그
런 취미는 내가 특히 질색하는 것이지만, 내가 말도 못하게 더
더서 수녀님이 분통을 터뜨린 일만 거듭 떠올렸을 뿐 수녀님이
결국 그 일을 해내고 말았다는 것은 기억하려 하지 않았다는

사실이 놀랍기만 했다. 좀 과장되게 표현하자면, 자기를 억지로 가르쳤다고 헬렌 켈러가 애니 설리번에게 원한을 품는 식이었다. 세인트빈센트 드 폴 학교에 또다시 풀이 떨어져서 니나 수녀님이 내게 두번째로 전화했을 때, 나는 같이 나가서 학용품을 사는 게 어떻겠냐고 했다.

내가 도착했을 때 수녀님은 그린힐스의 아파트 바깥에 서서 날 기다리고 있었다. 당시에는 건강했던 멜라니 수녀님과 헬렌 수녀님도 집에 계셨다. 테니스와 기도와 소식하는 습관이 인간 육체에 아주 잘 맞는 게 틀림없는지, 노화는 니나 수녀님을 완전히 비껴간 듯했다. 내가 어릴 적 알던 그 사람 그대로면서도 전혀 그 사람 같지 않았다. 수녀님은 양팔을 벌려 나를 끌어안았다. 나는 수녀님의 학생, 얼마나 많을지 모르지만 자신이 가르쳤던 학생 중 한 명이었던 것이다. 수녀님이 기억하는 나는 바로 그랬다. 내 학생.

내 삶에서 니나 수녀님을 데리고 쇼핑을 가는 일만큼 나를 행복하게 만드는 일은 거의 없다. 처음에는 전부 학용품이었는데, 결국에 수녀님은 세인트빈센트의 선생님들이 학생들만큼이나 빈곤하고 공립학교 교사 임금과는 비교도 안 되는 박봉을 받고 있다면서 작은 선물을 사다 주고 싶다는 마음을 내비쳤다. 핸드크림과 상자에 든 화장지, 스테이플러, 라이프세이버스 사탕 따위, 워낙 사소해서 받아도 당황스럽지 않을 선물을 골랐는데, 그래도 타깃 매장의 통로를 오르락내리락하며 카트에 물건을 쌓아올리는 내내 그들에게 뭔가 줄 수 있다는 기쁨이 수녀님에게서 뿜어져 나왔다. 빈곤 서약의 진정한 비통함은 절실히 필요로 하는 사람에게 선물을 사줄 수 없다는 사실임이 분명했다.

수녀님이 필요한 건 없냐고 거듭 물었지만, 수년이 지나도록 수녀님은 자신의 것은 전혀 사지 않았다. 그때는 내 손에 이끌려 올리브 절임 판매대에 가는 건 꿈에도 상상 못할 일이었다. 그건 우리가 친구가 되고 한참 지난 뒤, 헬렌 수녀님이 뇌졸중으로 쓰러지고 니나 수녀님의 가장 친한 친구인 조앤이 암으로 세상을 뜬 뒤, 헤아릴 수 없는 상실감을 겪은 뒤의 일이었다. 우리는 수년에 걸쳐 천천히 조금씩 서로에게 다가갔다. 어느 시점에 이르자 나는 수녀님과 가까운 이들이 세상을 떠나거나 타지로 떠나고 있음을 깨달았다. 수년의 세월이 지나면서 내 자리가 마련된 것이었다.

"내 기도 목록에서 네가 맨 위야." 수녀님이 말한다. "그렇다고 내게 뭘 사줘서는 아니고." 수녀님은 내가 수녀님에게 이것저것 사주면서 행복해한다는 사실을 깨달았고, 물건 때문이 아니라 내가 행복해해서 수녀님은 기뻐한다.

"알아요." 내가 말한다.

"널 사랑해서야." 수녀님이 말한다.

니나 수녀님을 향한 내 사랑은 너무나 격렬해서 나 스스로도 잘 이해가 되지 않지만, 그래도 이해하려는 시도는 해보려 한다. 수녀님의 종교는 내가 어릴 적부터 기억하는 종류의 가톨릭교, 묵묵히 선행을 실천하는 종교다.

"난 가톨릭교가 좋아." 수녀님은 이따금 내게 말한다.

"잘됐네요." 내가 그렇게 말하면 수녀님은 항상 깔깔 웃는다. 내게 수녀님은 내가 가톨릭교에서 좋아하는 모든 것을 한 사람에 맞게 농축해놓은 존재인 것 같다. 병든 자에게 수프를 가져다주고, 세상을 떠난 친구의 남편을 찾아가고, 배움이 더딘 아이들을 내내 붙들고 글을 가르치는, 이타적이면서 책임감 있는 믿음의 모든 것을. 왜냐하면 나중에 알고 보니 그런 아이들은 나뿐만 아니라 수도 없이 많았던 것이다. 수녀님은 이슬란드와 타니아라는 아이티 출신의 여자아이 둘을 봐주면서 읽기와 수학 공부를 돕는다. 잠들기 전에 아이들이 니나 수녀님에게 전화해서 인사를 하고 기도했다는 말을 할 수 있도록 침대에 누운 아이들에게 전화기를 가져다주라고 그애들의 어머니에게 부탁한다. 나는 자비의 수녀회 수녀님들이 학교에서 자신을 어떻게 가르쳤는지, 자신이 그들의 선함을 얼마나 존경하는지 이야기하던 니나 수녀님을 떠올린다. 수녀님이 어릴 때 깨달은 것을 온전히 이해하기까지 나는 반평생이 걸렸다는 사실을 생각한다. (수녀님이 나보다 나은 학생이었음에는 의심의 여지가 없다.)

수녀님은 밀실 안에 텐트를 치고 살아도 아무 상관 없을 사람이지만, 새 아파트에 들어가 행복해한다. 행복은 수녀님의 사고방식이자 스스로 내린 결정이다. 하느님께서 다 알아서 해주신다고 내게 종종 말하지만, 가능하면 하느님을 귀찮게 하지 않을 작정이기도 하다. 일꾼들이 오기도 전에 상자를 다 옮기고 싶은 마음과도 비슷하다. 도움이라고는 거의 필요하지 않다는 것을 하느님에게 보여주기 위해 자기 일을 재빨리 떠맡아 아무도 보지 않을 때 혼자 해버리려는 것이다.

요즘 수녀님이 집중적으로 걱정하는 대상은 멜라니 수녀님인데, 멜라니 수녀님은 자비원의 새로운 생활에 천천히 적응하는 중이다. 멜라니 수녀님은 낯을 가리고 사교적 기술에서는 오랫동안 니나 수녀님에게 의존했다. "멜라니 수녀는 내내 방에만 있어." 니나 수녀님이 말한다. "내가 보러 갈 때마다 방에 있더라고. 내가 그래서 얘기하지. 방에만 있으면 아무도 찾지 않을 거라고. 밖으로 나가야 한다고." 니나 수녀님은 멜라니 수녀님이 빠져 있는 좁은 틈으로 손을 집어넣어 그녀를 끌어올리려 하는 것이다.

우리는 수녀님의 친구 메리 앤의 장례식 다음날에 만난다.
메리 앤은 수녀님과 테니스를 같이 치는 가톨릭교도였다. "괜
찮아. 슬프지 않아." 내가 전화를 하면 수녀님은 그렇게 말한
다. 나는 그런 말을 믿을 정도로 바보는 아니다. "일부러 나 데
리고 나가지 않아도 돼."

"제가 수녀님이 보고 싶어서라면요?" 내가 말한다.

점심을 먹으면서 수녀님은 메리 앤을 마지막으로 봤을 때 무
척 평온하더라고 말한다. "나를 보면서 이렇게 말했어. '니나,
난 이제 준비가 되었어. 하느님을 만나고 싶어.'" 그러더니 다
시 고쳐 말한다. "아니다. 마지막이 아니라 그 전이네. 마지막
엔 아무 말도 하지 못했어. 장례식에 가서 유골함을 보면서 이
런 생각이 들더라. '이 친구 영혼은 지금 어디 있을까?'" 내가
그 답을 알았으면 하고 바라듯 니나 수녀님이 나를 바라본다.
"하느님과 함께일까? 하느님과 함께 있다고 믿고 싶어. 본인이
워낙 확신했으니까. 난 잘 모르겠어. 이런 말 하면 안 되겠지."
수녀님이 테이블 위에 손을 펼친다. "당연히 안 되는데."

"아무도 확신하지 못해요." 내가 말한다.

"지닌 수녀는 확신해." 수녀님이 고개를 젓는다. "모르겠어.
자가당착이야. 하느님이 우리를 창조하신 건 알겠는데, 죽은
후에는 어떻게 될지 잘 모르겠어."

"어떻게 되면 좋겠어요?" 내가 묻는다.

그 답은 즉각 나온다. 누군가가 그 질문을 해주기를 평생 기다려온 것처럼. "하느님이 나를 안아주시면 좋겠어." 그녀가 말한다.

그 누구보다 먼저 안아주실 거라고 내가 말한다. 제일 먼저.

수록작 발표 지면

「크리스마스 이야기 읽는 법」:『워싱턴 포스트 매거진』, 2009년 12월

「도주 차량: 글쓰기와 인생에 관한 실용적 회고록」: 바이라이너, 2011년 9월

「이혼 성사」:『보그』, 1996년 4월

「파리에서의 한판 승부」:『뉴욕 타임스 매거진』, 2006년 11월 26일

「이 반려견의 삶」:『보그』, 1997년 3월

「극장에서 제일 좋은 자리」:〈월 스트리트 저널〉, 2008년 6월 21일

「내가 지옥으로 가는 길은 잘 닦였으니」:『아웃사이드』, 1998년 6월

「테네시」:『각각의 주: 미국의 파노라마식 초상화』, 에코, 2008년

「책임에 관하여」:『바크』, 2003년 겨울호

「담장」:『워싱턴 포스트 매거진』, 2007년 6월 24일

「내 인생은 판매중」:『애틀랜틱 먼슬리』, 2008년 10월

「두 여자 간의 사랑은 정상적이지 않아요」:『애틀랜틱 먼슬리』, 2007년 10월

「읽을 권리」:『사우스캐롤라이나 리뷰』, 2007년 봄호

「방해하지 마시오」:『미식가』, 2006년 8월

「『2006년 올해의 미국 단편선』 서문」:『2006년 올해의 미국 단편선』, 호턴 미플린, 2006년

「오래 유지되는 사랑」:『하퍼스 매거진』, 2006년 11월

「서점의 반격」:『애틀랜틱 먼슬리』, 2012년 11월

「이것은 행복한 결혼 이야기입니다」: 오더블 오리지널, 2011년 겨울

「우리의 폭우가, 방울방울」:〈뉴욕 타임스〉, 2010년 5월 5일

「나의 개, 끝이 없는」:『보그』, 2012년 9월

「자비들」:『그랜타 114호』, 2011년 봄

할머니, 개, 그리고 죽도록 쓰기

초판 인쇄 2026년 2월 5일
초판 발행 2026년 2월 24일

지은이 앤 패칫
옮긴이 정소영

펴낸곳 복복서가(주)
펴낸이 장은수
출판등록 2019년 11월 12일 제2019-000101호
주소 03720 서울특별시 서대문구 연희로 28길 3
홈페이지 www.bokbokseoga.co.kr
전자우편 edit@bokbokseoga.com
마케팅 문의 031) 955-2689

ISBN 979-11-94996-12-5 03840